Michael Katz Krefeld

Der wahre Feind

Roman

Aus dem Dänischen
von Knut Krüger

WILHELM HEYNE VERLAG
MÜNCHEN

Die Originalausgabe *Protokollen* erschien 2010
bei Lindhardt og Ringhof Forlag, Kopenhagen

Verlagsgruppe Random House FSC-DEU-0100
Das für dieses Buch verwendete FSC®-zertifizierte Papier
Holmen Book Cream
liefert Holmen Paper, Hallstavik, Schweden

Vollständige deutsche Erstausgabe 07/2012
Copyright © 2010 Michael Katz Krefeld und
Lindhardt og Ringhof Forlag
Copyright © 2012 by Wilhelm Heyne Verlag, München
in der Verlagsgruppe Random House GmbH
Printed in Germany 2012
Redaktion: Claudia Alt
Umschlaggestaltung: Eisele Grafikdesign, München
Satz: Buch-Werkstatt GmbH, Bad Aibling
Druck und Bindung: GGP Media GmbH, Pößneck
ISBN: 978-3-453-43632-9

www.heyne.de

*Unterbrich niemals deinen Feind,
während er einen Fehler begeht.*

NAPOLEON BONAPARTE

Für Lis, das Licht meines Lebens

1

Die Stille lärmte. Nikolaj Storm blickte die Korsgade entlang, die im Septemberregen verlassen dalag. Zu beiden Seiten der Straße erhoben sich die roten Wohnblocks, deren Satellitenschüsseln wie eine Ansammlung leerer Essteller aussahen. Alles atmete Ruhe und Frieden, doch war dies nur von kurzer Dauer, ehe die Hölle losbrechen würde.

Er schlug den Kragen seiner durchnässten Windjacke hoch. In den vielen Stunden, die er bereits mit den Einsatzkräften des Sonderkommandos verbracht hatte, war er bis auf die Knochen nass geworden. Fast beneidete er die uniformierten Beamten, die in einem der gepanzerten Mannschaftswagen hinter ihm Schutz gesucht hatten. Als Einsatzleiter hätte er auch im Beobachtungsfahrzeug warten und einen der anderen Geheimdienstleute in den Regen hinausschicken können, doch wollte er sich dort aufhalten, wo man den besten Überblick hatte. Er wollte sich erst hinter die Reihen der Beamten zurückziehen, wenn es zur Konfrontation kam.

Sein Blick wanderte die leere Straße hinunter. Er hielt nach denen Ausschau, die früher oder später kommen mussten. Doch bisher hatte sich niemand gezeigt. Er hob den Arm und sprach in das kleine Mikrofon an seinem Handgelenk. »EL bitte melden, wo sich das Zielobjekt befindet, danke.«

9

Wenige Sekunden später knisterte es in seinem Kopfhörer. »Hier EL. Zielobjekt befindet sich auf dem Åboulevarden und kommt näher.«

»Danke«, entgegnete er ins Leere hinein. Das Warten würde bald ein Ende haben. Er zog einen Apfel aus der Tasche und biss hinein. Er schmeckte süßlich nach Herbst. Er konnte sich gar nicht erinnern, wann er das letzte Mal etwas gegessen hatte. Seine Ernährung kam bei diesen Marathoneinsätzen genauso zu kurz wie sein übriges Leben.

»Wäre es nicht besser gewesen, du hättest einen Regenschirm mitgenommen?«, hörte er hinter sich eine Stimme mit ausgeprägt arabischem Akzent.

Storm drehte sich zu dem Mann im weißen Qamis um, der sich einen Regenschirm über den Kopf hielt. Er schluckte den Bissen hinunter und lächelte. »Ebrahim …«

Er gab ihm die Hand. Ebrahim war ein kleiner, knochiger Mann mit langem, dünnem Bart. Storm kannte den Imam von den Gesprächsrunden mit den Imamen, die er selbst mit organisiert hatte.

»Solltest du nicht dort drüben deine Aufwartung machen?«, fragte Storm und wies mit dem Kopf auf die Korsgade-Halle, die sich auf der anderen Straßenseite befand.

Ebrahim lächelte. »Alles ist bereit. So Gott will, wird dies ein großes Ereignis werden.«

»Ja, solange alles ruhig bleibt.«

Ebrahim sah ihn gekränkt an. »Warum sollte es nicht ruhig bleiben? Schließlich sind es nicht wir, die mit Waffen kommen.« Er schaute zu den Uniformierten in ihren Kampfanzügen hinüber.

»Wir sorgen nur dafür, dass niemand Schaden nimmt«, entgegnete Storm.

»Tut ihr das auch, wenn in eurer Kirche ein Gottesdienst stattfindet?«

Storm lächelte. »So gut besucht sind unsere Gottesdienste nicht, als dass wir dort alle verfügbaren Kräfte zusammenziehen müssten.«

»Vielleicht wird dort die falsche Religion gepredigt«, mutmaßte Ebrahim verschmitzt.

»Das liegt außerhalb meines Kompetenzbereichs«, entgegnete Storm. »Aber die dänischen Geistlichen scheinen zumindest ein bisschen vorsichtiger bei der Wahl ihrer Gäste zu sein.« Er blickte Ebrahim unverwandt an, der den Kopf schüttelte.

»Die Presse verbreitet nichts als Lügen über Mullah Udeen. Der Geheimdienst sollte seine Informationen nicht ausgerechnet bei Diktatoren und Zionisten einholen.«

Storm schwieg.

Ein dumpfes Grollen zog die Straße herauf und übertönte den Regen, der auf Ebrahims Schirm trommelte. Die beiden Männer drehten sich um. Durch den Regenschleier hindurch zeichnete sich die Menschenmenge ab, die langsam näher kam. Die fast vierhundert Menschen skandierten irgendwelche Parolen. Blutrote Banner mit arabischen Schriftzeichen hoben sich gegen den dunklen Himmel ab.

Ebrahim entfernte sich rasch von Storm und ging der Menge entgegen. In diesem Moment glitten die Türen der Mannschaftswagen auf. Die Polizisten strömten heraus und griffen zu den Schutzschilden, die neben den Fahrzeugen bereitstanden.

Der Augenblick, auf den alle gewartet hatten, war da.

Storm warf sein Apfelgehäuse weg. Obwohl er schon weitaus größere und aggressivere Demonstrationen erlebt hatte, unterschätzte er den Ernst der Situation keine Sekunde lang. Dazu war der Mullah, der sich unter den Demonstranten befand, zu unberechenbar und gefährlich. An anderen Orten, an denen er sich gezeigt hatte, war es zu heftigen Tumulten mit brennenden Fahrzeugen, Verwüstungen und vereinzelten Todesfällen gekommen.

Der Demonstrationszug näherte sich. An seiner Spitze befanden sich sechs schwarz gekleidete Männer, die einen Sicherheitsring um Mullah Badr Udeen gebildet hatten, damit ihm niemand von den Demonstranten oder Schaulustigen zu nahe kommen konnte. Offenbar handelte es sich um Bodyguards, die nicht weniger professionell ausgebildet waren als die Sicherheitskräfte der Polizei, dachte Storm. Abgesehen vom Sicherheitsaspekt verliehen sie der Ankunft des Mullahs etwas Staatsmännisches. Die Pressefotografen, die sich bislang im Eingangsbereich der Korsgade-Halle untergestellt hatten, strömten jetzt der Menge entgegen. Erste Blitzlichter zuckten durch den Regen.

Die Einsatzkräfte der Polizei hatten sich auf beiden Straßenseiten postiert, sodass die Menge direkt zum Eingang der Halle geleitet wurde. Einzelne Demonstranten riefen den Beamten etwas zu, doch kam es nicht zu tätlichen Angriffen. Als die Menge an Storm vorbeizog, konnte er Mullah Udeen im Kreis seiner Leibwächter deutlich erkennen. Er war ein kleiner untersetzter Mann um die sechzig, der einen mächtigen Bart und auf dem Kopf einen silberfarbenen Turban trug. Der Mullah wechselte ein paar Worte mit Ebrahim, der einen demütigen Eindruck machte und sich immer wieder verbeugte, wenn Badr Udeen das Wort an ihn richtete. Es wunderte Storm, dass Ebrahim ausgerechnet diesen höchst umstrittenen Mullah nach Dänemark eingeladen hatte. Einen Mann, dem die Beteiligung an mehreren Terroranschlägen im Sudan und Mittleren Osten und nicht zuletzt an den Bombenschlägen auf die Madrider Eisenbahnzüge nachgesagt wurde, wenngleich man ihm nichts nachweisen konnte.

Bei den Gesprächsrunden mit den Imamen war Ebrahim stets der versöhnlichste von ihnen gewesen, der sich fortwährend darum bemüht hatte, die erhitzten Gemüter zu beruhigen. Doch hatte dies umso deutlicher gemacht, wie tief die Kluft zwischen beiden Lagern inzwischen geworden war.

»Ein Verstoß gegen das Vermummungsverbot«, sagte der Einsatzleiter des Sonderkommandos und zeigte auf eine Gruppe von zwanzig Personen, die sich rote Tücher vor Nase und Mund gebunden hatten.

Storm sah zu dem Beamten mittleren Alters hinüber, der das Visier seines Helms herunterklappte. »Das ist schwer zu verhindern.«

»Sollen wir denn nicht einschreiten?«

»Und einen internationalen Konflikt heraufbeschwören?« Storm ließ die Frage in der Luft hängen.

»Ich dachte, Sie wollen, dass wir alle Teilnehmer erkennungsdienstlich erfassen.« Er zeigte zu zwei Beamten mit Handkameras hinüber, die den Demonstrationszug filmten. »Hat das nicht Priorität?«

Storm lächelte verhalten. »Unsere *oberste* Priorität ist es, kein Öl ins Feuer zu gießen.«

13

Der Einsatzleiter starrte ihm mit offenem Mund hinterher, als Storm sich umdrehte und in den Reihen der einsatzbereiten Uniformierten verschwand.

Er schlenderte über den Platz, vorbei an den parkenden Mannschaftswagen. Auf der anderen Straßenseite zog die Menge, den Namen des Mullahs skandierend, bereits in die Korsgade-Halle ein. Bis jetzt war alles ruhig geblieben, doch wusste man nie, was passieren würde, nachdem die Zuhörer der Rede des Mullahs gelauscht hatten. Storm hoffte, dass es bei vereinzelten Protestrufen blieb. Sie hatten ohnehin genug damit zu tun, die Szene im Auge zu behalten. Diejenigen zu überwachen, die im stillen Kämmerlein an Rohrbomben bastelten und religiöse Hetzschriften verfassten.

Als er die Kreuzung erreichte, bog er nach links in die Blågårdsgade ab und ging auf einen ramponierten, schwarz angestrichenen Lieferwagen zu, auf dem das Firmenlogo eines Autoverleihers prangte. Er lehnte sich an den Wagen und betrachtete seine Schuhsohle, als wäre er in irgendwas hineingetreten. Dann spähte er die Straße hinunter, um sich zu vergewissern, dass ihn niemand beobachtete, und klopfte leise an den Wagen. Die Tür glitt vorsichtig auf. Storm trat ein und zog sie rasch hinter sich zu.

Das bläuliche Licht von vier Monitoren erhellte das Innere des Wagens. Es roch nach Thermoskaffee und dem Schweiß der drei Männer, die vor ihren technischen Geräten saßen. Claus musterte Storm von Kopf bis Fuß.

»Regnet es etwa?«, fragte er mit einem vagen Lächeln, das in seinem runden Gesicht kaum zu übersehen war.

Storm ließ sich schwerfällig auf einen Stuhl sinken

und strich sich mit beiden Händen die nassen Haare zurück. »Es klärt sich auf zum Wolkenbruch«, antwortete er und wischte sich die Hände an der Hose trocken.

Auf den Monitoren waren flimmernde Bilder aus der Korsgade-Halle zu sehen. Die Aufnahmen stammten von Kameras, die unter dem Dach, acht Meter über den Stuhlreihen, verborgen waren. Nachdem die Observierungsabteilung gestern Abend erfahren hatte, wo Badr Udeen seine Rede halten würde, hatten Storms Techniker nicht einmal neun Minuten gebraucht, um sich Zugang zur Halle zu verschaffen, die Kameras zu installieren und unbemerkt wieder zu verschwinden.

Die Zuhörer nahmen vor dem Rednerpult Platz, das am Ende der langen Sporthalle stand. Auf der Empore saß eine Gruppe verschleierter Frauen und wartete in diesem für sie vorgesehenen Bereich. Ein paar spielende Kinder liefen um sie herum.

»Wie sieht's aus?«, fragte Storm.

»Drei von vier Kameras laufen.«

»Was ist mit der vierten?«

»Ich glaube, die streikt.«

»Audio?«

Claus drehte die Lautstärke auf, sodass die Stimmen aus dem Saal aus den Kopfhörern schallten. »Die Tonqualität ist besser als beim Eurovision Song Contest.«

»Dann hoffen wir mal, dass die Verbindung hält.« Es ärgerte Storm, dass sie keine eigenen Leute in der Halle hatten, aber die Sicherheitsvorkehrungen der Veranstalter waren so strikt, dass jede Kontaktperson aufgeflogen wäre. Und die arabischen V-Männer der Szene hatten sich aus Furcht vor Udeen und seinen Männern vor dieser Aufgabe gedrückt.

»Und hier haben wir schöne Nahaufnahmen unserer lichtscheuen Freunde«, sagte Niels und schnalzte mit der Zunge. Mit seinen langen zottigen Haaren, der runden Brille und dem etwas zu großen Seemannshemd, das er ständig trug, glich er mehr einem Biologiestudenten als einem Geheimdienstmann.

»Hab ich dir doch versprochen«, entgegnete Storm und gähnte.

Niels lächelte und setzte seine riesige Colaflasche an die Lippen.

Die meisten der vermummten Männer entfernten nun ihre Tücher von Mund und Nase, während Mullah Badr Udeen auf das Rednerpult zuschritt.

Niels zoomte die Gruppe näher heran.

»Kannst du damit auch das FR-Programm bedienen?«, fragte Storm.

»Nein, leider nicht.« Niels zoomte die Gruppe so nah heran, bis das Gesicht eines der Männer den Großteil des Bildschirms ausfüllte. »Aber ich stehe in direkter Verbindung zur Terrorabwehrbehörde, die alle Bilder mit ihrer Datenbank abgleicht.« Niels' Finger tanzten über die Tastatur.

»Wie lange dauert es, um die Männer zu identifizieren?«

»Wenn sie bei uns oder bei Interpol registriert sind: mindestens ein paar Stunden.«

Auf dem Monitor erschienen ein paar grafische Symbole, die bestimmte Punkte seines Gesichts markierten, um eine Gesichtsidentifizierung durchzuführen. Niels speicherte das Resultat und ging mit der Kamera zur nächsten Person über.

In diesem Moment erhob Badr Udeen die Stimme.

»Soll ich alles übersetzen?«, fragte Hasim, ihr arabischer Dolmetscher, der ganz hinten im Wagen saß.

Storm legte die Beine erschöpft auf einen silbergrauen Koffer vor sich. »Nur, wenn er etwas anderes sagt, als Tod den USA und der gesamten westlichen Welt und dass wir alle ungläubige Bastarde sind, die in die Steinzeit zurückgebombt werden müssen.«

Der Dolmetscher lächelte.

Storm lehnte sich auf seinem Stuhl zurück und schloss die Augen. In den bald fünfzig Stunden, seit Badr Udeen in Dänemark eingetroffen war, waren sie ihm auf Schritt und Tritt gefolgt. Fast hundert Leute waren mit dieser Aufgabe betraut. Sie hatten alle gefilmt, die mit ihm in Kontakt gewesen waren, und hatten die meisten seiner Gespräche abgehört – selbst diejenigen, die er im Marriott Hotel mit anderen Imamen geführt hatte. Leute, die seine Ansicht teilten, dass man die westliche Welt in Brand setzen müsse. Er freute sich auf den Moment, wenn Badr Udeen das Land wieder verlassen würde. Dann konnten andere die Arbeit übernehmen. Dann hatte er endlich frei.

Badr Udeens Stimme drang aus Claus' Kopfhörer, der auf dem Tisch lag. Seine dünne Stimme passte nicht zu der temperamentvollen Körpersprache, die auf dem mittleren Monitor zu sehen war. Die heftigen Gebärden des Mullahs, die geballten Fäuste und das düstere Gesicht sprachen eine eindeutige Sprache. Der Hass drang ihm aus jeder Pore. Storm verstand zwar kein Arabisch, aber Badr Udeens Gesten sowie die Begeisterungsausbrüche seiner Zuhörer waren unmissverständlich.

Der Mullah sprach eine Dreiviertelstunde ohne Pause. Seine Stimme schraubte sich immer höher, die Reaktionen des Publikums wurden zunehmend hitziger. Als Hasim eine ganze Passage nicht übersetzte, war Storm gewiss, das Badr Udeen seine Zuhörer zwar nicht aufgefordert hatte, nach der Veranstaltung die Straßen in Brand zu stecken, wohl aber das alte Gerede von der göttlichen Bestrafung der Ungläubigen von sich gegeben hatte. Als er endlich schwieg, erhob sich der ganze Saal. Die Menschen applaudierten und priesen seinen Namen. Die Leibwächter des Mullahs schirmten rasch das Rednerpult ab und führten ihn von der jubelnden Menge fort.

»Wo bringen sie ihn hin?«, fragte Storm und stand auf.

»Tja …« Niels wechselte von einer Kamera zur nächsten, bis er bei dem schwarzen Bildschirm angelangt war, der durch die defekte Kamera 4 verursacht wurde. »Er ist … außerhalb unserer Reichweite.«

Storm betrachtete nachdenklich den schwarzen Monitor, während seine Stimme immer noch ruhig war. »In welchen Räumen hält er sich jetzt auf?«

Niels blätterte hektisch in den Papieren, die auf dem Tisch lagen, und zog einen Grundriss der Korsgade-Halle heraus. Er ließ den Zeigefinger über den Plan gleiten.

»Hier sind nur Toiletten und ein Umkleideraum.«

»Haben wir Kontakt dorthin?«

»Nein, nur in den Saal.«

Claus rückte näher an Nils heran und betrachtete den Gebäudeplan. »Dahinten gibt es noch einen Notausgang«, sagte er und zeigte Storm den entsprechenden Punkt auf dem Plan. »Vielleicht sind sie auf dem Weg dorthin.«

»Sofort mit der EL in Verbindung treten. Sie sollen Kontakt zur Nordseite aufnehmen. Informiert sie darüber, dass Zielobjekt möglicherweise den Notausgang benutzt. Ich glaube, es gibt einen Fußweg, der von dort aus direkt auf den Åboulevarden führt. Beordert sofort ein paar Wagen dorthin.«

Niels stieß sich vom Tisch ab, rollte zur Rufanlage hinüber und rief die Einsatzleitung.

Storm verließ den Wagen. Er hasste solche Zwischenfälle. Es war zwar nur ein Detail, das vermutlich keine Auswirkungen hatte, doch hätten sie unbedingt eine Kontaktperson im Saal postieren sollen. Hätten die Situation ununterbrochen unter Kontrolle haben müssen. Von der Korsgade drang bereits das Gebrüll der Anhänger Badr Udeens herüber, das sich mit dem Bellen der Polizeihunde vermischte. Still und leise würde die Sache trotz allem nicht abgehen. Die üblichen Krawallmacher würden sich unter die Demonstranten mischen, was die Sache zusätzlich erschwerte. Glücklicherweise hatte er sich zumindest vergewissert, dass sich Einsatzkräfte hinter der Halle befanden, die dem Mullah von dort aus folgen konnten. Wenn der Mullah seinem üblichen Verhalten treu blieb, würde er es seinen Anhängern überlassen, Krawall zu schlagen, während er selbst sich aus dem Staub machte. Mit ein wenig Glück würden sie in ein paar Minuten wieder Kontakt zu ihm haben. Daran bestand kein Zweifel. Nicht der geringste … Er fuhr sich mit der Zunge nervös über die Lippen.

2

Die meisten Zuhörer von Mullah Badr Udeen strömten aus der Halle. Sie wussten, dass die Veranstaltung – unter aktiver Teilnahme der Polizei – auf der Straße fortgesetzt wurde. Viele von ihnen hatten sich erneut ihre roten Tücher vor Nase und Mund gezogen, um nicht erkannt zu werden. Rot war die Farbe des Mullahs. Sie stand symbolisch für das Blut, das all die islamischen Brüder in den besetzten Gebieten in Irak, Afghanistan, Pakistan sowie bei Selbstmordattentaten in der westlichen Hemisphäre vergossen hatten. Sie stand auch für das Blut, das die Ungläubigen vergießen sollten, bis das Weltkalifat, von dem Udeen in seinen Reden sprach, Realität geworden war.

Auf dem Absatz der Empore standen einige Frauen neben dem Geländer und warteten. Dann setzten sie sich in Bewegung und folgten dem Mullah sowie seinen Leibwächtern auf dem Weg zum Notausgang. Ebrahim ging zwei Schritte hinter ihnen. Als die kleine Prozession die Tür zum letzten Umkleideraum erreichte, blieb sie stehen. Einer der Leibwächter zog einen Schlüssel aus der Tasche und schloss die Tür auf. Badr Udeen und seine Leute setzten ihren Weg fort. Als Ebrahim ihnen in die Umkleide folgen wollte, drehte sich der letzte der Leibwächter um und versperrte ihm den Weg. »Mullah Udeen wünscht zu beten«, sagte er freundlich, während er Ebrahim die Hand auf die Brust legte. Ebrahim sah

20

den Mann, dessen Augen hinter einer dunklen Sonnenbrille verborgen lagen, verwirrt an. »Aber … wollen wir
denn nicht zur Moschee zurück?«

»Nach dem Gebet.«

»Aber ich habe den Mullah so verstanden, dass wir
gemeinsam beten.« Ebrahim versuchte, dem Leibwächter über die Schulter zu schauen, um einen Blick in die
dunkle Umkleide zu erhaschen.

»Du sollst hier warten. Das ist der Wunsch von Mullah Udeen.«

Ebrahim nickte. »Ja … natürlich, das …«

Die Tür wurde geschlossen, ehe er den Satz beenden
konnte.

Mullah Badr Udeen ließ sich schwer auf die schmale
Bank sinken, die sich an der gesamten Wand der kleinen
Umkleide entlangzog. Hier roch es muffig nach den ver-
gessenen Handtüchern, die im hinteren Teil des Raumes
an den Kleiderhaken hingen. Der Leibwächter machte
sich daran, den Raum mit einem Handdetektor abzusu-
chen. Er führte den Apparat, der an ein großes Walkie-
Talkie erinnerte, sorgsam an der Wand entlang. Dann un-
tersuchte er die Steckdosen neben der Tür. Schließlich
hielt er den Detektor unmittelbar an die defekte Neonröhre, die an der Decke flackerte, und vergewisserte sich,
ob das Display irgendwelche Ausschläge zeigte.

»Hier waren sie nicht drin«, sagte er auf Arabisch. »Der
Raum ist sicher.«

Badr Udeen trocknete sich mit dem Taschentuch die
Stirn. Sein Auftritt schien ihn erschöpft zu haben. Er
wirkte wie ein alternder Boxer, der bei seinem letzten
Kampf noch einmal die volle Distanz von zwölf Runden

hatte bewältigen müssen. Er faltete das Taschentuch auseinander und putzte sich lautstark die Nase. Dann bedeutete er dem Leibwächter, dass er bereit war.

Der wandte sich den Duschen am Ende des Raumes zu und machte eine ungeduldige Geste. Aus einer dunklen Nische tauchten vier Männer auf. Die Leibwächter wiesen ihnen den Weg zu Badr Udeen. Sie waren offenbar sehr nervös und richteten ihre Blicke starr auf die Fußbodenfliesen.

»*Assalamu alaikum*, seid gegrüßt, Brüder«, murmelte Badr Udeen.

»*Wa Alaikum Assalam*«, antworteten die Männer ohne aufzublicken.

»Wie ich hörte, seid ihr schon seit gestern hier. Allah der Allmächtige belohnt die Geduldigen.« Er knüllte sein Taschentuch zusammen und stopfte es sich in die Tasche. »Wie weit seid ihr gekommen?«

Faris Farouk, der älteste der Männer, schaute vorsichtig auf. »Wir sind … weit gekommen«, stammelte er auf Arabisch.

»Ich bin des Englischen mächtig, falls dir das weiterhilft, Bruder«, entgegnete Badr Udeen und räusperte sich. »Niemand spricht mehr die Sprache des Propheten.«

Faris begann mit weitschweifigen Entschuldigungen, ehe Badr Udeen ihm mit einer Handbewegung Einhalt gebot und ihn bat, mit dem Bericht fortzufahren.

Faris nestelte nervös am Reißverschluss seines lila Kapuzenpullovers. »Wir haben … in den letzten sechs Monaten über vierhundertfünfzig Kilo Dünger von Brüdern in Dänemark und Schweden beschafft.«

»Vierhundertneunzig Kilo«, berichtigte Hamza, der

neben ihm stand. Er war Anfang zwanzig und hatte eine lange Narbe, die sich vom rechten Mundwinkel bis zum Ohr zog.

Farris sah irritiert zu ihm hinüber, ehe er seinen Blick wieder auf Mullah Udeen richtete. »Ja, fast fünfhundert Kilo.«

Badr Udeen strich sich durch den Bart und gähnte. »Das ist die gleiche Menge, die das Hotel Continental in Peschawar in Schutt und Asche gelegt hat. Denkt an den Diesel – der Dünger soll mit Dieselkraftstoff vermischt werden, um eine maximale Sprengkraft zu entfalten.«

»Wir denken daran«, entgegnete Faris.

Badr Udeen sah ihn eindringlich an. »Was ist mit dem Sprengstoff, der die Bombe aktivieren soll?«

»TATP, das wir selbst hergestellt haben. Wir haben auch bereits eine Probesprengung durchgeführt.« Faris berichtete, dass sie vor einer knappen Woche mitten in der Nacht zu einer einsamen Kiesgrube gefahren waren. Über zwei Stunden lang hatten sie abgewartet und sich vergewissert, dass niemand in der Nähe war, bevor sie die Sprengung ausgelöst hatten. Alles war perfekt verlaufen. Die Kraft der kleinen Sprengladung war mehr als ausreichend, um den Dünger, den sie gesammelt hatten, detonieren zu lassen.

»Wodurch wird die Sprengung ausgelöst?«

»Durch ein präpariertes Handy. Alles ist bereit«, antwortete Hamza rasch. »Die Bombe wird großen Schaden anrichten.«

»Ausgezeichnet. Es gibt nur eine Sache, die ich nicht verstehe.« Er schaute in die Runde. »Wenn ihr so weit gekommen seid, wieso habt ihr dann noch nicht zugeschlagen?«

Keiner von ihnen antwortete.

»Zu warten heißt, den Ungläubigen zu helfen. Warum helft ihr unseren Feinden?«

In der Umkleide war es totenstill geworden. Nur das Brummen der Neonröhre an der Decke war zu hören. Die vier Männer warfen sich nervöse Blicke zu. Niemand von ihnen wollte das Wort ergreifen.

»Redet!«, forderte sie ein Leibwächter mit lauter Stimme auf.

Sie zögerten immer noch. Schließlich trat der Jüngste von ihnen, der noch ein Teenager war, einen Schritt auf den Mullah zu. Er schaute Udeen untertänig an. »Verehrter Mullah Badr Udeen«, begann er auf Arabisch. »Wir möchten Ihren Segen, ehe wir unsere heilige Mission ausführen. Darum haben wir gewartet.«

Badr Udeen musterte den schmächtigen Jungen von Kopf bis Fuß. »Wie heißt du, mein Sohn?«

»Mustafa«, antwortete er.

Badr Udeen betrachtete sein Gesicht. Abgesehen von dem Flaum am Kinn war seine Haut vollkommen glatt. Seine Züge waren fast feminin. »Und wo kommst du her?«

»Ich bin hier geboren. Aber meine Familie stammt aus Nuseirat.«

»Nuseirat«, wiederholte Badr Udeen träumerisch. »Die Leute von dort sind für ihre Schönheit und ihren Mut bekannt.«

Mustafa senkte verlegen den Blick.

»Bist du bereit für diese Aufgabe?«

Mustafas Augen füllten sich mit Tränen. »Ja, wir sind alle bereit.«

»Und ihr habt ein passendes Ziel ausgewählt?«

»Ja, unsere Feinde werden einen gewaltigen und schmerzhaften Schlag erleiden«, antwortete der Junge mit tonloser Stimme.

Badr Udeen atmete tief durch. »So habt ihr meinen Segen. Lasst es geschehen. *Allahu akbar.*«

»*Allahu akbar*«, antworteten die vier Männer.

3

MACHT IST RECHT

*Wer hat das Raubtier gezähmt, das wir Mensch
nennen? Was hat ihn seither geleitet? Da die meisten
egoistisch und skrupellos sind, werden die besten
Resultate stets durch Terror und Gewalt erreicht,
nicht durch akademische Diskussionen. In dieser
Hinsicht ist Freiheit ein abstrakter Begriff ohne
Bedeutung. Er wird von denen im Mund geführt,
die ihre Macht bewahren wollen.*

KAPITEL I: DIE FUNDAMENTALE LEHRE

Der dichte Mittagsverkehr schlängelte sich im Regen um das Ritterdenkmal, während der Wind die letzten Blätter von den Bäumen am Kongens Nytorv riss. Ein junger Mann mit dunkelgrüner Jacke drückte sich an der Fassade der französischen Botschaft am Nyhavn entlang. Er setzte die Füße mit großer Sorgfalt, um nicht auf die Ritzen zwischen den Steinfliesen zu treten.

»Nicht auf die Ritzen treten«, murmelte er durch die aufgesprungenen Lippen.

Mit seiner spitzen Nase und den nassen Haaren glich er einer ersoffenen Maus.

Er hatte selbst erlebt, welchen Schaden die alten russischen Tretminen, die der Feind benutzte, anrichten konnten. Eine einzige Mine konnte einen Trupp mit sechs

Mann in Stücke reißen. Er sah sich verzweifelt um. Wo waren seine Kameraden geblieben? Sie hatten sich geschworen, keinen von ihnen im Stich zu lassen. Bevor sie aufgebrochen waren, hatten sie sich sogar die Nummer ihres Zugs sowie einen Totenkopf auf den Unterarm tätowieren lassen. Warum war er jetzt auf sich allein gestellt? Er blickte sich orientierungslos um, vermisste seinen Kompass und seinen Karabiner. Es war ihm, als kenne er diesen Ort und doch auch nicht. Hatten sie hier patrouilliert? Vor lauter Angst konnte er sich nicht konzentrieren. Er spähte zu den Hausdächern auf der anderen Seite des Platzes hinauf. Ein fähiger Scharfschütze traf sein Ziel auf sechshundert Meter Abstand, und bis zum ersten Gebäude waren es nicht einmal zweihundert Meter. Zum Glück regnete es. Das beeinträchtigte die Sicht der Schützen. Kälte und Regen taten ein Übriges, um die Flugbahn des Projektils unberechenbar zu machen. Eine Abweichung von wenigen Millimetern konnte ihm das Leben retten. Er hatte keine Zeit zu verlieren. Musste die Gefahren von Minen und Scharfschützen gegeneinander abwägen. Da er sich inzwischen die gleichmäßigen Abstände zwischen den Ritzen eingeprägt hatte, beschleunigte er seine Schritte. Als er sich dem Eingang näherte, sah er drei Männer in Anzügen, die Zigaretten rauchten. Er betrachtete die Jacketts der beiden vorderen Männer. Nirgendwo eine Ausbeulung, die auf ein Schulterholster schließen ließ. Der dritte Mann wurde von den beiden anderen verdeckt. Man konnte nicht sehen, ob er bewaffnet war. Waren es Zivilbeamte? Unwillkürlich ließ er die Hand in seine Tasche gleiten, spürte sein Handy und einen zylinderförmigen Gegenstand. Er umfasste den Zylinder und drückte ihn gegen das Innenfutter seiner Jacke. Die Ausbeulung der Tasche zeigte auf die drei Männer. Als sie ihn bemerkten, unterbrachen sie ihr Gespräch. Es wunderte ihn, dass sie Europäer waren. Er schätzte sie auf Ende vierzig. Zivilisten ohne Waffentraining. Der Erste wich seinem Blick aus und sah unsicher zu den anderen hinüber. Dann warf er seine Zigarette weg. »Kommt, lasst uns reingehen.«

Die anderen Männer nickten. Es überraschte ihn, dass sie Dänisch sprachen. Er sah ihnen nach, während sie durch den Regen zu dem Café eilten, das sich ein Stück die Straße hinunter befand. Irgendwas stimmte hier nicht. In diesem Moment bemerkte er die drei dänischen Fahnen auf dem Dach eines Gebäudes, das direkt vor ihm lag. Verwundert blickte er sich um. Ein gelber Bus überquerte die Kreuzung. Was tat der hier? Erst jetzt nahm er den strömenden Regen wahr. In Helmand hatte es nie geregnet. Was bedeuten musste, dass er nicht in Helmand war. Langsam erkannte er das Ritterdenkmal auf dem Platz wieder. Er war *zu Hause*, in Dänemark. Ausgerechnet am Kongens Nytorv. Er zog den zylinderförmigen Gegenstand aus der Tasche und betrachtete das Pillenglas. Drehte es zwischen den Fingern und las das Etikett. »Ritalin« stand dort mit großen Buchstaben, verschrieben an Jonas Vestergaard. Es waren seine Pillen. Es war sein Name. Seine Finger schlossen sich um das Glas. Ihm war, als könnte er wieder atmen. Als würden sein Tunnelblick und die hässlichen Töne verschwinden. Er konnte sich nicht erinnern, wie er hierhergekommen war. Oder was er hier wollte. Das alles war so verwirrend. Er musste die Pillen einnehmen. Wieder einen klaren Kopf bekommen. Er steckte das Glas in die Tasche und ging zum Café Felix hinüber.

Das Gewirr der Stimmen und das Klirren des Bestecks vermischten sich mit der entspannten Loungemusik. Am Fenster saßen mehrere junge Frauen und frühstückten. Sie waren Mitte dreißig. Teuer gekleidet, gepflegte Erscheinung. Dies war ein vornehmes Land. Weit von Camp Armadillo entfernt, wo sie manchmal sogar gehungert hatten, weil der Proviant zu knapp bemessen gewesen waren. Er sah die drei Männer von vorhin. Sie schauten zu ihm herüber, murmelten sich etwas zu und wandten die Köpfe ab. Alle Besucher sahen so unberührt und zerbrechlich wie Porzellanfiguren aus. Menschen, die das Grauen des Krieges nicht kannten. Allenfalls aus dem Fernsehen. Sein Wesen würden sie nie begreifen.

»Was kann ich Ihnen bringen?«, fragte ein Kellner. Auf seiner Schürze stand in goldenen Buchstaben der Name des Cafés. Seine Augen waren tot, und seine hängenden Mundwinkel signalisierten, dass es sich um den Oberkellner handelte.

»Ich ... ich möchte nur etwas trinken«, antwortete Jonas mit seeländischem Dialekt.

»Haben Sie einen Tisch reserviert?«

»Nein, ich ...«

»Dann bedaure ich ...«, sagte der Oberkellner und zeigte zur Tür.

»Ich brauche ein Glas Wasser ... für meine Tabletten«, sagte Jonas und zeigte ihm das Glas.

Der Kellner musterte es kurz und nickte. »Einen Moment bitte.«

Er ging hinter den Tresen, schenkte Jonas ein Glas Wasser ein und stellte es vor ihn auf den Tisch. »Bitteschön, der Herr.«

Jonas steckte sich die Pillen in den Mund und kaute

darauf herum. Sie schmeckten bitter; er brachte sie kaum hinunter. Aber er wusste, dass der Körper sie auf diese Weise schneller aufnahm. Er trank einen großen Schluck Wasser und sammelte sich ein wenig. Er erlebte einen solchen Anfall nicht zum ersten Mal, obwohl der letzte schon länger zurücklag. Es war schrecklich peinlich, wenn es geschah. Er versuchte, seine Gedanken zu ordnen, wusste aber immer noch nicht, warum er in diese Stadt gekommen war. Hatte er jemanden treffen wollen? Er nahm sein Glas, ging zum Eingang und schaute durch das große Panoramafenster auf den Kongens Nytorv hinaus. Steckte sich einen Finger in den Mund und entfernte die letzten Pillenreste, die an seinem Gaumen klebten. Vielleicht würde ein Blick auf die Anrufliste seines Handys seine Erinnerung auffrischen. Er zog es aus der Tasche und sah, dass er sechs unbeantwortete Anrufe hatte, die alle von seinen Eltern stammten. Das wunderte ihn, denn er hatte seit seiner Heimkehr nur wenig Kontakt zu ihnen gehabt. Sein Vater hatte ganz bestimmt nicht angerufen. Vielleicht seine Mutter oder Sofie. Er lächelte beim Gedanken an seine kleine Schwester. Vielleicht sollte er ihr einen Ring schenken. In diesem Moment schallte lautes Lachen von einem der Fenster zu ihm herüber. Er blickte sich um und sah eine Frau, die einen Säugling auf dem Arm hielt. Sie lächelte ihm kurz zu, ehe sie die Aufmerksamkeit wieder auf ihre Freundinnen richtete. Jonas leerte sein Glas und stellte es ab. Ließ seinen Blick erneut über den Platz schweifen. Jetzt, da es aufgehört hatte zu regnen, füllte er sich mit immer mehr Leuten. Er bemerkte einen dunkelblauen Lieferwagen, der mit dem Vorderrad auf dem Fahrradweg geparkt hatte. Eine der vorderen Türen war ein

Stück weit geöffnet. Seine Alarmglocken schrillten, aber er versuchte ruhig zu bleiben. Dies war nicht Helmand. Er musste lernen, sich zu entspannen. Sich zu *akklimatisieren*. Dieses Wort hatte der Militärpsychologe benutzt. Seine Bedeutung hatte er nachschlagen müssen: *sich anpassen*, hatte im Wörterbuch gestanden. Er war jetzt in Dänemark und der Krieg in weiter Ferne. Trotz seines Anfalls konnte es immer noch ein schöner Tag werden. Er tippte die Nummer seiner Eltern und hoffte, dass Sofie abheben würde.

In diesem Moment flammte draußen ein grelles Licht auf. Mit infernalischem Brüllen wurde das Café von einer Druckwelle getroffen. Wie eine riesige Faust zerschmetterte sie alles, was sich ihr in den Weg stellte. Drückte die gesamte Fassade tief in das Gebäude hinein, das unter dem enormen Druck schwankte. Als die erste Etage einstürzte, wirbelten die Gesteinsbrocken eine riesige Staubwolke auf, die sich bis auf den Bürgersteig und die Fahrbahn erstreckte.

Auf dem Platz herrschte gelähmte Stille. Die ohrenbetäubende Explosion hatte alle paralysiert. Der Verkehr war zum Erliegen gekommen. Die Leute stiegen aus ihren Fahrzeugen und starrten auf den riesigen Krater am Straßenrand, aus dem immer noch die Staubwolke aufwaberte. Die obersten Stockwerke der angrenzenden Häuser standen in Flammen. Ebenso wie einige Autos, die quer über den Platz geschleudert worden waren und nun wie bizarre Eisenskulpturen aussahen. Passanten brachen in Tränen aus.

Durch die sich legende Staubwolke wurden die ersten Personen sichtbar. Ihre Gesichter waren blutrot und rußverschmiert, ihre Haare verbrannt, die Kleider hingen

31

ihnen in langen Fetzen herunter. Alle hatten den gleichen versteinerten Gesichtsausdruck. Der Oberkellner
wankte aus den Ruinen. Ihm fehlte der rechte Arm. Das
Blut, das aus dem Stumpf quoll, zog eine rote Bahn. Er
versuchte, sich auf den Beinen zu halten, während er
zwischen den Cafégästen hindurchging, als wollte er ihre
letzten Bestellungen aufnehmen. Dann stürzte er leblos
auf die Fahrbahn.

In der Ferne hörte man die Sirenen der ersten Einsatzfahrzeuge.

4

Storm blickte zu Hassan hinüber, der auf einem der vier Betten saß, die den gesamten Platz des bescheidenen Kinderzimmers einnahmen. Hassan war gerade achtzehn geworden, ein schlaksiger Kerl mit Pickeln im Gesicht. Er trug einen grauen Qamis. Durch die geschlossene Tür hörten sie seinen Vater rufen. Storm hatte Henrik angewiesen, sich um die Familie zu kümmern. Henrik wog hundertfünfzig Kilo und hatte in seinen jungen Jahren Unterwasserrugby gespielt. Zwischendurch erklang Henriks erfahrene Stimme, die versuchte, den Vater zu beruhigen.

Storm nahm sich einen Klappstuhl, der neben einem der Betten stand, und setzte sich Hassan gegenüber. Sie waren von Hassans Mutter verständigt worden, die sich um ihren Sohn sorgte. Im letzten halben Jahr hatte er sich verändert. War von der Schule abgegangen und hatte dafür immer mehr Zeit in der Azra-Moschee verbracht. Die Moschee war ein bekannter Treffpunkt für Leute mit extremistischen Ansichten, die von Storms Antiterrorgruppe permanent überwacht wurde.

Erst kürzlich hatte Hassans Mutter sein Handy kontrolliert und mehrere SMS entdeckt, die an ein Mädchen in der Moschee gerichtet waren. Er schrieb, er sei bereit, in den Krieg zu ziehen, entweder in Afghanistan oder in Dänemark, um zum Märtyrer zu werden. Er hatte sie gefragt, ob sie ihn vorher heiraten wolle. Das Mädchen hatte nicht geantwortet. Daraufhin hatte Hassans Mutter die Polizei alarmiert, und schließlich war die Sache bei Storm und dem Geheimdienst gelandet. Sie hatten das Umfeld des Jungen erforscht und seinen Computer untersucht. Unter seinen Freunden hatten sich ein paar Islamisten befunden, die dem PET wohlbekannt waren. Auf seinem PC hatten sie mehrere Märtyrervideos und Links zu Dschihad-Seiten gefunden.

Jetzt saß Storm hier mit einem verstockten Teenager, der ihn seit einer halben Stunde geflissentlich ignorierte. Die schweren Strafen, die auf die Vorbereitung oder Unterstützung eines Terrorangriffs standen, schienen den Jungen nicht zu beeindrucken. Auch gegen sogenannte Jungenstreiche wurde in diesem Kontext mit äußerster Härte vorgegangen.

»Ich glaube, ich verstehe dich«, sagte Storm und beugte sich auf dem Stuhl vor.

Hassan schnaubte. »Das glaube ich kaum.«

»Warum glaubst du nicht, dass ich dich verstehe?«

»Warum sollte ein Bulle irgendwas von dem verstehen, was der Prophet verkündet?«

Storm schüttelte den Kopf. »Nein, nein, so habe ich das nicht gemeint. Ich glaube, ich verstehe, warum du so zornig bist.«

»Wer sagt denn, dass ich zornig bin?«

Storm lächelte. »Das liegt doch auf der Hand. Ich fände es auch nicht so lustig, mit meinen drei kleinen Geschwistern in einem Zimmer wohnen zu müssen, mit einem Vater, der über alles klagt, und einer Mutter, die meine persönlichen Dinge durchsucht. Eltern können manchmal ziemliche Idioten sein.«

Hassan nickte.

»Und ich weiß genau, wie verdammt schwer man es mit den Mädels hat, wenn man achtzehn ist, da spielt die Religion überhaupt keine Rolle.«

Es klopfte an der Tür. Henrik kam herein und zeigte vielsagend auf sein Handy.

Storm blickte auf. »Einen Moment noch. Aber Hassan, es bringt nichts, wenn man schreibt, dass man bereit sei, sich in Stücke reißen zu lassen. Erst recht nicht, wenn das Strafmaß für so etwas zwölf Jahre Gefängnis ist.«

Hassan zuckte die Schultern.

»Könntest du ihr nicht stattdessen ein paar Smileys oder einen Blumenstrauß schicken?«, schlug er ironisch vor.

Hassan biss sich in die Wangen, um nicht lächeln zu müssen.

»Es ist wichtig!«, sagte Henrik zu Storm.

Storm ignorierte ihn, zog einen Kugelschreiber und einen Notizblock aus der Tasche. »Ich schreibe dir eine Nummer auf.«

»Ich will nicht die Nummer von einem Bullen.«

»Natürlich willst du sie nicht haben, wenn all deine Talibanfreunde zum Tee kommen. Das hier ist die Nummer eines guten Freundes. Er heißt Ebrahim und ist Imam.«

Hassans Gesicht leuchtete auf. »Ebrahim aus der Moschee? Der Ebrahim, der Mullah Udeen zu uns eingeladen hat?«

Storm riss den Zettel ab und gab ihn Hassan. »Ja, das war nicht gerade eine seiner besten Ideen, aber normalerweise ist er sehr vernünftig. Warum redest du nicht mal mit ihm? Der hat ein bisschen mehr zu bieten als die Leute in der Azra-Moschee.«

Hassan betrachtete die Nummer und nickte. Storm wusste nicht, ob er ihn erreicht hatte. Aber dieses vorbeugende Gespräch hatte auch einem anderen Zweck gedient. Es sollte den Islamisten in Hassans Freundeskreis ein Signal senden, dass sie unter Beobachtung des Geheimdienstes standen. Was in der Regel dazu führte, dass sie sich zurückhielten. Diese Methode hatte sich schon früher bewährt, und Storm hoffte, dass sie Hassan retten konnte.

»Es ist wirklich sehr, sehr dringend!« Henriks Stimme zitterte, was sie nie zuvor getan hatte.

Storm stand auf. »Was ist passiert?«, fragte er und nahm das Handy.

»Was wir alle befürchtet haben.«

Storm trat das Gaspedal durch und brachte den Audi auf hundertsiebzig Stundenkilometer. Die Autos vor ihm fuhren hektisch an den Seitenstreifen, um Platz zu machen. Alle verfügbaren Einsatzkräfte waren alarmiert.

»Wer ist vor Ort?«

Henriks Hand krampfte sich so fest um den Haltegriff über ihm, dass seine Fingerknöchel weiß wurden. »Tom mit den Ermittlern und drei Sprengstoffexperten. Außerdem Niels und die Techniker. Plus die halbe Kopenhagener Polizei.«

Sie kamen zum Holmens-Kanal und fuhren bis zur Polizeiabsperrung am Königlichen Theater. Der Rauch des betroffenen Gebäudes auf der anderen Seite des Platzes stieg als dunkle Säule in den Himmel. Storm drückte auf die Hupe, als die Beamten keine Anstalten machten, die Absperrung zu entfernen, und sie nur böse anglotzten. Er fuhr bis zum Absperrband, sodass die Beamten sich beeilen mussten, es zu entfernen, damit es nicht weggerissen wurde.

Storm gab Gas, fuhr am Theatereingang vorbei in Richtung Nyhavn.

»Ach, du Scheiße!«, rief Henrik unwillkürlich aus, als sie das zerstörte Gebäude erblickten. Die Fassade war verschwunden. Die mittleren Stockwerke waren eingestürzt und lagen in Trümmern übereinander.

Vor dem Gebäude hatten die Polizei- und Rettungsfahrzeuge einen Halbkreis gebildet. Storm parkte fünfzig Meter entfernt vor der französischen Botschaft und stieg aus. Es hing ein bestimmter Geruch über dem Platz – nach Staub und dem Petroleum des Zündmittels. Außerdem führte der Regen einen metallischen Geruch mit sich, der ihn an Blut erinnerte. Der gesamte Kongens Nytorv war geräumt und sämtliche Zufahrtsstraßen waren gesperrt worden. Auch aus den oberen Etagen des Nachbargebäudes drang weiterhin dicker Qualm, aber die Feuerwehr hatte die Flammen unter Kontrolle gebracht. Am nahe gelegenen Taxistand standen die Krankenwagen Schlange, um die Verletzten abzutransportieren.

Die Rettungsleute waren damit beschäftigt, den unteren Teil des Gebäudes zu sichern, damit die Sanitäter zumindest relativ sicher arbeiten konnten.

»Tom!«, rief Storm.

Tom Schæfer, der die Ermittlungen leitete, drehte sich um. Er war ein kleiner blasser Mann Ende dreißig, mit melancholischen Augen, deren linkes ein wenig hing. Storm kannte ihn nur flüchtig. Die Leitung des PET hatte ihn erst kürzlich vom Morddezernat abgeworben, wo er sich in mehreren Fällen profiliert hatte.

37

»Wie sieht's aus?«

»Neunzehn Tote bisher, aber es werden immer mehr.«

»Verletzte?«

Er schüttelte den Kopf. »Schrecklich viele.«

»Was wissen wir über das Ziel?«

»Das Café Felix, ein exklusives Restaurant, das bei Geschäftsleuten und anderer zahlungskräftiger Kundschaft beliebt ist.«

»Warum ausgerechnet dieses Café?«

Tom zuckte die Schultern. »Weil dort viele Menschen sind. Der Täter wollte wahrscheinlich eine möglichst große Anzahl von Opfern. Das leer stehende Gebäude nebenan ist in diesem Zusammenhang sehr interessant.«

Storm warf einen Blick auf das Nachbargebäude. »Warum?«

»Weil dort früher die Redaktion von *Jyllands-Posten* untergebracht war.«

Storm nickte. »Zeugen?«

»Außer den Verletzten, die inzwischen abtransportiert wurden, haben wir zwei komplette Busladungen.« Er zeigte auf die beiden dunkelblauen Busse, die an der Seite das Emblem der Polizei trugen. Hinter den beschlagenen Scheiben erkannte Storm eine Vielzahl von Menschen. »Wir befragen sie gerade.«

»Was ist mit der Bombe?«

»Die Sprengstoffexperten sind noch bei der Arbeit.«

Tom folgte Storm und Henrik zum Krater neben der Fahrbahn, der einen Durchmesser von etwa acht Metern besaß und anderthalb Meter tief war. Um das Loch herum hatte der Asphalt viele Risse bekommen, die an Ringe im Wasser erinnerten. Drei Uniformierte unterhielten sich neben dem Wrack eines Wagens, dessen Räder im Krater nach oben zeigten.

Storm begrüßte Axel Laybourne, den Leiter der Sprengstoffabteilung. Laybourne war ein stämmiger Mann mit exakt getrimmtem Schnurrbart, der keinen Zweifel daran ließ, dass er ein Mann des Militärs war. »Was können Sie mir über die Sprengung sagen?«

»Es handelt sich um ein typisches IED, ein sogenanntes *Improvised Explosive Device*, das *uns* aus Helmand bekannt ist.« Laybourne sprach mit ihnen, als wären sie Idioten, was Storm mächtig auf die Nerven ging.

»Noch was?«

»Der Sprengsatz war mindestens vierhundert Kilo schwer und bestand höchstwahrscheinlich aus Ammoniumnitrat und Dieselkraftstoff, im Volksmund eine sogenannte Agrarbombe.«

»Woraus schließen Sie das?«

»Die Hitze hat den Asphalt geschmolzen, und das ringförmige Muster deutet auf einen Sprengstoff mit geringer Detonationsgeschwindigkeit hin.«

Storm betrachtete den Bürgersteig, der aussah, als wäre er frisch geteert worden. »Eine Vierhundert-Kilo-Bombe ist schwer zu transportieren. Ist schon bekannt, wo sie platziert wurde?«

»In einem Ford Transit.« Er zeigte auf das Wrack. »Die Tür haben wir auf der anderen Seite des Platzes gefunden, direkt vor dem Theater. Sie ist durch die Luft geflogen und hat dem da den Kopf abgeschlagen.« Laybourne wies mit dem Kinn auf das kopflose Ritterdenkmal in der Mitte des Platzes.

»Gab es eine oder mehrere Detonationen?«

»Es war ein singuläres Ereignis.«

»Wie hoch ist die Wahrscheinlichkeit, dass eine zweite Explosion folgen wird?«, fragte Storm und blickte sich um.

»In achtzig Prozent der Fälle, die auf das Konto von Al Kaida gehen, ist das der Fall«, erklärte Niels, der hinter ihm aufgetaucht war. »Aber in der Regel gehen die Bomben zeitgleich hoch. Wenn in den ersten zehn Minuten nach der Explosion nichts mehr passiert, sinkt die Wahrscheinlichkeit um neunzig Prozent. Die Terrorabwehr ist ziemlich sicher, dass nichts mehr nachkommt. Aber wir bleiben natürlich in höchster Alarmbereitschaft. Ich habe gehört, dass das Parlament evakuiert wurde und die Grenzen …«

»Danke, Niels. Wissen wir schon, ob es sich um einen Selbstmordattentäter handelt?«

»Nein, Leichenreste haben wir jedenfalls noch nicht gefunden«, entgegnete Laybourne und zeigte nach hinten auf das Wrack. »Könnte natürlich sein, dass sich noch etwas unter der Kiste befindet.« Er lächelte leutselig.

Storm verzog keine Miene.

»Seht zu, dass ihr Overalls über die Uniformen zieht, damit ihr den Tatort nicht verunreinigt, und fragt die Techniker, wo ihr euch bewegen dürft.« Storm wandte sich an Tom. Er hatte einen Verdacht, wer hinter dieser Aktion stecken konnte. Es würde sicherlich nicht lange dauern, bis irgendeine radikale islamistische Gruppierung die Verantwortung für den Anschlag übernehmen würde. Allerdings wollte er nicht solange warten.

»Tom, ruf die Antiterrorleute vom CTA an und bitte sie, uns ein paar Bilder von den üblichen Verdächtigen rüberzuschicken. Von Mahmood und seiner Zelle. Und von den Dreien aus Tingbjerg. Zeig die Bilder den Zeugen im Bus. Vielleicht erkennen die jemanden wieder.«

Tom zögerte einen Augenblick. »Brauchen wir nicht einen richterlichen Beschluss, um dieses Material zur Identifizierung zu benutzen?«

»Den Papierkram holen wir später nach.«

Storm drehte sich um und ließ den Blick über den Platz schweifen. Er blickte zum Hotel D'Angleterre und weiter zum altehrwürdigen Kaufhaus Magasin du Nord hinüber. »Wie viele Kameras gibt es hier?«

»Die französische Botschaft hat zwei an ihrer Fassade«, antwortete Niels. »Das D'Angleterre dürfte ebenfalls ein paar haben. Außerdem verschiedene Geschäfte und auch dort drüben, am Strøget. Mit etwas Glück kriegen wir zehn Kameras zusammen, die alle in Richtung Straße zeigen.«

»Wir brauchen *sämtliche* Aufnahmen. Und zwar noch heute, ehe irgendwas gelöscht wird.«

Niels nickte. »Meine Leute werden sich darum kümmern.«

Henrik blickte kopfschüttelnd zu den Schuttbergen hinüber, aus denen die Rettungskräfte eine weitere Leiche bargen. »Wer zum Teufel bringt so was nur fertig?«

»Das sollten wir eigentlich *vorher* wissen.«

Storm warf einen Blick auf sein Handy. Viel zu viele unbeantwortete Anrufe. Alle wollten sie ihn sprechen, und das aus gutem Grund. Er befand sich im Auge des Sturms. Er war derjenige, der alles hätte voraussehen und die Katastrophe verhindern sollen. Er bat Henrik, vor Ort zu bleiben und Niels zu unterstützen. Er selbst wollte nach Søborg zum Rest der Antiterrorgruppe zurückkehren.

Als er sein Auto erreichte, wurde ihm plötzlich schwindelig. Er musste sich an der Kühlerhaube abstützen. Er krümmte sich zusammen und erbrach alles, was er an diesem Morgen gegessen hatte. Die Magenkrämpfe ließen ihn nach Luft schnappen. In den letzten drei Jahren, seit er die Abteilung für Terrorismusbekämpfung leitete, hatte er stets versucht, das zu verhindern, was jetzt geschehen war. Hatte jede noch so kleine Bewegung in der Szene registriert, noch die schwächste Strömung wahrgenommen, sich tagtäglich abgerackert. Hatte selbst die Observierung übernommen, wenn sie einen konkreten Verdacht hatten. Hatte zahlreiche präventive Gespräche geführt, eine persönliche Beziehung zu den Imamen aufgebaut, die ihren Schäfchen vorstanden. Nach früheren Terroraktionen hatte er die Zügel angezogen, vorbeugende Maßnahmen ergriffen und eine Reihe von gefährlichen Situationen entschärft. Hatte dafür gesorgt, dass es bei der aggressiven Rhetorik der Scharfmacher geblieben war. Doch diesmal hatte er versagt. Jetzt war die Bombe sprichwörtlich geplatzt. Er war entsetzt, fühlte sich aber auch in gewisser Hinsicht erleichtert. Die Erleichterung konnte er sich nicht erklären. Er blickte sich verstohlen um, während er sich den Mundwinkel abwischte. Glücklicherweise hatte ihn niemand gesehen.

5

Im Konferenzraum, der im dritten Stock der Geheimdienstzentrale am Klausdalsbrovej lag, traf sich Storm mit den Kollegen von der Ermittlungseinheit.

Sie gingen die letzten Daten des CTA durch. Seit dem Terrorangriff vor drei Tagen hatten sie alle nahezu rund um die Uhr gearbeitet. Die meisten von ihnen, die sich um den ovalen Tisch versammelt hatten, waren völlig ausgelaugt. Er selbst hatte nur wenige Stunden auf dem Sofa in seinem Büro geschlafen. Er hatte es nicht fertiggebracht, nach Hause zu fahren, stattdessen hatte er seine Frau Helle gebeten, ihm mit dem Taxi frische Wäsche zu schicken. Storms Abteilung für Terrorismusbekämpfung gewann allmählich einen Überblick über die Situation; da sich bislang aber niemand zu dem Anschlag bekannt hatte, waren sie gezwungen, die Ermittlungen in verschiedene Richtungen laufen zu lassen. Dass es keine weiteren Angriffe gegeben hatte, war noch die beste Nachricht.

Es klopfte an der Tür. Charlotte, Storms Assistentin, trat ein.

»T4 ist zurück und möchte unterrichtet werden«, sagte sie leise.

»Jetzt gleich?«

»Jetzt gleich«, antwortete sie lächelnd.

Storm rieb sich die Schläfen. Zu diesem Treffen hatte er eigentlich keine Zeit. Er unterbrach das Abteilungsmeeting und sammelte seine Unterlagen ein. Er hatte seinen Chef fast stündlich über das Intranet unterrichtet, doch offenbar hatte T4 die Berichte nicht gelesen, sondern wollte lieber eine persönliche Zusammenfassung von ihm hören.

Drei Minuten später betrat Storm das Büro von Flemming Kampmann. Obwohl es mitten am Tag war, lag der Raum im Halbdunkel, weil die Vorhänge vorgezogen waren.

Der Spitzname T4, den man dem Chef der operativen Einheit verpasst hatte, war eine Abkürzung für Terrorpaket 4. Die ersten drei »Terrorpakete« hatte die Parlamentsmehrheit verabschiedet. Sie hatten dem PET weitreichende Vollmachten verliehen, was der Geheimdienstbehörde einen Personalzuwachs von hundertfünfzig auf achthundert Mitarbeiter beschert hatte. Mit der Berufung von Flemming Kampmann an die Spitze der Behörde glaubte man zudem, für den Kampf gegen den Terror ausreichend gerüstet zu sein. Endlich hatten sie den Mann gefunden, der mit unnachgiebiger Härte agierte und sich nicht scheute, im Namen der Sicherheit die ihm verliehene Macht anzuwenden – manchmal auch über den gesetzlichen Rahmen hinaus.

Flemming Kampmann stand am Garderobenständer neben seinem massiven Schreibtisch. Mit einem Stöhnen entledigte er sich seines Mantels und hängte ihn an seinen Platz. Er blickte zu Storm hinüber und bedeutete ihm mit einem Kopfnicken, auf der anderen Seite des Schreibtisches Platz zu nehmen. Seine mächtige Statur und sein fettes Mondgesicht, dessen Tränensäcke ihm weit ins Gesicht hingen, verliehen ihm das Aussehen einer missgestalteten Kröte.

»Wissen Sie, dass unser Justizminister Tabac benutzt?«

Storm setzte sich. Soweit er sich erinnerte, war dies der Name eines Aftershaves. »Nein, ich … bin dem Minister nie begegnet.«

»Ich komme gerade aus dem Ministerium, und als ich neben ihm stand, stieg mir der Geruch von Tabac in die Nase.« Er wischte sich einen Fussel vom Ärmel. »Kann man einem Tabac-Mann trauen?«

Storm zögerte einen Moment. »Ich denke, man kann dem *Minister* vertrauen«, antwortete er mit einem vagen Lächeln.

»Das war nicht meine Frage«, grunzte Flemming Kampmann und ließ sich schwer auf seinen Stuhl sinken. »Kann man jemanden aufgrund seines Aftershaves beurteilen?«

Storm zuckte die Schultern. »Vielleicht … Ich weiß es nicht.«

Er war seit nicht mal einer Minute hier, und sein Hemd war bereits durchgeschwitzt.

»Ich weiß es auch nicht.« Kampmann befeuchtete seine schmalen Lippen. »Sie haben um ein Treffen gebeten, also, was gibt's Neues?«

Es war typisch für ihn, die Wahrheit auf den Kopf zu stellen, sodass man stets den Eindruck hatte, einer Audienz beizuwohnen. Storm schlug seine Dokumentenmappe auf.

»Die Anzahl der Opfer nach dem Attentat am Kongens Nytorv ist auf dreiundzwanzig Tote und vierundachtzig Verletzte gestiegen. Viele der Verletzten schweben weiterhin in Lebensgefahr. Die Bombe hatte den Technikern zufolge eine Sprengkraft von über vierhundert Kilo. Offenbar handelt es sich um eine sogenannte Agrarbombe« – er malte Anführungszeichen in die Luft – »die ferngesteuert gezündet wurde. Ein Selbstmordattentat kann so gut wie ausgeschlossen werden, da …«

Flemming Kampmann wedelte abwehrend mit seinen kleinen Händen.

»Davon waren die Zeitungen in den letzten Tagen doch schon voll, Nikolaj. Mit einem Budget von vierhundert Millionen dürften wir schon ein bisschen mehr zutage fördern. Erzählen Sie mir was, das ich noch nicht weiß.«

Storm blätterte rasch in seinen Papieren. Fast wäre die Mappe auf dem Boden gelandet, doch er konnte den Inhalt retten.

»Wir … Es gibt neue Erkenntnisse zu dem Fahrzeug, das vermutlich für die Sprengung benutzt wurde. Wir haben die Nummer auf dem Motorblock festgestellt. Das Auto wurde vor vier Monaten in Lettland gestohlen.«

»Und?« Flemming Kampmann trommelte mit den Fingern auf die Tischplatte.

»Da das Fahrzeug identifiziert ist, haben wir versucht, seine Bewegungen durch die Stadt anhand verschiedener Überwachungs- und Verkehrskameras nachzuvollziehen. Eine Fassadenkamera des Hotel D'Angleterre hat das Fahrzeug auf dem Platz gefilmt. Das war zehn Minuten vor der Explosion. Wir konnten die Route des Wagens bis zum Tagensvej zurückverfolgen und setzen diese Untersuchung natürlich fort.«

»Ausgezeichnet. Gibt es ein Bild des Fahrers?«

Storm schüttelte den Kopf. »Nichts Brauchbares. Die Qualität ist einfach nicht gut genug. Aber die Techniker arbeiten an verschiedenen Lösungen, um die Bildqualität zu verbessern. Darüber hinaus suchen wir weiterhin nach Zeugen, vor allem Touristen, die an diesem Tag auf dem Platz waren und das betreffende Fahrzeug womöglich mit ihrer Kamera aufgenommen haben.«

»Hört sich ziemlich vage an«, murmelte Kampmann. »Was ist mit den Zeugen, die bereits befragt wurden? Hat niemand von ihnen etwas mehr gesehen?«

»Nein, offenbar nicht.«

Flemming Kampmann lehnte sich auf seinem Stuhl zurück. »Wir haben also nach wie vor keine Ahnung, wer hinter dem Anschlag steckt.«

Es war mehr eine Feststellung als eine Frage. Storm räusperte sich, während er nach einer passenden Formulierung suchte.

»Wir … haben allen Grund anzunehmen, dass die Täter eine Verbindung nach Dänemark haben. Größe und Beschaffenheit der Bombe, die Ortskenntnisse …«

Flemming Kampmann schnaubte. »Die Ortskenntnisse waren so brillant, dass sie nicht einmal wussten, dass *Jyllands-Posten* inzwischen umgezogen ist, und dass sie es auch nicht geschafft haben, das richtige Gebäude zu treffen.«

Storm ignorierte seinen Sarkasmus. »Wir gehen gerade der Theorie nach, dass das Café Felix das eigentliche Ziel des Terrorangriffs war. Teils aufgrund der vielen Opfer, die es dort gegeben hat, teils um durch die Wahl eines neutralen Orts Panik in der Bevölkerung zu schüren.«

»Und das CTA geht mit dieser Analyse konform?«

Storm nickte. »Ja, dort stützt man diese Vermutung.«

Kampmanns Finger trommelten erneut auf die Tischplatte. »Was ist mit diesem durchgeknallten Mullah?«

»Scotland Yard zufolge befindet sich Badr Udeen in Birmingham. Dort ist seine Moschee.«

»Wenn man bedenkt, was für einen Krawall es rund um seinen Besuch gegeben hat, so ist die Vermutung naheliegend, dass sich irgendjemand dadurch inspiriert gefühlt hat …«

»Darum überwachen wir auch die Azra-Moschee sowie drei weitere Moscheen, in denen Badr Udeen unserer Meinung nach seine Kontaktleute hat.«

Flemming Kampmann nickte. »Und wie viele von diesen Leuten wurden inzwischen festgenommen?«

Storm biss sich auf die Lippen. »Bisher ist es zu keinen Festnahmen gekommen.«

»Bitte?« Kampmanns Doppelkinn bebte.

Storm blickte in seine Unterlagen. »Aber wir observieren, wie gesagt, vier Moscheen und insgesamt achtundvierzig Personen.«

»Nikolaj …« Flemming Kampmann rieb die Hände mit einem trockenen Geräusch aneinander. »Ich weiß, dass Sie eine Vorliebe für die technische Abteilung und für Observierungen haben, was vollkommen in Ordnung ist. Sie haben damit in der Vergangenheit sehr gute Resultate erzielt. Aber die Situation hat sich geändert. Wir sehen uns einem Verbrechen gegenüber, das aufgeklärt werden muss. Es gibt Täter, die auf freiem Fuß sind, eine Nation, die blutet …«

»Ich komme gerade von einer Sitzung mit den Ermittlern. Alle sind hundertprozentig bei der Sache. Jeder Spur wird nachgegangen, im Inland wie im Ausland …« Seine Wangen glühten.

»Daran zweifle ich keine Sekunde. Aber wir befinden uns im Krieg. Auf unserem eigenen Boden!« Flemming

Kampmann schlug mit der Hand so hart auf den Tisch, dass es durchs ganze Büro dröhnte. Doch Storm ließ sich davon nicht beeindrucken. Er hatte ihn schon cholerischer erlebt als in diesem Moment.

Flemming Kampmann senkte vertraulich die Stimme. »Und im Krieg geht es darum, den Feind zu *vernichten*, habe ich recht?«

»Natürlich, aber wir können doch nicht aufs Geratewohl irgendwelche Leute verhaften. Auch den Ermittlungen würde das nicht nützen.«

Flemming Kampmann lächelte. »Aber der nationalen Sicherheit würde es nützen. Uns ein bisschen Luft verschaffen. Außerdem befinden wir uns in einer einzigartigen Situation, die es uns erlaubt, einige von denen, die unserem Land feindlich gesinnt sind, auszuweisen. Schauen Sie sich nur all die Leute an, die in den Medien von einer ›Tragödie‹ reden, aber trotzdem der Meinung sind, sie sei unausweichlich gewesen. Das heißt doch nichts anderes, als dass es unsere eigene Schuld ist. Unsere eigene Schuld!« Er lehnte sich kopfschüttelnd zurück.

»Das ist doch trotz allem nur eine Minderheit.«

»Aber diese Leute haben Anhänger.« Kampmanns Augen blitzten.

»Schon, aber …«

»Und unter diesen Anhängern gibt es jene, die unter allen Umständen ihre fremde Staatsbürgerschaft behalten wollen …« Er lächelte kühl. »Diese Unruhestifter wird man ja wohl noch ausweisen dürfen.«

»Das hört sich fast so an, als wollten Sie diese Leute deportieren lassen.«

»Deportieren ist ein hässliches Wort.«

Storm rutschte auf seinem Stuhl hin und her. »Ehrlich

gesagt, würde diese Vorgehensweise den Ermittlungen immens schaden. Derzeit haben wir zu diesem Milieu nämlich ausgezeichnete Kontakte. Die Imame haben uns ihre Unterstützung zugesagt. Selbst die Radikaleren von ihnen sind über den Vorfall entsetzt.«

»Die *Imame*«, wiederholte Flemming Kampmann, indem er das Wort in die Länge zog. Er fasste mit den Händen um die Tischplatte und stand auf. Für einen Augenblick schwankte er vor und zurück. »Ist Ihnen bekannt, Nikolaj, dass sich unter den dreiundzwanzig Todesopfern eine junge Frau namens Lene Paludan befindet?«

»Ja, ich habe die Obduktionsberichte gelesen«, antwortete Storm rasch. Er konnte sich vage an den Namen erinnern. Vor allem hatte er untersucht, ob auf der Liste der Todesopfer auch arabisch klingende Namen standen. Was die Theorie eines Selbstmordattentats gestützt hätte. Da dies aber nicht der Fall war, hatte er sich nicht eingehender mit der Liste beschäftigt.

»Dann wissen Sie auch, dass sie nur aufgrund ihrer Zähne identifiziert werden konnte, weil ihre Leiche völlig verkohlt war.«

Storm betrachtete seine Hände. »Viele Opfer waren aufgrund des Feuers nur schwer zu identifizieren.«

»Aber bei niemandem war es so schwierig wie beim kleinen Tobias.«

Storm runzelte die Stirn. »Ich verstehe nicht …«

»Das Baby von Lene Paludan. Sie hatte es auf dem Arm, als die Bombe detonierte.«

Storm nickte. Er hatte nicht gewusst, dass sich unter den Todesopfern ein Säugling befunden hatte.

»Die Druckwelle der Bombe war so gewaltig«, fuhr Kampmann fort, »dass Tobias an der Brust seiner Mutter förmlich zerquetscht wurde. All seine weichen Knochen wurden zermalmt und zu einem unförmigen Klumpen deformiert, der von den Flammen verzehrt wurde.«

Storm wollte nichts mehr hören, doch Kampmann hatte sich warmgeredet.

»Wären da nicht seine leeren Augenhöhlen gewesen, die durch all das verbrannte Fleisch starrten, hätte ihn niemand bemerkt.« Er lehnte sich über den Tisch, der unter seinem Gewicht ächzte. »Die Öffentlichkeit ist über solche Details schockiert. Solche grauenhaften Erkenntnisse führen zu Gefühlen der Ohnmacht und dem Wunsch nach Rache und Vergeltung. Sie erhöhen den Druck auf die Ermittler, vor allem auf den, der an ihrer Spitze steht.« Storm spürte Kampmanns bohrenden Blick. »Sie erhöhen aber auch den Druck auf die Politiker, die ihre Handlungsfähigkeit unter Beweis stellen müssen.«

»Wenn so etwas an die Öffentlichkeit dringt, erhöht das natürlich den Druck von allen Seiten«, entgegnete Storm.

Flemming Kampmann nickte. »Morgen früh wird das *Ekstra Bladet* das Bild von der Obduktion auf der Titelseite bringen. Der kleine Tobias wird, verschmolzen mit seiner Mutter, in die Welt hinausblicken, und die Welt …«, er machte eine Kunstpause, »wird zurückschauen.«

Storm spürte den Schweiß auf der Oberlippe. Er versuchte, seiner Stimme einen möglichst neutralen Klang zu verleihen. »Und wie können wir das verhindern?«

»Das tun wir nicht.«

»Nein?«

»Nein. Allein aus dem Grund, weil ich dafür gesorgt habe.«

Storm starrte ihn sprachlos an. Er war sich über die Konsequenzen dessen, was Kampmann ihm gerade offenbart hatte, noch nicht im Klaren. In der Bevölkerung würde es einen Aufschrei der Empörung geben. Auf der anderen Seite sah er durchaus das Strategische in Kampmanns Vorgehensweise. Kein Politiker würde es wagen, die Befugnisse ihrer Behörde infrage zu stellen.

»Finden Sie die Leute, die für diesen Anschlag verantwortlich sind, Nikolaj. Und beeilen Sie sich. Ich erwarte schon bald eine Liste der Verhafteten.«

Storm nickte und stand auf. Flemming Kampmann gab ihm in jeder Hinsicht freie Hand, doch konnte dies auch einen Keil in die Ermittlungen treiben und in gewisser Hinsicht die ganze Nation spalten. Storm hatte das Gefühl, als führte Flemming Kampmann seinen eigenen Krieg.

6

DIE DESTRUKTIVE LEHRE

Unser Krieg hat keinen territorialen Charakter. Der Kampf um die ökonomische Vorherrschaft dient vielmehr dazu, unsere bekannten Ziele zu erreichen. Die Ungläubigen werden dabei die Bauern in unserem Schachspiel sein. Und wenn sie sich mit ihren Kenntnissen brüsten, so wissen sie nicht, dass ihre Kenntnisse nur aus dem zusammengebraut sind, was wir ihnen zeigen. Auf diese Weise richten sich ihre Gedanken auf unser Ziel.

KAPITEL II: ÖKONOMISCHE VORHERRSCHAFT

Die beiden gepanzerten Einsatzwagen rollten langsam an den Sportplätzen vorbei, die im Bregnehøjpark zwischen den grauen Wohnblocks lagen. Die verbeulten Seiten sowie der rote Farbfleck auf dem Kühler des einen Wagens zeugten von den nächtlichen Kämpfen zwischen der Polizei und den Anwohnern. Die Bewegung der Fahrzeuge wurde von einigen Männern genau beobachtet, doch am helllichten Tag wagte es niemand, die Beamten in ihren Kampfanzügen, die sich in den Wagen zusammendrängten, anzugreifen.

Auf dem Platz, der am weitesten entfernt war, spielte eine kleine Gruppe im strömenden Regen Basketball. Alle trugen Kapuzenpullover. Der kleinste Spieler schüttelte mit Leichtigkeit seinen Verteidiger ab und versenkte den Ball im Korb. Die Mitspieler applaudierten, liefen zum Schützen und stießen die Fäuste aneinander, wie sie es nach jedem Punktgewinn taten. Der Spieler schob die von Regen und Schweiß getränkte Kapuze zurück. Es war eine Frau. Katrine Bergman spuckte auf den Boden und atmete tief durch. Sie war Mitte dreißig und damit um einiges älter als ihre Mitspieler, was sie an ihren tauben Muskeln spürte. Dennoch fragte sie die anderen, ob sie eine Revanche wollten.

»Noch fünf Minuten«, kam es von Saajid. Er versuchte, überlegen zu lächeln, wirkte aber erschöpfter als Katrine. Sie zog eine zerknautschte Schachtel Kings aus dem Pullover und steckte sich eine Zigarette an. Mit derselben Präzision, mit der sie den entscheidenden Korb erzielt hatte, warf sie Saajid die Schachtel zu. Er nahm eine Zigarette heraus und reichte die Schachtel an die anderen Spieler weiter. Einer von ihnen blickte den Polizeifahrzeugen nach, die sich langsam entfernten.

»Scheißbullen!«, rief er, so laut er konnte. »Die machen unser Viertel genauso kaputt wie die Nazis.«

Katrine wusste, dass es seit dem Bombenanschlag zu heftigen Konfrontationen zwischen den Jugendlichen dieser Gegend und Leuten von außen gekommen war, die sich rächen wollten. White Pride, Ultra und andere rechtsradikale Organisationen überfielen vorwiegend kleine Gruppen oder Einzelpersonen. Doch bisher hatte die Polizei niemanden festgenommen. Sie selbst hatte ein paar Skinheads in die Flucht geschlagen, die beim Gemüsehändler des Einkaufszentrums die Kunden schikaniert hatten.

»Die Bullen haben heute Nacht jede Menge Leute geschnappt. Das ist doch total krank. Denen sollte man eine Kugel verpassen.« Er formte seine Finger zu einer Pistole und schoss den Wagen hinterher.

»Hussein haben sie gestern auch einkassiert.«

Saajid schüttelte den Kopf. »Der saß ja auch in einem gestohlenen Auto. Ist schon immer ein Vollidiot gewesen.«

»Ja, aber kein Terrorist, wie die Schweine sagen.« Er warf Katrine einen verstohlenen Blick zu.

Sie ging nicht darauf ein, zog gierig an ihrer Zigarette und blies den Rauch in den blaugrauen Himmel.

»Hat ja auch keiner behauptet«, sagte Saajid.

»Warum verteidigst du die Bullen? Bist du etwa ein verdammter Spitzel?«

Saajid zog sich mit beiden Händen die Kapuze vom Kopf und kniff die Augen zusammen.

»Hast du ein Problem mit mir, Achmed?«

»Weiß nicht. Hab ich eins?«

Katrine warf die Zigarette weg. »Wollt ihr spielen oder euch hier anpissen?«

Achmed drückte die Zigarette durch den Zaun. »Lass uns spielen.«

Die drei nächsten Runden verlor sie. Aber das war nicht wichtig. Es war nicht ums Gewinnen gegangen, als sie damals gemeinsam mit Saajid und Ali die *Park Bears* gegründet hatte. Ihren eigenen Basketballverein. Der Verein hatte nur zwei Regeln: Wer zum Training kam, durfte weder Waffen bei sich tragen noch unter Drogen stehen. Alle Anwohner des Bregnehøjparks waren eingeladen. Hier konnten sie etwas anderes tun als Autos abfackeln, mit Drogen dealen oder was ihnen sonst in den Sinn kam. Katrine glaubte zwar nicht, dass die Jugendlichen damit gerettet waren, doch zumindest hatten sie einen Platz, an dem sie Spaß haben, sich austoben und für einen Moment all die Scheiße vergessen konnten, mit der sie es sonst im Leben zu tun hatten.

Saajid und Katrine gingen über den Parkplatz. Die Dämmerung hatte eingesetzt. Ein Mann stand neben den Überresten seines ausgebrannten Wagens und versuchte, das Nummernschild abzuschrauben.

»Was für Schwachköpfe, die so was machen«, sagte Saajid.

»Nach der Bombe übertreiben sie's wirklich ein bisschen.«

»Das Viertel ist auch nicht mehr das, was es mal war. Sind doch alles Psychopathen heute.«

Katrine zuckte die Schultern. »Von denen hat's schon immer genug gegeben.« Sie hatte ihr ganzes Leben in dieser Gegend verbracht und kannte sie wie ihre Westentasche. Der einzige Unterschied zu früher bestand darin, dass die Psychopathen heute eine dunklere Hautfarbe hatten. Man konnte nur dafür sorgen, dass sie einem vom Hals blieben. Das hatte sie schon in ihrer Kindheit gelernt.

Saajid ließ den Basketball immer wieder auf den Asphalt tippen, während sie zu der kleinen Ladenzeile hinübergingen.

»Was passiert mit all den Leuten, die ihr jetzt einsperrt? Meinst du, da sind auch welche von den Schuldigen dabei?«

»Damit habe ich nichts zu tun.«

»Aber du weißt doch bestimmt einiges.«

Katrine schüttelte den Kopf. »Ich weiß auch nur das, was in der Zeitung steht.«

Sie gingen am Halal-Schlachter vorbei, und Saajid grüßte kurz den Inhaber, der gerade sein Werbeschild hineintrug.

»*Wa Alaykum Assalam*«, erwiderte der den Gruß.

Katrine nickte ihm zu, ohne dass er reagierte.

Sie schlenderten dem Hochhaus entgegen, in dem sie wohnte.

»Aber irgendwas musst du doch wissen.« Saajid lächelte sie einladend an.

»Und wenn ich was wüsste? Du glaubst doch wohl nicht, dass ich so bescheuert wäre, es dir auf die Nase zu binden.«

»Warum nicht?«, fragte er und breitete die Arme aus. »Du kannst dich doch auf mich verlassen«, erwiderte er verschmitzt.

Sie zog schweigend die Tür auf und drehte sich zu ihm um. »Wir sehen uns, Saajid.«

»Hast du was Bestimmtes vor?«

Sie schüttelte den Kopf. »Duschen.«

Er biss sich auf die Lippen, senkte den Blick und schaute lächelnd zu ihr auf. »Allein?«

»Wolltest du nicht nach Hause?«

»Wollte ich das?«

Mit der Hüfte schob sie die Tür auf.

Sie spürte die kalten Badezimmerfliesen an ihrem nackten Rücken. Saaijd kniete vor ihr und leckte sie. Das warme Wasser der Dusche prasselte auf sie beide hinab. Sie fühlte seine harte Zunge und spürte seinen Bart an der Innenseite ihrer Schenkel. Wie kleine fordernde Finger kratzte und kitzelte er sie. Er stand auf. Ragte über ihr auf. Sie ließ ihre Hand über seinen Brustkasten gleiten. Liebkoste die nassen, gekräuselten Haare und seine Brustwarzen. Küsste seinen Bizeps, stellte sich auf die Zehenspitzen und erreichte seine Lippen. Sie küsste ihn und schmeckte sich selbst. Er nahm sie an den Schultern und drehte sie herum. Sie spürte seinen Schwanz an ihrem Po und ihrem Schoß und hörte ihn stöhnen.

Ungeduldig drang er in sie ein. Nahm sie direkt an der Wand. Ihre eine Hand glitt an den feuchten Fliesen entlang, und sie musste sich an den Armaturen abstützen, um nicht das Gleichgewicht zu verlieren. Seine Bewegungen wurden schneller und schneller, sein Griff um sie immer fester, sodass sich seine Nägel in ihre Haut bohrten. Sie spürte die Wärme in ihrem Schoß und schnappte nach Luft. Für einen kurzen Augenblick war ihr, als liefe das Wasser der Dusche durch sie hindurch.

Saajid stand im Eingang und zog den Reißverschluss seines Kapuzenpullovers nach oben. »Ich muss jetzt los.«

»Das weiß ich«, entgegnete Katrine, die in der Schlafzimmertür stand. Auf ihrer nackten Haut kräuselte sich eine Gänsehaut.

Saajid drehte sich um und legte die Hand auf die Klinke.

»Sex im Bad hat doch seine Vorteile«, sagte Katrine.

»Welche?«

»Man hinterlässt keine Spuren.«

Er verließ die Wohnung.

Katrine ging ins Schlafzimmer, zog ein T-Shirt und einen neuen Slip an. Es ärgerte sie, dass sie Saajid so mir nichts, dir nichts weggeschickt hatte. Sie kannten sich schon zu lange, als dass sie hier die verletzte Geliebte hätte spielen können. Sie hatte von Anfang an gewusst,

58

dass er eine Frau hatte. Eine hässliche und beschränkte, für die er nicht das Geringste übrighatte. Aber er hatte auch einen Sohn, den er vergötterte. Nichts auf der Welt würde ihn dazu bringen, seine Familie zu verlassen und zu ihr zu ziehen. Und das war auch gut so.

Obwohl die Sache in praktischer Hinsicht ihre Vorteile hatte, musste sie ihr einen Riegel vorschieben, ehe sie irgendwann ein böses Ende nahm. Und sie mochte ihn zu sehr, um das zu riskieren.

Sie blickte auf den Couchtisch. Dort lag immer noch der Brief neben dem aufgerissenen Umschlag. Seit Monaten hatte sie auf ihn gewartet, und an diesem Morgen war er endlich durch ihren Briefschlitz gesteckt worden. Sie ließen nicht locker und wollten sie fertigmachen. Ein Exempel statuieren. In schwachen Augenblicken hatte Katrine gehofft, sie würden die Sache auf sich beruhen lassen. Sie einfach vergessen. Oder ihr zumindest mildernde Umstände zuerkennen. Wie naiv sie gewesen war. Sie wusste genau, dass es so nicht laufen würde. Früher oder später holte einen die Vergangenheit ein. Zuerst hatte sie den Stempel des Amtsgerichts bemerkt. Hatte ein ums andere Mal den Text der Vorladung gelesen. Endlich war die Verhandlung anberaumt worden. Trotz der Vorwürfe und der nachfolgenden Anklageerhebung hatte sie weiter auf dem Revier arbeiten dürfen. Sie hatte jedoch keinerlei »Publikumskontakt« mehr gehabt und simple Büroarbeit erledigen müssen. Den Titel der Kriminalrätin trug sie immer noch, doch im Fall einer Verurteilung lief sie Gefahr, alles zu verlieren. Dann würde sie gemeinsam mit denen eingesperrt werden, die sie selbst hinter Schloss und Riegel gebracht hatte. Mit Mördern und Vergewaltigern, die sie von der

Straße entfernt hatte. Danach würde sie nicht mal mehr einen Job an der Rezeption bekommen. Dennoch bereute sie nicht, was sie getan hatte.

*

Zwei Wohnblocks von Katrine entfernt saßen Hamza und Jamaal vor Faris' Computer. Die Vorhänge waren geschlossen. In dem kleinen Zimmer mit den Gebetsteppichen an der Wand roch es säuerlich nach Marihuana. Faris war bei einem Treffen in der Azra-Moschee, wo er Koranunterricht gab. Doch sie wussten, dass er bald zurück sein würde. Jamaal und Hamza wohnten beide bei ihren Eltern und benutzten daher Faris' Wohnung, wenn sie sich treffen wollten.

Seit sie Badr Udeen in der Umkleide der Korsgade-Halle begegnet waren, hatten sie eine aufregende Zeit erlebt. Eine Zeit voller Anspannung. Faris konnte nicht verbergen, wie groß seine Angst war. Meist war er gereizt und schluckte ständig seine Pillen. Wenn's drauf ankam, war er zu nichts zu gebrauchen, fanden Hamza und Jamaal. Normalerweise nutzte er jede Gelegenheit, um den Heiligen Krieg zu predigen und die Märtyrer zu preisen. Doch wenn es darum ging, Dünger für die Bombe oder etwas anderes zu besorgen, dann hatte er stets tausend Ausreden parat. Sie mussten also zusehen, dass sie allein klarkamen. Für sie war dies die wichtigste Zeit ihres Lebens. Die einzige, die ihnen je sinnvoll vorgekommen war.

Darum hatten sie Faris auch nicht die Mail von Badr Udeen gezeigt. Sie war auf ihrem eigenen Hotmail-Account eingegangen, den sie während des Besuchs des Mullahs erhalten hatten. Zunächst hatten sie überlegt, die Nachricht wieder zu löschen, aber da Faris keine Ahnung von Computern hatte, ließen sie die Nachricht einfach im »Entwürfe«-Ordner liegen. Auf diese Weise kommunizierten sie mit Badr Udeen und seinen Leuten. Damit die Ungläubigen keine der Nachrichten abfangen konnten, schrieben sie ausschließlich auf diesem E-Mail-Account und legten die Nachrichten anschließend unter »Entwürfe« ab. Da die Mails nicht über das Internet versendet wurden, konnten sie kommunizieren, ohne elektronische Spuren in Internet zu hinterlassen. Das war eine absolut sichere Methode, solange Account und Passwort geheim waren und der Computer nicht gehackt wurde. Besser als alle Verschlüsselungsprogramme dieser Welt. So würden sie den Krieg gewinnen, hatte Badr Udeen gesagt. Mit List und Entschlossenheit.

Sie lasen die Nachricht des Mullahs voller Ehrfurcht, obwohl sie sehr kurz war. Sie kam ihnen genauso unwirklich vor wie das persönliche Treffen mit ihm. Er war ihr Vorbild gewesen, solange sie denken konnten. Er war einer ihrer Helden und stand mit Mullah Omar, Osama Bin Laden und den anderen Märtyrern in einer Reihe. *Seid gegrüßt. Allah belohnt diejenigen, die das Blut der Ungläubigen vergießen. Eure Tat ist gesehen und gepriesen worden. Vom Allmächtigen und von euren Brüdern.*

Sie mussten ihm antworten, damit er erfuhr, dass sie am Leben waren und seine E-Mail den richtigen Adressaten erreicht hatte. Fragte sich allerdings, *was* sie schreiben sollten. Sie erwogen, Mustafa um Rat zu fragen. Obwohl er der Jüngste in ihrer Gruppe war, war er doch auch der Gebildetste von ihnen. Mustafa würde wissen, wie man einem Mullah zu antworten hatte. Sie hatten allerdings keine Zeit, ihm ausführlich die ganze Situation zu erklären. Darüber hinaus wussten sie nicht, wie loyal er gegenüber Faris war. Also mussten sie sich selbst etwas einfallen lassen, ehe Faris zurückkam. Ehe es zu spät war.

»Also, was schreiben wir?«, fragte Hamza.

»Woher soll ich das wissen?«

Hamza kratzte sich seine Narbe, die quer über seine Wange lief. »Wir danken ihm erst mal, oder?«

Jamaal zuckte die Schultern. »Ich brauche noch einen Joint.« Er griff nach der Plastiktüte mit den Blättchen und dem Marihuana.

»Ich glaube, ich habe eine Idee.« Hamza begann zu schreiben. Zusätzlich zu all den Dankesformeln und Lobpreisungen schrieb er, seien sie stolz, Allahs Krieger zu sein.

Jamaal las den Text auf dem Bildschirm und zündete sich den Joint an.

»Hörte sich saugut an.« Er nahm einen tiefen Zug. »Schreib, dass noch weitere Aktionen folgen werden. Kopenhagen wird im Blut ertrinken.«

Hamza schnappte sich den Joint aus seinen Fingern. »Wir bomben sie in die Hölle.« Er hieb mit einem Finger auf die Tastatur ein.

»Schreib auch, dass wir unsere Brüder in Peschawar und Afghanistan rächen werden.«

Hamza nickte. »Ja, die Ungläubigen werden mit ihrem Blut bezahlen.« Sie hörten, dass unten jemand an der Haustür war.

»Beeil dich!«, sagte Jamaal.

Hamza versteckte rasch die Nachricht und schloss das Fenster auf dem Monitor.

Sie begrüßten Faris, der ins Wohnzimmer kam. Er beschwerte sich sofort über den Geruch.

»Wisst ihr nicht, dass die Gläubigen weder rauchen noch trinken, sondern die Gesetze des Koran und des Propheten befolgen?«

Sie achteten nicht auf ihn.

7

Im kleinen Vernehmungsraum des Kopenhagener Polizeipräsidiums saß Ebrahim auf der äußersten Stuhlkante. Die Hände ruhten in seinem Schoß.

»Bin ich festgenommen? In diesem Fall möchte ich wissen, wo mein Anwalt ist.«

Er schaute zu Storm, dann zu Tom hinüber, der an der Tür lehnte.

»Jetzt beruhige dich«, antwortete Storm. »Natürlich bist du nicht festgenommen.« Er zog einen Stuhl an den Tisch heran und setzte sich Ebrahim gegenüber. Er hatte dunkle Ringe unter den Augen und klang müde.

»Wir haben ein Treffen der Imamgruppe angeregt, doch niemand ist darauf eingegangen. Also sind wir gezwungen, mit jedem Einzelnen zu sprechen.«

»Wer sollte uns das übel nehmen?«, fragte Ebrahim. »Nach den willkürlichen Festnahmen der letzten Zeit gibt es keinen Gesprächsbedarf. Warum beschäftigt ihr euch nicht lieber mit den Neonazis, die Moscheen geschändet und unschuldige Menschen überfallen haben?«

Storm wusste allzu gut, dass die Zahl der Hassangriffe auf die muslimische Minderheit explosionsartig angestiegen war und ihre Ermittlungen hinterherhinkten.

»Wir sind keine Denunzianten«, erklärte Ebrahim.

Storm schüttelte den Kopf. »Natürlich nicht. Doch zum einen gab es keine willkürlichen Festnahmen, und zum anderen brauchen wir jede erdenkliche Hilfe, um die Schuldigen zur Rechenschaft ziehen zu können. Das sollte doch auch in eurem Interesse sein.«

Er musterte Ebrahim, der den Kopf abwandte.

»Natürlich. Aber wenn die Festnahmen berechtigt sind, wie du sagst – wie viele Anklagen sind bisher erhoben worden?«

»Wir sind nicht verpflichtet, Anklage zu erheben«, sagte Tom und trat näher an ihn heran. »Ein begründeter Verdacht reicht völlig aus.« Er schnippte mit den Fingern. »Und schon schnappt die Falle zu.«

»Die Falle ist ziemlich leer, lieber Freund.« Ebrahim zuckte die Schultern.

Storm wusste, dass er recht hatte. Die hundertneununddreißig Festnahmen der letzten Tage standen auf äußerst wackligem Grund. Nichts als alte Bekannte und Bekannte dieser Bekannten. Außer dem psychisch kranken Mahmood, der einen Beamten bei der Festnahme tätlich angegriffen hatte, waren alle wieder auf freien Fuß gesetzt worden. Zumindest war es ihnen durch die Festnahmen und die zunehmenden Patrouillen in den »Gettogebieten« gelungen, Nachahmungstäter abzuschrecken. Trotzdem standen sie nach zehn Tagen intensiver Ermittlungstätigkeit immer noch mit leeren Händen da. Selbst die ausländischen Geheimdienste hatten nichts zu vermelden. Die islamistischen Internetforen quollen über von Glückwunschbekundungen, doch in den einschlägig bekannten Kreisen war es bemerkenswert still.

Aufgrund der großen Menge von Nitratdünger, der zur Bombenherstellung benutzt worden war, hatte man die Ermittlungen auf Einbrüche in Scheunen und Ställen konzentriert. Vor allem zwei Einbrüche in Varde und im schwedischen Jönköping, bei denen größere Mengen Dünger gestohlen worden waren, standen im Zentrum der Aufmerksamkeit. Doch bisher gab es keine Tatverdächtigen.

Das Bombenauto hatte man bis zu einem Parkhaus im Bregnehøjpark zurückverfolgt. Die Überwachungskameras ließen darauf schließen, dass der Wagen dort achtundvierzig Stunden lang gestanden hatte. Leider zeigten die Aufnahmen nicht, wer ihn dort geparkt und wieder weggefahren hatte. Storm erinnerte sich daran, dass die Attentäter des ersten Bombenanschlags auf das World Trade Center vom FBI aufgespürt worden waren, weil sie versucht hatten, die Kaution von der Mietwagenfirma zurückzubekommen. Doch zweifelte er daran, dass auch sie so großes Glück haben würden.

»Wo stammen Sie her?«, fragte Tom.

»Sie wissen, dass ich aus Syrien komme«, antwortete Ebrahim und wies mit dem Kopf auf die Dokumente, die auf dem Tisch lagen.

»Aber Sie wohnen hier bereits seit zwanzig Jahren.«

»Einundzwanzig.«

»Dennoch sind Sie weiterhin syrischer Staatsbürger.«

Ein beunruhigter Ausdruck wanderte über Ebrahims Gesicht. »Und?«

Tom lehnte sich über den Tisch. »Wenn ich herausfinde, dass Sie sich auch nur das Geringste haben zuschulden kommen lassen, und sei es, dass Sie bei Rot über die Straße gegangen sind, dann schieben wir Sie ab.«

Ebrahims Kinnlade klappte nach unten. »Sie … Sie drohen mir?«

»Ich weiß nicht, wie die syrische Geheimpolizei reagiert, wenn Sie mit einem Ausweisungsbeschluss nach

Hause kommen, aber ich bin sicher, dass sie Sie nicht zum Kaffee einladen werden.« Er wies mit dem Kinn zur Kaffeetasse, die auf dem Tisch stand.

Ebrahim warf Storm einen Hilfe suchenden Blick zu. »Nikolaj … das ist nicht fair. Ich habe dir immer geholfen.«

Storm atmete tief durch. »Ich weiß.« Er breitete entschuldigend die Arme aus. »Kannst du mir nicht zumindest die zehn Minuten geben, die mir fehlen?« Er zog einen Kugelschreiber aus seiner Innentasche.

»Welche zehn Minuten?«

Er prüfte die Schreibfähigkeit des Kulis auf dem Papier, das vor ihm lag. »Die von Badr Udeen.«

»Ich verstehe nicht …«

Storm blickte auf. »Die zehn Minuten, die vergingen, nachdem er seine Rede beendet hat und bevor er durch den Hinterausgang die Halle verließ. Was hat er in dieser Zeit getan? Mit wem hat er gesprochen?«

Ebrahim sah sich unsicher um. »Er hat mit den Zuhörern gesprochen, mit niemand Bestimmtem.«

Storm kniff die Augen zusammen. »Die meisten Zuhörer haben die Halle durch den Vorderausgang verlassen, um sich mit uns eine Straßenschlacht zu liefern. Und ich bin mir ziemlich sicher, dass er auch nicht mit den Frauen gesprochen hat, die auf der Empore gesessen haben. Also, was hat er gemacht?«

Ebrahim schien wirklich verwirrt zu sein. »Er … er hat sich ausgeruht. In einem der Umkleideräume.«

»Wollten Sie nicht zusammen die Moschee besuchen?«, fragte Tom.

»Doch … hinterher … nachdem er sich ausgeruht hatte.«

»War er allein?«

»Ja … das heißt seine Leibwächter waren bei ihm. Sonst niemand.«

»Es ist also eine große Ehre, wenn man mit seinem Chef aufs Klo gehen darf«, entgegnete Tom sarkastisch.

Storm beugte sich zu Ebrahim vor, legte ihm die Hand auf den Arm und senkte vertraulich die Stimme. »Wenn er sich da drinnen mit irgendjemandem getroffen hat, dann will ich das wissen.«

Ebrahim blinzelte. »Natürlich. Aber ich bin mir sicher, dass dort niemand auf ihn gewartet hat.«

Nachdem Ebrahim gegangen war, sagte Tom lächelnd: »Lief doch alles bestens.«

Storm drehte sich zu ihm um. »Das ist das letzte Mal, dass du einem meiner Informanten drohst. Hast du das verstanden?«

Tom starrte ihn mit offenem Mund an. »Aber ich dachte …« Er räusperte sich. »War die Abschiebungsstrategie nicht Kampmanns Idee?«

»Solange ich hier das Sagen habe, gebe ich hier die Richtlinien vor, verstanden?«

Tom schluckte und nickte. »Natürlich …«

Am nächsten Tag bekam Storm einen Anruf von Ebrahim. Er hatte sich diskret in der Gemeinde umgehört. Niemand habe jemand anders in oder unmittelbar außerhalb der Umkleide gesehen als Badr Udeen. Er sei davon überzeugt, dass sich der Mullah mit niemandem getroffen habe. Storm dankte ihm für seine Hilfe. Als er schon auflegen wollte, sagte Ebrahim, es gebe jedoch ein Gerücht, das ihn unter Umständen interessieren könnte.

»Was für ein Gerücht?«, fragte Storm.

»Eine Frau sagt, dass sich am Vorabend, während der Vorbereitungen für die große Veranstaltung, ein Mann aus der Azra-Moschee in der Vorhalle aufgehalten habe. Ihr eigener Sohn, der seine Koranschule besucht, habe ihn grüßen wollen, aber der Mann habe den Kopf weggedreht, als wollte er nicht erkannt werden.«

Storm machte sich Notizen.

»Kannst du mir seinen Namen sagen?«

»Er heißt Faris … Faris Farouk.«

8

Katrine ging mit ihrem Anwalt Anders Høgsbro die Stutterigade hinunter. Er warf ihr einen verstohlenen Blick zu. »Ich hatte Sie gebeten, einen Rock anzuziehen. Sich ein wenig feminin zu kleiden.«

»Ich ziehe nie einen Rock an«, antwortete Katrine. Sie trug Jeans, T-Shirt und eine enge schwarze Lederjacke. Genau wie bei der Arbeit. Über die Wahl ihrer Kleider hatte sie sich keine Gedanken gemacht, doch unbewusst vermittelten sie ihr wohl das Gefühl, weniger ausgeliefert zu sein.

»Es gibt keinen Grund zur Besorgnis«, sagte Høgsbro lächelnd und zeigte seine schlechten Zähne. »Denken Sie einfach an die drei Grundsätze: Blickkontakt, deutlich sprechen und ...«

»Die Ruhe bewahren. Danke, ich kenne die Spielregeln.«

»Okay, dann lassen Sie uns den kleinen Dreckskerl, der Ihnen diese Anklage eingebrockt hat, auseinandernehmen.«

Katrine nickte. Der *Dreckskerl* war ihr ehemaliger Assistent. Er hatte die Sache dem Oberstaatsanwalt zugetragen, der sofort Feuer und Flamme gewesen war. Daraufhin hatte er ihre Stelle übernommen und sie als Sprungbrett für seine weitere Karriere benutzt. Sie wusste, dass Høgsbro den beruflichen Aufstieg ihres ehemaligen Assistenten als eigentliches Motiv für die Anklage darstellen würde. Doch zweifelte sie daran, ob dies für einen Freispruch ausreichen würde. Schließlich gab es Vorwürfe, die sich nicht so leicht entkräften ließen.

Sie gingen auf den Eingang des Gerichtsgebäudes zu. Sie betrachtete die Inschrift über der Tür. »Zur Sicherheit der Gemeinschaft« stand dort geschrieben. Sie war bestimmt schon zweihundertmal durch diese Tür gegangen, ohne die Worte je zu bemerken.

Als sie die Treppe zum Gerichtssaal im zweiten Stock hinaufgingen, zitterten ihre Beine so heftig, dass sie sich am Geländer abstützen musste. Auf dem Treppenabsatz des ersten Stocks bemerkte sie ein paar Kollegen von der Polizei. Sie standen vor dem Gerichtssaal und warteten darauf, als Zeugen vernommen zu werden. Die Beamten warfen ihr verstohlene Blicke zu und tuschelten miteinander. Sie ignorierte sie und gab sich einen Ruck. Nie im Leben sollten sie ihr die Nervosität ansehen. Mit festen Schritten ging sie weiter.

Auf der Bank saßen die beiden Beamten von der Bereitschaftspolizei, die gemeinsam mit ihr angeklagt waren. Katrine ging zu ihnen und begrüßte sie. Sie gaben ihr widerwillig die Hand. Sie kannte die beiden zwar nicht näher, dennoch wunderte sie sich über ihr ablehnendes Verhalten.

»Gehen wir hinein«, sagte Høgsbro.

»Die werden ihre Aussagen doch nicht mehr ändern?«

»Ach was!«, antwortete Høgsbro ungeduldig. »Alles ist genau verabredet. Ich mach das hier schließlich nicht zum ersten Mal.«

Katrine nickte. Allein die Tatsache, dass sie auf einen Anwalt wie Høgsbro angewiesen war, zeigte, in was für einer prekären Situation sie sich befand. Schon mehrmals war er drauf und dran gewesen, seine Zulassung als Anwalt zu verlieren. In der Presse wurde er auch als »Pitbull« bezeichnet. Aber ihr blieb keine andere Wahl. Sie brauchte diesen Pitbull, wenn sie auch nur eine kleine Chance haben wollte.

Der Staatsanwalt, Henrik Palsby, saß neben seinem Assessor und ging mit diesem seine Unterlagen durch. Er blickte auf und nickte Katrine und Høgsbro kurz zu, als sie zur Tür hereinkamen. Er war ein klein gewachsener Pedant, der seine Lesebrille auf der Nasenspitze trug. Da er sie in früheren Fällen schon mehrfach in den Zeugenstand gerufen hatte, kannte sie ihn als äußerst kompetenten Juristen, der aber auch sehr aufbrausend sein konnte. Ihm als Angeklagte gegenüberzustehen, hatte etwas Unwirkliches für sie. Aus alter Gewohnheit hätte sie sich fast in die Zuschauerreihen gesetzt, doch Høgsbro nahm sie am Arm und führte sie zum entgegengesetzten Ende des Saales. Katrine schaute sich um. Es war wie ein Albtraum, aus dem sie nicht erwachen konnte.

Die Gerichtsverhandlung begann. Die Richterin blickte zum Staatsanwalt hinüber und bat ihn, die Anklageschrift zu verlesen. Gemeinsam mit den beiden Beamten, die in derselben Sache angeklagt waren, wurde Katrine beschuldigt, dem inhaftierten Søren Rohde Gewalt angetan zu haben. Der Übergriff war in der Sicherheitsverwahrung des Polizeipräsidiums geschehen, und zwar in der Nacht nach dem Großeinsatz, der zu seiner Festnahme geführt hatte. Die Anzeige war von einem Kollegen ergangen, der sich im selben Abschnitt des Gebäudes befunden hatte. Søren Rohde war später von einem Mitinsassen getötet worden. Die Anklage, so der Staatsanwalt, stütze sich daher auf eine Reihe von Zeugenaussagen und den Bericht eines Arztes, der ihn untersucht habe.

Katrine lehnte sich zu Høgsbro hinüber und flüsterte: »Was meint er mit einer *Reihe* von Aussagen?«

Er zuckte die Schultern und machte sich Notizen. »Bestimmt nur ein Versprecher.«

Katrine bezweifelte das.

Dann wurde sie gebeten, im Zeugenstand Platz zu nehmen. Zahlreiche Angeklagte hatte sie schon hier sitzen sehen. Manche waren stumm geblieben, andere waren völlig ausgerastet. Wieder andere hatten ihren Tränen freien Lauf gelassen. Einmal hatte sie zusammen mit einem Gerichtsdiener verhindern können, dass der Vorsitzende angegriffen wurde. Sie spürte, dass ihre Hände feucht waren. Unabhängig davon, wie die Angeklagten sich aufgeführt hatten, war sie nie an ihnen selbst interessiert gewesen. Hatte immer nur gewollt, dass sie verurteilt wurden. Dass die Beweise hielten.

»Wie lautet Ihr Name?«, fragte die Richterin.

Katrine schaute zu Palsby hinüber und räusperte sich. Sie gab Namen, Alter und ihren Dienstrang als Kriminalrätin an. Eine Stelle, die sie seit fast vier Jahren innehatte.

»Was haben Sie in der Zelle von Søren Rohde getan?«

»Ich wollte die Handfesseln entfernen, die ihm während der Festnahme angelegt worden waren.«

»Warum hat man ihn sechs Stunden lang gefesselt? War dies eine Art Bestrafung?«

Sie schüttelte den Kopf. »Davon weiß ich nichts.«

»Wer hat die Entscheidung getroffen, ihn in Zelle zwei unterzubringen, wo die Überwachungskamera defekt war?«

Katrine zögerte, hatte jedoch noch ihre eigene Stimme im Ohr, die befohlen hatte, ihn in die hinterste Zelle zu bringen. Jemand hatte sie auf die defekte Kamera hingewiesen, und sie hatte geantwortet: »Umso besser!«

»Daran kann ich mich nicht erinnern. Wir haben ihn in der Zelle untergebracht, die gerade frei war. Ich habe die Kamera nicht überprüft.«

Palsby machte sich Notizen. »Warum waren Sie zu dritt, als seine Handfesseln entfernt wurden?«

»Weil der Festgenommene äußerst erregt war. Wir wollten kein unnötiges Risiko eingehen.«

»Haben Sie eine Decke über ihn gelegt?«

Sie schüttelte abwehrend den Kopf. »Nein, daran kann ich mich nicht erinnern.« Sie log und sah mit aller Deutlichkeit vor sich, wie sie die Decke über Søren Rohde geworfen hatte.

»Haben Sie das getan, damit der Inhaftierte nicht sehen konnte, wer ihn überfiel?«, fragte Palsby weiter.

»Wie gesagt, ich erinnere mich an keine Decke.«

Die Decke hatte dazu gedient, die äußeren Verletzungen zu minimieren. Der älteste Trick der Welt.

Palsby hob die Stimme. »Aber Sie haben ihn getreten, nicht wahr?«

»Nein«, antwortete Katrine, während sie immer noch spürte, wie ihre Fußspitze Søren Rohde hart in die Seite traf.

Palsby nahm seine Brille ab und zeigte damit auf sie.

»Aber Sie wurden dabei beobachtet, wie Sie Søren Rohde mehrmals getreten haben, während er auf dem Boden lag. Wie oft genau haben Sie ihn getreten?«

»Ich habe, wie gesagt, nur seine Handfesseln entfernt. Das war alles. Danach ließen wir ihn schlafen.«

Während Palsby seine Fragen stellte, ließ sie die Episode vor ihrem inneren Auge Revue passieren. Es hatte Tritte und Schläge gehagelt. Keiner hatte sich zurückgehalten. Es war eine Art Rausch gewesen, in dem sie ihre monatelangen Frustrationen abreagiert und sich an dem Monster gerächt hatten, das endlich vor ihren Füßen lag.

Bei jeder weiteren Frage von Palsby sah sie ihm fest in die Augen und gab ihm ohne zu zögern die Antworten, die sie mit den beiden Beamten verabredet hatte. Er hätte sie an einen Lügendetektor anschließen können, und es hätte nicht den geringsten Ausschlag gegeben.

Nachdem Palsby seine Befragung beendet hatte und es ihm nicht gelungen war, sie in die Enge zu treiben, war Høgsbro an der Reihe. Er hielt sich nicht lange bei den Anklagepunkten auf, die er als reine Spekulation bezeichnete, sondern konzentrierte sich vor allem darauf, ihre beeindruckende Karriere nachzuzeichnen. So entstand das Bild einer geradezu mustergültigen Polizistin, die ihren Kollegen stets mit gutem Beispiel vorangegangen war und im Übrigen eine der höchsten Aufklärungsquoten im ganzen Land hatte. Er zählte die Reihe aufsehenerregender Mordfälle auf, deren Ermittlungen sie geleitet hatte. Als er zum Ende kam, war es äußerst schwierig, in ihr etwas anderes zu sehen als eine kompetente, engagierte und hoch professionelle Kriminalrätin, die meilenweit von der Gewalttäterin entfernt war, die Palsby skizziert hatte.

Die Vorsitzende ordnete eine kurze Unterbrechung an, ehe der Arzt, der Søren Rohde untersucht hatte, in den Zeugenstand gerufen wurde. Palsby ging auf den medizinischen Bericht ein, in dem der Arzt geschrieben hatte, Søren Rohde sei physischer Gewalt ausgesetzt gewesen. Von drei gebrochenen Rippen war die Rede gewesen, von Läsionen und Blutergüssen an Armen und Beinen. Er erwähnte auch, dass Søren Rohde nach einem der späteren Verhöre bei Katrine Bergman wegen einer gebrochenen Nase behandelt werden musste. Høgsbro legte Einspruch ein, da diese Episode in der Anklageschrift nicht erwähnt wurde.

Danach machte sich Høgsbro daran, den medizinischen Bericht auseinanderzunehmen. Er stellte infrage, dass Rohde die Verletzungen in der Gefängniszelle erlitten habe. Vielmehr sei es doch viel wahrscheinlicher, dass sie von seiner Verhaftung herrührten, bei der er heftigen Widerstand geleistet habe.

Neunmal musste der Arzt bestätigen, dass dies nicht auszuschließen sei.

Als er fünfundzwanzig Minuten später den Zeugenstand verließ, warf Høgsbro Katrine einen lächelnden Blick zu und senkte die Stimme. »Aus dem hat Palsby nicht viel herausgekriegt. Den medizinischen Bericht können wir vergessen.«

Er tätschelte ihr die Hand. Sie lächelte zurück.

Als Nächstes wurde Hauptkommissar John Mathiasen, einer der Mitangeklagten, als Zeuge aufgerufen. Er war sichtlich nervös und ließ vernehmlich seine Finger knacken. Palsby begann mit seiner Befragung. Mathiasen bestätigte, dass er gemeinsam mit seinem Kollegen und Kriminalrätin Katrine Bergman in der besagten Zelle gewesen sei.

»Haben Sie unnötige Gewalt angewendet?«

»Nein«, antwortete John leise.

Høgsbro nickte zufrieden.

»Wie erklären Sie sich dann die Verletzungen, die der

Inhaftierte nach Ihrem Besuch aufwies? Sind die ganz von selbst entstanden?«

John sah zu Boden. Seine Wangen glühten. »Nein … es war Kriminalrätin Katrine Bergman, die ihn geschlagen hat.«

Høgbros Lächeln erstarrte. Palsby bat den Polizisten freundlich, seine Aussage zu präzisieren.

»Wir waren bereits in der Zelle des Inhaftierten, um ihm die Handfesseln abzunehmen. Da kam die Kriminalrätin herein und sagte, wir sollten das bleiben lassen. Wir fanden das etwas verwunderlich.« Er warf Palsby einen verstohlenen Blick zu.

»Fahren Sie fort. Was ist dann geschehen?«, fragte der Staatsanwalt, als wäre er ein Lehrer, der einem langsamen Schüler auf die Sprünge helfen muss.

»Dann hat sie ihn angegriffen. Hat ihn geschlagen und getreten, während er gefesselt war.«

»Aber hätten Sie die Kriminalrätin nicht stoppen und dem Gefangenen zu Hilfe kommen können?«

John nickte. »Doch, aber ich war einfach zu schockiert. Das Ganze geschah so schnell und heftig.«

Palsby nickte väterlich.

Die Aussage wirkte alles andere als einstudiert.

John erzählte, dass sie dem Übergriff irgendwann ein Ende bereitet und einen Arzt gerufen hätten.

»Besser spät als nie«, schloss Palsby seine Befragung.

Høgsbro versuchte, die Aussage des Beamten zu relativieren, doch John hielt in allen Einzelheiten an ihr fest. Als sein Kollege an der Reihe war, bestätigte er den Verlauf der Auseinandersetzung.

Katrine schloss die Augen. Auch wenn die Aussage der beiden Kollegen nicht ganz der Wahrheit entsprach, wusste sie genau, was das zu bedeuten hatte. Man hatte den beiden sicherlich Straffreiheit zugesichert, wenn sie sämtliche Schuld auf sie abwälzten. Schlimmstenfalls würden sie sich wegen eines »Dienstvergehens« zu verantworten haben. Ihr Kopf hingegen wurde der Richterin auf dem Silbertablett serviert.

Danach betrat der Hauptzeuge der Anklage den Raum. Katrines Blick folgte ihm, während er im Zeugenstand Platz nahm. Er war blasser um die Nase, als sie ihn in Erinnerung hatte. Anscheinend war sein neuer Job beim Geheimdienst ziemlich anstrengend. Tom Schæfer lächelte Palsby zu, als dieser mit seinen Fragen begann. Tom bestätigte die Aussagen der beiden vorigen Zeugen und erklärte, er selbst habe in jener Nacht Lärm gehört, als er an Rohdes Zelle vorbeigegangen war. Durch die offene Tür habe er dann mit eigenen Augen gesehen, wie Kriminalrätin Katrine Bergman den Inhaftierten getreten habe. Er wollte sie aufhalten, doch sie habe einfach die Tür zugeworfen. Danach habe er den Vorfall bei seinen Vorgesetzten gemeldet. Palsby dankte ihm melodramatisch für seinen Mut, die Angelegenheit nicht vertuscht zu haben.

Høgbros Versuch, Tom zu diskreditieren, verlief danach im Sande. Da die beiden Beamten seine Aussage stützten, fiel Høgbros Theorie, Tom habe nur seine eigene Karriere im Sinn gehabt, in sich zusammen. Dass Høgbro dennoch nicht locker ließ, machte die Sache angesichts seines Rufs auch ich besser.

Ein Schwarm Tauben flatterte auf und flog über den Platz vor dem Gerichtsgebäude. Katrine schlug den Kragen ihrer Lederjacke hoch. Sie zündete sich eine Zigarette an und stieß den Rauch aus, der wie schwerer Nebel in die kalte Luft stieg.

»Noch ist die Messe nicht gelesen«, sagte Høgsbro. »Ich werde die beiden schon dazu bringen, ihre Aussage zu revidieren. Es liegt doch auf der Hand, dass das hier ein abgekartetes Spiel war.«

»Was sollen wir jetzt machen?«, fragte Katrine.

»Wir haben vierzehn Tage Zeit, um Revision einzulegen. Wenn Chip und Chap da vorne«, er zeigte auf die beiden Beamten, die hastig in ein wartendes Taxi stiegen, »auch nur den kleinsten Fleck auf ihrer weißen Weste haben, dann werde ich ihn finden und die beiden diskreditieren. Das gilt auch für Schæfer, diesen Falschspieler. Dann wird die Anklage in sich zusammenstürzen wie ein Kartenhaus.«

»Tom hat keinen Dreck am Stecken. Er ist ein ehrgeiziger Scheißkerl, aber der lässt sich nichts zuschulden kommen.«

Høgbro schüttelte den Kopf. »Jeder hat irgendeine Leiche im Keller, glauben Sie mir.«

Er gab ihr rasch die Hand, ehe er die Straße hinuntereilte und verschwand.

Sie schnippte ihre Zigarette in einem Bogen über den Platz.

Die beiden waren mit einem Bußgeld von dreitausend Kronen davongekommen. Sie würden zwar keine Karriere mehr machen können, doch zweifelte sie daran, dass sie das je gewollt hatten. Sie waren mit dem zufrieden, was sie hatten. Heute Abend würden sie mit ihren Kumpeln Bier trinken und feiern, dass die Sache glimpflich abgelaufen war und sie der alten »Lesbe« alles in die Schuhe geschoben hatten. Außerdem würden sie wei-

79

terhin mit der Abreibung prahlen, die sie Søren verpasst hatten. Sie selbst hatte Saajid nur widerwillig von dieser Episode erzählt, als der innere Druck zu groß wurde. Danach war sie völlig zusammengebrochen.

»Fuck!«, stieß sie unwillkürlich aus, als ihr klar wurde, was das Urteil bedeutete. Nicht nur ihre berufliche Karriere wäre zu Ende, sondern sie würde auch für neunzig Tage in den Knast wandern müssen. Dennoch bereute sie nicht, was sie getan hatte.

Nur, dass sie sich hatte erwischen lassen.

*

Palsby frühstückte in seinem Büro. Zwei Käsebrote und eine Tasse Kaffee. Er ging gerade die Anklageschrift gegen drei Skinheads durch, die einen Kioskbesitzer überfallen hatten, als sein Handy vibrierte. Er schaute auf das leuchtende Display, die Rufnummer war unterdrückt.

Er hob ab. »Palsby.«

Am anderen Ende klickte es mehrfach, als würde ein Zahnrad langsam in Bewegung gesetzt. Dann hörte er eine metallische Stimme. »Gut gemacht, Palsby, meinen Glückwunsch.«

Er lehnte sich auf seinem Stuhl zurück. Es war lange her, dass er einen Anruf von der *Stimme* erhalten hatte. Sie war bis zur Unkenntlichkeit verzerrt, wie die Sprechfunktion eines Computers, nur weniger abgehackt. Außerdem waren Alter und Geschlecht des Sprechers nicht zu erkennen.

»Danke, aber das war keine große Sache.«

»Nicht so bescheiden«, sagte die Stimme. »Ihre Professionalität und Ihr hohes fachliches Niveau haben einen großen Eindruck hinterlassen.«

»Nochmals vielen Dank.«

»Aber es gibt noch mehr zu tun. In Kürze werden ein paar interessante Fälle auf der Tagesordnung stehen.«

»Ich höre.«

»Es geht um mehrere Ausweisungen.«

Er hob die Brauen. »Gibt es etwas Neues hinsichtlich des Terroranschlags?«

Die Stimme ignorierte seine Frage. »Es ist für Sie von äußerster Wichtigkeit, diese Fälle selbst in die Hand zu nehmen.«

»Das werde ich tun. Danke für die Information.«

»Keine Ursache. Fürs Protokoll.«

Er zögerte einen Augenblick. »Fürs Protokoll.«

Palsby legte auf und hielt noch eine Weile sein Handy in der Hand. Auch nach so vielen Jahren kam ihm diese Abschiedsformel immer noch schwer über die Lippen. Trotz ihres juristischen Untertons hatte sie etwas Banales. Ihre genaue Bedeutung kannte er nach wie vor nicht.

Das Ganze hatte während seines Jurastudiums begonnen. Zunächst hatte er es für den Scherz einiger älterer Semester gehalten. Für eine Art Studentenverbindung, die nur wenigen Auserwählten vorbehalten war. Doch hatte er nie eine formelle Einladung erhalten und auch nie herausbekommen, wer sich hinter der geheimnisvollen Stimme verbarg. Damals hatte es sich um die Lösung irgendwelcher Prüfungsaufgaben sowie um einen lukrativen Studentenjob gehandelt. Seit dieser Zeit hatte ihn die metallische Stimme mehrmals im Jahr angerufen. Hatte ihn stets mit Informationen über Dinge versorgt, die in der Zukunft passieren würden. Teils ging es um freie Stellen oder um juristische Fälle, die für seine weitere Karriere von Bedeutung sein konnten. Man hatte nie irgendwelche Forderungen gestellt, auf welche Art und Weise er die Aufgaben lösen sollte, und er war auch nie dafür bezahlt worden. Doch hatten sich die Dinge stets zu seinem persönlichen Vorteil entwickelt. Als hätte er seinen eigenen Schutzengel. Ein paarmal hatte er gefragt, wer sich hinter der Stimme verberge und was es mit dem »Protokoll« auf sich habe. Doch hatte die Stimme nie darauf geantwortet, und so hatte er es irgendwann aufgegeben zu fragen. Stattdessen hatte er versucht, irgendein Muster in den Fällen zu erkennen, die von der Stimme angekündigt wurden, doch schien zwischen ihnen kein Zusammenhang zu bestehen. Die einzige Gemeinsamkeit war, dass sie seinem persönlichen Fortkommen dienten. In dieser Hinsicht schien das »Protokoll« für ihn zu arbeiten, nicht umgekehrt. Es wäre ihm nie in den Sinn gekommen, anderen von der Stimme oder dem »Protokoll« zu erzählen. Vor allem aus Eitelkeit. Er genoss den Respekt, der ihm aufgrund seiner Erfolge und seiner strahlenden Karriere entgegengebracht wurde. Wenn die Stimme recht hatte – woran er nicht zweifelte –, dann waren die von ihr angekündigten Ausweisungsfälle äußerst prestigeträchtig und konnten ihn auf der Karriereleiter in höchste Höhen katapultieren. Dorthin, wo die Luft ziemlich dünn war.

»Oberstaatsanwalt«, murmelte er vor sich hin. Ein hübsches Wort. Mithilfe der Stimme würde er eines Tages vielleicht sogar auf dem Richterstuhl am Obersten Gericht sitzen.

Lächelnd biss er von seinem Käsebrot ab. Es waren gute Zeiten.

9

DIE VERARMUNG IST UNSERE WAFFE

*Unser Ziel ist nah. Bald wird die Schlange sich um
das Land winden. Wenn dieser Kreis geschlossen
ist, werden alle Ungläubigen gefangen sein wie in
einem Schraubstock. Denn wir haben einen Abgrund
geschaffen zwischen der weitblickenden Herrscher-
gewalt und der blinden Kraft des Volkes, sodass beide
ihre Bedeutung verloren haben. Wie der Blinde mit
dem Stock sind beide für sich machtlos.*

KAPITEL III: EROBERUNGSSTRATEGIE

Katrine drehte den Zündschlüssel. Der alte Mit-
subishi Colt sprang widerwillig an. Sie legte den Rückwärtsgang ein und wollte gerade losfahren, als jemand
gegen die Seitenscheibe klopfte. Saajid stand draußen
und war außer Atem. Mit dem Schraubenzieher, der
die abgebrochene Handkurbel ersetzte, drehte sie die
Scheibe nach unten.

»Was gibt's?«

Er war ganz außer Atem. »Ich hab heute von dir in der
Zeitung gelesen.«

»Und?«

»Bist du okay?«

Sie zuckte die Schultern. »Warum sollte ich nicht okay
sein?«

»Wegen dem Prozess, deiner Kündigung.«

»Die fechten wir an. Außerdem ist die Polizei nicht mein ganzes Leben.« Sie wich Saajids Blick aus und begann, die Scheibe wieder nach oben zu drehen.

»Wo willst du hin?«

»Nur ein bisschen fahren.«

Er legte den Finger auf die obere Kante der Scheibe. Sie hielt inne.

»Tut mir leid, dass ich neulich einfach gegangen bin.«

»Vergiss es, Saajid.«

Er lächelte. »Vielleicht können wir uns später treffen … Fatima ist bei ihrer Familie und …«

Sie warf ihm einen kühlen Blick zu. »Damit solltest du lieber nicht rechnen.« Sie legte erneut den Rückwärtsgang ein und setzte aus der Einfahrt.

Das Polizeirevier lag einsam und verlassen im strömenden Regen da.

Katrine betrat den Eingangsbereich. Als sie am Empfang vorbeigehen wollte, wurde sie von dem jungen Wachhabenden aufgehalten. Er wusste genau, wer sie war, dennoch forderte er sie auf, sich auszuweisen. Sie atmete tief durch und zog ihren Polizeiausweis aus der Tasche.

»Ich habe die Anordnung, Ihren Ausweis einzuziehen«, sagte er und hob das Kinn, um seinen Worten Nachdruck zu verleihen.

Sie wollte schon in die Luft gehen. Aber es gab keinen Grund, alles noch schlimmer zu machen, also warf sie den laminierten Ausweis vor ihn auf den Tisch.

»Setzen Sie sich bitte da drüben hin, bis Sie abgeholt werden.«

Sie setzte sich zu den übrigen »Gästen«.

Fünf Minuten später tauchte Holck von der Schutzpolizei auf. Er lächelte sie herzlich an und winkte sie zu sich herüber. Als sie zu ihm kam, öffnete er die Schranke und hielt sie galant oben, bis sie hindurchgegangen war. »Schön, dich zu sehen.«

»Gleichfalls«, entgegnete Katrine.

Holck arbeitete hier seit Menschengedenken und war in all seiner freundlichen Autorität der Inbegriff des guten alten Polizisten.

Als sie den Gang hinuntergingen, drehte er sich halb zu ihr herum. »Tut mir wirklich sehr leid für dich.«

»Wir legen Revision ein«, sagte sie rasch. »Die Sache ist noch nicht entschieden.«

Er nickte kurz. »Dann kann man nur das Beste hoffen.«

Sie gingen an ihrem alten Büro vorbei und spazierten durch die Abteilung. Es wurde still, als sie eintrat. Die Kommissare an den ersten beiden Tischen wandten die Köpfe ab, als sie an ihnen vorbeiging. Holck führte sie zu dem Schreibtisch, den man ihr zugewiesen hatte, solange ihr Prozess noch andauerte.

»Lass dir Zeit, Katrine.«

Sie nickte. Dankbar darüber, dass er nicht darauf bestand, sie zu überwachen, während sie ihre Sachen zusammenpackte.

Sie spürte die Blicke ihrer Kollegen, als sie die Schubladen leerte. Einige von ihnen hatten sich auf diesen Tag gefreut. Sie war nie darauf aus gewesen, den ersten Preis im Sympathiewettbewerb zu gewinnen. Es war ihr immer auf die Resultate angekommen. Sie hatte das Morddezernat mit eiserner Hand geführt und ihre Mitarbeiter ein ums andere Mal gedrängt, gewisse Grenzen zu überschreiten, wenn sie bei ihren Ermittlungen feststeckten. Das hatte nicht nur Søren Rohde zu spüren bekommen. Sie hatte die Beschwerden gegen ihre Kommissare ignoriert, genau wie ihre Vorgesetzten bei ihren Regelverstößen ein Auge zugedrückt hatten, solange sie die gewünschten Ergebnisse abgeliefert hatte. Doch jetzt wehte ein anderer Wind. Jetzt wurde ihr ein selbstherrlicher Führungsstil vorgeworfen. Zum Teufel mit euch Heuchlern, dachte sie, als sie die letzte Schublade aufzog.

Darin lagen sechs, sieben handgeschriebene Briefe. Sie nahm sie heraus und blätterte sie durch. Die Briefe waren von Angehörigen in einigen der Mordfälle, die sie gelöst hatte. Sie dankten ihr dafür, dass der Täter gefasst worden war. Auch der Vater eines Opfers von Søren Rohde hatte ihr geschrieben: »Danke, dass wir endlich Frieden gefunden haben«, stand dort kurz und bündig. Sie hatte den Brief aus sentimentalen Gründen aufgehoben.

Jetzt warf sie die Briefe in den Papierkorb.

Katrine folgte Holck ins Depot, wo sie ihre Uniform und ihre Pistole ablieferte. Sie fummelte am Klettverschluss und riss die Glock aus dem Holster. Sie hatte die Pistole nie außerhalb des Schießstands benutzt. Allerdings hatte sie in ihrer Anfangszeit als Kommissarin einen Psychopathen mit ihrer ersten Dienstwaffe, einer Walther PK, aufgehalten. In einem 7-Eleven-Shop. Ihr Kollege hatte gezögert, als der Mann sie mit einem Brotmesser angegriffen hatte. Sie nicht.

Der Depotleiter händigte ihr eine Quittung aus, die sie zusammenknüllte und in die Tasche stopfte.

»Viel Glück mit der Revision«, sagte Holck und öffnete ihr die Tür, die zum Parkplatz hinausführte.

»Wir sehen uns bald wieder«, entgegnete sie ohne Überzeugung und ging hinaus.

Sie zündete sich eine Zigarette an und schlenderte zu ihrem Wagen hinüber. Die Vordertür klemmte. Als sie ihr einen Stoß mit dem Knie versetzte, sprang sie auf.

»Katrine Bergman«, hörte sie hinter sich eine Stimme. Sie drehte sich um.

Vor ihr stand ein Mann, den sie noch nie gesehen hatte. Er machte einen gepflegten Eindruck und hatte dunkle, tief liegende Augen, die an einen Raubvogel erinnerten. Er lächelte kurz und gab ihr die Hand. »Mein Name ist Nikolaj Storm.«

Bulle, dachte sie instinktiv.

»Ich arbeite beim PET. Hätten Sie Zeit für eine Tasse Kaffee?«

Superbulle. Sie hatte nicht die leiseste Vorstellung, was der Geheimdienst von ihr wollen könnte. Die Einladung zum Kaffee ließ vermuten, dass es nichts mit ihrer Revision zu tun hatte.

»Zeit ist das, was ich am allermeisten habe.«

Sie nahmen Katrines Auto und fuhren zum Torve-Café.

*

Storm wählte eines der hintersten Abteile des Cafés, das wie ein amerikanisches Diner eingerichtet war. Katrine bestellte einen Kaffee, einen Milkshake und einen Quarter Pounder. Storm begnügte sich mit einem Kaffee.

Nachdem die Kellnerin ihnen ihr Essen gebracht und sich wieder entfernt hatte, beugte er sich vor und begann von seinem Job als Leiter der Abteilung für Terrorismusbekämpfung beim PET zu erzählen. Seine Stimme war leise und tonlos und ging in der allgemeinen Geräuschkulisse fast unter. Der muss schwer abzuhören sein, dachte Katrine. Er berichtete, dass seine Abteilung in drei Bereiche unterteilt sei: Zum einen gebe es die Techniker, die sich um die elektronische Ausstattung kümmerten, dann wären da die Leute von der Überwachung, die Lauschangriffe und Observierungen durchführten, sowie die Ermittler, die die Überwachung verdächtiger Personen anordneten und Beweismaterial sammelten. Die primäre Aufgabe der Abteilung bestehe darin, Gruppen und einzelne Personen in Dänemark zu überwachen, um Terrorangriffe zu verhindern, doch nach dem Bombenattentat am Kongens Nytorv konzentrierten sich die Aufgaben vor allem auf die Ermittlungen. Er berichtete auch von der Taskforce, die er ins Leben gerufen habe. Sie bestehe aus hoch qualifizierten Leuten, die sowohl aus den Reihen des PET als auch von außen kämen. Diese Gruppe sollte gewissermaßen die Speerspitze bei den Ermittlungen sein. Storm hielt mitten in seinen Ausführungen inne und nippte an seinem Kaffee. Er stellte die Tasse ab und sah sie an.

»Unterbrechen Sie mich ruhig, wenn Sie irgendwelche Fragen haben.«

»Woher wussten Sie, dass ich heute auf dem Revier sein würde?«

Ihre Direktheit schien ihn zu verblüffen. »Ich war gerade in der Nähe«, antwortete er scherzhaft.

»Werde ich überwacht?«

»Ganz und gar nicht.«

Das kaum merkliche Zucken seines Mundwinkels verriet ihr, dass er log.

88

»Warum sitzen wir hier?«

»Weil ich vielleicht eine Aufgabe für Sie habe.«

»Für einen PET-Mitarbeiter sind Sie erstaunlich schlecht informiert. Ich bin gerade suspendiert worden.« Sie biss von ihrem Hamburger ab.

»Darüber bin ich im Bilde«, entgegnete er. »Aus diesem Grund war ich gezwungen, ihren Hintergrund zu recherchieren. Und angesichts Ihrer Verurteilung habe ich meine Vorbehalte.«

Sie mochte den Blick nicht, mit dem er sie ansah. »Meine Verurteilung«, wiederholte sie, während sie sich mit der Serviette den Mund abwischte. »Wissen Sie überhaupt, wer dieser Søren Rohde war, den ich angeblich tätlich angegriffen haben soll?«

»Ja, ich weiß, wer er war.«

»Ein verdammter pädophiler Mörder, der drei kleine Jungs auf dem Gewissen hatte.« Sie hatte so laut gesprochen, dass sich die Gäste umdrehten, die ihnen am nächsten saßen.

Storm lächelte sie an. Dann wandte er sich wieder Katrine zu. »Ich sagte doch, dass ich weiß, wer er war.«

Sie lehnte sich wieder zurück. »Dann wissen Sie vielleicht auch, dass wir fieberhaft sein letztes Opfer gesucht haben, das er versteckt hatte. Dass er Katz und Maus mit uns gespielt hat und den Jungen lieber verhungern lassen wollte, als uns zu ihm zu führen.«

»Was Sie trotzdem nicht berechtigt, einen Verdächtigen tätlich anzugreifen.«

Sie kniff die Augen zusammen. »Haben Sie gehört, dass ich gestanden habe, ihn angegriffen zu haben?«

»Haben Sie es getan?«

Sie zögerte mit einer Antwort, während sie den Teelöffel in ihren Fingern hin und her drehte. Dann ließ sie ihn mit lautem Klirren in die halb volle Kaffeetasse fallen. »Das ist unerheblich. Schließlich haben wir den letzten Jungen gefunden – lebend.«

Sie schlängelte sich aus dem Abteil. Storm legte ihr die Hand auf den Arm und hielt sie zurück. »Warten Sie. Hören Sie sich doch bis zum Ende an, was ich zu sagen habe.«

»Ich glaube, das ist nicht nötig. Vor allem, weil ich mir nicht vorstellen kann, wie ich, angesichts des Urteils, das mich erwartet, ein Mitglied Ihrer Taskforce werden sollte.«

Storm schüttelte energisch den Kopf. »Daran habe ich auch nicht gedacht.«

Sie blieb sitzen. Es ärgerte sie, dass sie sich hinsichtlich seines Angebots geirrt hatte. »Was wollen Sie dann?«

Storm beugte sich über den Tisch und senkte seine Stimme zu einem Flüstern.

»Was ich Ihnen jetzt erzähle, ist absolut vertraulich.«

Sie nickte, und er fuhr fort. »Wir haben eine Reihe von Indizien gesammelt, die sich gegen Personen aus dem radikalen islamistischen Milieu richten.«

»Ich habe von Ihren Festnahmen gehört … und von den Freilassungen natürlich auch.«

»Die Personen, von denen ich spreche, wurden noch nicht festgenommen. Wir versuchen immer noch, ihnen so nahe zu kommen wie irgend möglich.«

»Ich verstehe nicht, welche Rolle ich dabei spielen sollte.«

»Die Personen, von denen ich rede, wohnen im Bregnehøjpark. Vielleicht kennen Sie einige von Ihnen sogar persönlich.«

90

Sie spürte, wie ihr Puls stieg. »Von wem reden Sie?«

Er zögerte und blickte sie eindringlich an, bevor er antwortete: »Faris Farouk ist einer von ihnen. Er wohnt zwei Blocks von Ihnen entfernt.«

Der Name sagte ihr nichts, was sie mit einer gewissen Erleichterung zur Kenntnis nahm.

»Warum fahren Sie nicht einfach zu ihm und nehmen ihn fest? Das wäre doch das Einfachste.«

»Weil wir versuchen, Erkundigungen einzuziehen. Was durch die Krawalle der letzten Zeit ziemlich schwierig geworden ist.«

»Sie haben doch bestimmt irgendwelche Kontaktpersonen in dieser Gegend, die Ihnen weiterhelfen können.«

Er schüttelte den Kopf. »Niemanden, der so eine Aufgabe auf verlässliche Weise lösen könnte.«

»Der PET will mich also am selben Tag, an dem ich suspendiert werde, dazu anstiften, meine Nachbarn auszuhorchen? Schönen Dank auch.«

»Darum geht es doch gar nicht.«

Sie schaute ihn misstrauisch an. »Wollen Sie mich als Zivilagentin anheuern? Wollen Sie auf diese Weise meine Suspendierung umgehen?«

Er zuckte die Schultern. »Solange Sie nicht ins Gefängnis müssen, hindert uns niemand daran, Sie als freie Mitarbeiterin einzustellen.«

»Danke, aber dann arbeite ich lieber an der Rezeption.«

Storm senkte den Blick und nestelte an seiner Kaffeetasse, ehe er fortfuhr: »Sie wissen doch genau, wie viele Todesopfer es am Kongens Nytorv gegeben hat.«

»Ersparen Sie mir den Appell an mein Gewissen.«

»Sie wissen auch, dass diese Leute sich nicht aufhalten lassen, ehe sie zu Märtyrern werden und noch viele Menschen in den Tod reißen.« Seine Wangen hatten sich gerötet.

Katrine beugte sich über den Tisch und legte die Hand auf seinen Arm, so wie er es bei ihr getan hatte. »Nikolaj? Darf ich Sie Nikolaj nennen?« Sie wartete nicht auf seine Antwort. »Ich bin sicher, dass Sie und Ihre Kollegen vom PET schon eine Möglichkeit finden werden, diese Leute zu überwachen. Und wenn ich irgendjemandem mit einer Bombe vor meiner Haustür herumrennen sehe, dann verspreche ich Ihnen, dass ich sofort die 112 wählen werde.« Sie tätschelte seinen Arm und lehnte sich zurück.

Storm seufzte. Er zog seine Visitenkarte aus der Tasche und legte sie auf den Tisch. »Falls Sie Ihre Meinung ändern, wäre ich dankbar, wenn Sie mich anrufen.«

Er nickte ihr kurz zu und stand auf.

Katrine beobachtete, wie er zur Kasse ging und bezahlte. Durch das große Schaufenster sah sie, wie er auf die Straße trat und stehen blieb. Im nächsten Moment rollte ein königsblauer Audi heran. Als die Beifahrertür geöffnet wurde, konnte sie einen Blick auf den Fahrer erhaschen. Sie war glücklich darüber, nicht einmal erwogen zu haben, das Angebot anzunehmen. Um ihren Anwalt zu zitieren, so war es der Falschspieler Tom Schæfer, der miese kleine Denunziant, der seinen neuen Chef abholte. Und wenn die Islamisten vorhatten, ihr ganzes Viertel in Schutt und Asche zu legen – sie würde die Letzte sein, die den PET davon in Kenntnis setzte.

92

10

Die Schlange vor dem Club Snoopy an der Amagerbrogade war nass und lang. Es regnete auf die Leute herab, die im Neonlicht standen und darauf warteten, eingelassen zu werden. Manche der aufgetakelten Mädchen versuchten, einen Britney-Spears-Song mitzusingen, der über ihnen aus den Lautsprechern dröhnte. Aber das hob die Stimmung auch nicht gerade.

Benjamin schlug den Kragen seines Sakkos hoch. Die weißen Turnschuhe waren schon völlig durchnässt. Er bereute bitterlich, dass er sich darauf eingelassen hatte hierherzukommen. Doch seit sie ihn nach Hause geschickt hatten, hatte er seinen Freunden versprochen, mit ihnen in die Stadt zu gehen. Es war nun vier Monate her, seit sie ihn das erste Mal gefragt hatten. Heute war sein vierundzwanzigster Geburtstag, und sie hatten ihn gedrängt, miteinander zu feiern. Immer noch besser, als zu Hause rumzusitzen, dachte er. Das war, bevor es begonnen hatte zu regnen.

Das Snoopy war ihr alter Treffpunkt gewesen. Hier hatte er sich schon Millionen Mal mit seinen Kumpeln Jimmy, Allan und Kenneth besoffen. Sie waren »die Jungs von der Holmbladsgade«. Er war mit ihnen zusammen aufgewachsen, aber allmählich sahen sie sich in immer größeren Abständen. In seinem Fall lag das am Militärdienst und dem Auslandseinsatz. Allan, wusste er, war Vater geworden. Bei Jimmy und Kenneth war alles unverändert. Kein Job, kein Geld. Dennoch hatten sie ein paar Lines Speed organisiert, die sie ihm zum Geburtstag schenkten. Er wollte mit dem Zeug nichts zu tun haben und hatte sich den ganzen Abend damit begnügt, Bier zu trinken. Die anderen hatten sich gierig sein Geschenk geteilt.

»Die lassen hier inzwischen wirklich jeden rein«, sagte Jimmy und wies mit dem Kopf auf eine Gruppe von ausländischen Jungs, die gerade hineingingen. »Sind das nicht solche Kanaken, die du in Afghanistan abgeknallt hast?« Er grinste breit und stieß Benjamin in die Seite.

Benjamin antwortete nicht. Jimmy tat so, als hielte er eine Maschinenpistole in der Hand und feuerte eine Salve auf die Ausländer ab. »Ratatatata!«, rief er und ließ seine imaginäre Waffe durch die Luft schweifen.

»Ganz ruhig. Wir wollen ja schließlich auch rein«, sagte Benjamin.

Jimmy hielt inne. »Du bist echt ein verdammter Langweiler geworden, seit du wieder zu Hause bist. Stimmt's, Jungs?«

Kenneth war schon voll und schwankte hin und her. »Ein verfickter Langweiler«, bestätigte er und rülpste. »Du bist doch kein Psycho geworden, oder?«

Benjamin zeigte ihnen den Mittelfinger. »Hab nur keine Lust, hier im Regen zu stehen. Ich brauch jetzt einen Schnaps.«

»Schnaaaaps!«, brüllte Jimmy über die Schlange hinweg.

Zwanzig Minuten später waren sie im Warmen.

Benjamin stellte sich an die Bar. Er ignorierte den Barkeeper und wartete, bis das Mädchen mit den pinkfar-

benen Haaren und dem engen weißen Top zu ihm herü-
berkam. Mit feuchten Lippen und Kaugummi im Mund
fragte sie ihn, was er haben wolle. Er bestellte eine Flasche Wodka mit Wasser. Das Mädchen nickte träge und
holte die Flasche.

Benjamin drehte den Kopf und betrachtete die anderen Gäste, die an der Bar standen. Darunter auch ein
paar Bier trinkende Veteranen. Ungefähr zehn Jahre älter als er, trugen sie ausnahmslos ihre Khakihemden,
damit alle sehen konnten, dass sie gedient hatten. Bestimmt auf dem Balkan, wo im Grunde nichts passiert
war. Jedenfalls nicht im Vergleich zu dem, was *er* durchgemacht hatte. Jetzt hingen sie hier rum und tauschten
alte Soldatengeschichten aus. Immer dasselbe, Wochenende für Wochenende. Nie im Leben wollte er so enden.
Er musste irgendeine Beschäftigung finden, jetzt, nachdem er bei der Truppe aufgehört hatte. Glücklicherweise hatte er auch schon ein paar Ideen.

Das Mädchen mit den pinkfarbenen Haaren kehrte
mit dem Wodka zurück, einem Eimer mit Eiswürfeln
und einer Kanne Cola. Sie wollte sechshundert Kronen
haben.

»Noch mehr Eis bitte, ich muss mich abkühlen.« Er
lächelte sie zweideutig an, was sie mit leicht geöffneten
Lippen erwiderte. Sie schaufelte noch ein paar Eiswürfel
in den Eimer und schob ihn zu ihm hinüber.

Er gab ihr einen Fünfziger als Trinkgeld, den sie tief
in die Tasche ihrer abgeschnittenen Jeans steckte. Er betrachtete ihren Hintern, als sie zum anderen Ende der
Bar ging. Die machte die Männer scharf, ließ sie aber
nicht an sich ran. Er stellte sie sich nackt vor. Glatt ra-
sierte, gepiercte Muschi und ein paar Tattoos auf dem

mageren Körper. Die hatte bestimmt auch Plastiktitten. Im Camp hatte es nicht einen einzigen Tag gegeben, an dem er sich nicht zu Fotos von solchen Schlampen einen runtergeholt hatte. Das war die beliebteste Freizeitbeschäftigung in Helmand gewesen.

Benjamin und seine Kumpel schauten sich nach einem Sitzplatz um, doch alle Sofas waren belegt. Also nahmen sie mit einem der Stehtische vorlieb, von denen man die in Stroboskoplicht getauchte Tanzfläche beobachten konnte. Der penetrante Geruch nach Bananenöl lag in der Luft.

Vier ausländische Jungs standen beieinander und riefen ein paar Mädels auf der Tanzfläche etwas zu. Benjamin sah, dass der Rausschmeißer auf der anderen Seite der Tanzfläche ihnen einen abschätzigen Blick zuwarf.

Sie begannen, den Wodka unter sich aufzuteilen.

»Wie viele hast du drüben eigentlich abgeknallt?«, fragte Jimmy.

»Hab doch schon gesagt, dass ich nicht darüber reden will.«

»Komm schon! Waren es zwei, drei, zehn?«

Benjamin ignorierte ihn und schaute stattdessen die beiden Mädchen an, die beim Tanzen einen Blick auf ihre Flasche geworfen hatten.

Kenneth rülpste. »Wenn ich in Afghanistan gewesen wäre, hätte ich so viele von denen plattgemacht wie möglich, damit die nicht mehr hierherkommen können und Asyl beantragen und Bomben hochgehen lassen.«

»Tja, leider hast du deinen Hintern nicht vom Sofa hochbekommen«, entgegnete Allan und kassierte einen freundschaftlichen Schlag von Kenneth.

Die jungen Ausländer begannen, die Mädchen auf der Tanzfläche mit Eiswürfeln zu bewerfen. Schließlich hörten die Mädchen mit dem Tanzen auf und zogen sich zurück.

»Wollen wir nicht woanders hin?«, schlug Allan vor.

Benjamin zuckte die Schultern. Jimmy bestand darauf zu bleiben. Die Ausländer tanzten und sprangen jetzt wie wild durch die Gegend. Immer wieder schoben und stießen sie sich dabei zur Seite. Plötzlich verlor einer von ihnen das Gleichgewicht und krachte gegen ihren Tisch, sodass die Flasche Wodka und die Flasche Cola auf dem Boden landeten.

»Hey, du Idiot!«, brüllte Kenneth.

»Halt die Schnauze!«, rief der andere und stieß den heftig schwankenden Kenneth zurück.

Die anderen Ausländer hatten die Auseinandersetzung bemerkt und eilten ihrem Freund zu Hilfe.

Benjamin sah aus dem Augenwinkel heraus, dass Alan den Rückzug antrat. Auch Jimmy wich zurück. Jetzt waren nur noch Kenneth und er da, und Kenneth war zu betrunken, um wirklich etwas auszurichten. Auch der Rausschmeißer war nirgends zu sehen.

Benjamin schleuderte dem ersten sein Glas entgegen und traf ihn an der Schläfe. Der Mann schrie auf und griff sich an den Kopf. Das Blut quoll zwischen seinen Fingern hervor. Seine Kumpel sprangen auf Benjamin zu, der rasch ein paar Schritte zurückwich. Benjamin suchte nach einem Gegenstand, um sich zu verteidigen, fand jedoch nichts. Er hob schützend die Hände vors Gesicht. Plötzlich hielt der vorderste der Angreifer inne und starrte auf Benjamins Hosenbund. Er streckte die Arme aus und hielt seine Kumpel zurück.

»Der Typ hat eine Pistole!«, rief er in gebrochenem Dänisch.

Benjamin blickte an sich hinunter. Sein T-Shirt war nach oben gerutscht und offenbarte den schwarzen Schaft seiner Mauser. Eigentlich hatte er sie nicht zeigen wollen, doch nun nutzte er die Situation und bewegte die Hand in Richtung der kleinen Pistole.

»Willst du eine Kostprobe, Kanake?«

Voller Befriedigung sah er die Angst in ihren Augen.

Vom Eingang des Clubs drang das Bellen eines Hundes zu ihnen herüber.

»Die Bullen!«, rief jemand.

Die drei Ausländer nahmen ihren Freund in die Mitte und versuchten, durch die Menge in Richtung Hinterausgang zu flüchten, der in diesem Moment aufgestoßen wurde. Mehrere Polizisten kamen herein und hielten sie auf. Benjamin konnte nicht hören, was sie sagten, sah aber, wie die Jungen wild gestikulierend in seine Richtung zeigten.

Immer mehr uniformierte Beamte drängten herein. Die Musik wurde abgestellt.

Benjamin spürte eine Hand auf seiner Schulter. Die Pistole wurde aus seinem Hosenbund gerissen. Er wollte sich umdrehen, als zwei Polizisten auf ihn zukamen. Sie kommandierten ihn an die Wand. Sagten, er solle die Hände daranlegen. Er gehorchte, worauf einer der Polizisten begann, ihn zu durchsuchen.

»Worum geht's?«, fragte ein muskulöser, braun gebrannter Mann in einem weißen Hemd, der den anderen Polizisten anlächelte.

Die beiden gaben sich die Hand. »Gehört der zu euch?«

98

Der Mann nickte. »Natürlich, er ist einer meiner Kameraden.«

Benjamin warf dem Mann, den er noch nie gesehen hatte, einen verstohlenen Blick zu.

»Sie sagen, dass er bewaffnet ist.« Er zeigte auf die vier ausländischen Jungen.

Der Mann hob verwundert die Brauen und schaute zum Beamten hinüber, der Benjamin durchsuchte. »Und, finden Sie was?«

Der Beamte schüttelte den Kopf.

»Das ist doch typisch. Immer schieben die die Schuld auf andere.« Er schüttelte den Kopf. »Mein Kumpel wollte sich nur ein Bier holen, und plötzlich greifen diese vier Kerle ihn an. Ziemlich feiger Haufen.«

Der Beamte entgegnete nichts, sondern wandte sich an Benjamin. »Sie behaupten, Sie hätten einem von ihnen ein Glas an den Kopf geworfen. Ist das richtig?«

Benjamin schaute dem Beamten über die Schulter, konnte die Ausländer aber nicht mehr entdecken.

»Der Typ ist über seine eigenen Füße gestolpert«, erklärte der Mann, ehe Benjamin antworten konnte.

Der Polizist schien ihm nicht zu glauben, sagte jedoch nichts. Der andere Beamte bat um ihre Personenkennnummern, um später seinen Bericht schreiben zu können. Er gab Benjamin noch eine Ermahnung mit auf den Weg, ehe er und die übrigen Beamten verschwanden. Die Musik wurde wieder angestellt.

»Komm mit an unseren Tisch«, sagte der Mann. Es klang wie ein Befehl.

Benjamin blickte sich nach seinen Freunden um, die sich längst aus dem Staub gemacht hatten. Wenn's drauf ankommt, zogen sie den Schwanz ein, dachte er.

Im hintersten Winkel des Lokals, weit von der Tanzfläche entfernt, saßen sechs Männer um einen kleinen Tisch.

Sie waren alle etwa Mitte dreißig, durchtrainiert und braun gebrannt. Teuer und exklusiv gekleidet. Sie musterten Benjamin aufmerksam, wie eine Horde von Raubtieren, die sich um ein Wasserloch geschart hatten und noch nicht sicher waren, was sie mit dem Neuankömmling anfangen sollten.

Benjamin gab ihnen reihum die Hand und stellte sich vor. Sie lächelten reserviert. Er bemerkte die teuren Rolex-Uhren an den Handgelenken.

»Setz dich doch«, sagte derjenige, der ihm am nächsten saß, und zog einen Stuhl heran. Er hatte einen sorgsam getrimmten Vollbart und ein freundliches Lächeln. »Ich heiße Lars, werde aber meistens L.T. genannt.«

»Bjarne«, sagte der muskulöse Mann und setzte sich Benjamin gegenüber. Benjamin fühlte sich zwischen den beiden regelrecht eingekeilt.

L.T. bot ihm von der Flasche Single Malt an, die auf dem Tisch stand.

Benjamin fragte sich, warum Bjarne ihn dem Polizisten gegenüber als seinen Kameraden bezeichnet hatte. Das konnte nur daran liegen, dass Bjarne selbst im Ausland stationiert gewesen war.

»Das Glas, das du nach dem Typen geworfen hast, war ein Volltreffer«, sagte Bjarne. »Daran wird er sich jetzt ständig erinnern, wenn er in den Spiegel schaut.«

Sie stießen miteinander an und tranken. Der Whisky brannte angenehm in der Kehle. Das war ein guter Tropfen, nicht so ein Gesöff, das er sonst runterkippte.

»Hier«, sagte Bjarne und gab ihm unter dem Tisch seine Mauser zurück. Es war vorhin alles so schnell gegangen,

100

dass Benjamin gar nicht gemerkt hatte, wer ihm die Pistole abgenommen hatte. Er schob sie in seinen Hosenbund zurück und sorgte dafür, dass das T-Shirt sie verdeckte.

»Die Knarre in die Stadt mitzunehmen, war das Dümmste, was du tun konntest«, sagte L.T.

Benjamin sah zu Boden. »Ich wollte mich eben schützen.«

»Wenn du dich schützen willst, gehst du zu einem dieser Automaten auf die Toilette. Für alles andere hat man seine Freunde«, sagte er mit einem Lächeln.

Benjamin nickte. »War gerade beides nicht in der Nähe.«

»Bist du immer noch bei der Truppe?«

Er schüttelte den Kopf. »Ist schon drei, vier Monate her, dass ich nach Hause gekommen bin.«

»Afghanistan?«

Er nickte.

»Und, hat sich's gelohnt?«

Er wusste nicht, was L.T. mit dieser seltsamen Frage meinte, und hatte keine Lust, sich durch eine unpassende Antwort zu blamieren.

»War okay«, antwortete er bloß.

»Und jetzt schlägst du deine Zeit tot wie diese Vollidioten?« Bjarne schaute ihn streng an.

Benjamin schüttelte den Kopf. »Nein, ich, äh … ich würde gern zur Polizei, also zur Polizeischule gehen.«

Bjarne nickte anerkennend. »Damit du auch im Alltag mit einer Waffe rumlaufen kannst.«

Die anderen Männer grinsten.

L.T. beugte sich vor. »Dann solltest du mit diesem Ding verdammt vorsichtig sein. Wenn die Bullen dich erwischen, kannst du deine Pläne vergessen.«

Benjamin nickte und kam sich ziemlich blöd vor. Er wusste sehr genau, warum er die Pistole mitgenommen hatte. Warum er sie stets dabeihatte. Das war wegen der Anfälle. Wegen der Paranoia, die ihn von einer Sekunde auf die andere überfallen konnte. Der kalte Stahl an seinem Bauch gab ihm das Gefühl von Sicherheit. Aber das konnte er ihnen nicht sagen. Das konnte er niemandem sagen.

»Bei welcher Einheit wart ihr stationiert?«, fragte er.

»Bei gar keiner«, antwortete L. T. und lehnte sich zurück.

Bestimmt Elitesoldaten, dachte Benjamin, fragte jedoch nicht weiter. Er war in bester Gesellschaft gelandet. Das hier waren richtige Krieger und keine heruntergekommenen Wracks – so wie er.

»Trink noch ein Glas, Benjamin.« Bjarne schenkte ihm Whisky nach. »Und herzlichen Glückwunsch zum Geburtstag!«

Er bedankte sich und trank. Erst später fragte er sich, wie L. T. hatte wissen können, dass heute sein Geburtstag war. Vielleicht hatte er vorhin zufällig gehört, wie seine Kumpel ihm gratuliert hatten.

Plötzlich war ihm elend. Vielleicht von dem vielen Alkohol, vielleicht war es aber auch der verspätete Schock, den die Schlägerei ausgelöst hatte. Seine Knie begannen unkontrolliert zu zittern. Er presste die Hände darauf, aber es half nicht. Sie sollten das nicht sehen. Er entschuldigte sich rasch und stürzte auf die Toilette.

Ihm wurde schwarz vor Augen. Er musste sich am Waschbecken abstützen. Er drehte den Kaltwasserhahn auf und schöpfte sich Wasser ins Gesicht. Dann steckte er die Hand in die Tasche und zog das Fläschchen mit den Rohypnol-Tabletten heraus. Warf sich drei, vier von ihnen in den Mund und kaute darauf herum. Es schmeckte scheußlich, doch er wusste, dass die Wirkung so schneller einsetzte. Er trank ein paar große Schlucke Wasser und betrachtete sich im Spiegel. Er sah furchtbar aus. Als Benjamin erneut die Pistole an seinem Bauch spürte, beruhigte er sich wieder. Er hatte noch acht Patronen im Magazin, das waren zwei für jeden der Drecks-kerle, die ihn angegriffen hatten. Jetzt kniff er die Augen zusammen und strich sich die feuchten Haare aus der Stirn. Beinahe bedauerte er es, nicht einfach abgedrückt und jedem der Kanaken eine Kugel in den Kopf gejagt zu haben. Nach all dem, was sie ihm und seinen Kame-raden von der Einheit 8 angetan hatten, verdienten sie nichts anderes.

11

WIR WERDEN EUREN GOTT ZUNICHTEMACHEN.

Es ist unerlässlich, jeden anderen Glauben zu untergraben. Ihn aus dem Geist der Ungläubigen zu reißen und durch materielle Bedürfnisse zu ersetzen. Allein, damit sie keine Zeit zum Nachdenken haben. So wird die Bevölkerung besinnungslos den materiellen Gütern nachjagen und ihre neuen Herrscher nicht zur Kenntnis nehmen. Denn was könnte eine unsichtbare Kraft zu Fall bringen? Eben darin liegt unsere Stärke.

KAPITEL IV: DIE ERSETZUNG DER RELIGION DURCH MATERIALISMUS

»Vergiss die Scheißbullen«, sagte Ali, der mit starkem Akzent sprach. »Du warst schon immer besser als diese Schweine.« Da Ali etwas kleiner war als sie, musste er sich strecken, um ihre Schulter zu tätscheln.

»Vergiss nicht, dass ich selbst eines dieser *Schweine* war.«

Gemeinsam mit Saajid waren sie auf dem Heimweg und kamen von einem der Basketballplätze, wo sie mit ein paar der einheimischen Kinder trainiert hatten. So wie jeden Mittwoch. Über ihren Köpfen glitt die Hochbahn vorbei, die feuchten Leitungen knisterten.

»Du doch nicht! Du warst immer total cool. Eine der coolsten Frauen, die ich in meinem ganzen Leben getrof-

104

fen habe.« Er lächelte so breit, dass man den Goldzahn in seinem Oberkiefer sah.

»Mach mal halblang, Ali.«

»Wieso denn? Du hast deine Arbeit und dein Privatleben immer getrennt. Hast nie einen von hier festgenommen. Nie jemanden angezeigt. Und jetzt hängen die Typen dich rein, und warum?« Er hämmerte den Basketball hart auf den Asphalt und fing ihn wieder auf. »Weil du einen verdammten Pädo fertiggemacht hast. Die sollte man bestrafen, weil sie ihn geschützt haben. Wenn jemand von hier so was machen würde, der wäre ein toter Mann, das schwöre ich dir.«

Katrine zuckte die Schultern. »Die Sache ist vorbei. Der Mann lebt nicht mehr.«

»Was willst du jetzt tun?«, fragte Saajid.

»Ich weiß es nicht. Erst mal warte ich die Revision ab. Der Termin steht noch nicht fest.«

Ali grinste breit. »Dann bist du endlich eine von uns, Katrine. Ein richtiger Kanake.«

»Und das soll mich aufheitern?«

Er warf ihr den Ball zu, sie fing ihn sicher. »Du wirst zurückkommen, das weiß ich. Die kriegen dich nicht klein. Du bist eine Göttin! Stimmt doch, Saajid, oder?« Ali breitete beide Arme aus, sodass man die tätowierten Flammen und Totenköpfe auf seinen Unterarmen sah.

»Du redest zu viel, Ali«, entgegnete Saajid und beschleunigte seine Schritte.

Sie kamen am Eingang zum Einkaufszentrum vorbei. Drei Teenager in langen Qamis und mit roten Stirnbändern teilten Flugblätter aus. Ali schnappte sich einen der Zettel mit arabischer Schrift.

Er las den Text und grinste. »Hört mal zu: Wollt ihr

lieber Krieger oder Popstars werden? Wollt ihr in Gold oder mit Banknoten bezahlt werden? Wollt ihr das Weltkalifat oder euch weiter von den Ungläubigen unterdrücken lassen?« Er zerknüllte den Zettel und warf ihn in hohem Bogen über den Parkplatz. »Schwachsinnige, hirnlose Islamisten!«

Katrine blickte zurück und musterte die drei Jungen. Einer von ihnen ging zu einem Mann im schwarze Qamis, der unter dem Vordach stand und ihm einen neuen Stoß Flugblätter gab. Katrine blieb stehen. »Kennt ihr einen von denen?«

Saajid und Ali drehten sich um. Beide schüttelten den Kopf. »Bestimmt irgendwelche Idioten aus der Azra-Moschee«, sagte Saajid.

»Und der unter dem Vordach?«

Ali kniff die Augen zusammen. »Ist das nicht Faris?«

Katrine warf ihm einen raschen Blick zu. »Faris?«

»Mein Bruder ist mit ihm zusammen zur Schule gegangen. Ziemlich cooler Typ. Ingenieur, gute Familie, großes Auto und alles.« Er rieb die Fingerspitzen aneinander, als würde er Geldscheine zählen.

»Und jetzt ist er Islamist?«

Ali zuckte die Schultern. »Kann schon sein. Vor ein paar Jahren hat ihn seine Frau verlassen. Hat sich vom Nachbarn ficken lassen, hab ich gehört. Hat die Kinder genommen und ist abgehauen. Hat ihn ganz schön runtergezogen, die Geschichte.«

»Ist ja wohl ziemlich untertrieben formuliert«, entgegnete Katrine.

Faris schickte den Jungen mit ungeduldigen Handbewegungen weg. Er lief zu den anderen Jungen, und sie teilten die Flugblätter unter sich auf.

»Jetzt ist er geschieden und ohne Job«, sagte Ali.

»Geschieden?«, fragte Katrine und blickte zu Saajid hinüber. »Ich dachte, als Muslim kann man sich nicht scheiden lassen.«

Saajid wich ihrem Blick aus.

»Doch, doch. Also der Mann kann, wenn er will. Die Frau nicht.« Er zuckte die Schultern. »So ist das eben.«

»Interessant«, entgegnete Katrine und schüttelte den Kopf. Das war eine von den vielen Ausreden Saajids gewesen, warum er seine dämliche Frau nicht verlassen wollte.

»Ali, wir sollten sehen, dass wir weiterkommen.« Saajid drehte sich um und ging.

Katrine stand rauchend auf dem Balkon und schaute über das Viertel hinweg. Die Dämmerung hatte eingesetzt, und die Bildschirme der vielen Fernseher in den Wohnzimmern leuchteten wie blaue Lampen. Ein Auto, aus dem stampfende Bässe dröhnten, fuhr unten an ihr vorbei.

Nachdem sie gesehen hatte, wie Faris und seine Jünger ihre Flugblätter ausgeteilt hatten, beunruhigte sie Nikolaj Storms Anfrage noch mehr. Obwohl es in diesem Viertel relativ ruhig war, konnte sie natürlich nicht ausschließen, dass sich unter den knapp dreitausend Bewohnern auch ein paar befanden, denen der Sinn danach stand, in Dänemark ein paar Bomben hochgehen zu lassen. Die meisten kamen allerdings ziemlich gut miteinander aus, ob sie nun einen Migrationshintergrund hatten oder nicht. Natürlich gab es auch hier Diebstähle, Überfälle und rassistische Gewalttaten, doch nicht häufiger als im übrigen Teil des Landes. Ali hatte ihr erzählt, dass Faris in einem der Reihenhäuser wohnte. Sie zweifelte daran, dass der Geheimdienst dieses abgehört hatte. Hingegen war sie sicher, dass Faris observiert wurde, wenn er sich außerhalb seines Viertels bewegte. Wenn er oben beim Einkaufszentrum war oder zur Azra-Moschee ging.

Sie drückte die Zigarette im Aschenbecher aus, ging hinein und nahm ihren Hausschlüssel. Sie wollte doch unbedingt sehen, wo Faris wohnte.

Zehn Minuten später stand sie im Dunkeln vor dem kleinen Garten hinter Faris' Reihenhaus. Im Wohnzimmer, hinter den Gardinen, brannte Licht. Ein paar Silhouetten zeichneten sich ab, aber sie konnte nicht sehen, wie viele Personen sich im Wohnzimmer befanden. Ihr fiel nichts Besonderes auf, dennoch war es gut zu wissen, dass Faris unter Beobachtung stand. Neulich war das Foto eines verkohlten Säuglings in der Zeitung gewesen, der dem Bombenattentat zum Opfer gefallen war. Das Kind hatte in den Armen seiner getöteten Mutter gelegen. Es machte sie wütend, wenn sie daran dachte, dass der Mann hinter der Gardine möglicherweise dafür verantwortlich war. In diesem Fall wäre er auch nicht viel besser als Søren Rohde. Was es noch absurder machte, hier zu stehen, nachdem sie Storms Angebot abgelehnt hatte. Wenn der Geheimdienst keine Hilfe von ihr oder anderen aus diesem Viertel bekam, musste er selbst zusehen, wie er an seine Informationen gelangte. Der Gedanke, dass Tom in ihrem Viertel James Bond spielte, war vollkommen abwegig. Der Mann fand nicht mal seinen eigenen Arsch, wenn er aufs Klo ging. Vielmehr hatte sie ihm mehrmals den Arsch gerettet, nachdem er wieder mal seine Unfähigkeit unter Beweis gestellt hatte. Sie hatte sogar ihre schützende Hand über ihn gehalten, als aufkam, dass er im Zentralregister nach persönlichen Informationen über den neuen Mann seiner Exfrau gesucht hatte. Zum Dank hatte er sie angezeigt und die Früchte ihrer Arbeit geerntet.

Die ganze Sache barg enorme Risiken. Wenn die Überwachungsmaßnamen des PET aufflogen, bevor der Geheimdienst herausgefunden hatte, ob Faris schuldig war oder nicht, wären die Ermittlungen nicht nur gescheitert, sondern geradezu kontraproduktiv. Sie würden umso mehr den Hass schüren, noch mehr junge Muslime in die Arme der Islamisten treiben. Sie hatte ihr Leben lang hier gewohnt, kannte jeden Winkel und jedes Schlupfloch. Sie konnte sich hier weitgehend frei bewegen, ohne Verdacht auf sich zu ziehen. Kein Wunder, dass Nikolaj Storm sie kontaktiert hatte.

Sie wollten sie als Spitzel anwerben. War das nicht ein Angebot, das normalerweise ehemaligen Rockern oder Dealern gemacht wurde? Sie musste wirklich ganz unten angekommen sein. Doch wenn sie das Angebot annahm, bestand eine reelle Chance, Faris unter die Lupe zu nehmen, ohne die Situation zu verschlimmern. Außerdem würde Tom sich schwarzärgern, wenn sie zurückkehrte, sollte es auch nur für kurze Zeit sein.

12

Benjamin trank sein drittes Bier. Er hatte gehofft, im Snoopy würde etwas mehr los sein, aber es war noch früh am Abend und der Club noch halb leer. Zu Hause in seinem gemieteten Zimmer hatte er es nicht mehr ausgehalten. Dort hatte er das Gefühl gehabt, als kämen die Wände auf ihn zu. Mehrmals war er drauf und dran gewesen, die Jungs anzurufen und zu fragen, ob irgendwas Spannendes passiert war. Doch nach ihrer Flucht am vergangenen Freitag hatte er den Kontakt zu ihnen vorläufig abgebrochen. Die waren nicht so wie die Kameraden in seiner Einheit. Auf die hatte er sich hundertprozentig verlassen können. Sie hatten ihr Leben riskiert, um einander beizustehen. Es war eine harte Zeit gewesen in Helmand. Ihre Einheit hatte die größten Verluste erlitten, die bislang zu verzeichnen gewesen waren. Sechs von ihnen waren »der Länge nach« heimgekehrt. Und er mochte gar nicht daran denken, was die Jungs seines Zugs, die Delta-Jungs, hatten erleiden müssen. Nach der Heimkehr hatten sie sich in alle Winde zerstreut. Viele seiner Kameraden wohnten in Jütland. Obwohl sie versprochen hatten, sich zu besuchen, wusste er, dass dies niemals geschehen würde. Der Einzige aus seinem Zug, der in Seeland wohnte, war Funder, aber der lag als schlaffes Gemüse im Rigshospital. Ein einziges Mal hatte er ihn besucht. Es war so deprimierend gewesen, dass er nicht wiedergekommen war. Mit all den

Schläuchen, die aus Funders Körper herausgeschaut hatten, dem Schädel, der von Schrauben an seinem Platz gehalten wurde, und den riesigen Narben im Gesicht sah er aus wie Frankensteins Monster, das von einem Panzer überfahren worden war. Es wäre das Humanste, das Beatmungsgerät abzuschalten, das ihn am Leben hielt.

Benjamin fantasierte davon, wie er sich ins Rigshospital schleichen und Funder von seinen Leiden erlösen würde. Ihn einfach abzuknallen würde zu viel Aufsehen erregen. Die Mauser war ja nicht gerade eine lautlose Waffe. Vielleicht wäre eine Überdosis das Richtige, aber dazu hätte er wissen müssen, wie er an die Präparate herankommen konnte, und das tat er nicht. Er konnte ihn auch mit dem Kissen ersticken, wie er das oft in Spielfilmen gesehen hatte. Das wäre das Einfachste, dachte er, wusste jedoch, dass es nur ein Gedankenspiel war. Bei dem Mädchen mit den pinkfarbenen Haaren bestellte er noch ein Bier. Sie wirkte mürrisch heute. Keine Spur mehr von den herausfordernden Blicken, die sie ihm neulich zugeworfen hatte. Er zweifelte daran, dass sie ihn wiedererkannte. Das Trinkgeld hatte sie schweigend entgegengenommen, ohne sich zu bedanken. Sie schien mehr damit beschäftigt zu sein, SMS zu verschicken, als ihre Kunden zu bedienen.

Er drehte eine Runde durchs Lokal, schon zum dritten Mal an diesem Abend. Die Tanzfläche war noch leer, die Sofas entlang den Wänden waren spärlich besetzt. Er hatte gehofft, Bjarne oder L. T. hier zu treffen. Seit letzten Freitag hatte er ständig an sie gedacht. Es ärgerte ihn, dass er damals so viel getrunken hatte. Er hätte gern mehr von ihrer Zeit in Afghanistan erfahren. Hätte gern gewusst, ob sie immer noch bei einer Spezialeinheit waren. Aber sie konnten ja noch kommen, und er hatte auch schon einstudiert, was er sagen würde. Er würde sie nicht direkt fragen, wo sie stationiert gewesen waren. Er hasste es selbst, wenn er danach gefragt wurde. Stattdessen würde er diskreter vorgehen. Die Pistole hatte er in die Jackentasche gesteckt. Wenn sie danach fragten, würde er lügen. Es ging sie nichts an, dass er bewaffnet war, dass er sich ohne Waffe unsicher fühlte. Ungeduldig schaute er sich um. Hier passierte rein gar nichts.

Verdammt!

Um halb drei hatten sie sich immer noch nicht blicken lassen. Benjamin gab die Hoffnung langsam auf und setzte sich an die Bar. In der Nähe standen dieselben Veteranen wie letztes Mal und prahlten mit ihren Erlebnissen. Er war diese Typen so leid. Das waren verdammte Loser, genau wie seine sogenannten Freunde. Das Lokal schwankte vor seinen Augen. Er schwor sich, kein weiteres Bier mehr zu trinken. Das Mädchen hinter der Theke mit den pinkfarbenen Haaren hatte ihn zunehmend ignoriert und es einem Kollegen überlassen, ihn zu bedienen. Er konnte sich nicht erinnern, sie in irgendeiner Form provoziert zu haben. Aber was machte das schon, sie war es nicht wert. Stattdessen blickte er zu der Frau hinüber, die weiter hinten an der Bar saß. Auch sie hatte schon in seine Richtung geschaut, während sie eine Stunde lang an ihrem hellroten Cocktail genuckelt hatte. Sie war kräftig gebaut und hatte viel zu viel Make-up aufgelegt, was sie wie eine Karikatur aussehen ließ.

Als der Barkeeper fragte, was er haben wolle, zeigte er auf sein Bierglas. Er schaute die Frau fragend an, ob sie auch eines wolle. Sie nickte, und Benjamin bestellte zwei Bier. Die Frau stand auf und kam zu ihm herüber.

»Hallo, ich heiße Eva.«

»Wie die erste Frau auf Erden«, entgegnete er und stellte das Bier vor sie hin. »Ich heiße Benjamin.«

»Danke, Benjamin«, sagte sie lächelnd.

Wenn sie lächelt, ist sie noch hässlicher, dachte er. Er fragte sich, warum er sie überhaupt eingeladen hatte. Er musste ein sehr großes Bedürfnis nach Gesellschaft haben.

»Du warst im Ausland stationiert, nicht wahr?«, sagte sie mit schmeichelndem Blick.

»Sieht man mir das an?«, fragte er und verzog das Gesicht.

»Afghanistan?«, fragte sie und trank gierig aus der Flasche.

Er nickte.

»Bist du Offizier?«

Die Frage wunderte ihn. »Nein, einfacher Soldat.«

»Aha«, sagte sie und sah enttäuscht aus.

»Aber ich habe eine Medaille bekommen.« Im nächsten Moment bedauerte er es bereits, das gesagt zu haben. Er trank von seinem Bier und hoffte, sie habe die Bemerkung überhört.

»Was für eine Medaille?«, fragte sie misstrauisch.

»Eine Tapferkeitsmedaille.«

»Du lügst! Von denen haben sie insgesamt nur sechs vergeben.«

Er drehte sich mit dem Barhocker herum, sodass er ihr direkt gegenübersaß. Seine Beine befanden sich zwischen ihren. »Unglaublich, wie viel du weißt. Warst du etwa selbst dabei?«, fragte er ironisch.

113

Sie schüttelte den Kopf. »Nein, aber mein Ex. Dritte Kompanie. Meinetwegen hätte er ruhig da unten bleiben können. Das dumme Schwein.«

Sie leerte ihr Bier, und Benjamin bestellte ihr ein neues.

Eva musterte ihn von Kopf bis Fuß. »Ich respektiere, dass du bei der Truppe warst, aber das gibt dir nicht das Recht, mit Medaillen zu prahlen, die du nicht bekommen hast. Das setzt diejenigen herab, die wirklich eine bekommen haben.«

Benjamin ließ seine Hand in die Jackentasche gleiten. Spürte zuerst die Pistole und bekam dann eine Kordel zu fassen. Er zog die Medaille aus der Tasche und zeigte sie ihr diskret unterhalb der Theke.

Eva machte große Augen und schlug ihm neckisch auf den Arm. »Fuck, du hast nicht gelogen!«

»Ich lüge nie.«

»Wofür hast du die gekriegt? Was hast du getan?«

»Ist doch egal«, antwortete Benjamin und ließ die Medaille wieder in der Tasche verschwinden.

Eva sah ihn beeindruckt an. »Dann bist du ja ein richtiger Held!«

»Na ja.«

Der Barkeeper brachte das Bier, und Benjamin bezahlte die Rechnung. Er spürte, wie sie die Innenseite ihres Schenkels gegen seinen presste. So was erlebte er zum ersten Mal, seit er nach Hause gekommen war. Es war wirklich peinlich, wenn er daran dachte, wann er das letzte Mal mit einer Frau zusammengewesen war. Geradezu erschreckend.

Sie standen im dunklen Flur. Sie brachte ihn zum Schweigen und zog ihn rasch ins Schlafzimmer. Im Taxi

114

hatte er zu erkennen gegeben, dass er sie nicht mit zu sich nehmen wollte. Sein Zimmer war einfach zu ärmlich. Selbst für sie.

Sie küsste ihn leidenschaftlich und klammerte sich an ihn. Ihre Zunge war wie eine fette Waldschnecke, die sein Zäpfchen zerquetschte. Ihm wurde übel, er stieß sie von sich.

»Was ist denn?«

»Ach nichts.« Er wischte sich ihren Speichel vom Kinn.

Sie kniete sich hin, öffnete seinen Reißverschluss und begann, seinen Schwanz zu lutschen. Ihre Zähne taten ihm weh. Er schloss die Augen und konzentrierte sich auf seine Erektion. Dachte an das Mädchen mit den pinkfarbenen Haaren.

»Kriegst du ihn nicht hoch?«

Er schaute auf sie hinab. »Wovon redest du?«

Sie stand auf und wischte sich den Mund ab. Er konnte sich selbst riechen.

»Kann der kleine Soldat nicht strammstehen?«

»Halt die Schnauze!«

»Tut es weh, die Wahrheit zu hören, Benjamin?«, sagte sie spöttisch. »Bist du etwa *impotent* geworden?«

Er schlug ihr so fest ins Gesicht, dass sie nach hinten überkippte. »Entschuldigung«, sagte sie mit leicht geöffneten Lippen. »Entschuldigung.«

Er knallte ihr noch eine.

Dann riss er ihr die Bluse über den Kopf, sodass sie mit entblößten Brüsten vor ihm stand. Sie hingen schlaff herunter. Sie half ihm, ihren Rock abzustreifen, ließ es aber zu, dass er ihre Strumpfhose zerriss.

Er stieß sie aufs Bett. Kniff sie in die Brustwarzen, die unnatürlich groß waren.

115

»Au! Das tut weh!«

»Halt die Schnauze!«

»Ja.«

Er gab ihr noch eine Ohrfeige. Seiner Handfläche brannte, und sein Schwanz wurde hart.

Er steckte ihr die Hand zwischen die Beine, die sie bereitwillig spreizte. Steckte ihr zwei Finger hinein. Sie stöhnte und klammerte sich mit beiden Händen an das Laken.

»Dreh dich um!«, befahl er und zog die Finger heraus.

Sie drehte sich auf den Bauch. Ihr Körper war groß, bleich und schlaff. Es ekelte ihn, doch es machte ihn auch geil. »Weißt du, wie feucht du bist?«

»Ja, Schatz.«

»Nenn mich nicht Schatz!« Er schlug ihr fest auf die Hüfte. Sie schnappte nach Luft. Dann drang er in sie ein. Er nahm sie hart, während er ihr immer wieder auf den Hintern schlug. Er roch ihre Möse. Hörte ihr Stöhnen. Ihr Po und ihre Oberschenkel waren von blauen Flecken übersät. Sicher von den anderen, die ihr dieselbe Behandlung hatten zukommen lassen.

Er schaute auf seine Pistole, die in der Innentasche seiner Jacke steckte. Er streckte seine Hand danach aus, während er weiter in sie stieß. Die Pistole lag kühl und schwer in seiner Hand. Er betrachtete ihren Nacken, der sich mit jedem Stoß vor und zurück bewegte. Ihre kurzen leberfarbenen Haare waren schweißnass. Sie grunzte wie ein Tier. Er streckte den Arm so weit aus, bis die Mündung der Pistole nur noch wenige Zentimeter von ihrem Hinterkopf entfernt war. Langsam drückte er den Finger gegen den Abzug, der sich bewegte. Aus dem Nebenzimmer drang das Weinen eines Kindes herüber.

»Scheiße!«, sagte sie. »Beeil dich!«

Das Weinen des Kindes wurde lauter. Sie bewegte sich schneller, damit er endlich kam. Er versteckte die Pistole unter seine Jacke und zog sich aus ihr heraus.

Sie wälzte sich aus dem Bett und taumelte ins Nebenzimmer. »Hast du was Schlimmes geträumt, mein Schatz? Mama ist ja da!«

Das Kind schlief fast sofort wieder ein.

Benjamin zog seine Hose hoch und schnappte sich seine Jacke. Der Raum zog sich zusammen, er bekam keine Luft mehr. Er musste sofort nach draußen. Er zog sein Portemonnaie aus der Tasche, riss ein paar Scheine heraus und warf sie aufs Bett. So etwas durfte er nicht tun. Eines Tages würde es böse enden.

13

DURCH LÜGEN WERDEN DIE MASSEN GELEITET

Wir werden eine Herrschaft errichten, die alle Kräfte in der Gesellschaft kontrollieren wird. Die das politische Leben und die Gesetzgebung reguliert. Eine Macht, die so vollkommen ist, dass sie imstande ist, jeden zu vernichten, der sich uns entgegenstellt. Wir werden die öffentliche Meinung manipulieren, indem wir Verwirrung und Chaos anrichten. Dann werden die Ungläubigen jede Orientierung verlieren und sehen, dass es am besten ist, gar keine Meinung zu haben.

KAPITEL V: DESPOTISMUS UND FORTSCHRITT

Faris fuhr zusammen mit Hamza, Jamaal und Mustafa in seinem alten Honda Accord den Gammel Køge Landevej entlang. Das Innere des Wagens war völlig demoliert, weil Faris in einem Anfall von Verfolgungswahn die Türverkleidungen und das Armaturenbrett herausgerissen hatte, um nach versteckten Mikrofonen zu suchen. Einen ganzen Nachmittag hatte er vergeblich damit zugebracht, was seine Paranoia nicht gemindert hatte. Er hatte sich entschieden, den Wagen so zu lassen, wie er war, um den Bullen in Zukunft keine Möglichkeit zu geben, ihn abzuhören.

»Willst du die Kiste nicht bald mal reparieren lassen?

Sieht ehrlich gesagt ziemlich abgefuckt aus«, sagte Hamza und suchte vergeblich nach dem fehlenden Aschenbecher.

Faris hatte keine Lust, ihm die ganze Situation auseinanderzusetzen. Stattdessen nahm er ihm die Zigarette ab und warf sie aus dem Fenster. »Rechtgläubige rauchen nicht, wann kapierst du das endlich, Hamza?«

Hamza zuckte die Schultern.

»Erzählt mir von der Mail, die ihr geschickt habt.«

Hamza senkte den Kopf.

Faris schaute im Rückspiegel Jamaal an, der hinten saß. »Was willst du wissen?«, fragte dieser.

»Sagt mir erst mal, wie zum Teufel ihr nur auf die Idee gekommen seid, mein Postfach ohne mein Wissen zu öffnen.«

»Rechtgläubige fluchen auch nicht«, murmelte Hamza.

Faris Augen blitzten. »Hamza, du stellst meine Geduld wirklich auf die Probe.«

»Entschuldigung.«

»Und vor allem, wie konntet ihr nur auf die Idee kommen, Mullah Udeen hinter meinem Rücken zu antworten? Das ist Verrat!«, rief er und spuckte gegen die Windschutzscheibe.

Die Jungen rutschten schweigend auf ihren Sitzen hin und her.

Faris hatte von der Korrespondenz erfahren, als Badr Udeen ihm heute das zweite Mal auf seine Mail geantwortet hatte. Er hatte ihre Zelle gelobt und ihnen zehntausend Dollar für den weiteren Kampf versprochen.

»Antwortet!«

»Wir dachten, dass irgendjemand handeln muss«, antwortete Jamaal.

»Statt nur Flugblätter zu verteilen«, ergänzte Hamza.

Faris schlug mit dem Arm aus und traf Hamzas Nase mit dem Handrücken. Hamza schrie auf und fasste sich ins Gesicht.

»Das hier ist kein Spiel«, sagte Faris.

Hamzas Nase blutete. Er legte den Kopf in den Nacken.

»Wenn wir keine Disziplin haben und jeder macht, was er will, dann wird der Feind gewinnen.«

Faris gab ihm sein Taschentuch.

»Das gibt dir nicht das Recht, Hamza zu schlagen«, entgegnete Jamaal und ballte die Fäuste.

»Warum regst du dich überhaupt so auf?«, fragte Hamza. »Der Mullah hat uns Geld versprochen, zehntausend Dollar. Das sind hunderttausend Kronen.«

»Mindestens«, sagte Jamaal.

»Er bezeichnet uns als Elitetruppe des Nordens. Als Schneeleoparden. Wir sind jetzt *Profis*. Und das liegt nur an Jamaal und mir.«

Jamaal beugte sich vor. »Und wer hat eigentlich gesagt, dass du die Leitung übernehmen sollst? Wer hat dich *ernannt*?« Er schlug heftig gegen die Lehne des Vordersitzes.

Faris drehte sich halb herum, während er fuhr. Das Auto schlingerte wild hin und her.

»*Ich* habe die Kontakte, oder etwa nicht? *Ich* habe für das Geld gesorgt, die Operation geplant, ein Auto beschafft. Was habt ihr denn anderes getan, als gekifft und durch eure Prahlerei unsere Zelle in Gefahr gebracht? Außerdem sind zehntausend Dollar nicht hunderttausend Kronen, sondern etwa die Hälfte, was ihr Schwachköpfe eigentlich wissen müsstet, wenn ihr euer Hirn mal einschalten würdet.«

120

»Fick dich!«, antwortete Jamaal.

»Ja, fick dich, Faris«, sagte Hamza und schniefte.

»Stopp!«, rief Mustafa.

Es wurde still im Auto. Alle schauten ihn an.

»Seht ihr denn nicht, was ihr tut?« Er sah sie betrübt an. »Warum beschuldigt ihr euch gegenseitig als Verräter, wo ihr doch alle *Allah* betrügt?«

»Er hat recht«, sagte Jamaal schuldbewusst.

»Aber Mustafa, wir müssen doch dem Mullah antworten«, sagte Hamza. »Sieh nur, wie weit wir in unserem Kampf schon gekommen sind.«

»Um zu gewinnen, muss man zunächst seine eigenen Sünden bekämpfen. Hochmut ist eine davon. Lüge eine andere. Einen Keil zwischen seine Brüder zu treiben, die nächste. Sicher ist nur, dass wir auf einen Weg geschickt wurden, von dem es kein Zurück gibt. Das ist der Weg, auf dem wir Ehre suchen müssen. Hier werden wir Allah dem Allmächtigen begegnen.«

»*Allahu akhbar*«, antworteten sie im Chor.

Faris warf plötzlich einen Blick in den Rückspiegel. »Jamaal, die Nummer des Wagens hinter uns, schreib sie auf.«

Jamaal drehte sich behäbig um und betrachtete die Fahrerin des beigefarbenen Citroën Berlingo. »Du glaubst doch wohl nicht, dass die von den Bullen ist.«

»Schreib die Nummer auf und sieh im Buch nach. Er zog sein Notizbuch aus der Innentasche und gab es nach hinten. Jamaal öffnete das Buch und stöhnte angesichts der vielen Seiten, auf denen Faris irgendwelche Autokennzeichen notiert hatte. Es war immer dasselbe. Jedes Mal, wenn Faris sich verfolgt glaubte, sollten sie sich die Nummer notieren und sie mit den Nummern in seinem

121

Notizbuch vergleichen. »Du leidest unter Verfolgungs-wahn, Faris, weißt du das?« Er schrieb die Nummer auf und begann, in den Seiten zu blättern. Nach einer Wei-le gab er die Suche auf und reichte Faris sein Notizbuch zurück. »Die steht hier nicht. Vielleicht ist die alte Dame doch nicht vom Geheimdienst.«

Hamza drehte sich um und sah den Wagen genauer an. »Die hat sogar Krücken im Auto. Die gehört bestimmt nicht zur Polizei.« Er grinste.

»Das kann man nie wissen«, entgegnete Faris und steckte das Notizbuch wieder in die Tasche. »Der PET heuert die verschiedensten Leute an. Verbrecher, Exsol-daten, ganz normale Menschen. Glaubt ja nicht, dass die alle so aussehen wie Bullen in Uniform. Sie haben zwar keine Seele, aber sie sind nicht blöd. Merkt euch das.«

Faris bog an der Ampel ab und überquerte einen gro-ßen Parkplatz. »So, da wären wir«, sagte er lächelnd.

Jamaal, Hamza und Mustafa betrachteten das riesige Einkaufszentrum namens Fisketorvet.

»*Inschallah*, das ist gigantisch.«

»Ja, Wahnsinn. Von wo greifen wir an?«, fragte Hamza.

Faris antwortete nicht, sondern fuhr bis an die Rampe, die zur Parkgarage auf dem Dach des Gebäudes führte. Er kontrollierte den Rückspiegel. Niemand folgte ihnen. Er parkte in der Nähe des Haupteingangs.

Hamza zündete sich eine Zigarette an. Faris warf ihm einen raschen Blick zu, enthielt sich aber eines Kom-mentars.

Vor ihnen strömten die Leute durch die Drehtür hi-nein und hinaus. »Seht sie euch an«, sagte Faris. »Seht, wie sie dem falschen Gott huldigen. Wie sie alle mög-lichen Dinge kaufen, für die sie keine Verwendung haben. Seht ihre Gier.« Er zeigte auf einen übergewichtigen Mann und seine ebenso dicke Frau, die mit vollem Einkaufswagen ihrem Auto entgegenstrebten. »Die Ungläubigen mästen sich, während unsere Brüder unterdrückt werden und hungern müssen. Sie zeigen keine Barmherzigkeit. Darum sollen sie geschlachtet werden.«

»Wenn ich ein Messer hätte, würde ich ihm den Kopf abschneiden«, sagte Hamza und blies den Rauch durch die Nase.

»Die sollen alle sterben, die verdammten Hurensöhne«, knurrte Jamaal auf dem Rücksitz und schnellte nach vorn. Faris streckte den Arm aus und klopfte ihm gutmütig auf die Schulter.

»Mit Allahs Hilfe wird es geschehen.«

»Aber wie sollen wir denn angreifen? Das ist ein riesiges Einkaufszentrum.«

Faris zog erneut sein Notizbuch aus der Tasche und fand eine leere Seite. »Das hier ist das Fisketorvet«, sagte er und zeichnete ein Rechteck. »Mustafa stellt das Fahrzeug mit dem Sprengstoff in der Parkgarage unter dem Gebäude ab.« Er machte ein Kreuz. »Wir anderen fahren aufs Dach hinauf und starten von dort den Angriff.«

»Und womit greifen wir an?«

»Wir benutzen das Geld von Mullah Udeen, um Waffen zu kaufen. Ich kenne jemanden, der uns die meisten Waffen besorgen kann. Wenn wir eine Maschinenpistole kriegen, ist es gut, ansonsten tut es auch eine Handwaffe. Das Wichtigste ist, dass wir so viel Lärm wie möglich veranstalten. Eine Panik auslösen. Wenn die Leute dem Ausgang entgegenlaufen, explodiert Mustafas Bombe.«

»Wird das Gebäude einstürzen?«

Faris lächelte. »Ja, denn die Bombe wird größer als die vom Kongens Nytorv sein. Doppelt so groß.«

»Wir können es kaum erwarten«, sagte Hamza.

»Im Paradies werden wir belohnt werden«, fügte Faris hinzu. »So wie alle Märtyrer.«

»*Inschallah!*«, sagte Mustafa leise. »So Allah es will.«

An der Seite des Parkplatzes vor dem Einkaufszentrum hielt der schwarze Lieferwagen einer Autoverleihfirma. Storm wurde von Niels aus dem Innenraum angerufen. »Das Zielobjekt befindet sich auf dem Dach. Sollen wir es uns schnappen?«

Vom Fenec-Helikopter aus, der mehrere Hundert Meter über dem Einkaufszentrum kreiste, konnte Storm Faris Farouks Honda auf dem Dach erkennen. Er stand nahe am Eingang. Unten am Haupteingang befanden sich mehrere Mitglieder des Einsatzkommandos in Zivil und betraten in diesem Moment das Einkaufszentrum. Storm bat Niels zu warten. Er warf den beiden Scharfschützen, die neben ihm saßen, einen kurzen Blick zu. Sie hatten ihre M95-Gewehre auf den Wagen gerichtet. Wenn Faris und seine Leute bewaffnet ausstiegen, würde er nicht zögern, ihnen den Schießbefehl zu erteilen.

Kurz darauf wendete der Honda auf dem Dach. Storm wies seine vier Einheiten auf dem Boden an, sich bereitzuhalten. Das Auto fuhr die Rampe hinunter, dann über den Parkplatz und passierte Niels' Einheit. An der Ampel bog es in Richtung Vasbygade ab. Storm gab Niels' Einheit die Order, sich zurückzuziehen, und befahl seinen Leute an der UnoX-Tankstelle, die Verfolgung aufzunehmen.

Auf dem Weg zum Bregnehøjpark wechselten die drei

Observierungsfahrzeuge ständig ihre Position, damit Faris keinen Verdacht schöpfte. Als sie den Wohnblock erreicht hatten, stellten sie die Verfolgung ein. Der Fenec-Helikopter flog noch einmal über sie hinweg und fotografierte die vier Männer, die vor Farouks Reihenhaus aus dem Wagen stiegen.

Einer der Scharfschützen zog die Seitentür des Hubschraubers zu. Storm strich sich die Haare aus der Stirn und lehnte sich zurück. Die Bedrohung war für dieses Mal abgewendet. Er dachte an den Anruf, den er am Morgen von Katrine Bergman erhalten hatte. Sie hatte um ein Treffen gebeten, und er hatte gehofft, sie überreden zu können. Das war entscheidend, wenn sie handfeste Beweise gegen Faris Farouk und seine Gruppe erhalten wollten. Er wusste um ihre zunehmende Aktivität und ihre ständigen Autofahrten. Vermutlich war es nur eine Frage der Zeit, wann sie erneut zuschlagen würden.

14

Es war später Nachmittag, und die Rushhour auf dem Ring 3 war in vollem Gang. Katrine blinkte und bog auf den leeren Rastplatz ab. Sie parkte am hinteren Ende, wie Nikolaj Storm sie gebeten hatte, und zündete sich eine Zigarette an.

Sie trommelte mit den Fingern nervös aufs Lenkrad und warf einen Blick auf die Armbanduhr. Er war schon eine Viertelstunde zu spät. Hoffentlich sagte das nichts über seine Professionalität im Allgemeinen. Sie selbst hatte einen Treffpunkt vorgeschlagen, der möglichst weit von ihrem Wohnort entfernt lag. Sie wollte unter allen Umständen vermeiden, dass sie zufällig zusammen gesehen wurden. Das Basketballtraining mit Ali und Saajid hatte sie abgesagt, was an sich schon merkwürdig war, da die beiden wussten, dass sie ihren Job verloren hatte. Sie hatte ihnen gesagt, sie müsse zum Arzt. Als Saajid sich erkundigte, was ihr fehle, hatte sie geantwortet: »Ist eine Frauensache.« Daraufhin hatte er keine weiteren Fragen gestellt.

Hinter sich hörte sie ein Motorengeräusch und blickte in den Rückspiegel. Ein dunkelblauer Audi kam langsam auf sie zu. Die Beifahrertür öffnete sich. Storm stieg aus.

Er lächelte sie an.

»Danke, dass Sie gekommen sind«, sagte er. »Das bedeutet mir sehr viel.«

Sie gab ihm die Hand und blickte ihm über die Schulter. Tom saß hinter dem Steuer. Auf dem Rücksitz sah sie zwei Männer mit versteinerten Mienen. Sie vermutete, dass sie entweder zur Antiterroreinheit AKS gehörten oder Bodyguards waren.

Sie bedachte Tom mit einem kühlen Lächeln. »Viel Glück mit deinem neuen Job, Tom.«

Er nickte ihr unsicher zu.

»Jetzt brauchst du nur noch eine schicke Schirmmütze für den neuen Wagen, den du jetzt fahren darfst.«

Sie wandte sich wieder Storm zu und warf ihre Zigarette weg. »Sie kommen eine Viertelstunde zu spät, und Sie bringen drei Leute mit, obwohl ich Sie bat, allein zu kommen. Warum sollte ich mir überhaupt anhören, was Sie zu sagen haben?«

Storm sah sie überrascht an. »Die Verspätung tut mir leid. Was meine Begleiter angeht …«, fügte er hinzu und bemühte sich um ein Lächeln, »das ist reine Routine. Wir leben in gefährlichen Zeiten, Katrine.«

»Wie viele wissen von unserem Treffen?«

»Nur sehr wenige.«

»Wer?«

»Kampmann und ein paar andere aus der Führungsebene. Wollen wir?« Er zeigte auf eine Bank und schloss die Wagentür hinter sich.

Sie gingen zur Bank hinüber. Sie setzte sich auf die Kante des Tisches, der dazugehörte. »Ich danke Ihnen, dass Sie uns helfen wollen«, sagte er.

»Ich habe noch nicht zugesagt. Und bevor ich mich entscheide, möchte ich ein paar Dinge wissen.«

»Schießen Sie los«, entgegnete er und breitete beide Arme aus.

»Zunächst einmal: Um wen außer Faris geht es hier?«

Sie hatte sich bereits entschieden, die Sache sein zu lassen, wenn sie einen der anderen beteiligten Personen kennen sollte.

»Es geht noch um drei weitere Männer. Wir vermuten, dass sie eine eigene Zelle bilden. Faris ist der Älteste von ihnen. Er ist achtunddreißig, geschieden, ein arbeitsloser Ingenieur, jetzt Lehrer in einer Koranschule, die mit der Azra-Moschee in Verbindung steht. Dort hat er auch die anderen drei rekrutiert.«

»Wer sind sie?«

»Der eine heißt Hamza Hamid. Er ist der Unberechenbarste und Gefährlichste von ihnen. Einundzwanzig Jahre alt, Palästinenser, wohnt seit seinem fünften Lebensjahr in Dänemark. Ist mehrfach wegen Diebstählen und Gewaltdelikten verurteilt worden. Hat sieben Monate in Herstedvester eingesessen.«

»Und die anderen?«

»Jamaal Hussein, ebenfalls einundzwanzig, hat sein ganzes Leben im Bregnehøjpark gewohnt. Ein Kindheitsfreund von Hamza, mit dem er auch in eine Klasse ging. Im Gegensatz zu Hamza hat er die Schule abgeschlossen und sich auf der Technischen Hochschule weitergebildet. Ist dort allerdings nach einem Jahr wieder abgegangen. Interessiert sich anscheinend sehr für Computer – leider.« Er hob die Brauen.

Katrine verzog keine Miene. »Wer ist der Letzte?«

»Mustafa Rabi. Das jüngste Mitglied der Gruppe. Ist vor einem halben Jahr von seinen Eltern angezeigt worden.«

»Warum?«

»Weil die Eltern moderate Muslime sind, die über seine Entwicklung besorgt waren. Er war von der Schu-

128

le abgegangen und hatte immer mehr Zeit in der Moschee verbracht. Plötzlich trug er ständig einen Qamis und warf seinen Eltern vor, nicht muslimisch genug zu sein. Als sie islamistische Flugblätter in seinem Zimmer fanden, haben sie die Polizei verständigt.«

Katrine zuckte die Schultern. »Haben Sie mit ihm geredet?«

»Ja, einer unserer Kollegen hat das getan. Hat offenbar keine große Wirkung gezeigt.«

»Und Sie glauben, dass diese vier Männer hinter dem Sprengstoffanschlag am Kongens Nytorv stecken?«

Storm nickte. »Vieles deutet darauf hin. Doch nicht nur das. Wir vermuten, dass sie einen weiteren Anschlag planen.«

»Gibt es für all das irgendwelche Beweise?«

Er schüttelte den Kopf. »Nein, uns fehlt sozusagen der letzte Mosaikstein. Darum brauchen wir Ihre Hilfe.«

Katrine rieb sich die Schläfen. »Sie wissen, was für mich auf dem Spiel steht, wenn die Sache auffliegt.«

»Das wird nicht passieren.«

Sie schaute ihn skeptisch an und fuhr fort: »Wenn wir ihnen nichts nachweisen können und herauskommt, dass ich ihnen nachspioniert habe, dann kann ich nicht länger in meiner Wohnung bleiben. Dann muss ich den Ort meiner Kindheit verlassen, wo ich meine Freunde und meine Familie habe. Dieser Preis ist zu hoch, wenn es darum geht, ein paar Sündenböcke zu finden, bloß damit die Polizeibonzen wieder ruhig schlafen können. Ich weiß, wie so was läuft.«

Storm setzte sich neben sie auf den Tisch. »Ich habe mich in den letzten sechs Jahren mit Terrorabwehr beschäftigt und leite seit drei Jahren eine eigene Abteilung.

Nie zuvor war ich mir so sicher, dass wir hinter den richtigen Leuten her sind. Darum will ich auch, dass wir so professionell wie nur irgend möglich vorgehen. Doch Sie wissen ebenso gut wie ich, dass wir dazu handfeste Beweise brauchen. Ich könnte Faris morgen abschieben lassen, aber ich will das Problem nicht exportieren. Ich will sie für das zur Verantwortung ziehen, was sie bereits getan haben. Ich will sie hinter Schloss und Riegel bringen, damit sie *nie wieder* etwas Ähnliches tun können.«

Sie wandte den Kopf und sah ihn an. Er machte einen zuverlässigen Eindruck, und sie mochte sein Engagement. Es erinnerte sie an ihre eigene Einstellung, wenngleich sie nicht im Geringsten daran zweifelte, dass Nikolaj Storm ein Mann war, der sich stets im Rahmen der Gesetze bewegte.

»Sehr verständlich«, entgegnete sie. »Aber wie stellen Sie sich die Observierung vor? Mit Personenüberwachung habe ich überhaupt keine Erfahrung.«

»Ich habe mir jedenfalls nicht vorgestellt, dass sie sich hinter dem nächsten Busch verstecken sollen.« Er lächelte vorsichtig. »Ich habe da eher an etwas anderes gedacht.«

»Und an was?«

»Wir haben ein paarmal versucht, in Farouks Reihenhaus einzudringen, um die Abhöranlage zu installieren. Das Problem ist, dass sich ganz in der Nähe ein Haschclub befindet, vor dem ständig ein paar Späher rumhängen, denen wir längst aufgefallen sind. Wahrscheinlich denken sie, wir sind von der Drogenfahndung und haben es auf sie abgesehen, was im Grunde noch unser Glück ist. Aber bei Farouk kommen wir einfach nicht unbemerkt rein.«

»Und wenn Sie erst mal den Haschclub dichtmachen?«

»Ich will nicht, dass Farouk irgendeinen Verdacht schöpft. Der fühlt sich sowieso schon verfolgt und wird unheimlich nervös, wenn er einen Polizeiwagen in seiner Nähe sieht.«

Katrine nickte und drückte mit dem Fingernagel Rillen in die feuchte Tischplatte. »Warum sollte ich eine bessere Chance haben, an denen vorbeizukommen?«

»Weil Sie in der Gegend ein bekanntes Gesicht sind. Und ich bin mir sicher, dass es sich längst herumgesprochen hat, dass Sie gefeuert …«, er blickte zu Boden, »dass Ihnen eine Haftstrafe bevorsteht.«

Sie wischte sich die Finger sauber. »Sie wollen, dass ich eine Überwachungsanlage installiere?«

»Ja, Mikrofone, Kameras et cetera. Sie werden vorher genau instruiert werden. Es ist wirklich schnell getan.« Er bemühte sich um einen optimistischen Tonfall.

»Wann?«

»Während des nächsten Freitagsgebets. In der Regel befinden sich dann alle Hausbewohner in der Azra-Moschee.«

Katrine stand auf. Die nasse Jeans klebte an ihrem Hintern. »Und das ist alles? Wenn ich die Sachen installiert habe, bin ich aus dem Spiel?«

Storm nickte. »Ja, das ist alles, was Sie tun sollen.«

Sie ließ den Blick über den leeren Rastplatz wandern. Er war gut überschaubar und barg ein weitaus geringeres Risiko, als sie befürchtet hatte.

Sie wandte sich wieder Storm zu. »Okay, ich mach's.«

Er stand auf und klopfte sich seine graue Bundfaltenhose ab. »Ausgezeichnet. Da wäre nur noch eine Kleinigkeit.«

131

»Welche?«

»Sie wohnen allein, nicht wahr?«

»Warum?«

Storm steckte die Hände in die Manteltaschen. »Wir können es nicht riskieren, einen Überwachungswagen für längere Zeit vor Ort zu postieren. Früher oder später würde der auffallen. Darum habe ich gedacht …«

»Dass Sie stattdessen meine Wohnung benutzen können.«

Er lächelte entschuldigend. »Es geht um eine Woche, höchstens zwei. Und das Team wird sehr klein sein. Nachts werden wir wechseln, das wird niemandem auffallen.«

Sie holte tief Luft. »Mir aber.«

»Ich habe keine andere Möglichkeit«, sagte er und sah sie bittend an.

Er war ziemlich geschickt darin, seinen Willen durchzusetzen.

Sie nickte. »Unter einer Bedingung.«

»Ja?«

»Dass Tom nicht dabei ist.« Sie zeigte auf den Audi. »Der kommt mir nicht über die Schwelle, verstanden?«

»Klar und deutlich.«

Storm zog einen weißen Umschlag aus der Tasche und gab ihn ihr.

»Was ist das?«

»Siebentausend Kronen, um Ihre Unkosten zu decken. Ich werde mich darum bemühen, dass es nicht dabei bleibt.«

Sie öffnete den Umschlag und betrachtete das Bündel mit Fünfhundertkronenscheinen. Das Geld brannte bereits in ihren Händen, und sie hatte nicht wenig Lust, ihm den Umschlag mit der Bemerkung zurückzugeben, dass sie nicht käuflich sei. Wenn sie ihr etwas anbieten wollten, dann konnten sie sie ja wieder einstellen. Aber diesen Stolz konnte sie sich nicht leisten, also steckte sie das Kuvert in die Tasche und warf Tom einen verstohlenen Blick zu. Er grinste schmierig und machte eine Bemerkung zu den beiden Männern auf der Rückbank. Seine Worte konnte sie sich denken.

Storm bat sie, sich bereitzuhalten. Er würde sie anrufen, um ihr mitzuteilen, wo sie sich trafen, ehe die Operation begann. Dann gab er ihr zum Abschied die Hand und stieg ins Auto.

Sie zündete sich eine Zigarette an und blickte dem davonfahrenden Audi nach. *Verdammtes Bestechungsgeld.* Und zum Teufel mit Tom, der sich jetzt bestimmt königlich amüsierte. Sie war für einen zeitlich begrenzten Job wieder im Einsatz und spürte bereits das Adrenalin durch ihren Körper fluten.

Ein wohlbekanntes und verführerisches Gefühl, das sie schon viel zu lange nicht mehr gespürt hatte.

15

WIR WERDEN DIE UNGLÄUBIGEN VERSKLAVEN

*Wir werden große Handelsmonopole etablieren und
kolossalen Reichtum auf Spekulationen errichten,
um die Ungläubigen in die Knie zu zwingen und das
System in den Konkurs zu treiben. Wir werden unsere
Herrschaft auf alle erdenklichen Arten entwickeln
und denen, die sich freiwillig unterwerfen, als
Beschützer und Wohltäter gegenübertreten.*

KAPITEL VI: ÜBERWACHUNGSTECHNIKEN

»Benjamin?«

Benjamin schaute zu Bjarne und L.T. auf, die sich über
ihn beugten, während er Bankdrücken trainierte. Er bog
den Körper durch und schaffte es mit größter Anstrengung, die Stange mit dem 60-Kilo-Gewicht wieder in die
Halterungen zu legen.

»Schön, dich zu sehen«, sagte L.T., reichte ihm eine
Hand und half ihm auf.

Benjamin begrüßte sie erschöpft.

»Du gibst ja ganz schön Gas.«

Er nickte. Er hatte nicht damit gerechnet, die beiden
wiederzusehen. Seit dem Abend im Club war er ihnen
nicht mehr begegnet, obwohl er mehrfach mit der Hoffnung ins Snoopy gegangen war, sie dort zu treffen.

»Ich wusste gar nicht, dass ihr auch hier trainiert.«

Bjarne nickte. »Wir sind mal hier, mal dort«, entgegnete er unbestimmt. Er hatte ein blaues Auge und Schrammen auf der Nase.

»Warst du in letzter Zeit mal im Snoopy?«, fragte L.T.

Benjamin schüttelte rasch den Kopf »Nur einmal. Der Laden lohnt sich nicht.«

»Hat's wieder Ärger gegeben?«, fragte Bjarne grinsend.

»Nein, nein, aber was hast du gemacht?« Er zeigte auf Bjarnes geschwollenes Auge.

»Nicht der Rede wert.« Er lächelte bedrohlich. »Aber dem Affen geht's schlecht. Der kann jetzt gar nicht mehr von Ast zu Ast schwingen.« Er ließ seinen Zeigefinger über den Hals gleiten.

»Schon gut.« L.T. klopfte ihm begütigend auf die Schulter und schaute sich um.

»Trainierst du gar nicht die Oberarme?«, fragte ihn Bjarne ironisch.

»Doch«, antwortete er und blickte zu Boden.

»Dann lass uns doch zusammen trainieren«, sagte L.T. und zeigte auf den Abschnitt des Raumes, in dem die Hanteln lagen.

Benjamin war so überrascht, dass er ohne lange zu überlegen die Einladung annahm.

Sie gingen zu den Hanteln hinüber. Bjarne nahm eine 32-Kilo-Hantel und begann, seinen Bizeps zu trainieren. Wie der aussah, nahm er bestimmt Anabolika, dachte Benjamin. Er selbst schaffte kaum das halbe Gewicht, wenn er trainierte.

»Und, bist du inzwischen bei den Bullen?«, fragte L.T.

Benjamin hätte nicht gedacht, dass sich L.T. an seine Zukunftspläne mit der Polizeischule erinnern würde. Er schüttelte den Kopf. »Nein, ich kann erst in einem halben Jahr die Aufnahmeprüfung ablegen. Solange muss ich noch warten.« Benjamin senkte die Stimme. »Was ist mit euch, seid ihr immer noch dabei?«

»Bei der Truppe? Nein, das ist schon ein paar Jahre her.«

Die Antwort überraschte Benjamin. Ihr stählerner Blick und ihr barscher Umgangston war eigentlich typisch für Leute, die aktiv im Dienst waren.

Mit einem lauten Grunzen legte Bjarne die Hantel wieder ab. »Du bist also arbeitslos?«

»Nein, nein«, antwortete Benjamin mit brennenden Wangen. »Ich suche schon ... nach einem Job, bis ich die Aufnahmeprüfung machen kann.«

Was eine Lüge war. In Wahrheit war das Krafttraining seine einzige Freizeitbeschäftigung. Er hatte bisher nicht die Energie aufgebracht, sich einen Job zu suchen, und je mehr Zeit verging, desto antriebsschwächer fühlte er sich. »Und was macht *ihr* so beruflich?«, fragte er hastig.

Bjarne antwortete nicht.

L.T. nahm ein 42-Kilo-Gewicht und begann in aller Ruhe zu pumpen. »Wir sind in der Sicherheitsbranche«, sagte er.

Benjamin nickte. »An so was hab ich auch schon gedacht. Seid ihr Nachtwächter oder so? Oder arbeitet ihr für irgendeinen Laden?«

Bjarne prustete vor Lachen. »Der hält uns wohl für Kaufhausdetektive.«

L.T. setzte das Gewicht ab. »Personenschutz«, sagte er.

»Als Bodyguards?«, fragte Benjamin beeindruckt.

L.T. senkte die Stimme. »Kommt ganz drauf an. Manchmal arbeiten wir als Bodyguards, manchmal geht es um Risikoeinschätzung und Logistik. Die Arbeit ist sehr … vielseitig.«

»Und *wo* arbeitet ihr?«

»Überall in der Welt, wo gerade was los ist.«

Benjamins Augen leuchteten. »Und ihr beschützt Promis und Firmen und so was?«

L.T. nickte. »Alle, die ein Bedürfnis nach Sicherheit haben.«

»Hört sich ja superspannend an.«

»Bringt auch ziemlich was ein«, sagte Bjarne und zeigte ihm seine schwere goldene Rolex.

»Jedenfalls mehr als beim Militär oder bei der Polizei«, fügte L.T. lächelnd hinzu.

Benjamin nahm zwei 16-Kilo-Hanteln, aber sie waren so schwer, dass er unter ihrem Gewicht schwankte. »Braucht man dazu nicht eine bestimmte Ausbildung?«

»Klar.«

Benjamin setzte die Hanteln zaghaft in Bewegung.

»Wir laufen noch ein bisschen«, sagte L.T. plötzlich. »Viel Spaß noch.« Er klopfte ihm auf die Schulter.

Benjamin setzte erschöpft die Hanteln ab, massierte seine tauben Arme und schaute zu den Laufbändern hinüber, die in einer Reihe standen. L.T. und Bjarne waren nirgends zu sehen. Er sah sich im Fitnessraum um, doch die beiden waren verschwunden.

Plötzlich fühlte er sich sehr allein. Allein und deprimiert. Total gescheitert. Nicht alle kehrten krank nach Hause zurück. Im Gegenteil. Warum war er nur so ein verdammter Loser? Warum konnte er all die Dinge nicht einfach vergessen? Helmand, die Patrouille, die Deltagruppe, *Jannick*. Warum lief dieser ganze verdammte Scheißfilm immer wieder in seinem Kopf ab?

Er schnappte nach Luft und war den Tränen nahe. Verflucht, er würde ja wohl nicht hier im Kraftraum losheulen. Er nahm die leichten Zehn-Kilo-Hanteln und begann zu pumpen. Es tat gut, das Brennen der Milchsäure in den Oberarmen zu spüren. Das bereitete den quälenden Gedanken ein Ende.

*

Die Dämmerung hatte bereits eingesetzt, als Benjamin das Fitnesscenter verließ. Er war hungrig und überlegte, ob er sich einen Burger mit nach Hause nehmen sollte.

»Benjamin?«

Er drehte sich um und erblickte L.T., der in einem Range Rover Sport saß und die Fahrertür geöffnet hatte.

Er ging zu ihm hinüber. Bjarne saß auf dem Beifahrersitz, telefonierte mit dem Handy und lachte aus vollem Hals.

L.T. öffnete seine Brieftasche und zog eine Visitenkarte heraus.

»Ich weiß nicht, ob das etwas für dich ist. Aber wir haben ja verschiedenste Sicherheitsabteilungen, auch ganz normale Wachdienste. Das ist leicht verdientes Geld und macht sich auch gut im Lebenslauf, wenn du später zur Polizei willst.«

Benjamin nahm die Karte. »Danke«, sagte er. »Vielen Dank.«

»*No probs*«, entgegnete L.T.

Bjarne nahm das Handy herunter und schaute Benjamin an. »Wir sehen uns im Snoopy, Benny! Dann machen wir einen drauf, okay?« Er lachte ausgelassen, ehe er sein Telefongespräch fortsetzte.

L.T. schüttelte entnervt den Kopf über seinen Kompagnon. »Denk darüber nach und gib mir Bescheid«, sagte er.

Dann schloss er die Tür und fuhr davon.

Benjamin betrachtete die Visitenkarte. Die Firma hieß Valhal Securities. L.T.s offizieller Titel lautete *Sicherheitskoordinator.* Benjamin ließ sich das Wort auf der Zunge zergehen. Das hörte sich ziemlich gut an. Kompetent und entschieden, genau den Eindruck machte L.T. auch auf ihn.

Er konnte sein Glück kaum fassen. Das hier war eine riesige Chance, die ihm einfach so in den Schoß gefallen war. Und wie nett von L.T., ihm uneigennützig helfen zu wollen. So wie auch Bjarne ihm geholfen hatte, als er seine Knarre vor den Polizisten versteckt hatte.

Er ging zum Hamburgergrill und nahm den stärker werdenden Regen gar nicht zur Kenntnis. Genau so, dachte er, sollten sich Kameraden untereinander verhalten. Aber das würden Schwachköpfe wie Allan, Jimmy und Kenneth niemals begreifen. Er spazierte durch den strömenden Regen und sprach laut mit sich selbst. Man musste im Krieg gewesen sein, um das zu verstehen. Im Krieg passte man aufeinander auf und ließ niemanden im Stich. Zum ersten Mal, seit er nach Hause gekommen war, fühlte er sich erleichtert. Gleich morgen würde er L.T. anrufen.

Jetzt würde sich alles ändern.

16

Katrine fuhr die Rampe zur Parkanlage des Kaufhauses Magasin hinauf. Die Fahrt bis ins Zentrum von Kopenhagen hatte länger gedauert, als sie gedacht hatte. Jetzt kam sie zu ihrem Treffen mit Nikolaj Storm zu spät. Dennoch blieb sie noch etwa fünf Minuten im Auto sitzen, um sich zu vergewissern, dass ihr niemand gefolgt war. Doch nur ein älteres Ehepaar fuhr in seinem Skoda an ihr vorbei.

Katrine stieg aus und ging zur Tür, von der aus man direkten Zugang zum Kaufhaus hatte. Es war Viertel nach elf, und im gesamten Magasin herrschte eine müde Stimmung. Sie nahm die Rolltreppe, die zur ersten Etage hinunterführte und eilte dem Ausgang zum Kongens Nytorv entgegen. Auf der anderen Seite des Platzes liefen immer noch die Aufräumarbeiten nach dem Bombenattentat. Das schwarze Skelett der Ruine ragte wie ein düsteres Monument in den Himmel. Sie wandte sich nach rechts und ging die Vingårdsstræde entlang, wo an der nächsten Ecke bereits ein dunkelblauer Audi wartete.

Katrine stieg ein. Sie hatte Nikolaj Storm und seine Leibwächter erwartet, doch stattdessen sah sie nur Tom, der hinter dem Steuer saß. Tom verlor kein Wort der Begrüßung, sondern legte schweigend den ersten Gang ein und fuhr los. Die Situation musste ihm ebenso unangenehm sein wie ihr. Sie überlegte, ob Nikolaj Storm dieses Treffen mit Absicht arrangiert hatte.

»Ich hatte eigentlich mit Storm gerechnet.«

»Die warten alle in Søborg«, entgegnete Tom, ohne den Verkehr aus den Augen zu lassen.

»Wer genau?«

»Die Techniker, ein paar Leute von der Observierung … und Storm.«

Katrine nickte. Dass sie zum Hauptquartier des Geheimdienstes fuhren und viel zu viele Leute von der Operation Bescheid wussten, gefiel ihr nicht. Sie angelte sich eine Zigarettenschachtel aus der Innentasche ihrer Jacke.

Tom warf einen Blick auf die Schachtel. »Das hier ist ein Nichtraucherwagen.« Er klang wie ein Taxifahrer mit nervösem Magen.

Sie steckte die Schachtel wieder ein, während sie schweigend weiterfuhren.

Sie spürte, wie ihr Zorn allmählich wuchs. Erinnerte sich an sein schleimiges Lächeln im Zeugenstand. Sah im Geiste vor sich, wie er in *ihr* Büro einzog und sich von *ihrem* Dezernat für seine Versetzung zum PET feiern ließ, als wäre er James Bond. Sosehr sie sich auch sagte, dass er ihren Zorn nicht wert war, sie konnte sich einfach nicht wieder abregen. »Wie ist die Arbeit beim PET, Tom?«

»Ausgezeichnet«, antwortete er rasch.

»Du hast doch bestimmt gedacht, dass du da mehr als Chauffeur bist, oder?«

»Ich kann dir versichern, dass ich dort auch andere Aufgaben wahrnehme.« Er lächelte nervös.

»Und war es das wirklich wert, dass du mich und die Kollegen deswegen denunzieren musstest?«

Er schluckte. »Ich finde wirklich, dass wir darüber nicht diskutieren sollten.«

»Aber warum denn? Ist dir das so unangenehm?«

»Überhaupt nicht«, antwortete er mit gespielter Überzeugung. »Aber es ist unserer neuen Aufgabe nicht dienlich.«

»Ich versuche nur zu verstehen, was jemand, mit dem ich sechs Jahre zusammengearbeitet habe, dessen Vorgesetzte ich war und den ich immer wieder in Schutz genommen habe, was also so jemanden dazu bringt, mir in den Rücken zu fallen.«

»Katrine, du weißt doch genauso gut wie ich, dass ihr zu weit gegangen seid. Das kannst du weder mir noch irgendjemandem sonst vorwerfen.«

»Wir haben auch einen kleinen Jungen gerettet.«

Tom schüttelte den Kopf. »Das eine hat mit dem anderen nichts zu tun. Ihr habt eure Aggressionen an Søren Rohde ausgelassen.«

Sie biss sich in die Wangen. »Schon möglich. Ich freue mich, dass du dich so genau mit der Sache befasst hast, da du ja auch den Ruhm für die Aufklärung eingesackt hast.«

»Das war die Einschätzung der Führungsetage. Ich habe die ganze Zeit nur nach meinem Gewissen gehandelt. Mehr gibt es dazu nicht zu sagen.«

Sie starrte ihn ungläubig an. »Nach deinem Gewissen? Was für ein schönes Wort, Tom. Dann erzähl mir mal, warum sich dein Gewissen erst eine Woche später gemeldet hat. Und warum du in der Zwischenzeit nicht ein einziges Wort zu mir gesagt hast.«

»Weil ich wollte, dass sie dich aus dem Verkehr ziehen.« Zum ersten Mal, seit sie zu ihm ins Auto gestiegen war, sah er ihr ins Gesicht.

»Du bist ein Falschspieler, Tom, weißt du das?«

142

Ein feines Lächeln umspielte seine Mundwinkel. »Du kannst mich nennen wie du willst, Katrine.«

Er nahm die Ausfahrt 19 bei Buddinge und fuhr in Richtung Klausdalsbrovej.

Sie atmete tief durch. »Hast du schon mal den Ausdruck ›mit den Füßen nach oben begraben‹ gehört, Tom?«

»Du hast dich selbst begraben, Katrine.«

»Das bedeutet, dass man jemanden ›hochlobt‹, damit man ihn loswird.«

Tom warf ihr einen verstohlenen Blick zu.

Sie lächelte. »War der Job beim PET deine eigene Idee, oder hat dich ein ›Headhunter‹ abgeworben?« Sie malte Anführungszeichen in die Luft.

Tom zwinkerte nervös. Sie wusste nicht, ob sie recht hatte, doch zumindest hatte sie ihn verunsichert. Hatte ihn an einem wunden Punkt getroffen.

Sie passierten das Eingangstor der Geheimdienstzentrale und fuhren in die Parkgarage, wo Storm und einige Mitarbeiter schon auf sie warteten. Tom parkte den Wagen und drehte sich zu Katrine um.

»Ich hoffe, du genießt den Tag beim PET. Es wird dein erster und dein letzter sein. Die gute Nachricht ist die, dass du deine Situation unmöglich noch schlimmer machen kannst, als sie sowieso schon ist.«

Sie zeigte ihm so demonstrativ den Mittelfinger, dass dies alle außerhalb des Fahrzeugs sehen konnten.

»Sehr reif, Katrine, wirklich eine sehr reife Reaktion.«

Katrine wurde in der Parkgarage durch einen schmalen Gang geführt, bis sie einen Depotraum erreichten. Sie war erleichtert darüber, nicht durch die oben gelegenen

Abteilungen geführt zu werden, wo man sie nur angestarrt hätte. Die eingelagerten Büromöbel waren an die Wände geschoben worden, sodass in der Mitte Platz genug für einen Schreibtisch und ein Whiteboard war. Auf dem Tisch lag ein offener Metallkoffer mit sechs drahtlosen Mikrofonen und drei Mikrokameras. Storm trat an die Tafel und drehte sich um.

»Hört zu, wir haben es ein bisschen eilig«, begann er. »Katrine Bergman wird uns heute dabei helfen, bei Faris Farouk am Agernvænget 17 im Bregnehøjpark eine Überwachungsanlage zu installieren.«

Die anderen Männer gaben ihr kurz die Hand. Sie hatte den Eindruck, dass alle das Urteil gegen sie kannten und von ihrer Entlassung wussten. Dafür hatte Tom bestimmt gesorgt.

»Das ist Claus von der technischen Abteilung«, sagte Storm und wies auf einen schmächtigen Mann, der neben dem Schreibtisch stand. »Claus hat die gesamte Ausstattung zu verantworten, die Sie installieren sollen.«

Claus wurde rot, als sie ihm zunickte.

»Niels ist von der Observierungseinheit«, fuhr Storm fort. »Er ist heute für die Kommunikation zuständig.«

»Ich habe schon viel von Ihnen gehört«, sagte Niels und gab ihr ein wenig linkisch die Hand. »Sie haben eine Aufklärungsquote von sechsundneunzig Prozent. Das ist die höchste im ganzen Land.« Er lächelte verlegen. »Ich freue mich auf die Zusammenarbeit mit Ihnen.«

»Danke … gleichfalls.«

»Tom, Henrik, Bertil und ich werden Ihnen im Observierungswagen folgen«, sagte Storm. »Sollte es wider Erwarten zu Schwierigkeiten kommen, werden wir die Ersten sein, die Ihnen zu Hilfe kommen. Natürlich steht notfalls auch der Bereitschaftsdienst zur Verfügung, aber das Ganze ist eine *Low-key*-Operation, Katrine. Es ist von größter Wichtigkeit, dass wir nicht auffliegen.« Er blickte sie eindringlich an, und sie nickte.

Er wandte sich zur Tafel. »Das Freitagsgebet in der Azra-Moschee beginnt um 14 Uhr und dauert ungefähr eine Stunde.« Er schrieb ein paar Details an die Tafel. »Faris Farouk braucht für den Weg von zu Hause bis zur Moschee dreißig bis fünfunddreißig Minuten. Wir haben für die gesamte Operation also gut zwei Stunden Zeit. Niels steht mit der Verkehrsüberwachung in Kontakt. Auf Ring 3 gibt es eine Baustelle in der Nähe des Bregnehøjparks. Falls notwendig können wir veranlassen, eine weitere Fahrbahn zu schließen und einen Stau zu verursachen, was uns etwa zwanzig Minuten mehr Zeit geben würde. Aber lasst uns zusehen, dass wir das vorgegebene Zeitfenster einhalten und den Pendlern keinen zusätzlichen Ärger bereiten.«

Die Männer lächelten.

Storm begann damit, die Ausrüstungsgegenstände zu erklären, die sie installieren sollte. Sie verfügten über einen Grundriss von Farouks Reihenhaus und hatten sich eine ungefähre Vorstellung davon gemacht, wie die Einrichtung aussah. Im größten Raum, dem Wohnzimmer, sollte sie zwei Mikrofone installieren, und zwar so nahe an den Sitzgelegenheiten wie möglich. Dabei konnte es sich um ein einzelnes Sofa, eine Couchgarnitur, einen Ess- oder Schreibtisch handeln. Die Mikrofone sollte sie in Steckdosen, hinter Heizkörpern oder Fernwärmerohren verstecken, jedoch nicht hinter beweglichen Gegenständen wie Lampen, Bildern, Wandteppichen oder einzelnen Möbelstücken. Die anderen Mikrofone sollten im

Schlafzimmer, in der Küche, im Eingangsbereich nahe der Haustür und im Badezimmer platziert werden.

»Also quasi überall«, kommentierte Katrine trocken.

Der Einzige, der grinste, war Niels.

Storm nahm eine der Kameras aus dem Metallkoffer und hielt sie zwischen Daumen und Zeigefinger. »Diese kommt in den entlegensten Winkel des Wohnzimmers, direkt unter die Decke. Sollte sich zwischen Decke und Wand ein Kabel befinden, können Sie es im Zwischenraum anbringen, ansonsten müssen Sie improvisieren.«

Katrine nickte.

»Die zweite Kamera kommt ins Schlafzimmer, die dritte ins Bad.«

»Was ist mit der Küche?«

»Da reicht das Mikro«, antwortete Nils. »Der Junge steht auf Take-away und hält sich ziemlich selten in der Küche auf. Außerdem finden achtzig Prozent aller Gespräche im Wohnzimmer statt. Wenn die Leute, die uns interessieren, vertraulich miteinander reden wollen, geschieht das lustigerweise immer im Bad.«

»Danke, Niels«, unterbrach ihn Storm und sah Katrine an. »Von seinem Provider wissen wir, dass er ein Motorolla-Modem benutzt wie dieses hier.«

Er zeigte auf eine schwarze Box, die auf dem Tisch lag. Er erklärte, wo sich der Ethernet-Anschluss des Modems befand und wo Katrine den kleinen Sender montieren sollte.

Sie hoffte, dass sie sich später an alles erinnern würde.

Claus nahm Mikrofone und Kameras aus dem Koffer und legte sie behutsam in eine Sporttasche. Hinzu kamen ein kleines Werkzeugset, ein Akkuschrauber und eine Türöffnerpistole.

146

»Gibt es zu der eine Gebrauchsanweisung?«, fragte Katrine und zeigte auf die Pistole.

Claus wollte gerade antworten, als Niels sie ihm mit einer raschen Bewegung aus der Hand nahm. »Ist supereinfach. Man steckt sie ins Schloss und drückt drei-, viermal ab.« Er betätigte zur Demonstration den Abzug. »Und schwuppdiwupp ist man drin.«

Katrine nickte.

Schließlich wurde sie noch mit einem Handy ausgestattet. Es sah so ähnlich aus wie ihr eigenes, doch handelte es sich um ein eigens konstruiertes Funkgerät mit Geräuschverstärker. Damit konnte der Empfänger alles hören, was in einem Umkreis bis zu drei Metern vom Sender vor sich ging. Der On-Schalter an der Seite diente als Alarmknopf, wenn man ihn zweimal hintereinander drückte.

»Wie bereits erwähnt, Katrine, haben wir Probleme mit den Spähern eines Haschclubs, der sich am Ende der Straße befindet. Da Sie dort ein bekanntes Gesicht sind, dürften Sie jedoch unbemerkt an denen vorbeikommen. Am besten wäre es natürlich, Sie würden von niemandem gesehen werden. Schließlich wissen wir nicht, was für ein Verhältnis Faris zu diesen Leuten hat.«

Sie wusste, wo sich der Haschclub befand, und vermutete bereits, dass es ein Problem werden würde, unbemerkt bis zu Faris' Haus zu gelangen. Aber das erwähnte sie nicht.

»Noch Fragen?« Storm blickte in die Runde. »Dann geht's los.«

In dem Lieferwagen mit dem Logo eines Autoverleihers verließen sie gemeinsam die Geheimdienstzentrale.

Katrine wurde im Parkhaus des Magasin abgesetzt und nahm von dort aus ihr eigenes Auto. Sie fuhr bis zum Bregnehøjpark voran, Storm folgte ihr und mit einigem Abstand auch der Lieferwagen, in dem die übrigen Kollegen saßen. Um 13.20 Uhr erhielten sie Meldung von der Observierungseinheit vor Ort, dass Faris und die drei anderen sich auf den Weg gemacht hatten. Ihr Funkgerät knisterte. Alles war wie früher. Es kitzelte in ihrem Magen, und sie spannte unwillkürlich die Muskeln an. Spürte ihren eigenen Atem. Sie warf einen Blick auf die Sporttasche, die auf dem Beifahrersitz lag. Die Operation hatte begonnen. Da dies unwiderruflich ihr letzter Auftrag war, wollte sie ihn perfekt erledigen. Sie wollte einen ruhmreichen Abgang, um ihre Schmach zumindest ein wenig zu mildern.

17

Katrine stieg aus dem Auto. Im Bregnehøjpark war es still. Der Regen veranlasste die meisten Leute, sich hinter verschlossenen Türen aufzuhalten. Die Luft wirkte metallisch. Vielleicht war es aber auch das Adrenalin, das den rostigen Geschmack auf ihrer Zunge erzeugte. Storm fuhr auf den großen Parkplatz und hielt am hinteren Ende. An diesem Ort herrschten beste Bedingungen für ihre Technik. Dafür würde es drei, vier Minuten dauern, bis sie Katrine am Agernvænget zu Hilfe eilen konnten. Aber das war ein kalkuliertes Risiko, mit dem sie sich einverstanden erklärt hatte. Sie ging über den offenen Platz, der die drei Hochhäuser vom Reihenhausviertel trennte. Die Sporttasche war ungewöhnlich schwer. Sie hatte das Gefühl, dass alle sehen konnten, was sich darin befand. Hätte die Tasche einen Schulterriemen gehabt, wäre ihr Gewicht weniger aufgefallen. An der Straße, die zu den Reihenhäusern führte, hing ein Junge über dem Lenker seines niedrigen Trial-Fahrrads. Er schaute träge zu Katrine auf und klopfte seine Zigarette ab, ehe er sie in den Mundwinkel steckte. Seine geweiteten Pupillen verrieten, dass er heute auch schon etwas anderes geraucht hatte. Katrine ignorierte ihn, so wie sie es immer tat, wenn sie hier irgendwelchen Spähern begegnete. Es gab in dieser Gegend drei oder vier Haschclubs, und jeder von ihnen hatte seine eigenen Aufpasser, die stets bereit waren, eine warnende

SMS zu schreiben oder sich auf ihren schnellen Fahrrädern davonzumachen. In der Regel waren die Jungs bekifft, aber nichtsdestotrotz gut organisiert. Sollten die Islamisten eines Tages damit anfangen, diese Späher zu rekrutieren, würde es die Polizei noch schwerer haben. Aber den Spähern war Religion egal, die wollten nur ihren Stoff.

Sie näherte sich dem Agernvænget, ohne dass die Späher von ihr Notiz nahmen. An der nächsten Ecke lag der Haschclub im Erdgeschoss. Der Regen war stärker geworden, und sie hoffte, dass er die Dealer nach drinnen vertrieben hatte.

Sie wandte beiläufig den Kopf, als sie um die Ecke bog. Dort standen sie, nahe am Eingang, und suchten Schutz entlang der Hausmauer. Insgesamt sechs Personen. Junge Männer, Einwanderer der zweiten oder dritten Generation, in großen Jacken, sackartigen Hosen und Timberland-Stiefeln. Typische Dealer-Uniform, dachte Katrine und wandte sich von ihnen ab. Sie konnte sich entscheiden, ob sie an ihnen vorbeigehen oder lieber den schmalen Pfad benutzen wollte, der an den Reihenhausgärten entlangführte. Da sie bereits entdeckt worden war, entschied sie sich für Letzteres. Sie warf einen verstohlenen Blick auf die Wohnzimmerfenster, die zu den Gärten hinausgingen. Niemand schien zu Hause zu sein. Als sie Faris' Haus erreichte, sah sie, dass die Gardinen vorgezogen waren. Der Garten war verwildert, im Sandkasten lag altes, kaputtes Spielzeug. Sie erwog für einen Moment, über die Terrassentür ins Haus zu gelangen, aber die hatte ein Schnappschloss wie ihre eigene Balkontür, gegen das ihre Pistole nichts ausrichten konnte. Sie ging um den Wohnblock herum, um sich dem Blickfeld der

150

Dealer zu entziehen. Doch selbst wenn sie sich Faris' Haustür von der entgegengesetzten Seite näherte, würde sie dort gesehen werden. Sie blickte sich um. Wenn sie jetzt stehen blieb, würde bestimmt einer der Späher auf sie aufmerksam werden.

Sie rief Storm und erklärte ihm die Situation.

»Sehen Sie jemanden von Ihrem jetzigen Standort aus?«

»Nein, aber ich muss irgendwas unternehmen.«

Am anderen Ende wurde es still.

»Hallo?«, sagte sie ungeduldig.

»Sie müssen es riskieren. Wir haben keine andere Wahl. Wenn die gerade einen Deal am Laufen haben, kann es klappen.«

In diesem Moment fuhr ein Späher auf seinem Fahrrad heran. Sie setzte sich automatisch in Bewegung. Als er sie bemerkte, riss er seinen Lenker hoch und rollte nur auf dem Hinterrad an ihr vorbei. Sie lächelte ihn an.

»Nicht schlecht!«, rief sie ihm nach.

Er reagierte nicht.

Sie ging um die Ecke und hielt sich ihr Handy ans Ohr. Die Dealer standen fünfzig Meter von ihr entfernt und redeten miteinander. Nur einer von ihnen schaute in ihre Richtung. Die Sache sah nicht schlecht aus. Faris wohnte zwei Häuser weiter. Sie hielt die Luft an und ließ die Dealer nicht aus den Augen. Sie hatten sie immer noch nicht bemerkt. Sie steckte die Hand in die Tasche und griff nach der Pistole. Sie hoffte, dass sie tatsächlich so gut funktionierte, wie Niels es beschrieben hatte.

Als sie vor Faris' Tür stand, erstarrte einer der Dealer und nickte in ihre Richtung. Zwei andere sahen ebenfalls auf.

»Sie haben mich entdeckt«, sprach Katrine ins Handy.

Die beiden Dealer schauten wieder woanders hin, während der dritte sie weiter beobachtete. Sie konnte nichts tun.

»Operation abbrechen«, hörte sie Storms dumpfe Stimme. »Gehen Sie in aller Ruhe zum Parkplatz zurück.«

Sie schlenderte den Dealern entgegen. Verdammt, sie war so nah dran gewesen. Wenn der Typ nicht zufällig aufgeblickt hätte … Wenn es doch nur stärker geregnet hätte … Wenn, wenn, wenn. Aber das war jetzt gleichgültig. Die Operation war abgebrochen worden, noch ehe sie richtig begonnen hatte. Sie überquerte die Straße. Die Dealer schauten ihr hinterher.

»Ich habe eine Idee«, sagte sie zu Storm.

»Katrine …«

Sie sagte nichts mehr, steckte das Handy in die Tasche und ging zu den Dealern hinüber. Der älteste und fülligste von ihnen sagte etwas zu den anderen. Einer von ihnen begann, eine SMS zu schreiben, bestimmt um die anderen zu warnen, dass die Bullen da waren.

Katrine grüßte ihren Anführer. »Hast du geöffnet?«

Er zuckte die Schultern. »Wovon redest du?«

Die anderen schlossen einen Ring um sie. Jetzt gab es kein Zurück mehr.

Sie lächelte ihn an. »Verkaufst du mir was?«

Er warf ihr einen arroganten Blick zu. »Da bist du an der falschen Adresse. Ich verkaufe nichts.«

»An der absolut falschen Adresse«, zischte jemand hinter ihr. Sie spürte seinen Atem in ihrem Nacken.

»Ach, komm schon! Ein kleiner Joint für eine Frau in Not. Oder bist du etwa ausverkauft?«

»Hab doch schon gesagt, dass ich nichts verkaufe. Und schon gar nicht an einen Bullen.«

»Verstanden?« Sie bekam einen heftigen Stoß in den Rücken, hielt aber das Gleichgewicht.

»Ich *war* bei den Bullen«, sagte sie mit verhaltenem Lächeln. »Die haben mich gefeuert, die Drecksäcke.«

Er legte den Kopf zurück und betrachtete sie. »Was hast du gemacht, die Finger in der Kasse gehabt, und bist du zu schnell gefahren?« Er grinste, sodass man den Diamanten auf seinem Vorderzahn sehen konnte.

Die anderen Dealer grinsten auch.

»Spielt keine Rolle.«

Er verschränkte die Arme vor der Brust. »Erzähl!«

»Erzähl, wenn er das sagt«, hörte sie von hinten.

Sie zuckte die Schultern. »Okay, ich habe körperliche Gewalt gegen eine festgenommene Person angewandt.«

»Hast eine alte Frau geschlagen, die bei Rot über die Ampel ist, was?« Die Dealer grinsten erneut.

»Nein. Einen Pädo, der kleine Jungs gefickt hat, ehe er sie getötet hat.« Sie hielt seinem Blick stand.

Die Dealer erstarrten. »*Du* warst das?«

»Jep.«

»Das war doch im Fernsehen und überall.«

»Starke Sache«, hörte sie hinter sich.

»Was ist jetzt mit dem Joint?« Sie zog einen Fünfziger aus der Tasche. »Der Tag ist sowieso zum Teufel.«

Ein paar Minuten später ging sie mit einem Joint in der Tasche die Straße hinunter. Vor Faris' Tür blieb sie stehen und holte ihre Zigaretten heraus. Sie drehte sich halb um, zündete sich eine an und blickte zum Haschclub hinüber. Einige Dealer hatten sich in den Hauseingang zurückgezogen. Die anderen waren damit beschäftigt, ihre Kunden zu versorgen. Niemand kümmerte sich um sie.

Katrine ging entschlossen zur Tür, die Pistole hatte sie bereits in der Hand und steckte sie sofort ins Schloss. Niels hatte recht. Es war eine Kleinigkeit. Die Tür sprang sofort auf, und sie trat ein.

Sie zog das Handy aus der Tasche.

»Ich bin drin …«

Katrine stand in Faris' Badezimmer und betrachtete sich im Spiegel. Die nasse Jacke und ihre Schuhe hatte sie in die Nische unter die Dusche gestellt. Sie fuhr sich mit den Händen durch die nassen Haare und wischte sie an der Hose ab, damit sie nicht alles volltropfte, während sie die Anlage installierte. Sie klemmte sich das Handy in den Gürtel und setzte sich das Headset auf, sodass sie mit Storm in Kontakt war und doch beide Hände zum Arbeiten frei hatte. Sie hatte noch eine knappe Stunde Zeit, ehe Faris zurückkehren würde. Sie musste sich beeilen. Sie sah sich im Badezimmer um und teilte Storm mit, wie es eingerichtet war. Er bat sie, das Mikrofon möglichst weit weg vom Waschbecken anzubringen, damit laufendes Wasser ein Gespräch nicht übertönen konnte. Hinter der Aufhängung des Duschvorhangs entdeckte sie zwischen den Kacheln eine offene Fuge. Darin klebte sie das Mikrofon fest, sodass es nur wenige Millimeter aus der Wand herausschaute. Die Kamera, die sie hinter der Deckenlampe platzierte, war im Spiegel über dem Waschbecken nicht zu erkennen.

Sie ging zum angrenzenden Eingangsbereich und montierte die Steckdose ab, die sich neben der Haustür befand. Sie steckte das Mikrofon neben die elektrischen Leitungen und schraubte die Steckdose wieder an. Sie schaute auf die Uhr. Noch fünfundvierzig Minuten.

Als Nächstes kam das Wohnzimmer an die Reihe, das noch spartanischer eingerichtet war als ihr eigenes. Sie dachte an das Gerücht von der Scheidung und fragte sich, ob die spärliche Einrichtung auch daran lag, dass die Möbel aufgeteilt worden waren. Auf einem kleinen Tisch lagen einige der islamistischen Flugblätter, die beim Einkaufszentrum verteilt worden waren. Es gab auch ein paar DVDs mit arabischer Beschriftung. Es ärgerte sie, dass sie nicht mehr Zeit hatte. Wäre sie hier die Ermittlungsleiterin, dann hätte sie einen ganzen Trupp von Technikern geschickt, um die gesamte Wohnung auf den Kopf zu stellen. Sie öffnete die oberste Schublade einer Kommode. Darin lagen andere Flugblätter. Sie zeigten das Foto eines Mannes, der im Irak geköpft worden war. Katrine kannte das Foto, konnte sich aber nicht an den Namen des Mannes erinnern. Sie schloss die Schublade wieder.

Nach kurzer Suche fand sie einen geeigneten Ort, an dem sie die Kamera anbringen konnte. Sie montierte sie unter der Decke gegenüber dem Fernseher, damit sie auch sehen konnten, wenn irgendwelche DVDs abgespielt wurden.

»Faris Farouk hat die Moschee verlassen«, hörte sie Storms Stimme in ihrem Ohr. »Sie haben noch knapp zwanzig Minuten.«

»Das wird eng«, entgegnete Katrine. »Schlafzimmer und Küche fehlen noch.«

»Wir versuchen, sie auf der Umgehungsstraße aufzuhalten. Beeilen Sie sich.«

155

Sie wollte das Mikrofon eigentlich woanders unterbringen, doch wegen des Zeitmangels montierte sie es direkt neben der Kamera.

Das Bett im Schlafzimmer war ungemacht, überall auf dem Boden lag schmutzige Wäsche. Hier würde es nicht schwierig sein, die Abhörgeräte zu installieren. Das Mikrofon brachte sie nahe des Bettgestells an und die Kamera über dem Kleiderschrank an der hinteren Wand des Zimmers.

Sie ging zum Computer im Wohnzimmer zurück und setzte sich auf den Boden. Das Modem war ein anderes als das, was ihr Storm gezeigt hatte.

Sie erklärte ihm die Situation.

»Versuchen Sie, den Ethernet-Anschluss zu finden.«

Sie drehte das Modem in den Händen. »Es gibt ein Kabel zur Steckdose, zwei flache Anschlüsse und einen runden.«

»Es sind die flachen, Katrine. Beeilen Sie sich! Auf der Umgehungsstraße waren sie nicht schnell genug. Faris ist schon an der Stelle vorbei. Sie haben keine fünf Minuten mehr.«

Sie folgte dem Kabel bis zu dem flachen Stecker, der mit dem Computer in Verbindung stand. Sie hoffte, dass es das richtige war, und montierte den kleinen Sender.

Blieb nur noch die Installierung des Mikrofons in der Küche.

Von den vollen Mülltüten, die an der Wand standen, ging ein übler Gestank aus. Katrine suchte die Steckdose neben der Tür. Sie war übermalt worden und würde erst wieder zum Vorschein kommen, wenn sie sie abmontierte.

»Faris kommt mit dem Wagen. Verschwinden Sie aus dem Haus, Katrine.«

»Die Küche fehlt noch.«

»Vergessen Sie die Küche. Raus jetzt!«

Sie schaute sich um. Neben der Küche befand sich ein langes Regalbrett an der Wand. Vielleicht konnte sie das Mikrofon darunter festkleben.

Sie stellte die Tasche auf den Boden.

»Sind Sie draußen, Katrine?«

Die Fußbodendielen unter dem schmutzigen Läufer, der mitten im Raum lag, knarzten.

Sie nahm das letzte Mikrofon und klebte es fest.

»Katrine, wo sind Sie? Faris geht auf das Haus zu.«

Sie packte ihre Sachen zusammen und schnappte sich ihre Tasche. Der Fußboden knarrte erneut. Der Boden gab nach, und sie fragte sich, ob das Haus vielleicht einen Keller hatte. Sie bückte sich und wollte gerade den Teppich zur Seite schieben, als sie hörte, wie ein Schlüssel in die Haustür gesteckt wurde.

Sie eilte den Flur hinunter, sprang ins Badezimmer und zog die Tür hinter sich zu. Im nächsten Moment öffnete sich die Haustür, und Faris trat ein. Sie zog den Duschvorhang vor und kniete sich unter die Dusche. Sie hörte, wie die Haustür geschlossen wurde und Faris seinen Schlüsselbund auf die Kommode warf. Die Badezimmertür öffnete sich. Sie versuchte, sich so klein wie möglich zu machen, während sie den Vorhang hinaufblickte. Faris' Silhouette glitt an ihr vorbei. Er stellte sich vor die Kloschüssel und pinkelte. Sie konnte seinen Urin riechen, so nah war sie ihm. Faris zog den Reißverschluss zu, ging zum Waschbecken und schaute in den Spiegel. Er drehte den Hahn auf, füllte einen Becher mit Wasser und kippte dieses in die Toilette. Dann ging er hinaus.

Katrine blieb in der Hocke, bis sie hörte, dass der Fernseher angeschaltet wurde und arabische Stimmen erklangen. Sie richtete sich lautlos auf, verstaute die Schuhe in der Tasche und nahm die Jacke über die Schulter. Vorsichtig zog sie den Vorhang zur Seite. Die Tür stand offen. Von der Schwelle aus konnte sie den Eingangsbereich und einen Teil des Wohnzimmers sehen. Faris saß mit dem Rücken zu ihr und schaute die Nachrichten von Al-Dschasira.

Sie schlich den Flur entlang und öffnete die Haustür.

Die Dealer waren verschwunden, sie hatte freie Bahn. Sie entfernte sich rasch vom Haus, ging ein Stück die Straße hinunter und zog erst dann ihre Schuhe an.

»Katrine, wo sind Sie?«

Sie entfernte das Headset und hielt sich stattdessen ihr Handy ans Ohr.

»Ja?«

»Was ist passiert?«

»Er ist nach Hause gekommen«, antwortete sie trocken.

»Haben Sie alles installiert?«

»Jedes einzelne Teil.«

Sie hörte ein Seufzen am anderen Ende. »Gut gemacht. Richtig gut gemacht.«

Sie steckte das Handy in die Tasche. Es hatte aufgehört zu regnen.

*

Um kurz nach drei Uhr nachts kamen sie zu ihr nach Hause. Niels, Claus, Storm und ein Bodyguard. Sie alle trugen schwarze Koffer. Niels fragte, wo sie ihre Geräte aufbauen konnten. Sie zeigte ihnen eine Ecke, die sie freigeräumt hatte. Sie begannen damit, die Monitore und die anderen Geräte aufzustellen. Es war ein seltsames Gefühl, all diese Geheimdienstleute in ihrer Wohnung zu haben. Sie hatte selten Gäste und noch nie einen ihrer Kollegen zu Besuch gehabt. Ihre Wohnung war für sie immer nur ein Ort zum Essen und zum Schlafen gewesen. Den Rest ihrer Zeit hatte sie stets auf dem Revier oder an irgendeinem Tatort verbracht. Nun war es ihr fast peinlich, wie offensichtlich ihre Wohnung dokumentierte, dass sie kein Leben außerhalb ihrer Arbeit hatte.

»Guter Job«, sagte Storm. »Wirklich sehr beeindruckend.«

»Danke«, sagte sie und vergrub die Hände tief in den Taschen.

»Ich hätte es allerdings geschätzt, wenn Sie etwas früher wieder herausgekommen wären. Das war ein ziemliches Risiko.«

Sie nickte. »Ich weiß.«

»Wir empfangen von allen Sendern klare Signale«, teilte Niels mit und zeigte auf die Monitore.

Dort zeichneten sich die körnigen Bilder aus Faris' Haus ab. Obwohl es dunkel war, fingen die lichtempfindlichen Kameralinsen alle Konturen auf. Die Kamera in seinem Schlafzimmer zeigte ihn in seinem Bett. Da er auf dem Bauch lag, war sein behaarter Rücken zu erkennen. »Ganz schön pelzig, der Typ«, sagte Niels.

Katrine konnte sich ein Lächeln nicht verkneifen.

»Sieht gut aus, Katrine. Nochmals vielen Dank für Ihre Hilfe.« Storm drehte sich um und versperrte ihr die Sicht.

Sie nickte.

»Da lagen übrigens mehrere Flugblätter und arabische DVDs herum.«

»Sie haben doch nichts angerührt, oder?«

Katrine schüttelte den Kopf. »Nein, aber wenn es nach mir gegangen wäre, dann hätte man die Bude auf den Kopf gestellt.«

Storm zwang sich zu einem Lächeln. »Wir werden hoffentlich bald wissen, ob die Voraussetzungen für eine Hausdurchsuchung gegeben sind.«

Offenbar legte er auf ihr Urteil keinen allzu großen Wert. Sie zuckte die Schultern. »Dann will ich Sie nicht weiter stören. Gute Nacht.«

Sie verabschiedeten sich, und Katrine ging ins Schlafzimmer.

Als sie im Bett lag, hörte sie, wie sie sich in ihrer Wohnung zu schaffen machten. Es war schwer zu sagen, wessen Privatsphäre mehr verletzt wurde, ihre eigene oder die von Faris.

Strom hatte ihr versichert, dass es nur um ein, zwei Wochen gehe. Sie wusste von Ermittlungen, die sich über ein halbes oder ein ganzes Jahr erstreckt hatten. Sie hoffte, dass die Sache bald überstanden war, und freute sich bereits darauf, wieder allein in ihren vier Wänden zu sein.

18

DER TOTALE KRIEG

Wir werden die Regierungen der Ungläubigen in Schach halten. Werden ihnen unsere Stärke zeigen, indem wir Terrorangriffe in ihren Ländern durchführen. Wenn sie sich verbünden und uns entgegentreten, werden wir dies erneut mit aller Kraft beantworten, indem wir die Waffen anderer Länder benutzen.

KAPITEL VII: WELTKRIEG

Kampmann stand am Fenster und schaute hinaus auf den Klausdalsbrovej. Der strömende Regen ließ die trostlose Industriegegend noch trostloser erscheinen.

»Sehen Sie die Symbolik?«

Storm drehte sich auf seinem Stuhl herum, der vor dem Schreibtisch stand, und blickte zu Kampmann hinüber. »Welche Symbolik?«

»Das Wetter, der ewige Regen. Sehen Sie die Symbolik?«

»Nein, ich glaube nicht.«

Kampmann drehte sich zu Storm um und warf ihm einen vielsagenden Blick zu. »Aber das spricht doch Bände. Das Einzige, was ich nicht weiß, ist, ob dies der Sündenfall ist, der uns heimgesucht hat, oder ob dies ein Sinnbild für unsere Feinde ist, die über die Grenze strömen und uns ertränken.«

Storm zuckte die Schultern. »Darauf habe ich keine Antwort.«

»Aber das ist doch ein Zeichen der Götter.« In seiner Stimme lag ein ironischer Ton, doch sein Blick war forschend auf Storm gerichtet. »Oder sehen Sie das anders?«

Storm legte die Dokumentenmappe, die er im Schoß hatte, auf den Schreibtisch. Offenbar wollte Kampmann wieder eines seiner Spielchen mit ihm spielen.

»Ich bin kein gläubiger Mensch«, entgegnete Storm. »Ich interessiere mich vor allem für die Dinge, die man sehen kann.«

»Ha!«, rief Kampmann aus. »Die typische Antwort eines Ermittlers.« Er ging hinter seinen Schreibtisch und ließ sich schwer auf den Stuhl fallen. »Gut geantwortet, Nikolaj.«

»Danke«, entgegnete er mit einem Schulterzucken.

»Wie sehen Sie also die Lage?«

»Wir haben einen Bericht über die Observierungstätigkeit der letzten drei Tage erstellt.« Er zeigte auf die Dokumentenmappe.

Kampmann verschränkte die Arme vor der Brust, womit er deutlich machte, dass er keinesfalls gewillt war, den Bericht zu lesen. »Geben Sie mir eine *kurze* Zusammenfassung.«

Storm berichtete von den Entwicklungen der letzten zweiundfünfzig Stunden. Die Überwachungsanlage, die eine freie Mitarbeiterin installiert habe, funktioniere – abgesehen von ein paar Störgeräuschen im Bad – einwandfrei. Bereits jetzt hätten sie einen Einblick, wie die Gruppe agiert. Es sei die richtige Entscheidung gewesen, das Haus von Faris Farouk zu überwachen, weil es

162

als einziger Treffpunkt der Gruppe diene. Sie treffe sich normalerweise zwischen zehn und elf Uhr vormittags und bleibe bis in die Nacht zusammen. Verbringe die meiste Zeit mit Beten und Fernsehen, also im Wohnzimmer. Farouk sei der Kopf der Gruppe, doch gebe es unübersehbare interne Spannungen. Vor allem Hamza provoziere ihn ständig.

»Aber was genau tun sie?«

»Hamza und Jamaal sitzen fast ununterbrochen vor dem Computer.«

»Dschihad-Sites?«

»Verschiedenes. Islamistische Seiten, Spiele, sogar auf einer muslimischen Datingseite sind sie gewesen. Die beiden machen allerdings keinen sehr professionellen Eindruck und scheinen ziemlich unorganisiert zu sein. Wir downloaden alles, was sie tun. Die Techniker gehen auch den verschlüsselten Dateien nach. Es gibt einige Mails von ausländischen IP-Adressen.«

Kampmann beugte sich über den Tisch. »Gibt es irgendwelche Hinweise zu einer Verbindung mit dem Bombenanschlag am Kongens Nytorv?« Er trommelte mit den Fingern auf die Dokumentenmappe. »Worüber unterhalten sie sich?«

Storm räusperte sich. »Den Kongens Nytorv haben sie noch kein einziges Mal erwähnt. Aber sie verbringen sehr viel Zeit damit, sich Märtyrervideos und Reden anzuhören, die mit den jüngsten Angriffen in Pakistan und Irak zu tun haben. Sie diskutieren darüber, wer die größten Krieger und größten Märtyrer sind.«

»Wir haben also nichts in der Hand!«

»Eine Operation wie diese hier erfordert viel Zeit. Der Glasvej-Fall hat über ein halbes Jahr gedauert.«

»Wir haben aber kein halbes Jahr Zeit.« Er stieß sich mit seinem Stuhl zurück und stand auf.

»Ich bin sicher, dass wir die richtigen Leute beobachten«, sagte Storm. »Alles deutet darauf hin. Ich bin mir sicher, dass sie bereits den nächsten Anschlag planen.«

Kampmann sah ihn skeptisch an. »Beobachten wir noch andere Orte? Gibt es weitere Verdächtige?«

»Für den Anschlag am Kongens Nytorv? Nein. Nicht mehr. Die Ermittlungen konzentrieren sich ausschließlich auf Farouks Gruppe.«

Kampmann wischte sich den Schweiß von der Stirn. »Sie wissen um das Ausmaß der Katastrophe, wenn Sie sich irren?«

Storm nickte.

»Ausgezeichnet. Dann bleibt uns also nichts anderes übrig, als mit der begonnenen Arbeit fortzufahren.« Er streckte beide Hände aus, was man als eine Art Abschiedsgruß deuten konnte.

Storm stand auf und nahm die Dokumentenmappe vom Schreibtisch.

»Schönen Gruß übrigens von Palsby. Der war sehr erfreut über die Ausweisungen, die Sie ihm zugeleitet haben. Er verspricht, dass er unter diesen Banditen ordentlich aufräumen wird.«

Storm war versucht, Kampmann daran zu erinnern, dass diese Initiative seine eigene Idee war, verkniff sich aber einen Kommentar. »Schönen Gruß zurück.«

Kampmann grunzte und schüttelte den Kopf. »Was ist mit diesem radikalen Imam, den Sie vernommen haben? Hieß er nicht Ibrahim? Vielleicht sollte sich Palsby auch mal um den kümmern, oder gibt es einen Grund, warum er unter Ihrem besonderen Schutz steht?«

Storm war die Röte ins Gesicht gestiegen. Dass Kampmann überhaupt etwas von der Vernehmung wusste, konnte nur daran liegen, dass ihn jemand aus der Abteilung darüber informiert hatte. Und außer ihm selbst und Tom Schæfer gab es nur wenige, die darüber Bescheid wussten.

»Wie haben uns schon eingehend mit Ebrahim beschäftigt, der weder islamistische noch andere extremistische Ansichten vertritt. Hingegen ist er uns bei unseren Ermittlungen schon oft von Nutzen gewesen. Ich betrachte ihn als einen loyalen Verbindungsmann zum muslimischen Milieu.«

Kampmann grunzte. »Solange Sie sich daran erinnern, dass wir eine Null-Toleranz-Politik fahren ...«

Storm nickte.

Es war 20 Uhr, als Storm aus dem Hauptquartier zurückkehrte. Er war in Kontakt mit Niels gewesen, der bis Mitternacht für die Überwachung Farouks verantwortlich sein würde. Die letzten Stunden hatten keine neuen Erkenntnisse gebracht. Doch er wusste, dass es keinen Zweck hatte, sich deswegen verrückt zu machen. Es konnten Wochen vergehen, bis brauchbare Ergebnisse vorlagen.

Er fuhr auf der Autobahn in Richtung Holte. Zwanzig Minuten später bog er auf die Elmeallé ab, wo die alten Villen dicht an dicht standen. Er steuerte das mondänste der Häuser an und parkte in der Einfahrt. Er blieb sitzen und blickte zu seinem Elternhaus empor. Es war ein riesiger, dreihundertfünfzig Quadratmeter großer Kasten im funktionalistischen Stil, den sein Vater entworfen hatte. Jetzt gehörten die Schulden sowie die undichten

Fenster ihm, wie sein Vater lakonisch bemerkt hatte, als er ihm das Haus überschrieb. Es war in vielen Architekturbüchern abgebildet worden und hatte zahlreiche Preise gewonnen, was noch das Positivste war, was sich über das Haus sagen ließ.

Im ersten Stock war immer noch Licht im Kinderzimmer, was entweder bedeutete, dass Helle noch damit beschäftigt war, die Kinder ins Bett zu bringen, oder dass sie darum gebeten hatten, das Licht brennen zu lassen, wie sie es manchmal taten, wenn eine von ihnen Albträume hatte. Wenn er es heute nicht schaffte, ihnen einen Gutenachtkuss zu geben, würde das zum achten oder neunten Mal hintereinander geschehen. Seit seiner Beförderung hatte er kaum noch Zeit für sie, was ihn mehr belastete als alles andere. Doch wusste er nicht, wie dieses Problem zu lösen war.

Er stieg aus dem Wagen und ging auf das Haus zu. Mitten auf dem Weg lag eines der Dreiräder der Mädchen. Er trug es zur Haustür und stellte es dort hin. Genau wie sein Vater es früher mit seinem Dreirad getan hätte.

Sein Vater …

Er zog den Schlüssel aus der Tasche und schloss die Tür auf. Nachdem er eingetreten war, drückte er sie behutsam ins Schloss und lehnte sich mit dem Rücken dagegen. Hier war es angenehm warm. Er roch das Feuer im Kamin und das Shampoo der Mädchen. Fast konnte er hören, wie sie aus dem Badezimmer stürmten und gemeinsam mit ihrer Mutter noch ein bisschen herumtollten, ehe sie Helle ins Bett brachte.

*

Der schwarze Mercedes hielt gegenüber von Storms Haus unter der großen Ulme, die das Mondlicht abhielt.

»Er ist jetzt zu Hause«, sprach ein Mann mittleren Alters mit eisblauen Augen in das Mikrofon, das über der Seitenscheibe angebracht war.

»Ausgezeichnet, Vagn«, kam eine metallische Stimme aus dem Lautsprecher.

»Soll ich die Observierung fortsetzen?«

Es entstand eine kurze Pause, ehe die Stimme antwortete: »Ja, bitte. Bis du ganz sicher bist, dass er ins Bett gegangen ist.«

»Verstanden«, entgegnete er, ohne den Blick vom Wohnzimmerfenster abzuwenden, wo Storm die Jalousien heruntergelassen hatte.

»Wir schätzen deinen Einsatz.«

»Danke. Das ist eine Ehre.«

»Fürs Protokoll.«

»Fürs Protokoll«, erwiderte Vagn. Seine Augen funkelten. Es war eine gute Zeit. Eine erhebende Zeit.

19

Benjamin betrat die Eingangshalle von Valhal Securities. Er hatte den Bus zum Industriegebiet in Avedøre genommen, wo sich die Firma in einem riesigen Gebäude aus Stahl und Glas befand. Es war nicht leicht gewesen, den richtigen Weg zu finden. Eine halbe Stunde lang war er zwischen den Fabriken und Firmengebäuden hin und her geirrt, ehe er die richtige Adresse gefunden hatte.

Er musste die lange Halle durchqueren, die einem Flughafen-Terminal glich, um zur Rezeption am anderen Ende zu gelangen. Eine attraktive Frau Ende dreißig in einem schwarzen Kostüm fragte, was sie für ihn tun könne.

»Ich … habe eine Verabredung … um 11 Uhr.« Er zog einen Zettel aus der Hosentasche und faltete ihn auseinander. »Mit Herrn Løven…gren.«

Sie bat ihn Platz zu nehmen. Benjamin ging zur Sitzgruppe hinüber und setzte sich auf eines der Mies-van-der-Rohe-Sofas. An der Wand hing ein riesiger Flachbildschirm, auf dem ein Werbespot der Firma lief. Der Spot war sehr spannend gemacht und erinnerte an einen amerikanischen Spielfilm. *»Valhal Securities, Ihre Sicherheit ist unsere Verantwortung«*, sagte eine Stimme am Ende des Films. Dann begann er wieder von vorn.

Benjamin betrachtete seine schwarzen, blank polierten Schuhe. »Sei ganz du selbst«, hatte L.T. gesagt, als sie neulich telefoniert hatten. Der Satz machte ihm

Angst. Am liebsten wollte er jemand anders sein. Vor allem so cool wie L.T. Er musterte das elegante Interieur. Er war vollkommen falsch hier. Er würde sich lächerlich machen. Warum sollten sie ausgerechnet *ihm* einen Job geben? Dass er nicht sofort wieder von hier verschwand, lag nur daran, dass er bereits seine Bewerbung samt seinem polizeilichen Führungszeugnis sowie seinen Dienstpapieren eingereicht hatte. Er hatte L.T. gefragt, ob er ebenfalls anwesend sein würde, aber der hatte einen Auftrag in Übersee zu erledigen. Stattdessen würde ihn der Direktor Karl Løvengren persönlich empfangen. Obwohl Benjamin drei der gelben Pillen geschluckt hatte, schlug ihm das Herz bis zum Hals, und er hatte Schwierigkeiten, seine Atmung zu kontrollieren. Er öffnete den obersten Hemdknopf, um sich ein bisschen Luft zu verschaffen. Hoffentlich forderte Løvengren ihn nicht auf, seine Jacke abzulegen. Dann würde er nämlich merken, dass Benjamin keine Zeit mehr gefunden hatte, sein Hemd zu bügeln.

»Herr Løvengren wäre nun bereit.«

Benjamin zuckte zusammen und blickte zur Empfangsdame auf, die vor ihm stand.

»Danke.«

Er folgte ihr zum Aufzug. Gemeinsam fuhren sie in den zweiten Stock, wo sie ihn zu einem Konferenzraum führte.

»Wir schön, dass Sie kommen konnten, Benjamin. Ich habe mich darauf gefreut, Sie kennenzulernen.«

Direktor Karl Løvengren hatte einen festen Händedruck. Er trug einen dunklen Anzug mit weißem Hemd und Krawatte. Um das Handgelenk spannte sich eine goldene Uhr. Sein akkurater Schnurrbart und sein Bürstenhaarschnitt verliehen ihm ein militärisches Aussehen, doch sein Lächeln war warmherzig.

Benjamin stellte sich mit undeutlichem Murmeln vor.

Løvengren bat ihn, doch die Jacke abzulegen und Platz zu nehmen. Benjamin entledigte sich notgedrungen seiner Jacke und setzte sich auf einen der hohen weißen Lederstühle, die sich um einen dunklen Tisch mit Granitplatte gruppierten. Der Konferenzraum war nobel und stilvoll eingerichtet. An der hinteren Wand lief lautlos der Werbespot von Valhal Securities, den er bereits in der Empfangshalle gesehen hatte.

Løvengren fragte, ob er etwas zu trinken wolle, und zeigte auf ein Tablett mit verschiedenen Flaschen, das in der Mitte des Tisches stand. Benjamin lehnte dankend ab.

Løvengren stellte sich als Gründer und Direktor der Firma vor, die seit fast zehn Jahren existierte. »Wissen Sie, was wir hier tun, Benjamin?«

»Sicherheit und so etwas«, antwortete er unsicher. Er hätte sich vorher über die Firma informieren sollen. Doch seit er mit L.T. telefoniert hatte, waren die Tage wie im Flug vergangen.

Løvengren schüttelte leicht den Kopf, ehe er sich an die Stirnseite des Tisches setzte. Die Helligkeit des Flachbildfernsehers in seinem Rücken verlieh ihm eine leuchtende Aura. »Valhal Securities widmet sich verschiedensten Sicherheitsaspekten. Von gewöhnlichem Wachdienst für Privatpersonen und Firmen in Dänemark bis hin zu Aufgaben in Übersee.« Er lehnte sich zurück. »Im Ausland schulen wir Mitarbeiter von Firmen, die in Hochrisikobereichen tätig sind. Das kann im Nahen Osten sein, aber auch in Afrika, Südamerika oder in den Staaten des ehemaligen Ostblocks. Wir bringen den Mitarbeitern bei, wie sie sich unauffällig verhalten und gefährliche Situationen vermeiden können. Manchmal leisten unsere Leute aber auch direkten Personenschutz.«

Løvengren beugte sich vor und schenkte sich ein Glas Wasser ein, ehe er weitersprach.

»Darüber hinaus erstellen wir Sicherheitsanalysen für Unternehmen. Wir nehmen Kontakt zu den lokalen Obrigkeiten auf, seien es nun irgendwelche Stammesführer oder offizielle Behörden. Wo immer in der Welt unsere Klienten zu tun haben, so können sie sich jederzeit so sicher fühlen wie in der dänischen Provinz«, sagte er lächelnd. »Sogar in Afghanistan.«

Benjamin schaute ihn überrascht an. »Ich wusste gar nicht, dass es in Afghanistan dänische Sicherheitsfirmen gibt.«

»Wir sind die einzige!«, entgegnete Løvengren mit stolzem Lächeln. »Erst letzten Monat haben wir uns der Delegation des Außenministeriums angenommen, die zu Besuch in Kabul war.«

»Wow«, entwich es Benjamin.

»Wow«, wiederholte Løvengren lächelnd. »Woher kennen Sie eigentlich Toft?«

Die Frage überraschte ihn. Er dachte, dass L. T. Løvengren informiert hatte. Er erzählte, sie wären sich in der Stadt und später auch im Fitnesscenter begegnet, in dem sie beide Mitglied seien. »Bjarne Kristoffersen kenne ich auch«, fügte er rasch hinzu.

Bjarnes Name löste ein Stirnrunzeln auf Løvengrens Stirn aus. »Toft ist ein geschätzter Mitarbeiter«, sagte er. »Erzählen Sie mir von Ihrer Zeit beim Militär.« Løvengren öffnete eine Mappe, in denen sich Kopien von Benjamins Bewerbungsunterlagen befanden. »Sie gehörten zu den Pioniertruppen?«

»Ja«, antwortete Benjamin. »Vor dem Auslandseinsatz war ich eineinhalb Jahre in der Skive-Kaserne und danach für vier Monate auf Bornholm.« Das alles schien ihm ewig her zu sein. »In Helmand war ich im Camp Armadillo.«

»Vorposten, wie interessant«, sagte Løvengren.

»Ja«, entgegnete er schnell. In Wahrheit hasste er es, von seiner Zeit in Helmand zu erzählen, doch konnte er gut verstehen, dass Løvengren Bescheid wissen wollte.

»Was haben Sie da unten getan?«

Benjamin rutschte auf seinem Stuhl hin und her. »Das Übliche. Wir haben nach IEDs gesucht, Landminen, Granaten und so weiter. Je nachdem, was sie da so vergraben hatten.« Er lächelte schwach. »Wir haben auch einen feindlichen *Compound* in die Luft gesprengt.«

Løvengren warf einen Blick in die Unterlagen. »Sie sind ausgebildeter Krankenpfleger?«

»Ja.«

»Können Sie mir noch mehr von Ihrer Arbeit erzählen?«

»Jede Gruppe hatte ihren eigenen *Medic*. Das war meine Aufgabe.« Benjamin wandte den Blick ab. Das war ein Thema, das er eigentlich nicht vertiefen wollte.

Løvengren schaute ihn durchdringend an. Benjamin spürte, wie sich sein Magen zusammenkrampfte. Er griff nach einer Flasche mit Wasser und schenkte sich ebenfalls ein Glas ein. »Wir haben auch einen feindlichen *Compound* in die Luft gesprengt.« Er trank einen Schluck.

»Ja, das sagten Sie bereits.« Løvengren schaute erneut in die Unterlagen. »Sie gehörten zur Einheit 8?«

»Das stimmt.«

»Soweit ich weiß, wurde Ihre Einheit schwer getroffen.«

Benjamin starrte auf die Tischplatte. »Ja, da unten ist … so einiges passiert.«

»Ihnen selbst?«

Er schüttelte den Kopf. »Ich gehöre zu den Glücklichen, wie man so sagt.« Er versuchte zu lächeln.

»Oder zu den Tüchtigen.«

Er antwortete nicht. Wenn Løvengren noch weiter fragte, würde er aus der Tür rennen.

»Ich hoffe, Sie haben nichts dagegen, wenn ich Ihnen eine persönliche Frage stelle?«, sagte Løvengren.

Benjamin schüttelte den Kopf. »Nein, nein … natürlich nicht. Fragen Sie nur.«

Løvengren nickte gewinnend. »Haben Sie nach Ihrer Heimkehr Probleme gehabt? Ich meine, Probleme psychischer Art?«

Benjamin schüttelte den Kopf. »Nein, überhaupt nicht«, antwortete er lächelnd und spürte, wie seine Oberlippe zitterte.

Løvengren zuckte die Schultern. »Ich hoffe, Sie verstehen, warum ich frage. Wir haben eine große Verantwortung gegenüber unseren Klienten. Ihre Sicherheit ist unsere Existenzgrundlage.«

»Natürlich, aber mir ging es niemals besser. Ich muss nur irgendeine Beschäftigung finden.«

»Ich habe Ihre Bewerbung gelesen. Sie hat mich sehr beeindruckt. Auch die Aussage von Kompaniechef Barfoed, den ich selbst aus alten Tagen kenne. Der neigt ja

173

sonst nicht gerade zu überschwänglichem Lob.« Løvengren lächelte. »Und dann Ihre Tapferkeitsmedaille. Wirklich bewundernswert.«

»Danke.«

Løvengren beugte sich ihm entgegen. »Ich bin davon überzeugt, dass Sie jeder Firma zur Ehre gereichen würden, Benjamin.«

Benjamin blickte auf die Tischplatte. Er hatte schon immer schlecht mit Lob umgehen können.

»Wie sind Ihre eigenen Pläne?«

Er erzählte, dass er gern zur Polizei wolle und bis dahin nach einer passenden Arbeit suche. Einer Arbeit, die ihm später von Nutzen sein könne. »L.T. … ich meine, Lars Toft sagte, dass Sie möglicherweise einen Job im Wachdienst für mich hätten.«

»Hat er das?« Løvengren faltete die Hände und sah ihn prüfend an. »Zurzeit sind leider alle Stellen besetzt.«

Benjamin versuchte, seine Enttäuschung zu verbergen, und zuckte die Schultern.

»War ja auch nur ein Versuch.«

»Doch ehrlich gesagt sehe ich Sie auch gar nicht im Wachdienst. Ich finde Ihren Plan, zur Polizei zu gehen, sehr gut, wenn auch ein wenig unambitioniert.«

»Unambitioniert?« Benjamins Blick flackerte.

Løvengren beugte sich abermals über den Tisch und senkte die Stimme. »Ich glaube, dass Sie viel mehr Talente besitzen, als Sie ahnen. Und auch viel mehr innere Stärke, als Sie glauben.«

Benjamin wurde rot.

»Sie können den ganzen Weg gehen, wenn Sie den Mut dazu haben.«

»Ich verstehe nicht …«

»Schauen Sie sich diesen Tisch an, Benjamin.«

Benjamin ließ seinen Blick über die mattgraue Tischplatte schweifen.

»Spüren Sie seine Beschaffenheit?« Er strich mit der Hand darüber.

Benjamin folgte seinem Beispiel. Sie fühlte sich kalt und rau an.

»Diese Tischplatte ist fast zwei Millionen Jahre alt. Herausgesprengt aus dem Sockel, der ganz Dänemark trägt. Herausgeschlagen aus den Klippen, die sich nahe der Militärbasis befinden, von der aus Sie nach Afghanistan geflogen sind.« Er lehnte sich auf seinem Stuhl zurück. »Ich will, dass die Mitarbeiter von Valhal aus demselben Stoff gemacht sind. Sie müssen wissen, was es heißt, sein Leben für die Sicherheit anderer aufs Spiel zu setzen. Müssen einen Sinn für Kameradschaft und Disziplin haben. Und all diese Eigenschaften besitzen Sie, Benjamin!« Er richtete seinen Zeigefinger auf ihn.

Benjamin wusste nicht, was er entgegnen sollte.

»Im tiefsten Inneren unserer Seele sind wir immer noch Soldaten. Lassen Sie sich bloß nicht von meinem Anzug täuschen, Benjamin.« Er kehrte die Handflächen nach innen und zeigte auf sich selbst. »Kosovo 1994. Die Panzereinheit des skandinavischen Bataillons. Im Herzen bin ich immer noch Oberst. Das kann mir niemand nehmen. Ebenso wenig wie Ihnen jemand Ihre Tapferkeitsmedaille nehmen kann.«

Benjamin nickte.

»Was ich Ihnen anbieten kann, ist ein Job in unserer operativen Einheit.«

Benjamin starrte ihn ungläubig an. »Sie meinen ... als Leibwächter.«

175

»Wir nennen es Sicherheitsberater.«

Benjamin glaubte, sich verhört zu haben. »Aber ich …«

Løvengren hob die Hände, als bitte er um Ruhe. »Wir haben ein dreiwöchiges Rekrutierungsprogramm, in dem Sie die wichtigsten Fertigkeiten im Personenschutz erwerben: Selbstverteidigung, Waffentechnik, Gruppenformationen, Fahrtraining und vieles mehr. Wir besitzen ein internationales Team von Ausbildern, die von Headhuntern in der ganzen Welt zusammengesucht wurden. Auch frühere Elitesoldaten befinden sich darunter.«

»Das … das hört sich sehr spannend an.«

»Das ist es auch.« Løvengren nickte ernst. »Natürlich gibt es auch eine Abschlussprüfung, die überaus anspruchsvoll ist, doch wenn Sie diese bestehen, gehören Sie danach zu unserem Team.«

Løvengren erhob sich.

»Fahren Sie jetzt nach Hause, und lassen Sie sich alles in Ruhe durch den Kopf gehen. Ich hätte natürlich Verständnis dafür, wenn Sie einer Karriere bei der Polizei den Vorzug geben, aber die Erfahrungen, die Sie hier sammeln, und das Gehalt …« Er lächelte. »Da kann die Polizei nicht mithalten.«

Benjamin stand auf. Er war von Løvengrens Angebot völlig überwältigt. Das war genau das, was er wollte, wovon er aber nicht zu träumen gewagt hatte. Doch mit den richtigen Leuten um ihn herum konnte es ihm gelingen. Das wusste er. Die Angst, die ihn seit seiner Heimkehr begleitet und alles unerträglich gemacht hatte, war verschwunden und einer großen Euphorie gewichen. Dasselbe hatte er damals bei seinem Aufbruch nach Afghanistan empfunden. Jetzt schreckte ihn nicht einmal mehr der Gedanke, möglicherweise zu einem abermaligen Einsatz nach Afghanistan beordert zu werden. Als hätte er die Chance bekommen, noch mal von vorne anzufangen.

Sie konnten ihm sofort einen Vertrag unter die Nase halten, und er würde nicht zögern zu unterschreiben.

»Rufen Sie mich morgen an, Benjamin.« Er reichte ihm die Hand.

»Ja, danke ... Das werde ich tun. Ganz bestimmt.«

*

Nachdem Benjamin gegangen war, öffnete sich die Tür zum angrenzenden Büro. L.T. trat ein. Er hatte das Gespräch auf einem Monitor verfolgt. Løvengren setzte sich auf einen Stuhl und wandte sich L.T. zu.

»Wir haben Kandidaten, die ein bisschen mehr in der Birne haben als er. Dafür scheint er ja sehr engagiert zu sein, und seine Unterlagen sprechen für sich.«

L.T. nickte. »Aber er lügt, wenn er sagt, dass er keine psychischen Probleme hat.«

»Ja, das ist mir völlig klar.«

L.T. verschränkte die Arme. »Du willst ihn das Programm absolvieren lassen? Testen, was er kann?«

»*Break or hire.*«

»Okay«, entgegnete L.T.

Løvengren gab ihm die Mappe. »Was ist mit Bjarne? Ist der schon da?«

»Der kommt später«, antwortete L.T. »Der musste zum Arzt mit der Schramme, die er abbekommen hat.« Er zeigte auf seine Nase.

Løvengren biss sich in die Lippe. »Bring ihn zur Vernunft. Wir haben keinen Platz für Schläger. Das ist hier ein seriöses Unternehmen. Ich habe in dieser Woche

Vertragsverhandlungen mit FL Smidth und dem Außenministerium.«

»Ich rede mit ihm.«

»Mach ihm klar, dass das seine letzte Chance ist.«

L. T. nickte.

20

Die verschwitzten Spieler lehnten am Zaun des Basketballfeldes und atmeten schwer. Gerade waren die Scheinwerfer angegangen und verliehen dem Platz in der Dämmerung eine sonderbare Aura. Das Mittwochstraining für die Rowdys dieser Gegend war vorbei.

Katrine und Saajid saßen nebeneinander, ihre Hände berührten sich fast auf dem feuchten Boden. Unbemerkt von den anderen strich Saajid kurz mit dem kleinen Finger über ihre Hand. Katrine zog die Hand weg.

Weiter hinten debattierten ein paar Jungen miteinander.

»Ich schwöre, dass die Bullen seit über einer Woche nicht hier waren«, sagte Ismail und spuckte aus. Er war ein kleiner gedrungener Kerl mit kurzem Hahnenkamm.

»Die Bullen sind immer da, du siehst sie nur nicht«, entgegnete Nabil, der ein paar Jahre älter war. »Die benutzen jetzt Satelliten, um uns zu überwachen.«

»Blödsinn«, sagte Achmed und grinste.

»Ganz im Ernst.« Nabil fuchtelte wild mit den Armen. »Oder diese ferngesteuerten Flugzeuge, die lautlos am Himmel schweben und Fotos machen, genau wie im Irak.«

Er zeigte in den Himmel und brachte alle dazu, nach oben ins Dunkel zu starren. Selbst Katrine. Nabil senkte die Stimme. »Manche von denen können sogar Raketen abschießen.«

Ismail schüttelte den Kopf. »Nee, die benutzen keine Flugzeuge. Wenn die was wissen wollen, dann haben die Spione oder Bullen in Zivil.«

»Ja, genau, irgendwelche Spitzel, wie diesen Typen da oben in Nummer 28, dem sie die Fresse poliert haben. Der hat den Schweinen doch alles Mögliche erzählt.«

»Es ging um Hasch«, sagte Nabil.

»Na und? Ein Spitzel ist ein Spitzel«, entgegnete Ismail. »Wenn ich einen Spitzel erwische, dann mach ich den auch fertig. Selbst wenn der mal bei den Bullen war.« Er schaute zu Katrine hinüber.

Saajid stand auf. »Du sollst hier niemandem drohen.«

Ismail zog träge die Schultern ein. »Ich sag nur, wie's ist. Mit Spitzeln wird gnadenlos abgerechnet. Das ist Krieg hier, Saajid.«

Saajid ging zu ihm und trat gegen seine Füße. »Du drohst hier niemandem, hast du verstanden? Sonst kommst du nicht mehr zum Training.«

Ismail warf ihm einen feindseligen Blick zu.

»Meint ihr nicht, ihr solltet ein bisschen leiser reden?«, sagte Katrine und stand auf. »Kann sein, dass die Satelliten euch belauschen.«

Die Jungs um sie herum grinsten.

Katrine und Saajid überquerten den Parkplatz. Sie bemerkte, dass der PET endlich seinen Lieferwagen entfernt hatte. Sie bibberte in dem klammen T-Shirt, die Zigarette zitterte zwischen ihren Lippen.

»Du brauchst mich nicht zu verteidigen, Saajid.«

»Ich will denen so was einfach nicht durchgehen lassen.«

Sie schüttelte den Kopf. »Wenn wir ihnen ständig vorschreiben, wie sie sich zu verhalten haben, dann werden wir irgendwann den Kontakt zu ihnen verlieren. Dann werden sie auch keine Lust mehr haben, mit uns Basketball zu spielen und am Ende ... Du weißt selber, wie das endet.«

»Tut mir leid«, entgegnete er, nahm ihr die Zigarette aus dem Mund und zog daran. »Ich kann übrigens meine Uhr nicht mehr finden.«

Sie zuckte die Schultern. »Und?«

»Ich hab mich gefragt, ob ich die letztes Mal bei dir liegen gelassen habe.«

»Glaub ich nicht. Ich hab sie jedenfalls nicht gesehen.«

Er gab ihr die Zigarette zurück. »Ist es okay, wenn ich kurz mit raufkomme und selber nachsehe?«

Sie schaute ihn von der Seite an. »Das passt gerade nicht so gut.«

»Es wäre mir aber sehr wichtig. Ich hab die Uhr von meinem Vater bekommen und wäre sehr traurig, wenn sie weg wäre.«

»Ich schau noch mal gründlich nach.«

Sie blieb an der Haustür stehen und zog ihren Schlüssel aus der Tasche.

»Fünf Minuten, Katrine?« Er fasste sie an den Schultern.

»Ich schau für dich nach.« Sie küsste ihn rasch auf die Wange und schloss auf.

Saajid fasste sich an die Wange. »Du bist manchmal ... ziemlich merkwürdig, weißt du das?«

Sie zuckte die Schultern und lief die Stufen hinauf.

Er legte den Kopf in den Nacken und blickte an der Hausfassade zu ihrer Wohnung hinauf.

Katrine schloss die Wohnungstür hinter sich und ging ins Wohnzimmer. Dort miefte es säuerlich.

»Ihr müsst schon ab und zu mal das Fenster aufmachen«, sagte sie zu den Mitarbeitern der Observierungseinheit.

Derjenige, der vor den Monitoren in der Ecke saß, drehte sich zu ihr um und entschuldigte sich. Doch ehe er aufstehen konnte, war Katrine schon an der Balkontür und öffnete sie.

Dann ging sie zurück und warf einen Blick auf die Monitore. Faris und die drei anderen Männer saßen im Wohnzimmer vor dem Fernseher. Faris saß genauso da wie in dem Moment, in dem sie seine Wohnung verlassen hatte. »Gibt's was Neues?«

Ein anderer Mitarbeiter blickte zu ihr auf. »Darüber dürfen wir leider nichts sagen.«

»Habt ihr schon eine Ahnung, wann ihr hier wieder verschwunden seid?«

Er schüttelte den Kopf. »Das müssen Sie mit Storm besprechen.«

Sie nickte und ging ins Bad.

Die Geheimniskrämerei dieser Agenten nervte sie. Ohne ihre Hilfe würden die schließlich nicht hier sitzen. Aber sie kannte das von ihrer Zeit beim Morddezernat. Da hatten auch immer nur die engsten Mitarbeiter Bescheid gewusst. Sie war sicher, dass Storm der Einzige war, der einen vollständigen Überblick hatte. Diese Tölpel in ihrer Wohnung kannten nur ihren eigenen kleinen Auftrag, mehr nicht.

Das warme Wasser war eine Wohltat.

Wenn sie das nächste Mal mit Storm sprach, würde sie von ihm eine konkrete Aussage fordern, wie lange die

Sache noch dauern würde. Je länger seine Leute hierblieben, desto größer war die Wahrscheinlichkeit, irgendwann entdeckt zu werden, und sie wollte sich gar nicht erst vorstellen, was das für Konsequenzen hätte.

Für so etwas gab in diesem Viertel kein Pardon.

21

DIE BESONDERE SCHULUNG

Bis kein Risiko mehr darin besteht, unsere recht-
gläubigen Brüder wichtige Positionen des Staates
einnehmen zu lassen, werden wir diese Personen
überlassen, deren Ruf und Vergangenheit dergestalt
sind, dass sie im Falle des Ungehorsams jederzeit
in Misskredit gebracht werden oder vollkommen
verschwinden können. Somit stellen wir sicher,
dass sie sich bis zu ihrem letzten Atemzug unseren
Interessen gegenüber loyal verhalten werden.

KAPITEL VIII: PROVISORISCHE MACHT

Es war gegen neun Uhr abends, als Faris den Akaciestien entlangging. Er trug einen kleinen Rucksack.
Den ganzen Tag hatte er mit den Jungs aus der Moschee am Eingang des Einkaufszentrums gestanden und
Flugblätter verteilt. Nun hatte er ihnen die letzten Flugblätter in die Hand gedrückt und war auf dem Weg zu
seinem Auto, das im Parkhaus stand. Er überquerte den
Platz und ging die Rampe hinauf.

Von diesem Gebäude aus hatte er eine gute Sicht
über den Bregnehøjpark. Er konnte sogar sein eigenes Haus sehen und hatte hier in den letzten Monaten
ziemlich viel Zeit verbracht, um die Gegend zu observieren. Doch bisher war ihm nichts Verdächtiges aufge-

fallen. Die Einzigen, die sich ständig zeigten, waren die Loser, die bei den verschiedenen Haschclubs ein und aus gingen. Trotz seiner Ermahnungen hatte er auch beobachtet, wie Hamza und Jamaal Hasch gekauft hatten. Auf die beiden konnte man sich einfach nicht verlassen. Er hoffte, dass sie ihn nicht irgendwann im Stich ließen – schon gar nicht jetzt, da es ihm gelungen war, die Pistolen zu besorgen. Er hatte ihnen nichts davon erzählt. Das sollte eine Überraschung sein, dachte er und ging der Etage entgegen, auf der sich sein Wagen befand.

Faris schaute sich um. Hier oben war niemand außer ihm. Dann wandte er sich von seinem Honda ab und spazierte die Reihe der parkenden Fahrzeuge entlang. Vor einem älteren Ford Transit blieb er stehen.

»*Allahu akhbar*«, hörte er eine Stimme hinter sich. Faris fuhr herum.

Mustafa tauchte hinter einem Betonpfeiler auf, wo er sich offenbar versteckt gehalten hatte.

»Hast du mich erschreckt!«

»Das wollte ich nicht.« Mustafa ging zu ihm. Er trug einen Rucksack über der Schulter.

»Wo sind die anderen?«

»Sind auf dem Weg.«

»Waren die bei mir zu Hause?«

Mustafa nickte.

Faris blickte sich um, ehe er die Hintertür öffnete und einstieg. Auf der Ladefläche standen zwei riesige Plastikbehälter und vier 30-Liter-Gasflaschen. Mustafa reichte ihm den Rucksack. Faris öffnete ihn und betrachtete das Kunstdüngergranulat.

»Ist das genug?«

185

»Mehr als genug«, antwortete Faris, leerte zunächst Mustafas Rucksack in eine der Tonnen und danach seinen eigenen. »Fast fünfhundert Kilo.«

Vom anderen Ende des Parkdecks drangen Stimmen zu ihnen herüber. Faris blickte auf. Er konnte hören, wie Hamza und Jamaal in einiger Entfernung miteinander diskutierten. Faris stieg aus.

Die beiden trugen je eine Plastiktüte in der Hand.

»Könnt ihr nicht ein bisschen leiser sein!«

Hamza öffnete die Jacke und zog umständlich eine weitere Tüte hervor.

»Ist verdammt anstrengend, die durch die Gegend zu schleppen, Faris«, beschwerte sich Hamza.

»Ja, können wir die letzte nicht mit dem Auto holen?«, fragte Jamaal.

Faris starrte ihn an. »Großartiger Plan, dem ganzen Viertel zu zeigen, was wir vorhaben«, entgegnete er sarkastisch. Er nahm die Tüten voller Kunstdünger und schleppte sie zum Auto.

»Wir sind schon tausendmal hin und her gegangen«, sagte Hamza. »Ich kann nicht mehr. Das muss reichen.«

Im Lauf der letzten Wochen hatten sie den Kunstdünger geholt, den Faris bei sich zu Hause aufbewahrte, und hatten ihn Tüte für Tüte zum Lieferwagen getragen. Sie hatten das zu jeder erdenklichen Tageszeit getan, um keinen Verdacht zu erregen.

Mustafa sah ihn lächelnd an. *Inschallah*. Faris sagt, dass wir fünfhundert Kilo im Auto haben. Das sollte reichen, um das Gebäude plattzumachen.

Faris tauchte wieder auf. »Es ist euch doch niemand gefolgt?«

Hamza ließ demonstrativ seinen Blick über das Parkdeck schweifen. »Siehst *du* etwa jemanden, Faris? Wir sind ja nur Amateure, stimmt's?

»Und was ist mit dem schwarzen Umzugswagen, der auf dem Parkplatz stand. Habt ihr den irgendwo gesehen?«

»Also einen *Umzugs*wagen habe ich nicht gesehen.«

Jamaal klopfte Faris auf die Schulter. »Warum bist du nur immer so nervös wegen diesem Wagen?«

Faris schob die Hand von seiner Schulter. »Weil ich gesehen habe, wie der hinter uns hergefahren ist. Weil der drei Tage lang auf unserem Parkplatz stand. Wer leiht sich denn drei Tage lang einen Umzugswagen?«

Er schaute sie streng an. Niemand von ihnen sagte etwas.

»Genau solche Sachen lässt sich der Geheimdienst einfallen.«

Hamza zuckte die Schultern. »Wir haben nirgends irgendeinen Wagen gesehen, okay?«

Faris schloss die Hintertür und verriegelte sie. »Dann lasst uns jetzt die Zündvorrichtung und den Sprengstoff präparieren. Die Zeit ist reif.«

»So Allah es will«, sagte Mustafa lächelnd.

*

Katrine schloss die Tür zu ihrer Wohnung auf und ging ins Wohnzimmer. Niels saß an seinem Tisch in der Ecke, genau wie am Morgen, als sie die Wohnung verlassen hatte.

Der andere Kollege hatte sich krankgemeldet. Niels war allein mit der Überwachung beschäftigt. Er schaute müde von dem Bericht auf, den er gerade verfasste, und warf ihr einen kurzen Blick zu.

Katrine ging in die Küche und machte Kaffee.

187

»Ich dachte, Sie würden bestimmt auch gern einen Kaffee trinken«, sagte sie und stellte die Tasse vor ihn hin.

»Danke«, antwortete er.

Katrine betrachtete die drei Monitore. Faris' Haus war leer. Nur das statische Knistern der hochempfindlichen Mikrofone, die sie installiert hatte, war zu hören. »Passiert ja nicht gerade viel.«

Er schüttelte den Kopf. »Faris war den ganzen Tag nicht zu Hause. Die drei anderen sind vor über einer Stunde gegangen.«

»Wie läuft die Überwachung?«

»Alles bestens. Nur das Mikro auf der Toilette streikt. Hat wahrscheinlich die Feuchtigkeit nicht vertragen.«

»Ich meinte eigentlich die Sache an sich. Habt ihr schon irgendwas gefunden, das sie mit dem Anschlag am Kongens Nytorv in Verbindung bringt?«

Er warf einen unsicheren Blick in seine Papiere. »Das ist ja eigentlich … vertraulich.«

»Ich kann ein Geheimnis für mich behalten.« Sie machte eine Geste, als würde sie ihren Mund mit einem Reißverschluss verschließen.

Er nickte. »Jedenfalls besteht kein Zweifel, dass sie große Anhänger von Al Kaida und den verschiedenen Untergruppen sind. Sie sind außerordentlich aktiv im Internet. Sehen sich Hinrichtungsvideos an, lesen Manifeste und Gebrauchsanweisungen zum Bombenbau. Ich glaube, die betrachten sich selbst als Krieger. Das sagen auch die Übersetzer.«

»Aber keine Attentatspläne? Keine Verbindung zum Kongens Nytorv?«

Er schüttelte den Kopf. »Aber …«, sagte er plötzlich. »Ich und Claus, Sie wissen schon, der Nerd.«

188

Katrine nickte. Sie biss sich auf die Lippe, um nicht lachen zu müssen. Es war schon ziemlich komisch, dass ausgerechnet Niels, der Supernerd, jemand anderen als Nerd bezeichnete.

»Wir haben herausgefunden, dass sie einen Hotmail-Account benutzen, um Mails zu schreiben. Europol hat bestätigt, dass dieser Account auch von anderen benutzt wird. Uns fehlt aber immer noch das Zugangspasswort. Hoffentlich kriegen wir es das nächste Mal raus, wenn sie sich einloggen.«

Sie verstand nur die Hälfte von dem, was er sagte, aber sein Engagement gefiel ihr. »Gut gemacht. Es sind die Details, die zählen. Die kleinen Abweichungen, die jemanden verdächtig machen. So werden schließlich die meisten Fälle aufgeklärt.«

»Danke«, sagte er und wurde rot.

Er nippte an seinem Kaffee, während er ihr einen verstohlenen Blick zuwarf. Offenbar musste er seinen ganzen Mut zusammennehmen, um ihr eine Frage zu stellen. »Es ist beeindruckend«, begann er, »wie viele Fälle Sie aufgeklärt haben.«

Sie zuckte die Schultern. »Das ist Teamwork.«

»Wissen Sie schon, was Sie machen wollen, ich meine, nachdem Sie … nachdem …«

»Sie meinen, nachdem ich im Knast war und meine Strafe abgesessen habe?«, sagte Katrine lächelnd.

»So direkt wollte ich das nicht sagen.«

»Ist schon okay. Was meine Zukunft angeht, habe ich keine genauen Vorstellungen. Zunächst hoffe ich mal, dass meine Revision erfolgreich sein wird.«

»Sie könnten ein Buch schreiben.«

Sie schaute ihn an. Er schien es wirklich ernst zu mei-

189

nen. Sie runzelte die Stirn. »Machen das nicht hauptsächlich ehemalige Polizeichefs, weil sie nicht wissen, womit sie die Zeit sonst totschlagen sollen?«

»Kann schon sein.«

Aus dem Lautsprecher konnten sie hören, dass Faris' Haustür geöffnet wurde. Im nächsten Moment betraten vier Männer sein Wohnzimmer.

»Endlich passiert mal wieder was«, sagte Niels und gähnte. Die vier Männer setzten sich aufs Sofa, und Faris schaltete den Fernseher ein. Er wies Hamza zurecht, er solle seine Füße vom Tisch nehmen. Hamza gehorchte widerwillig.

»Viel Spaß bei der Arbeit«, sagte Katrine und richtete sich auf.

Er nickte träge. »Wussten Sie eigentlich, dass Tom rein gar nichts getroffen hat, als er das erste Mal auf dem Schießstand war?«

Katrine schaute ihn an. »Tom Schæfer?«

Niels nickte, ohne seinen Blick von den Monitoren abzuwenden. »Das ist vorher noch nie einem passiert.«

Katrine lächelte. »Warum erzählen Sie mir das?«

Niels zuckte die Schultern. »Ich dachte, dass es Sie interessieren würde. Deshalb nennen wir ihn auch Agent 000.«

Katrine brach in schallendes Gelächter aus. Niels schaute sie lächelnd an. Sie lachte so sehr, dass ihr die Tränen über die Wangen liefen. Als würde auch all der Frust der letzten Zeit sich endlich Bahn brechen.

»Ent...schuldigung«, stotterte sie prustend.

In diesem Moment klopfte es an der Wohnungstür. Katrine trocknete ihre Tränen und schaute Niels fragend an.

»Das muss meine Ablösung sein«, sagte er.

Katrine öffnete die Tür. Draußen standen Claus, Storm und ein PET-Agent, den sie noch nie gesehen hatte.

Es wunderte sie, dass Storm dabei war. Seit sie die Überwachungsanlage installiert hatte, hatte sie ihn nur ein einziges Mal gesehen. Er machte einen nervösen Eindruck.

Storm ging zu Niels und erkundigte sich nach dem Stand der Dinge, während er die drei Monitore studierte. Niels antwortete, es gebe keine besonderen Vorkommnisse. Er beendete seinen Bericht und händigte Storm die Papiere aus. Storm blätterte sie rasch durch. Ihm fiel auf, dass Faris seine Wohnung schon am Morgen verlassen hatte und die anderen Männer allein zurückgeblieben waren. Er fragte, was diese getan hätten.

»Das Übliche«, antwortete Niels. »Am Computer gesessen, Hasch geraucht und ferngesehen, MTV und Al-Dschasira. Mustafa hat die beiden anderen dazu gebracht, um die Mittagszeit mit ihm gemeinsam zu beten. Das war auch schon alles.«

Storm atmete tief durch und legte den Bericht auf den Tisch. Dann wandte er sich an Katrine, die in der Küche stand. »Haben Sie einen Augenblick Zeit?«

Katrine nickte und ging zu ihm.

»Wir werden morgen die Festnahme durchführen«, sagte er.

»Okay«, entgegnete sie und sah ihn überrascht an. »Wie lautet die Anschuldigung?«

»Paragraf 114.«

»Das Terrorgesetz? Haben Sie wirklich genug Material für eine Anklage zusammen?«

Er zuckte die Schultern. »Wir haben genug, um Farouk abzuschieben, weil er zum Terror aufgefordert hat. Ich hoffe, wir finden bei der morgigen Hausdurchsuchung noch mehr Material.«

»Hört sich ziemlich mager an.«

»Sie wissen doch, wie das ist. Die Führung will Ergebnisse sehen.« Er warf ihr einen bedauernden Blick zu.

Sie hatte keine Lust, ihn zu bemitleiden. »Ich bin also ganz umsonst ein so großes Risiko eingegangen?«

»So würde ich das nicht sehen. Ein Ausweisungsbeschluss ist ja keine Kleinigkeit. Ich persönlich bin jedenfalls froh, wenn ein so gefährlicher Mann wie Farouk bei uns keinen Terror mehr predigen kann.«

Katrine verschränkte die Arme. »Was ist mit den dreiundzwanzig Toten vom Kongens Nytorv? Was haben die mit Ihrem Ausweisungsbeschluss zwei Monate später zu tun?«

Storm zwinkerte nervös. Er versuchte, sich nicht von ihrem Ton provozieren zu lassen. »Wenn Farouk was damit zu tun hat, dann werden wir schon ein Geständnis von ihm bekommen.«

»Und wenn nicht, dann haben Sie nichts in der Hand.«

»Wir werden die Verantwortlichen schon zur Rechenschaft ziehen. Früher oder später.« Er hörte sich nicht sehr überzeugend an.

»Dann können wir noch hoffen, dass es früh genug sein wird, um weitere Terroranschläge zu verhindern.«

»Storm!«, hörte man Niels' Stimme.

»Ja?«, rief Storm aggressiver als gewollt.

Niels zeigte auf den Monitor, der Faris' Badezimmer zeigte. »Kannst du sehen, was er da macht?«

Auf dem Bildschirm sah man, wie sich Hamza über die Toilette beugte und sich am Deckel des Spülkastens zu schaffen machte. Es sah fast so aus, als führe er einen

192

merkwürdigen Tanz auf. Schließlich hatte er den Deckel gelöst und legte ihn auf den Boden. Dann steckte er beide Hände in den offenen Kasten und zog vorsichtig einen großen Glasbehälter heraus. Man konnte nicht sehen, was sich darin befand.

»Kann das TATP sein?«, fragte Storm.

»Um Gottes willen.« Niels fuhr sich durch die Haare. Alle scharten sich um den Monitor.

»Das würde erklären, warum es im Spülkasten versteckt war«, sagte Niels. »Gleichmäßig kühle Temperatur und keine Erschütterungen. Außerdem genug Abstand zu den restlichen Räumen, falls etwas schiefgeht.«

»Wenn das TATP ist, würde das überhaupt keinen Unterschied machen«, widersprach Claus. »Dann stürzt das ganze Gebäude zusammen.«

»Was soll es denn sonst sein, das sie dort verstecken?«

»Dope?«, schlug Katrine vor.

»Ja, vielleicht«, sagte Niels. »Die kiffen ja ziemlich viel.«

Hamza trug den Glasbehälter vorsichtig aus dem Badezimmer.

»Das ist kein Rauschgift«, sagte Storm und schüttelte den Kopf. »Der macht sich doch vor Angst, das Ding fallen zu lassen, fast in die Hose.«

Auf dem nächsten Monitor sah man, wie Hamza ins Wohnzimmer kam und den Behälter behutsam auf dem Esstisch abstellte. Faris und die anderen kamen zu ihm.

Storm wandte sich an Claus. »Ruf die Zentrale an. Die sollen sofort ein SEK schicken, dann setz dich mit Kopenhagen und dem Chef der Bereitschaft in Verbindung.«

Claus folgte umgehend Storms Anweisung.

193

Auf dem Monitor sahen sie, wie Faris einen Werkzeugkasten holte. Er setzte sich an den Tisch, Mustafa gab ihm ein Handy. Faris begann, es auseinanderzuzschrauben.

»Der Scheißkerl baut einen Detonator«, sagte Niels.

Storm griff zu seinem Handy und rief Kampmann an.

Katrine warf ihm einen besorgten Blick zu. »Wie lange dauert es, bis das SEK einsatzbereit ist?«

»Zwanzig bis dreißig Minuten.«

»Sind Sie bewaffnet?«

Er schaute sie verwundert an. »Warum?«

»Wir sind fünf, die sind vier. Das sollte reichen.«

Er schüttelte den Kopf. »Wir werden hier nicht die Cowboys spielen, wenn das Haus voller Sprengstoff ist.«

Er wurde mit Kampmann verbunden und setzte ihm die Situation auseinander. Alle verfügbaren Einheiten sollten mobilisiert werden. Die Bereitschaftspolizei sollte den gesamten Bregnehøjpark abriegeln, während das SEK sich um das fragliche Objekt kümmerte und die Festnahmen durchführte. Das betreffe sowohl die Leute in Farouks Haus als auch ihre Familien. Die nachfolgenden Hausdurchsuchungen sollten von Sprengstoffexperten und Technikern durchgeführt werden.

Katrine lauschte dem Gespräch. Sie schienen eine große Operation in die Wege zu leiten. Viel zu groß, dachte sie. Es war gut möglich, dass die Späher vor den Haschclubs das SEK entdeckten, ehe es zu Faris' Haus vordringen konnte.

»Wir müssen eine schnelle Operation vor Ort durchführen«, sagte sie.

Storm legte eine Hand über das Mikrofon des Telefons. »Ich teile Ihre Besorgnis, aber wir haben die Sache im Griff, Katrine. Wir tun hier, was wir *immer* tun.«

Sie hob entschuldigend die Hände. Storm setzte sein Gespräch fort.

Katrine warf einen Blick auf den Monitor. Das körnige Bild aus Faris' Wohnung hatte plötzlich etwas Bedrohliches. Wie aus einem Horrorfilm, den man nicht anhalten konnte.

Aus dem Lautsprecher drang Mustafas sanfte Stimme. Faris und die anderen summten das Lied mit, das er angestimmt hatte.

Niels schluckte. »Ich kenne dieses Lied. Das ist die Hymne der Märtyrer. Es gibt einen berühmten Clip im Internet, wo zwei Terroristen sich ihre Bombengürtel anlegen, während sie dieses Lied singen. Das ist so etwas wie ein Hit unter den Islamisten.«

Auf dem Bildschirm sah man, wie Faris mit flinken Fingern das Handy wieder zusammensetzte.

Der Detonator war bereit.

22

Über dem Bregnehøjpark war ein Unwetter aufgezogen. Der Regen peitschte auf die grauen Gebäude nieder, die im Dunkeln lagen. Ein Blitz tauchte die Mitglieder des SEK in ihren Kampfanzügen für eine Sekunde in gleißendes Licht, während sie sich auf die Reihenhäuser am Akaciestien zubewegten. Drei entsprechende sechsköpfige Einheiten rückten zur selben Zeit auf die Häuser vor, in denen Mustafa, Hamza und Jamaal mit ihren Familien wohnten. Die Aktionen sollten zeitgleich erfolgen, auch wenn der Zugriff auf Farouks Haus von entscheidender Bedeutung war. Die vier Männer befanden sich immer noch in dem Gebäude.

Die Kommandozentrale für diesen Einsatz war in Katrines Wohnung eingerichtet worden. Von hier aus konnten Storm und die übrigen Einsatzleiter ständig beobachten, was in Farouks Wohnung vor sich ging. Das operative Führungspersonal aus Kopenhagen und Søborg hatte sich in Katrines Wohnung versammelt. Mit den meisten von ihnen hatte sie bereits zusammengearbeitet, vor allem mit den Leuten von der Bereitschaftspolizei und teilweise auch mit der Eliteeinheit des PET. Doch es war ein seltsames Gefühl, den Einsatz nicht selbst zu leiten.

Da sie die Einzige war, die sich in Farouks Reihenhaus aufgehalten hatte, assistierte sie dem SEK. Sie hatte eine

Skizze von Küche und Eingangsbereich gezeichnet und versuchte sich daran zu erinnern, wo sich Möbel oder Einrichtungsgegenstände befanden, die einen schnellen Zugriff der Einsatzkräfte womöglich behindern konnten. Sie wies den Einsatzleiter darauf hin, dass sie von der Existenz eines Hohlraums unter der Küche überzeugt war, obwohl auf dem Grundriss kein Keller eingezeichnet war. Allerdings könne man nur vermuten, wie groß dieser Hohlraum war und was sich in ihm befand.

Auf den Monitoren folgten sie jeder Bewegung von Faris Farouk und den anderen Männern, während der Zugriff näher rückte. Je mehr Zeit die Mannschaften hatten, desto größer war die Chance, dass die Operation nicht aus dem Ruder lief. Was sich sowohl auf die Entschärfung der Bombe in Farouks Wohnung als auch auf die Festnahmen der betreffenden Personen bezog und nicht zuletzt auf einen geordneten Rückzug, ehe die Sympathisanten des Viertels Gelegenheit bekamen, sich einzumischen.

»Axel, wie groß ist die Sprengkraft, wenn sich wirklich TATP in dem Behälter befindet?«, fragte Storm.

Axel Laybourne von der Sprengstoffabteilung rückte näher an den Monitor heran und betrachtete den Glasbehälter, der in Farouks Wohnung auf dem Tisch stand. Er zwirbelte seinen Schnurrbart. »Groß genug, um Farouks Reihenhaus dem Erdboden gleichzumachen und das Nachbarhaus vielleicht auch.«

»Irgendeine Gefahr, dass das Zeug von allein hochgeht?«

»Absolut. Schon allein die Temperaturveränderung von dem kühlen Wasser der Toilettenspülung zur Wärme des Wohnzimmers ist äußerst heikel. Wenn sie versuchen

sollten, das Glas aufzuschrauben, kann die Reibungs-
wärme schon genug sein, um die Explosion auszulösen.«

»Die Scharfschützen könnten die vier Objekte aus si-
cherem Abstand ausschalten«, sagte der Einsatzleiter des
SEK.

Storm schüttelte den Kopf. »Solange keine Gefahr besteht, dass sie die Bombe an Ort und Stelle zünden, wäre
das eine Hinrichtung. Wir machen alles, wie geplant, und
hoffen das Beste.«

Obwohl er mit dieser Einschätzung ziemlich allein zu
sein schien, ließ der Einsatzleiter des SEK die Operation weiterlaufen.

Die Alpha-Einheit des SEK schlich in einer Reihe an der
Hausmauer entlang. Der Gruppenführer hob die Hand
und ließ sie an der Ecke zum Agernvænget anhalten.
Sie trugen Kameras an den Helmen, deren Bilder an die
Einsatzzentrale übermittelt wurden. Per Kopfhörer wurde der Gruppenführer auf den Haschclub aufmerksam
gemacht, der sich zu seiner Rechten befand. Es könnten sich mehrere Objekte in seiner unmittelbaren Umgebung befinden. Der Gruppenführer spähte vorsichtig um die Ecke. Regen und Dunkelheit verbargen ihn.
Langsam setzte er das Infrarot-Nachtsichtgerät auf seine Maschinenpistole und schaute sich um. Der Weg und
die nächsten Treppenaufgänge waren menschenleer. Im
Haschclub im ersten Stock waren die Rollläden heruntergelassen. Er winkte seine Leute vorwärts. Zwei Leute
sollten ihm bis zu Faris' Haustür folgen, die anderen den
kleinen Weg nehmen, der sich an den Gärten der Reihenhäuser entlangzog.

Im Wohnzimmer stand Faris vom Tisch auf. Er betrachtete den Glasbehälter mit dem kristallisierten Sprengstoff. Es war fast ein Kilo, mehr als genug, um die fünfhundert Kilo Kunstdünger, die sich im Lieferwagen befanden, explodieren zu lassen.

Mustafa sollte die Explosion durch ein Relais im Wagen auslösen, dennoch hatte Faris sicherheitshalber den ferngesteuerten Detonator vorbereitet, falls etwas schiefgehen sollte. Falls den Jungen der Mut verlassen oder jemand versuchte würde, ihn aufzuhalten. Er lächelte Mustafa zu. »Dann ist es an der Zeit.«

Mustafa nickte. »So Allah es will, wird es ein guter Tag.«

Sie hatten geplant, alle Vorbereitungen in der Nacht abzuschließen und das Ziel des Attentats anzusteuern, ehe die Stadt erwachte.

»Hamza und Jamaal, ich habe gute Neuigkeiten«, sagte Faris.

Die beiden saßen vor dem Fernseher und blickten träge zu ihm auf.

Faris ging zu der kleinen Kommode und zog die unterste Schublade auf. Er nahm ein kleines Bündel heraus und trug es zum Couchtisch.

»Was ist das, Faris?«, fragte Hamza ungeduldig.

Faris schlug das Tuch beiseite und zeigte ihnen drei Pistolen. Eine 9 mm Beretta und zwei Ceska 83.

»Fuck!«, sagte Hamza. »Du hast uns Waffen besorgt!«

Jamaal setzte sich auf und musterte die Pistolen. »Sind die geladen?«

Faris nahm die Beretta in die Hand. »Was glaubst du denn?«

In der Kommandozentrale verfolgten Storm und die anderen beunruhigt, wie Hamza und Jamaal ihre Pistolen entsicherten.

Der Einsatzleiter des SEK rief die Alpha-Einheit. »Drei von vier Zielobjekten sind bewaffnet. Handwaffen, kleine Kaliber.«

Er warf Storm einen fragenden Blick zu. »Sollen wir die Scharfschützen anweisen, sie auszuschalten?«

Storm rieb sich das Kinn. »Was ist mit dem letzten Zielobjekt, der, der den Sprengstoff hat?«

»Den schalten wir zuerst aus, durch das Fenster, ehe wir reingehen.«

»Wir groß sind unsere Chancen?«

»Akzeptabel, sechzig, siebzig Prozent. Je nachdem, ob er stehen bleibt.«

Storm schüttelte den Kopf. »Das ist zu unsicher. Er ist zu nah am Sprengstoff dran. Er könnte ihn im Fallen mit sich zu Boden reißen.«

Der Einsatzleiter zuckte die Schultern. »Ihre Entscheidung.« Er wandte sich an den Gruppenführer: »Operation fortsetzen.«

Katrine starrte auf den Monitor. Sie waren vom Regen in die Traufe gekommen. Die Erfolgsaussichten wären größer gewesen, hätten sie sofort zugeschlagen. Hätten Storm und die anderen ihren Ratschlag beherzigt, gäbe es jetzt nicht diese prekäre Situation. Das eine war ihre Bewaffnung, das andere die Tatsache, dass die Entschlossenheit von Faris und seinen Leuten im Lauf der Nacht zugenommen hatte. Jetzt würden sie Widerstand leisten. Und sie würden versuchen, die Bombe in dem Augenblick zu zünden, in dem sie angegriffen wurden.

200

Die ersten beiden Gruppen der Alpha-Einheit waren bereit. Die erste Einheit hatte sich unmittelbar neben der Haustür postiert, wo ein Polizist mit einem Rammbock auf den Befehl wartete, die Tür einzuschlagen. Die andere Einheit hielt sich am Eingang zum Garten bereit. Das Licht, das durch das große Wohnzimmerfenster fiel, erleuchtete den Garten so sehr, dass sie es nicht gewagt hatten, näher ans Haus heranzurücken. Wenn der Einsatzbefehl kam, würden sie gleichzeitig losschlagen. Normalerweise hätten sie eine Blendgranate durchs Fenster geschleudert, um die Ziele handlungsunfähig zu machen, aber das war in Anbetracht des hochempfindlichen Sprengstoffs zu gefährlich. Sie mussten die Scheibe mit einem Rammbock einschlagen und losstürmen.

»Alpha, bei drei geht's los«, hörten die Männer über ihre Kopfhörer. »Alle Ziele sind im Wohnzimmer versammelt. Eins … zwei … DREI!«

Storm hielt die Luft an.

Der Beamte vor der Haustür schwang den Rammbock.

Faris fuhr erschrocken herum, als er hörte, wie etwas gegen die Tür krachte.

Es krachte ein weiteres Mal, gefolgt vom trockenen Geräusch der zersplitternden Türstocks. Im selben Moment ging das Wohnzimmerfenster zu Bruch. Die Glasscherben fegten über Hamza und Jamaal hinweg, die dem Fenster am nächsten saßen.

»Die Bullen!«, schrie Faris.

Aus dem dunklen Garten stürmten die Männer mit gehobenen Maschinenpistolen durchs geborstene Fenster hinein.

»AUF DEN BODEN«!, schrie der Erste.

Hamza hob seine Pistole und feuerte blind auf die Einsatzkräfte.

Faris sprang auf und rannte aus dem Wohnzimmer. Im Eingangsbereich kam ihm die Haustür entgegen. Er entging ihr um Haaresbreite und flüchtete sich in die Küche.

Die erste Kugel traf Hamza in die Brust. Die nächste in den Hals, worauf sein Blut Jamaal ins Gesicht spritzte.

Zwei Polizisten stürzten sich auf Jamaal und warfen ihn zu Boden.

Die Männer, die durch die Haustür eingedrungen waren, stürmten ins Wohnzimmer. Sie erblickten Mustafa, der sich panisch an die hintere Wand drückte und nach Luft schnappte. In einer Hand hielt er den Glasbehälter mit dem Sprengstoff.

»STELLEN SIE DAS WEG … SOFORT!«, rief ein Polizist und zielte mit der Pistole auf ihn. Mustafa reagierte nicht. Der Polizist ging langsam auf ihn zu. »STELLEN SIE DAS GLAS AUF DEN TISCH, VERDAMMT!«

Alle Augen waren auf Mustafa gerichtet. Seine Hände zitterten.

Jeden Moment konnte er den Glasbehälter fallen lassen.

Der Polizist warf sich regelrecht dem Behälter entgegen. Er ließ dabei die Pistole fallen, doch es gelang ihm, seine Finger um das Gefäß zu schließen, ehe es den Boden berührte.

Mustafa wurde von einem anderen Polizisten umgerissen, der ihn zu Boden drückte und ihm Handfesseln anlegte.

»Überprüft die Küche! Einer ist noch übrig«, hörte der Einsatzleiter über seinen Kopfhörer. »Er ist bewaffnet.«

Die Polizisten stürmten in die Küche.

»Habt ihr ihn?«

Am anderen Ende war es vollkommen still, deshalb wurde die Frage wiederholt.

Storm und die anderen warteten gespannt auf die Antwort.

»Negativ«, sagte der Gruppenführer.

»Was ist da los, Alpha 1?«

In der Küche waren ein paar Fußbodenbretter entfernt worden und offenbarten nun ein klaffendes Loch. Ein Polizist ging in die Hocke und leuchtete mit der Stablampe ins Dunkel. Hinter dem Loch befand sich ein etwa drei Kubikmeter großer Raum. Auf dem Boden lagen ein paar leere Säcke und jede Menge Kunstdüngergranulat. Der Polizist ließ seine Taschenlampe durch den Raum schweifen und entdeckte am Ende des Raums einen schmalen Gang.

Er stieg durch die Öffnung, während ein Kollege den Einsatzleiter verständigte.

»Wir haben ein Problem.«

Der Einsatzleiter wandte sich an Storm. »Eines der Ziele, Faris Farouk, ist durch einen Schacht im Küchenboden entkommen. Offenbar ist er bewaffnet.«

»Wo führt dieser Schacht hin?«

»Noch unbekannt. Wir haben die Verfolgung aufgenommen.«

»Die Bereitschaft soll sofort das ganze Gebiet durchkämmen. Auch alle Freunde, Familienmitglieder, Kollegen müssen überprüft werden.«

Der Leiter der Bereitschaftspolizei instruierte sofort seine Leute.

»Katrine, könnten Sie mir bei der Logistik behilflich sein?«, fragte Storm. »Sie kennen sich hier in der Gegend doch bestens aus.«

Sie antwortete nicht. Er sah sich um.

»Katrine ist gerade gegangen«, sagte Niels und zeigte zur Wohnungstür.

»Wann?«

»Vor zwei Sekunden.«

Katrine sprang so schnell sie konnte die Treppe hinunter. Sie hatte keine Ahnung, wohin der Schacht führte, den Faris gegraben hatte, doch vermutete sie, dass er nicht besonders lang war. Vielleicht führte er zu einem der Nachbargärten oder zu seinem eigenen. Faris hatte einen Vorsprung, doch sie kannte das Viertel besser als irgendjemand sonst. Jeder Hinterhof, noch der kleinste Durchschlupf, jede Lücke in der Hecke war ihr vertraut. Dass er bewaffnet war, kümmerte sie nicht.

Die Jagd hatte begonnen.

23

Die rotierenden Blinklichter der gepanzerten Mannschaftswagen, die entlang der Straße standen, färbten die Nacht blau. Der Garten, der an Faris' Haus angrenzte, wimmelte von Polizisten in Kampfmontur. Katrine stand mit drei Beamten vom SEK zusammen und betrachtete das Loch, aus dem Faris herausgeklettert war. Es lag hinter einer kleinen Hütte versteckt, direkt an der Hecke. Die Beamten waren bereits im Haus der schockierten Familie gewesen und hatten vergeblich nach Faris gesucht.

Katrine warf dem Gruppenführer einen Blick zu. Vor einem Jahr hatte sie wegen einer Geiselnahme mit ihm zusammengearbeitet. »Was sagen die beiden Inhaftierten?«, fragte sie.

»Der eine singt arabische Lieder, und der andere hat mir ins Gesicht gespuckt.«

Sie wäre am liebsten in Faris' Reihenhaus gegangen und hätte auf *ihre* Weise mit den beiden gesprochen. Aber das war nicht möglich, unter anderem deshalb, weil Tom gerade mit einer Abordnung weiterer PET-Agenten eingetroffen war.

Sie drehte sich um und ging auf die Straße.

Das ganze Viertel war inzwischen aufgeschreckt worden. Immer mehr Leute scharten sich um Faris' Haus. Auf dem gegenüberliegenden Balkon standen die Bewohner in Nachthemden und Schlafanzügen und blick-

205

ten auf die Polizisten hinunter, die das Gebiet abriegelten. Als Hamzas zugedeckter Leichnam zum Krankenwagen getragen wurde, ging ein Raunen durch die Menge. »Die Schweine haben ihn umgebracht!«, rief jemand.

Der Dealer, bei dem Katrine einen Joint gekauft hatte, war unter den ersten Schaulustigen gewesen. Als er sie erkannte, flüsterte er seinem Kumpel etwas zu. Katrine war das egal. Sie hatte jetzt keine Zeit, sich über so etwas Gedanken zu machen.

Die ganze Situation war sowieso ein einziges Chaos.

Bei den Mannschaftswagen suchte sie nach dem Einsatzleiter der Bereitschaftspolizei.

Faris hatte eine Viertelstunde Vorsprung. Das hieß, dass er immer noch in der Gegend sein musste. Sich irgendwo versteckt hielt. Sicher gab es hier viele Sympathisanten und viele Wohnungen, in denen er Zuflucht suchen konnte. Die meisten Personen aus seinem Umfeld waren vom PET registriert worden. Obwohl Tom nicht weit von ihr entfernt stand, hoffte sie, dass sich irgendwelche Kollegen von ihm der Sache angenommen hatten. Wenn Faris so dumm war, sich bei irgendwelchen Sympathisanten zu verstecken, würden sie ihn sich bald schnappen. Aber er war nicht dumm, im Gegenteil. Er wusste genau, dass er nur eine Chance haben würde, wenn er so schnell wie möglich aus dieser Gegend verschwand. Außerhalb dieses Viertels konnte er sich vielleicht bei anderen Islamisten verbergen, sich falsche Papiere besorgen und irgendwann über die Grenze nach Schweden oder Deutschland schmuggeln lassen … Doch zunächst musste er aus dem Bregnehøjpark herauskommen. Sie wusste, dass er ein Auto besaß, aber das wurde vom SEK überwacht.

Der nächste S-Bahnhof lag zu weit entfernt, als dass er eine realistische Möglichkeit gewesen wäre. Er musste sich ein Auto im Bregnehøjpark besorgen oder die große Wiese überqueren und so zur Umgehungsstraße gelangen.

Sie blickte sich um. Bewaffnete Einheiten, so weit das Auge reichte. Sie hörte Hundegebell und das Knattern der Hubschrauber über ihren Köpfen. Es würde ihm nicht gelingen, sich über einen längeren Zeitraum hinweg versteckt zu halten. Schon gar nicht in seinem auffälligen weißen Qamis. Es sei denn … Faris befände sich immer noch unter der Erde.

Sie entdeckte den Einsatzleiter an einem der ersten Fahrzeuge. Sie begrüßten sich rasch.

»Olav, ist ihm jemand durch den Schacht gefolgt?«

»Wir sind gerade dabei.«

Sie warf ihm einen skeptischen Blick zu. »Dort unten kann man sich leicht verlaufen. Die Gänge sind miteinander verbunden und bilden ein riesiges Netzwerk, das sich unter dem gesamten Viertel verzweigt.«

»Was schlagen Sie vor?«

»Dort unten war der Spielplatz meiner Kindheit, ich könnte ohne Weiteres die Führung übernehmen.«

»Danke. Wir können jede Hilfe gebrauchen.« Besorgt sah er zu den Schaulustigen hinüber.

Tom hatte ihnen zugehört und eilte jetzt auf sie zu. »Wir müssen uns sofort diese Gänge ansehen!«

»Wir waren gerade dabei …«

»Auf der Stelle!« Er wandte sich an Katrine. »Und *du* bleibst hier!«

Katrine schaute Olav an und zuckte die Schultern.

Tom schnappte sich ein paar Beamte und verschaffte

sich in einem der Nachbarhäuser Zugang zu dem unterirdischen Labyrinth.

Wenn sie das gesamte System der unterirdischen Gänge erforschen wollten, brauchten sie viel mehr Leute. Und wenn sie sich nicht geschickt aufteilten, hatten sie sowieso keine Chance, Faris zu erwischen. Außerdem verlor man sich fast unweigerlich aus den Augen, wenn man mit diesem Tunnelsystem nicht vertraut war. Sie musste an die leeren Tüten Kunstdünger denken, die sie gefunden hatten. Faris und seine Komplizen hatten sich auf einen Einsatz in dieser Nacht vorbereitet. Ihre Bombe musste sich ganz in der Nähe befinden. Wenn sie die Bombe fanden, würden sie auch Faris finden. Sie berechnete den Inhalt des Glasbehälters und vergegenwärtigte sich die Anzahl der leeren Kunstdüngertüten im Keller. Es musste sich um eine große Bombe handeln. Etwa von der gleichen Größe wie diejenige, die am Kongens Nytorv explodiert war. Irgendwo hatte Katrine gelesen, dass sie mehrere Hundert Kilo gewogen hatte. Es war naheliegend, dass sich die Bombe bereits in einem Fahrzeug befand, das ein Kombi oder Lieferwagen sein musste. Sie eilte den Akaciestien hinunter, dem großen Parkplatz entgegen.

Sie stand auf der Treppe und blickte über den dunklen Parkplatz hinweg, der sich auf einer Länge von mehreren Hundert Metern vor ihr erstreckte. Der Regen trommelte rhythmisch auf die Autodächer. Es standen mehrere Lieferwagen auf dem Platz, und sie fragte sich, ob sie sie nicht sofort unter die Lupe nehmen sollte. Ein Blitz erhellte den Platz und das Parkhaus auf der anderen Seite. Vielleicht war die Bombe dort oben?

Sie schaute sich um. Ganz gleich, welche Kellertreppe er benutzen würde, er musste an ihr vorbei, um auf den Platz zu gelangen. Sie zog sich die Kapuze über den Kopf und wollte ihr Handy aus der Tasche ziehen. Doch in all dem Trubel hatte sie vergessen, es mitzunehmen. Wenn Faris sich näherte, blieb ihr nichts anders übrig, als laut zu rufen und darauf zu hoffen, dass irgendwelche Einsatzkräfte in der Nähe waren.

»Beeil dich, du Schwein, sonst bring ich dich um«, hörte sie eine Männerstimme mit starkem Akzent, die aus dem Dunkel kam.

Katrine ging instinktiv in die Hocke und spähte umher. Sie konnte nicht orten, aus welcher Richtung die Stimme kam.

»Schneller, hab ich gesagt ... Willst du sterben?«

»Nein ... ich tue ja, was Sie sagen.« Sie erkannte Toms Stimme. Er war in Panik.

»Also los.«

Sie kroch hinter einen der niedrigen Büsche, die sich an einer Seite des Wegs entlangzogen. Aus dem Dunkel sah sie zwei Gestalten auf sich zukommen. Tom zuerst, Faris dahinter. Faris hatte Tom im Nacken gepackt und stieß ihn vor sich her, während er mit seiner Pistole herumfuchtelte. Er war ein paar Köpfe größer als Tom und sehr viel breiter gebaut. »Ich hoffe fast, dass sie uns auflauern, damit ich dich endlich abknallen kann.«

»Da unten ist niemand«, sagte Tom mit tränenerstickter Stimme. »Ich schwöre es.«

Sie waren jetzt weniger als zehn Meter von ihr entfernt. Katrine sah sich nach einem Gegenstand um, mit dem sie sich verteidigen konnte. Er war bewaffnet und fünfzig Kilo schwerer als sie. Ihr einziger Vorteil war das Überraschungsmoment. Sie würde nur eine einzige Chance haben. Der erste Schlag musste sitzen. Sie nahm einen abgebrochenen Ast und wog ihn in der Hand, doch er war nicht schwer genug. Sie ließ ihre Hände über die Erde des Beets gleiten, bis sie die Reihe der Pflastersteine ertastete.

In diesem Moment gingen Faris und Tom an ihr vorbei. Sie musste Faris angreifen, während er die Treppe hinunterging. Ein Pflasterstein schien ein bisschen lose zu sein. Mit beiden Händen bekam sie ihn frei.

»Los, du Schwein, die Treppe runter!«

Der Augenblick war gekommen. Sie richtete sich auf und zwängte sich durch das niedrige Gebüsch. Faris und Tom waren schon auf der Treppe. Sie musste laufen, wenn sie die beiden noch erreichen wollte.

Faris wandte den Kopf, als er ein Geräusch hörte.

Katrine holte weit aus und traf ihn mit dem Pflasterstein an der Schläfe.

Faris riss Tom im Fallen um, und gemeinsam stürzten sie die Treppe hinunter. Mit ohrenbetäubendem Knall löste sich ein Schuss.

Im nächsten Moment war sie über ihm. Trat ihm die Pistole aus der Hand und rammte ihm das Knie in den Solarplexus. Sie ballte die Fäuste und schmetterte sie ihm auf die Ohren, woraufhin er für einen Moment das Bewusstsein verlor.

Katrine wandte sich an Tom. »Schnell, die Handfesseln!«

»Äh … was?« Tom schaute sich orientierungslos um.

Sie hatte keine Zeit für lange Erklärungen und durchsuchte Toms Taschen. Sie fand das Bündel mit Plastik-

210

strips und riss ein Paar heraus. Dann drehte sie Faris auf den Bauch und fixierte ihm die Hände auf dem Rücken.

»Hilf mir, ihn aufzurichten.«

Der Schuss hatte Aufmerksamkeit erregt. Polizeibeamte und Anwohner kamen ihr entgegen, als sie Faris die Treppe hinaufführte. Das Blut lief aus seiner klaffenden Kopfwunde und befleckte seinen weißen Qamis. Tom ging ein paar Schritte hinter ihnen. Mit zwei Fingern hatte sie ihm Faris' Pistole gegeben, die er nun vor sich hertrug wie eine Tüte mit Hundescheiße.

Storm trat auf sie zu, warf zunächst einen Blick auf Faris und all das Blut, danach auf Katrine. Er schien die Situation noch nicht richtig einordnen zu können. »Danke«, sagte er schließlich, während die Beamten Faris in Empfang nahmen und ihn abführten.

Sie nickte und sah sich um. Den Einwohnern stand der Schock ins Gesicht geschrieben. Der Mann, der abgeführt wurde, war in ihren Augen kein Verbrecher, sondern einer von ihnen. Ein heiliger Mann, den die »Schweine« übel zugerichtet und festgenommen hatten. Falls Faris vorgehabt hatte, zum Märtyrer zu werden, dann war dies das Zweitbeste, was ihm passieren konnte.

In der Ferne entstand ein Tumult, weil die Polizisten ihre Schlagstöcke ziehen mussten, um die Leute von dem Auto zu verscheuchen, in das Faris verfrachtet wurde.

Sie entdeckte Saajid, der neben weiteren jungen Männern an der Mauer stand. Ihre Blicke trafen sich kurz, ehe er in der Menge verschwand.

Bereits jetzt fühlte sie sich wie eine Ausgestoßene.

24

»Kommst du, Benjamin?«, fragte Jan, der in der Türöffnung stand.

Er war ein bulliger Typ, dessen Tätowierungen sich weit den Hals hinaufzogen.

»Noch zwei Minuten. Geh ruhig schon los«, antwortete Benjamin ohne vom Bett aufzublicken, das er mit militärischer Präzision machte.

Gemeinsam mit zwölf anderen Anwärtern waren sie in einem Gebäude von Valhal Securities einquartiert worden. Es lag im Industriegebiet, unmittelbar hinter dem Firmensitz, und war so exklusiv eingerichtet, wie Benjamin es vom Militär nicht gewohnt war. Sie wohnten in Zweibettzimmern, es gab ein riesiges Fitnesscenter und einen Aufenthaltsraum mit DVDs und Playstations. Das Essen in der Kantine war ausgezeichnet, weit entfernt von dem Fraß, den er in der Skive-Kaserne und auf Bornholm und vor allem im Camp Armadillo bekommen hatte. Jeder von ihnen hatte einen individuellen Speiseplan erhalten, als wären sie Elitesportler bei einem Topverein. Er selbst sollte ein paar Kilo an Muskelmasse zulegen, während die Mehrzahl der Anwärter eher abnehmen sollten. »Zehn Kilo«, beklagte sich Jan in einer Tour.

Benjamin betrachtete zufrieden sein Bett. Jans Bett sah hingegen, so wie immer, ziemlich unordentlich aus. »Eine offene Fotze« hatte Oberfeldwebel Folmer von der

Skive-Kaserne so ein Bett genannt, dessen Decke ständig zur Seite geschlagen war.

Er betrachtete sich im Spiegel. Sie alle hatten zwei Khakihosen, ein Paar Kampfstiefel und vier schwarze T-Shirts ausgehändigt bekommen. Auf der linken Brustseite der T-Shirts stand in kleiner Schrift »Valhal Securities«, auf dem Rücken in Großbuchstaben »ANWÄRTER«. Es war schön, wieder eine Uniform zu tragen.

Benjamin ging den Gang hinunter. Er schaute auf die Uhr. Noch zehn Minuten, bis in Halle B das erste Training des Tages begann.

Løvengren hatte in der Kantine eine Begrüßungsansprache gehalten. Er konnte sich nicht mehr an den genauen Wortlaut erinnern, doch ein Zitat, das Løvengren benutzt hatte, war ihm im Gedächtnis geblieben. Es stammte von Napoleon. »Unterbrich niemals deinen Feind, während er einen Fehler begeht.« Den meisten war dieser Satz sehr seltsam vorgekommen, und Løvengren hatte erklärt, was er bedeutete. Er hatte einen doppelten Sinn. Als Sicherheitskoordinator befand man sich in einer exponierten Position. Der Feind konnte sich versteckt halten, konnte darauf warten, dass man einen Fehler beging, und dann zuschlagen. Aber es gab auch die umgekehrte Situation. Manchmal konnte es notwendig sein, den Feind aus seinem Versteck zu locken. Die eigene Schwäche vorzutäuschen, um ihn zum Angriff zu verleiten. Dies und noch viel mehr würden sie hier lernen. Von den Besten der Besten.

Es hatte ihn überrascht, dass die Anwärter für die dreiwöchige Ausbildungszeit unter einem Dach wohnten. Benjamin war davon ausgegangen, dass er jeden Morgen zum Dienst erscheinen würde, aber auf diese Weise konnte er sich voll und ganz auf den Kurs konzentrieren. Außerdem sollten sie später zusammenarbeiten, da war es nur von Vorteil, sich rechtzeitig kennenzulernen.

Benjamin betrat die Halle B, die ungefähr so groß wie ein Fußballfeld war, vielleicht sogar noch ein wenig größer. In dieser Halle würde ein Großteil ihres Trainings stattfinden. Hier befand sich *Brick City*. Sie bestand aus einer Reihe von Trennwänden, die verschiedene Häuser darstellen sollten, damit sie Rettungseinsätze und die Evakuierung von VIPs trainieren konnten. Die Gassen waren schmal und unübersichtlich, sodass die Ausbilder sie von allen Seiten angreifen konnten. Während der Übungen benutzten sie Paintball-Markierer, doch ohne die übliche Sicherheitsausrüstung. Manche Anwärter erlitten Verletzungen, nachdem sie am Kopf getroffen wurden, und mussten genäht werden. Er selbst war mit ein paar blauen Flecken davongekommen.

Er ging zu den anderen hinüber und wartete darauf, dass die Ausbilder mit dem Training des heutigen Tages beginnen würden. Die meisten der Anwärter hatten militärische Auslandseinsätze hinter sich, andere hatten als Wächter oder Türsteher gearbeitet. Das waren diejenigen, die jetzt die größten Schwierigkeiten hatten. Denen man ständig alles erklären musste. Die sich über alles beklagten.

Zwei Anwärter waren bereits am ersten Tag ausgeschieden. Der eine hatte den physischen Belastungstest nicht bestanden, der andere kam mit all den Vorschriften und Restriktionen nicht zurecht. Er sagte, sie erinnerten ihn zu sehr an seine Zeit im Gefängnis. Benjamin verstand, was er meinte. Sie alle hatten einen Vertrag unterschrieben, demzufolge sie das Gelände während der

Ausbildung nicht verlassen durften. Während seiner Zeit im Camp war es nicht viel anders gewesen. Er kannte sogar Soldaten, die während ihres gesamten Auslandseinsatzes nicht ein einziges Mal aus dem Camp herausgekommen waren. In den fünf Tagen, die er jetzt hier war, hatte er seine Medizin noch nicht angerührt. Als würden der feste Rahmen und die konstante körperliche Betätigung der Angst keinen Raum lassen. Ihn von seinen negativen Gedanken befreien. Den Hass und die Paranoia ersticken.

Bjarne trat zusammen mit zwei anderen Ausbildern durch die Tür und gab in aller Kürze das Programm des heutigen Tages bekannt. Sicherheitsformationen und Nahkampf sollten trainiert werden. Zunächst wurden die verschiedenen Box-Formationen demonstriert, mit denen man die zu schützende Person je nach Gefahrenlage abschirmen konnte. Dann waren die Anwärter an der Reihe, die sich in ihren Rollen abwechselten. Mal waren sie die Beschützer, mal die zu schützenden Personen. Was nicht besonders schwer war. Man musste sich nur darauf konzentrieren, die jeweilige Position innerhalb der imaginären Box abzudecken, die man einnahm, und die Umgebung genau im Auge zu behalten. Schwieriger war es da schon, als Point Guard zu agieren, also derjenige zu sein, der entschied, in welche Richtung sich die Kolonne bewegen sollte. Man musste sich unablässig vergewissern, dass die angepeilte Route auch sicher war. Musste stets signalisieren, wo die nächste Gasse oder ein potenzielles Risiko lag. Nach einer Viertelstunde als Point Guard war man fix und fertig.

»Hübsch anzuschauen, Jungs!«, rief Bjarne. »Mit diesem Getänzel könnt ihr bald an jedem Abtanzball teilnehmen.« Er blickte in die Runde und bestimmte Jan zum nächsten Point Guard. »Aber so eine Box zu bilden ist leicht, wenn man nicht unter Druck steht. Wollen wir doch mal sehen, ob ihr die ganze Scheiße auch in *Legoland* zusammenhaltet.« Er zeigte nach hinten auf die Attrappe einer Stadt. »Abmarsch!«

Sie hatten gerade die erste Ecke passiert, als Bjarne den hintersten Mann angriff. Er trat ihm die Füße weg und drang ohne Weiteres bis zu der Person vor, die geschützt werden sollte. »PENG!«, rief er laut und stieß dem Mann seinen ausgestreckten Zeigefinger in den Nacken. Der Anwärter verzog vor Schmerz das Gesicht, sagte jedoch nichts.

»Das geht viel zu leicht, ihr Schlappschwänze. Also noch mal!«

Ein weiteres Mal marschierten sie zwischen den Stellwänden hindurch. Es war schwierig, seine eigene Position einzuhalten und blind darauf zu vertrauen, dass die anderen dies auch taten und zudem dafür sorgten, dass man nicht von hinten überrascht werden konnte. Benjamin war der Erste, der um die Ecke bog. Aus dem Augenwinkel heraus nahm er einen Schatten auf dem Boden wahr. Instinktiv verlagerte er sein Gewicht auf das rechte Bein. Als Bjarne ihm entgegenstürmte, war er bereit. »WEG WEG WEG!«, schrie er, wie er es gelernt hatte. Dann ließ er Bjarnes Eigengewicht die Arbeit verrichten. Bekam seine Jacke und einen Arm zu fassen und ließ ihn über die Hüfte rollen. Bjarne krachte schwer zu Boden. Die anderen zogen den VIP rückwärts aus der Gefahrenzone heraus, während er und Jan Bjarne am Boden hielten.

216

Bjarne starrte ihn grimmig an, als er wieder auf die Beine kam. »Gut, Benjamin. Ich glaube, wir können dich ein bisschen mehr fordern.«

»Ich nehme es, wie's kommt«, entgegnete er nervös.

Für den Rest des Tages nahm Bjarne ihn hart ran, als wollte er sich für die erlittene Niederlage rächen.

Nach dem Abendessen ging Benjamin gleich in den Waschraum. Die anderen waren im Aufenthaltsraum und vertrieben sich ihre Zeit an den Playstations. Normalerweise tat er das auch, aber an diesem Abend war er zu geschafft. Stattdessen nahm er sein Handy, nachdem er sich abgetrocknet hatte. Er hatte bereits versucht, Allan anzurufen, hatte jedoch keine Netzverbindung gehabt. Er hätte ihm gern von seiner Ausbildung erzählt.

»Geht's gut, Benjamin?« L.T. stand in der Tür zur Umkleide.

Benjamin nickte. »Ganz schön anstrengend, aber es geht schon.«

»Das kannst du hier übrigens nicht benutzen«, sagte L.T. und zeigte auf Benjamins Handy.

»Hab schon gemerkt, dass hier kein Netz ist.«

»Wenn wolltest du denn anrufen? Deine Freundin?«, fragte er spöttisch.

Benjamin schüttelte den Kopf. »Nee, ich hab keine. Ist mir zu anstrengend.«

»Wen denn dann?«

»Nur einen Kumpel.«

L.T. kam zu ihm.

»Wir haben einen Störsender installiert, damit man vom Trainingsgelände aus nicht telefonieren kann. Du weißt doch, wie das ist. Sonst sitzen alle nur noch an

217

ihren Handys und gehen sich gegenseitig auf die Nerven.«

Benjamin nickte.

»Außerdem ist es das Beste, wenn man sich voll und ganz auf seine Aufgabe konzentriert, meinst du nicht auch?«

»Natürlich«, antwortete Benjamin. »War auch nichts Wichtiges.«

»Dann lass mich das Handy für dich aufbewahren.« Er nahm ihm das Gerät aus der Hand. »Wenn der Kurs vorbei ist, bekommst du es wieder.«

»Okay.«

L.T. klopfte ihm auf die Schulter und ging den Flur hinunter. Dann drehte er sich noch einmal um. »Hab gehört, dass du Bjarne auf die Matte geschickt hast.« Er grinste. »Nur weiter so!«

Benjamin salutierte zum Spaß. L.T. war in Ordnung, obwohl er ihm sein Handy weggenommen hatte. Benjamin knabberte an einem Nagelbett und hoffte nur, dass Bjarne ihm jetzt nicht ständig das Leben schwer machen würde.

*

L.T. ging in die Wachstube, die sich im Hauptgebäude neben der Rezeption befand. Der Schein der vielen Monitore tauchte den Raum in ein bläuliches Licht. Es war fast Mitternacht. Er grüßte den Wachhabenden und warf einen Blick auf die Monitore.

»Alles ruhig?«

Der Wachhabende nickte. »Alles ruhig.«

Die Monitore waren mit den zahlreichen Kameras verbunden, die überall auf dem Gelände von Valhal Securities installiert waren. Sowohl draußen als auch drinnen. Er betrachtete die Hundestaffel, die am äußersten Ende des Geländes patrouillierte.

»Und die Anwärter?«

»Schlafen wie die Säuglinge«, antwortete der Wachhabende und zeigte auf die Monitore am Ende der Konsole.

»Bestens.«

L.T. nahm einen Joystick und zoomte das Gesicht von Benjamin heran, der auf der Seite lag.

»Einen schönen Wurf von Welpen haben wir diesmal bekommen. Sehr fähig ... jeder auf seine Weise.«

25

DER SUPERSTAAT

*Um wieder in Frieden leben zu können, müssen sie
sich ihrer neuen Herrschaft unterwerfen. Die Ungläubigen werden sich mit Waffen auf uns stürzen, sobald
sie begreifen, was geschieht. Doch darauf werden wir
mit einer Taktik antworten, die so furchterregend ist,
dass selbst ein Herz aus Stein erzittert.*

KAPITEL IX: UMERZIEHUNG

Die hellen Scheinwerfer der Fernsehteams, die im
Konferenzraum aufgestellt worden waren, strahlten eine
solche Wärme ab, dass Storms Hemd unter dem Sakko völlig durchgeschwitzt war. Im Blitzlichtgewitter der
Pressefotografen brannten ihm die Augen. Er konnte gut
nachvollziehen, warum die Promis ständig Sonnenbril-
len trugen. Ansonsten würden sie wahrscheinlich erblin-
den. Der PET hielt am Klausdalsbrovej eine große Pressekonferenz ab, was noch nie vorgekommen war. Doch
die Führung hatte erkannt, dass angesichts der guten Ermittlungsergebnisse und des öffentlichen Wohlwollens
eine einmalige Chance bestand, Werbung in eigener Sache zu machen, nachdem das eigene Renommee seit
dem Terroranschlag am Kongens Nytorv ziemlich ge-
litten hatte. Kampmann stand hinten an der Wand und
überwachte die gesamte Veranstaltung. Zwar wäre es

das Natürlichste gewesen, wenn er als Chef der operativen Abteilung neben Storm auf dem Podium Platz genommen hätte, doch Kampmann hatte sich mit »Halsproblemen« entschuldigt. Stattdessen wurde Storm von Staatsanwalt Palsby auf der einen und dem obersten Geheimdienstchef Karsten Møller auf der anderen Seite flankiert. Wenn auch die Nervosität wegen des großen Presseaufgebots überwog, so spürte Storm doch auch das verführerische Kribbeln, mitten im Rampenlicht zu stehen und Erfolgsmeldungen zu verkünden.

»Es ist uns gelungen«, begann er, »eine nationale Katastrophe zu verhindern. Es sollte einer der größten Terroranschläge werden, die je auf dänischem Boden verübt wurden.«

Im Konferenzraum hätte man eine Stecknadel fallen hören.

Storm berichtete von dem nächtlichen Einsatz gegen eine Terrorzelle, die man schon seit längerer Zeit observiert habe. Es ging um vier Personen, die allesamt aus dem Nahen Osten stammten. Bei einem der Festgenommenen seien vierhundert Gramm selbst hergestellter Sprengstoff, drei Handfeuerwaffen sowie Spuren von stickstoffhaltigem Kunstdünger sichergestellt worden, der vermutlich zur Herstellung einer Nitratbombe vorgesehen war. Ein Projektor zeigte Bilder, die Polizeitechniker in Faris' Wohnung aufgenommen hatten. Von den Waffen über den Behälter mit TATP bis hin zu dem unterirdischen Gang.

»Der unterirdische Gang führte zu einem Nachbargarten. Auf diesem Weg ist dem Anführer der Zelle zunächst die Flucht gelungen.«

Die Bilder vom unterirdischen Tunnelsystem sorgten

221

für ein Raunen im Raum. Die Blitzlichter der Fotografen zuckten, und die Journalisten notierten sich jedes Detail, das Storm darlegte.

»Einem Mitarbeiter des PET gelang es gemeinsam mit einem der Anwohner, den Flüchtigen kurz darauf festzunehmen.« Die Journalisten fragten nach den Namen der betreffenden Personen, doch Storm verwies auf die erforderliche Diskretion der Ermittlungen.

»Während des Zugriffs setzten sich die Terroristen gewaltsam zur Wehr. Es kam zu einem kurzen Schusswechsel mit den Beamten des SEK. Ein Terrorist wurde schwer getroffen und erlag wenig später seinen Verletzungen.« Auf Nachfragen der Journalisten gab Storm bekannt, dass es sich bei dem Toten um den einundzwanzigjährigen Hamza Hamid handele. »Es ist eine routinemäßige Untersuchung des genauen Tatverlaufs eingeleitet worden.«

Storm beeilte sich, mit seinem Bericht fortzufahren, und erzählte von dem Bombenfahrzeug, das in der Parkgarage entdeckt worden sei. Es wurden Bilder vom Inneren des Wagens gezeigt, auf dessen Ladefläche die Tonnen mit Kunstdünger, die Gasflaschen sowie eine Kiste mit Nägeln und Schrauben zu sehen waren. Der Sprengstoff und das Handy, das man im Haus sichergestellt habe, hätten offenbar als Detonatoren für die weitaus stärkere Bombe im Auto dienen sollen. Eine Bombe, die Experten als extrem wirkungsvoll bezeichnet hätten.

»Wissen Sie auch, wo die Bombe gezündet werden sollte?«, fragte einer der Journalisten.

»Unsere Beobachtungen deuten auf eine Reihe von potenziellen Zielen im Stadtgebiet von Kopenhagen hin. Die Festgenommenen haben sich besonders für den Hauptbahnhof, den Park sowie das Einkaufszentrum Fisketorvet interessiert. Wir halten es für wahrscheinlich, dass Letztgenanntes das eigentliche Ziel der Gruppe war. Doch sollten wir auch in diesem Punkt den weiteren Verlauf der Ermittlungen abwarten.«

Er ließ den Blick über die Journalistenschar schweifen. Die Pressekonferenz verlief bisher ausgezeichnet. Er sah unauffällig zum Geheimdienstchef hinüber, der lächelte. Es war ein guter Tag. Ein Tag der Erleichterung nach dem extremen Druck, unter dem sie alle gestanden hatten.

»Handelt es sich um dieselben Täter, die auch hinter dem Anschlag am Kongens Nytorv stehen?«, fragte ein rothaariger Journalist aus der ersten Reihe.

»Vieles spricht dafür.«

»Aber haben Sie schon konkrete Beweise für diese Annahme?«

»Die Festgenommenen werden zurzeit verhört.«

»Wäre es also denkbar, dass andere hinter dem Anschlag stehen, die immer noch auf freiem Fuß sind?«

Storm spannte sich an. Die Aufmerksamkeit aller Anwesenden war auf ihn gerichtet. Die Blitzlichter der Fotografen blendeten ihn. Er wusste nicht, was er darauf erwidern sollte.

Der PET-Chef Karsten Møller beugte sich dem Mikrofon entgegen, das vor ihm stand. Er war ein schmächtiger Mann mit dünnen Lippen. Er entdeckte die Kamera von TV2 und blickte direkt in sie hinein. »Die Bedrohungslage in Dänemark ist gegenwärtig als äußerst gering einzuschätzen«, sagte er mit selbstsicherem Lächeln. »Uns ist nicht bekannt, dass sich in unserem Land derzeit Gruppen oder Einzelpersonen aufhalten, die einen Terroranschlag planen. Die jüngsten Festnahmen sind ein deutlicher Beleg für die Effektivität unseres Nachrichtendienstes.«

»Sie haben meine Frage nicht beantwortet. Sind die Leute, die Sie festgenommen haben, für den Terroranschlag am Kongens Nytorv verantwortlich, der dreiundzwanzig Menschen das Leben gekostet hat?«

»Was das betrifft, möchte ich Sie bitten, den weiteren Verlauf der Ermittlungen abzuwarten.«

»Wie ist Ihr Kommentar, Herr Staatsanwalt? Wird es weitere Ausweisungen geben?«, fragte der Journalist mit vielsagendem Unterton. In Anbetracht der vielen Abschiebungen der letzten Zeit hatte die Presse Palsby den Spitznamen »Der Rausschmeißer« verpasst.

»Angesichts der Beweislage werden die Festgenommenen sicher nicht mit einem Ausweisungsbeschluss davonkommen«, antwortete Palsby lächelnd.

Die Journalisten lachten.

Storm folgte Kampmann den Gang hinunter. Helle und die Mädchen warteten im Auto auf ihn, weil er ihnen nach der Pressekonferenz noch einen gemeinsamen Cafébesuch versprochen hatte. Es war Helles Vorschlag gewesen, ihn abzuholen. Eine kluge Idee, weil er ansonsten bestimmt im letzten Moment abgesagt hätte.

»Gute Arbeit, Nikolaj. Innerhalb der Führung herrscht größte Zufriedenheit.«

»Danke, aber wir sind noch nicht am Ziel.«

»Darüber bin ich mir absolut im Klaren. Dennoch habe ich Blumen vom Ministerium erhalten. Blumen!« Er schüttelte den Kopf. »Ich hab doch gesagt, dass auf einen Tabac-Mann kein Verlass ist.«

Storm zuckte die Schultern.

»Verfügen wir über weitere Erkenntnisse, die wir den Papageien da drinnen vorenthalten haben?« Kampmann zeigte in Richtung des Konferenzraums.

Storm nickte. »Eine ganze Menge. Unter anderem, dass sich die Männer E-Mails mit Badr Udeen geschrieben haben. Unmittelbar nach dem Anschlag am Kongens Nytorv. Wir haben den Hotmail-Account auf Farouks Computer gefunden. Der Mullah hat sie beglückwünscht. Sie haben sich bedankt und ihm versichert, dass sie ihre Arbeit fortsetzen werden.«

»Was sagen die Männer dazu?«

»Bisher haben die Vernehmungen nichts gebracht. Wir kriegen kein Wort aus ihnen heraus.«

»Ist die Beweislage schon ausreichend?«

»Meiner und Palsbys Meinung nach, ja. Palsby ist vor Begeisterung ganz aus dem Häuschen.«

Kampmann brummte.

Am Ausgang blieben sie stehen. Kampmann sah auf den Parkplatz hinaus. Er bemerkte Helle in ihrem Volvo sitzen.

»Schöne Grüße übrigens.«

»Werd ich ausrichten.«

»Aber Nikolaj …«

Storm drehte sich in der Tür um.

»Die Sache darf uns nicht aus den Händen gleiten. Das würde unsere Behörde nicht überstehen.«

»Ich weiß.«

Sie fuhren zu Konditorei Le Glace. Das war Helles Idee gewesen, die so etwas als Bestandteil der Erziehung ihrer Zwillinge ansah. Für Storm hätte es auch jedes andere Café getan. Die Mädchen schienen den Besuch des vornehmen Etablissements jedenfalls in vollen Zügen zu genießen. Wie sie ihren Kakao aus den Porzellantassen schlürften und Kuchenstücke aßen, deren Größe sie nicht bewältigen konnten, wirkten sie wie kleine Prinzessinnen im Märchenland.

Er betrachtete seine Familie, die ihm seltsam unwirklich vorkam. Er sah sie wie in einem Film, in dem er nicht mitspielte. In letzter Zeit hatte er sich allzu weit von ihr entfernt. Es war wirklich zum Heulen.

Storm musterte auch die übrigen Gäste, sie sich auf ihren Empire-Stühlen um die grünen Marmortischchen gruppierten und üppige Sahnetorten verspeisten.

Das Ganze war eine große Illusion: Die Familienidylle an diesem Ort ebenso wie die scheinbare Sicherheit im Zusammenhang mit den Festnahmen. Binnen einer Sekunde konnte sich dieser Ort in die Hölle auf Erden verwandeln, genau wie das Café Felix, das mitsamt seinen Gästen in die Luft geflogen war.

»Nikolaj …«

Er hatte keinen Blick mehr für die Idylle, hatte nur noch die furchtbaren Bilder vor Augen. Die Leichen, die von der Druckwelle in eine unkenntliche Masse verwandelt worden waren. In einen rotweißen Brei, ähnlich der Kirschtorte, die vor ihm auf dem Tisch stand.

»Nikolaj, Emilie hat dich was gefragt.«

Storm schaute Helle erstaunt an, danach seine Tochter. »Ja, Schatz, was hast du gesagt?«

»Magst du deinen Kuchen nicht, Papa?«

»Aber natürlich, mein Schatz«, antwortete er mit breitem Lächeln. Dann schob er sich rasch zwei, drei riesige Stücke in den Mund. Die Mädchen grinsten, Helle schüttelte den Kopf. Der Geschmack verursachte ihm

226

Übelkeit. Der süße Brei schien im seinen Mund anzuschwellen und ihn zu ersticken. Dennoch zwang er sich, alles hinunterzuschlucken. Er hoffte, dass die Vernehmungen der nächsten Tage bestätigen würden, dass die Inhaftierten für das Bombenattentat am Kongens Nytorv verantwortlich waren. Sie *mussten* einfach die Richtigen festgenommen haben.

*

Noch am selben Abend, an dem der Zugriff erfolgt war, hatten die Mitarbeiter des PET ihre gesamte Ausrüstung wieder aus Katrines Wohnung entfernt. Allerdings hatten sie vergessen, die Pizzakartons und halb leeren McDonald's-Tüten mitzunehmen. Als der Gestank zu penetrant wurde, wagte sich Katrine mit dem Abfall zum Container nach draußen. Seit Faris' Festnahme hatte sie sich kaum auf der Straße gezeigt. Sie erwartete irgendeine Reaktion des Viertels in Form von Hassbriefen, Schmierereien an ihrer Wohnungstür oder Anfeindungen auf der Straße. Aber das Viertel verhielt sich ruhig. Nicht einmal Saajid hatte sie angerufen. Sie hätte Faris' Haus gern einen Besuch abgestattet, um herauszufinden, ob die Techniker interessante Spuren gefunden hatten, wollte aber lieber kein Aufsehen erregen. Stattdessen verfolgte sie intensiv die Berichterstattung im Fernsehen. Gott sei Dank war ihr eigener Name gemäß der Absprache mit Storm nicht bekannt geworden. Tom hatte die Situation sicherlich zu seinen Gunsten genutzt und sich sämtlichen Ruhm für die Festnahme von Faris ans Revers geheftet.

Die Journalisten hatten Faris' Nachbarn befragt. Alle waren von den Vorfällen schockiert, vor allem darüber, was für ein hochexplosiver Sprengstoff sich in ihrer unmittelbaren Umgebung befunden hatte. Die meisten, Muslime wie Dänen, schienen erleichtert zu sein, dass Faris und seine Zelle festgenommen worden waren. Einzelne warfen der Polizei vor, überreagiert zu haben, andere vertraten die Auffassung, dass die Intoleranz der Gesellschaft die vier Männer zu ihrem verzweifelten Vorhaben getrieben habe.

Wenn sie sich in der nächsten Zeit weitgehend in ihrer Wohnung aufhielt und auch das Basketballfeld mied, dachte Katrine, dann würde man rasch vergessen, dass sie an der Sache irgendwie beteiligt gewesen war. Auf das Mittwochstraining mit den jungen Rowdys konnte sie gut und gerne verzichten. Darum würden sich schon Ali und Saajid kümmern. Ihre selbst gewählte Isolation gab ihr jedoch das Gefühl, einen Teil ihrer Gefängnisstrafe bereits abzusitzen.

In der Ferne hörte sie eine Sirene. Sie stand gemächlich vom Esstisch auf, ging zur Balkontür und blickte über das Viertel hinweg. Auf dem Parkplatz unter ihr war ein Fahrzeug in Brand gesteckt worden und loderte in der Nacht wie ein Johannisfeuer. Die Flammen schlugen so hoch, dass man auch um die Autos fürchten musste, die in der Nähe standen.

In diesem Moment erreichte ein Feuerwehrwagen mit Polizeieskorte den Platz. Erst jetzt begriff sie, dass es ihr eigenes Auto war, das brannte.

Sie öffnete die Tür und trat auf den Balkon.

Die Feuerwehrleute brachten die Flammen rasch unter Kontrolle. Eine schwarze Rauchsäule stieg in den Himmel. Das konnte kein Zufall sein. Das Viertel hatte sich zu Wort gemeldet. Sicherlich nicht zum letzten Mal.

26

Storm eilte aus dem Büro. Tom folgte ihm auf dem Fuße. Sie waren auf dem Weg zum Polizeipräsidium, um Faris Farouk, Jamaal und Mustafa zu vernehmen. Aus Sicherheitsgründen wurden die drei Männer im Hochsicherheitstrakt des dortigen Gefängnisses rund um die Uhr bewacht. Schon unmittelbar nach ihrer Festnahme waren sie stundenlang verhört und seitdem zu allen Tages- und Nachtzeiten geweckt und mit dem Beweismaterial konfrontiert worden, das gegen sie vorlag. Storm verfolgte eine Zermürbungstaktik, mit der er sich angesichts des Schlafentzugs der Inhaftierten hart am Rande der Legalität bewegte. Trotzdem hielt er es für wichtig, den Druck auf die Männer jederzeit aufrechtzuerhalten und ihnen niemals das Gefühl zu geben, sie könnten sich der Anklage oder der Situation, in der sie sich befanden, entziehen. Bis jetzt hatten sie alle geschwiegen. Mustafa sprach immerzu mit eintöniger Stimme vor sich hin und schien sich in seiner eigenen Welt zu befinden. Faris waren zwischenzeitlich Handschellen angelegt worden, da er sich Tom gegenüber bedrohlich verhalten hatte. Jamaal kaute schweigend an seinen Nägeln und sah dabei so gleichmütig aus, als würde er auf den Bus warten.

Während Storm und Tom die Stufen hinuntergingen, besprachen sie zum letzten Mal ihre Vernehmungsstrategie. Von den Technikern bekamen sie ständig neue Informationen, während die Laboruntersuchungen fortgesetzt wurden. Das Resultat der Spurensicherung in Bezug auf das Bombenfahrzeug lag ihnen bereits vor. Abgesehen davon, dass der Wagenschlüssel bei Faris gefunden worden war, befanden sich seine und Mustafas Fingerabdrücke überall im Inneren des Wagens. An den Tonnen mit dem Kunstdünger ebenso wie an den Gasflaschen und in der Fahrerkabine. Mit der Lüge, dass sie nichts vom Inhalt des Wagens wussten, kamen sie nicht davon.

»Was ist mit dem Dünger in Farouks Keller? Ist der schon analysiert worden?«

»Leider dauert es noch einen Tag, bis feststeht, ob es sich um den gleichen Dünger wie im Wagen handelt.«

Storm schüttelte den Kopf. »Jetzt erzähl mir bloß nicht, dass wir bei dem vermeintlichen TATP auch noch nicht Bescheid wissen!«

Tom nickte. »Doch, es handelt sich um 438 Gramm hochexplosives Material, kein Zweifel. Jedenfalls werden sie nicht behaupten können, dass sie nur ein Tischfeuerwerk geplant hatten.«

Storm schaute bei den Technikern zur Tür herein. »Niels, wie sieht es mit den Anruflisten der Handys aus?«

»Alle Bewegungen der letzten drei Wochen habe ich dir schon gemailt. Ich hab dir eine Übersicht zusammengestellt.« Er zeigte auf die Aktenmappe, die Storm unter dem Arm trug.

»Was ist mit dem Zeitraum rund um den Anschlag am Kongens Nytorv?«

»Bei TDC haben sie immer noch Serverprobleme«, antwortete er mit einem Schulterzucken, »aber sie haben versprochen, heute Nachmittag die Ergebnisse zu schicken.«

»Mail sie mir sofort weiter, wenn du sie bekommst.«

Ehe Niels noch etwas sagen konnte, war Storm wieder aus der Tür.

Sie marschierten auf den Ausgang zu.

»Sollen wir ihnen eine Kronzeugenregelung anbieten? Vielleicht beißt Mustafa ja an«, schlug Tom vor.

»Mustafa? Der würde eher seine Zunge verschlucken, als seine Freunde zu verraten.«

Storm zog sein Handy aus der Tasche und rief auf dem Präsidium an. Er bat sie, die Vernehmungen des heutigen Tages vorzubereiten. Seine Taktik bestand darin, die Inhaftierten jedes Mal in separate Räume bringen und sie dort warten zu lassen. Manchmal dauerte es mehrere Stunden, bis er zu ihnen kam, manchmal zur Minuten. Diese Taktik zeigte bereits Wirkung, denn er beobachtete ihre wachsende Unsicherheit. Es war nur eine Frage der Zeit, wann sie endlich zu reden begannen. Doch leider hatte er gerade davon keinen unbegrenzten Vorrat. Kampmann und Møller saßen ihm im Nacken. Als er das letzte Mal in Kampmanns Büro gewesen war, hatte der ihm mit den Spekulationen der Presse in den Ohren gelegen, dass sie möglicherweise die Falschen festgenommen hatte. *Die Sache darf uns nicht aus den Händen gleiten, Nikolaj.* Immer dasselbe Lied. Was zum Teufel erwartete er von ihm? Sollte er die Geständnisse aus ihnen herausprügeln? So wie Katrine Bergman es getan hatte? Er spürte, wie ihm die Magensäure in die Kehle stieg. Er wollte gar nicht daran denken, wie hoch sein Blutdruck jetzt war. Dieser Job würde ihn noch umbringen. Auf die eine oder andere Weise.

Storm und Tom betraten den schmalen Vernehmungsraum. Faris saß neben seinem Anwalt, Gordon Nielsen, am Ende des kleinen Tisches. Nielsen war ein rotwangiger Mann mittleren Alters, mit dem Storm es schon öfter zu tun gehabt hatte. Storm hegte den Verdacht, dass er ein Alkoholproblem hatte, hielt ihn ansonsten aber für einen kompetenten Strafverteidiger. Faris trug Handschellen und war mit einem Handgelenk an den Stuhl gefesselt. Schon während ihrer Begrüßung nahm Storm eine Veränderung an Faris wahr. Es dauerte ein paar Sekunden, bis ihm auffiel, dass sein Bart getrimmt worden war, was sein Gesicht jünger und sanfter wirken ließ.

Faris erwiderte seinen Gruß. »*Inschallah*, welch gesegneter Morgen.«

»Ich möchte doch darum bitten, dass man meinen Mandanten nicht ankettet wie irgendein Tier«, sagte Gordon Nielsen.

»Ihr Mandant hat sich in mehreren Fällen aggressiv verhalten und kann froh sein, sich nicht weitere Anklagen eingefangen zu haben.«

Storm und Tom setzten sich Faris und seinem Anwalt gegenüber. Storm wollte sich nicht zu früh freuen, doch war es zweifellos ein gutes Zeichen, dass Faris seinen Gruß erwidert hatte.

»Entschuldigung«, sagte Faris, »aber wäre es möglich, die hier loszuwerden.« Er klirrte mit den Handschellen. »Die sind doch ziemlich unangenehm.«

»Wenn Sie versprechen, sich ordentlich aufzuführen.«

»Selbstverständlich.«

»Tom, würdest du …?«

Tom zögerte. Dann stand er auf und nahm Faris die Handschellen ab.

»Danke, Tom«, sagte Faris und rieb sein Handgelenk.

Storm stellte das Aufnahmegerät an und verkündete

mit deutlicher Stimme die Nummer der Vernehmung, Datum und Uhrzeit sowie die Namen der anwesenden Personen.

»Mein Mandant möchte mit der Polizei kooperieren«, sagte Gordon Nielsen.

»Das ist positiv«, entgegnete Storm mit neutraler Stimme.

»Er will die Karten auf den Tisch legen.«

»Das sollte er auch«, entgegnete Tom. »Bei den Beweisen, die gegen ihn und die anderen vorliegen, bleibt ihm sowieso nichts anderes mehr übrig.«

Storm legte Tom die Hand auf den Arm. »Was wollen Sie uns erzählen, Faris?«

Faris räusperte sich. »Alles.«

»Er will ein Geständnis ablegen«, ergänzte Gordon Nielsen.

Storm versuchte, sich nichts anmerken zu lassen. »Ich bin ganz Ohr«, entgegnete er. »Reden wir von allen Punkten der Anklageschrift?«

Faris beugte sich vor. »Wir haben den Anschlag am Kongens Nytorv zu verantworten, der dreiundzwanzig Ungläubige getötet hat. Ich bedaure, dass nicht noch mehr getötet wurden.«

»Vielleicht fangen Sie am besten ganz von vorn an.«

Faris lehnte sich auf dem Stuhl zurück. »Ich habe Jamaal und Mustafa vor fast drei Jahren in der Moschee kennengelernt. Sie besuchten dort regelmäßig meinen Unterricht. Waren sehr wissbegierig. Suchten nach Orientierung.«

»Was ist mit Hamza?«

»Der kam durch Jamaal dazu. Hamza ist immer gekommen und gegangen, wie es ihm gerade passte. Doch wir alle waren am heiligen Kampf der Mudschaheddin in den besetzten Ländern interessiert.«

»Afghanistan und Irak?«

Faris nickte. »Ja, wir wollten alle dorthin und kämpfen.«

»Doch stattdessen habt ihr hier den Kampf begonnen.«

Faris schaute auf die Tischplatte. »Der Freiheitskampf von Al Kaida in der westlichen Welt hat uns inspiriert. Vor allem nach den siegreichen Angriffen in New York, London und Madrid. Darum beschlossen wir, eine nordeuropäische Zelle zu gründen, mit dem Ziel, eine Reihe von Anschlägen in den skandinavischen Ländern zu starten.«

»Haben Sie den Anschlag auf Befehl von Mullah Udeen ausgeführt?«, fragte Storm.

»Die Anschläge waren unsere Idee.«

»Aber Sie wurden zusammen mit Mullah Udeen gesehen und haben in der fraglichen Zeit auch miteinander kommuniziert. Welche Rolle hat er bei den Anschlägen gespielt?«

Faris senkte den Blick. »Ich möchte nicht mit Ungläubigen über Seine Heiligkeit reden. Alles, was ich sagen kann, ist, dass die Angriffe unserer eigenen Initiative entsprangen.«

Storm notierte sich die Antwort. Er wollte ihn jetzt nicht weiter unter Druck setzen. Das konnte warten. »Wie haben Sie die Anschläge geplant?«

Faris erzählte, dass sie damit begonnen hätten, unter der Küche einen Kellerraum auszuheben, um den Kunstdünger dort aufbewahren zu können. Den Verbindungsgang zum Nachbargarten hätten sie später gegraben. Den Kunstdünger hätten sie in verschiedenen Höfen und Lagerhallen in der Umgebung gestohlen.

Storm wusste, dass es verschiedene Diebstähle dieser Art gegeben hatte. Dennoch wunderte er sich über Faris' Erklärung. »Wenn man die Menge, die wir im Parkhaus sichergestellt haben, mit der Menge addiert, die am Kongens Nytorv explodiert ist, dann müssten Sie insgesamt eine knappe Tonne gestohlen haben.«

Faris zuckte die Schultern. »Wir waren viel in Dänemark und Schweden unterwegs.«

»Hatten Sie bei diesen Touren Unterstützung von anderen Leuten?«

»Nein«, antwortete Faris und wich seinem Blick aus.

»Fahren Sie fort.«

Faris erzählte, dass Hamza das Auto gestohlen habe, einen Ford Transit, den sie als Bombenfahrzeug benutzt hätten. Sie hätten ihn im Parkhaus abgestellt und genau wie das andere Auto, das von der Polizei entdeckt worden war, über mehrere Wochen hinweg mit Kunstdünger gefüllt.

»Warum haben Sie beide Fahrzeuge am selben Ort abgestellt?«

»Sie haben das erste doch nicht gefunden. Warum sollten wir also einen Plan ändern, der funktioniert hat?«

»Stimmt«, entgegnete Storm. »Wer hat den Wagen gefahren?«

»Mustafa. Wir anderen sind ihm in meinem Auto gefolgt.« Dann erzählte er, wie sie in der Stadt herumgefahren seien, auf der Suche nach einem geeigneten Ort. Am Kongens Nytorv seien an diesem Tag die meisten Menschen versammelt gewesen. Deshalb habe Mustafa den Wagen vor dem Café geparkt. Er selbst und die anderen, sagte Faris, hätten auf der anderen Seite des Platzes gewartet. Als Mustafa zu ihnen gekommen sei,

235

hätten sie die Bombe mittels eines Fernauslösers gezündet. Auf dieselbe Art habe das von der Polizei konfiszierte Telefon funktioniert. Danach seien sie nach Hause gefahren, um sich die Fernsehnachrichten anzusehen. »Die *richtigen* Nachrichten, die von Al-Dschasira.«

Das Verhör dauerte fast vier Stunden und wurde nur ein einziges Mal unterbrochen, weil Faris auf die Toilette musste. Er hatte ihnen beschrieben, wie sie den Kunstdünger für eine zweite Bombe gesammelt, ein weiteres Auto gestohlen und eine Ladung TATP hergestellt hatten. Es sei Hamza gewesen, der wusste, wie man den Sprengstoff anfertigt. Ihr Ziel sei das Einkaufszentrum Fisketorvet gewesen, eine Märtyreroperation.

Faris' Geständnis enthielt mehrere Punkte, die überprüft werden mussten, doch Storm ließ ihn in seine Zelle zurückführen, nachdem sie die zentralen Aspekte seiner Erklärung rekapituliert hatten. Zwei Verhöre standen noch aus. Gordon Nielsen zufolge wollten auch seine beiden anderen Mandanten, Jamaal und Mustafa, ein vollständiges Geständnis ablegen.

Beide berichteten von dem Bombenanschlag und dem geplanten Attentat, an denen sie beteiligt gewesen seien. Sie taten dies nicht so wortreich wie Faris, stützten seine Aussage aber in den wesentlichen Punkten. Mustafa, der apathisch und depressiv wirkte, musste Storm allerdings fast jedes Wort aus der Nase ziehen. Schließlich bat Storm einen Arzt, ihn zu untersuchen. Zum jetzigen Zeitpunkt legte er nicht den geringsten Wert darauf, sich auch noch mit einem Selbstmordversuch auseinandersetzen zu müssen.

Er rief Kampmann an und unterrichtete ihn von der neuesten Entwicklung.

»Das ist ja *outstanding*, wie sie auf der anderen Seite des großen Teichs sagen!«, rief Kampmann. »*Outstanding!*«

*

Als Storm in die Zentrale nach Søborg zurückkehrte, hatte Kampmann die frohe Botschaft schon überall herumposaunt. Staatsanwalt Palsby war umgehend bei ihnen eingetroffen, um die Pressemitteilungen zu koordinieren.

Im Büro des PET-Chefs wurde mit einem Glas Sherry angestoßen. Es war erst das dritte Mal während seiner gesamten Zeit am Klausdalsbrovej, dass Storm sich in Møllers Büro befand.

»Das macht ja zweifellos alles ein wenig einfacher«, sagte Palsby, der sich bereits darauf zu freuen schien, den Medien die guten Neuigkeiten zu verkünden.

»Gute Arbeit, Nikolaj«, sagte Karsten Møller mit ernster Miene.

Storm nickte beklommen. »Danke, wir haben ja auch alle verfügbaren Ressourcen aktiviert.«

»Haben Sie eine Ahnung, was die Männer zu ihrem plötzlichen Sinneswandel bewogen hat?«

Storm wiegte unsicher den Kopf. »Wir haben sie ja von Anfang an unter Druck gesetzt. Vielleicht haben sie irgendwann eingesehen, dass ihnen keine andere Wahl blieb.«

»Fanatiker!«, rief Kampmann dazwischen. »Solche Typen sind immer unberechenbar.«

»Nichtsdestotrotz haben wir jetzt drei schriftliche Geständnisse vorliegen. Ich werde dafür sorgen, dass sie für alle Zeit hinter Schloss und Riegel verschwinden«, sagte Palsby.

Kampmann zwinkerte Palsby zu und schlug ihm auf die Schulter.

»*Outstanding!*«

»Wie sieht der nächste Schritt aus?«, fragte Møller.

»Die Vernehmungen dauern an. Es gibt ja noch einige Details, die geklärt und überprüft werden müssen«, antwortete Storm.

»Halten Sie mich auf dem Laufenden.«

Storm nickte und leerte das Sherryglas. Eigentlich hätte er große Erleichterung, im Namen der Abteilung vielleicht sogar ein wenig Stolz empfinden sollen. Doch wenn er ehrlich war, fühlte er nichts als Erschöpfung.

Eine halbe Stunde später kehrte Storm in sein Büro zurück und begann damit, seine E-Mails abzuarbeiten, die sich angehäuft hatten. Darunter befanden sich Laborberichte, Einschätzungen von Sprengstoffexperten und Stellungnahmen aller möglichen Leute, die in den Fall involviert waren. Einiges davon musste bis zum nächsten Tag warten. Die letzte Mail, die er bekommen hatte, war von Niels. Er schrieb, dass die Telefongesellschaft TDC endlich ihre Serverprobleme behoben und die Telefonlisten geschickt habe. Die Listen enthielten alle Verbindungen, die seit dem Tag des Bombenanschlags auf den Handys der Inhaftierten registriert worden waren. Sein Blick wanderte über die Aufstellung der empfangenen Anrufe. Niels hatte eine Karte von Kopenhagen beigefügt und die entsprechenden Sendemasten angekreuzt. Auf diese Weise ergab sich eine elektronische Spur über die Wege, die die Inhaftierten genommen hatten.

Storm lehnte sich mit einem tiefen Seufzer zurück. Er hätte sich gewünscht, mit der Durchsicht der E-Mails bis morgen gewartet zu haben oder zumindest so lange, bis der Geschmack von Møllers Sherry sich wieder verflüchtigt hatte. Auf dem Monitor betrachtete er erneut die Karte von Kopenhagen.

Zu der Zeit des Bombenanschlags hatte sich kein einziges Handy der Inhaftierten in der Nähe der Sendemasten rund um den Kongens Nytorv befunden.

27

Der Motorenlärm übertönte den Ausbilder auf dem Rücksitz. Die Umdrehungszahlen befanden sich im roten Bereich, und Benjamin suchte verzweifelt nach dem dritten Gang, was mit verbundenen Augen ein schwieriges Unterfangen war.

»Nach rechts. Rechts!« Das war das Letzte, was er hörte, ehe es einen schweren Aufprall gab und das Auto stillstand. Das passierte bereits zum dritten Mal an diesem Tag, sein Nacken schmerzte von den vielen Kollisionen. Benjamin riss sich die Binde herunter und rieb sich erschöpft die Augen. Ein weiteres Mal hatte er den alten Golf direkt gegen die Barriere aus alten Autoreifen gelenkt. Er legte den Rückwärtsgang ein und fuhr aus den Reifen heraus.

Auf dem großen Platz zwischen den Fabrikhallen fand das Sicherheitstraining der Anwärter statt. Sie hatten bereits mehrere Ausweichmanöver trainiert, aber das Blindfahren bereitete Benjamin die größten Schwierigkeiten. Als VIP-Chauffeur sollten sie im Fall einer Augenverletzung in der Lage sein, den Wagen mittels der Kommandos eines Passagiers in Sicherheit zu bringen.

»Ich kann dich nicht bestehen lassen, solange du den letzten Test nicht schaffst«, sagte der Ausbilder auf der Rückbank.

Benjamin stellte den Wagen neben den Fahrzeugen der übrigen Anwärter ab. Es gab noch zwei andere, die ebenfalls durch die Prüfung gefallen waren. Gott sei Dank würden sie am Ende des Kurses eine weitere Chance erhalten, doch es ärgerte ihn, dass er solche Schwierigkeiten hatte. Alle anderen Tests waren bestens gelaufen. Hätte er nur ein eigenes Auto, dann wäre das Ganze vermutlich kein Problem gewesen.

»Anwärter!«, hörte er hinter sich eine Stimme. Benjamin drehte sich um.

Bjarne winkte ihn zu sich herüber. »Bist du fertig für heute?«

»Ja«, antwortete Benjamin.

»Dann komm mit.«

Gemeinsam gingen sie zu dem schwarzen Range Rover und stiegen ein. Bjarne betrachtete sein T-Shirt mit dem Valhal-Logo und gab ihm eine Windjacke. »Passt die einigermaßen?«

Benjamin zog die viel zu große Jacke an und krempelte die Ärmel auf.

»Geht schon. Wohin fahren wir?«

»Wirst schon sehen«, antwortete Bjarne bloß.

Er ließ den Motor des Geländefahrzeugs aufheulen und fuhr quer über den Platz. Die anderen Anwärter schauten ihnen nach. Sie passierten das Eingangstor, das sich automatisch geöffnet hatte, und fuhren auf der Umgehungsstraße davon.

Benjamin blickte durch das Seitenfenster und betrachtete den Verkehr. Nachdem er fast zwei Wochen auf dem Valhal-Gelände verbracht hatte, war es ein seltsames Gefühl, wieder am wirklichen Leben teilzuhaben. Er nahm sich die Zeitung, die auf dem Armaturenbrett lag.

Auf der Titelseite war ein Foto des Bombenkraters

241

am Kongens Nytorv abgedruckt, darunter sah man die Gesichter der vier Männer. Das Gesicht des einen war rot durchgestrichen. »TERRORISTEN« lautete die fette Schlagzeile.

»Haben Sie einen von denen geschnappt?«, fragte Benjamin.

»Ist doch alles Schnee von gestern«, entgegnete Bjarne, riss ihm die Zeitung aus der Hand und warf sie auf die Rückbank. »Einen haben sie während der Festnahme abgeknallt.« Er formte seine Hand zu einer Pistole und richtete sie auf Benjamin. »Ein Kanake weniger!«

Sie fuhren durch die Stadt in Richtung Østerbro. Als sie sich dem Fußballstadion näherten, kam der Verkehr wegen der vielen Fans, die auf dem Weg zum Spiel waren, fast zum Erliegen.

Vor dem Rigshospital fand Bjarne einen Parkplatz. »Was wollen wir hier?«, fragte Benjamin.

»Das Spiel anschauen, was sonst?« Bjarne lächelte herausfordernd und reichte ihm eine Eintrittskarte. Dann öffnete er das Handschuhfach und nahm eine Plastiktüte heraus.

»Du warst doch bei den Pioniertruppen, oder?«

»Ja, warum?«

»Dann weißt du ja, wie man mit Sprengstoff umgeht.«

Er warf erst Bjarne, dann der Tüte einen beunruhigten Blick zu.

Bjarne grinste. »Ruhig Blut, Soldat. Sind doch nur Bengalische Feuer.«

Benjamin schaute in die Tüte, in der sechs Fackeln lagen.

»Die musst du nehmen. Mich kennen die Ordner schon. Steck sie dir einfach in die Hose. Deinen Schwanz

242

fassen die nicht an, auch wenn du das gerne hättest.« Er
schlug ihm kräftig auf die Schulter.

Benjamin stopfte die Fackeln in seine Hose und folgte Bjarne.

Sie gingen durch den Fælledpark zum Eingang C. Die
ausgelassenen Gesänge der Fußballfans bereiteten Benjamin Unbehagen. Er fühlte sich von ihnen bedrängt,
und es wäre ihm wohler gewesen, wenn er seine Pillen
dabeigehabt hätte. Bjarne stieß ihn in der Schlange vor
sich her.

»Es ist wichtig, dass wir nicht zusammen gesehen werden«, sagte er.

Ein Mann vom Ordnungsdienst kontrollierte Benjamins Eintrittskarte. Mit seinem aufgedunsenen Gesicht
sah er aus wie ein ausgestopfter Fisch. Er tastete Benjamin rasch ab und fragte, ob er irgendetwas dabeihabe,
dass er nicht dabeihaben sollte.

»Nein«, antwortete Benjamin und wurde eingelassen.
Er stellte sich neben den Würstchenstand und behielt
den Eingang im Auge. Als Bjarne erschien, wurde er
von zwei Ordnern zur Seite genommen und gründlich
durchsucht. Bjarne trieb seine Scherze mit ihnen, doch
keiner von beiden lachte. Schließlich durfte er passieren.

Auf der Tribüne warteten Bjarnes Freunde. Es waren
etwa zwanzig bis dreißig Männer, alle in den Trikots der
Heimmannschaft. Sie waren über und über tätowiert,
manche sogar im Gesicht. Sie skandierten rassistische
Parolen und reckten die Arme in Richtung der dunkelhäutigen Spieler der Gastmannschaft zum Nazigruß.
Die übrigen Zuschauer auf der Tribüne hielten einen

gehörigen Abstand zu ihnen. Die Ordner, die am Rand des Blocks standen, ließen sie nicht aus den Augen.

Bjarne gab dem offensichtlichen Anführer der Hooligans die Hand. Sie riefen sich grinsend etwas zu, das Benjamin wegen des Lärms nicht verstehen konnte.

Bjarne stellte ihn nicht vor. Irgendwann drehte er sich zu ihm um und signalisierte ihm, dass er die Bengalischen Feuer haben wollte. Benjamin steckte die Hand in die Hose und zog die Fackeln diskret heraus. Bjarne gab sie weiter.

»Geile Sache«, sagte ein Glatzkopf mit zahnlosem Oberkiefer. »War es schwierig, die reinzuschmuggeln?«

Bjarne schüttelte den Kopf.

Benjamin fühlte sich von der aggressiven Stimmung unter Druck gesetzt. Am liebsten hätte er sich aus dem Staub gemacht, aber das war unmöglich.

Plötzlich warf einer der Männer eine brennende Fackel in die Menge, die weiter unten stand. Die Leute stoben in Panik auseinander, während der brennende Phosphor eine schwarze Rachsäule aufsteigen ließ. Zwei weitere Fackeln wurden bewusst in dieselbe Richtung geschleudert und schufen eine Mauer aus Feuer und Rauch. Am anderen Ende, wo Bjarne stand, war die erste Schlägerei im Gange. Zuschauer wurden willkürlich niedergeschlagen, um die Aufmerksamkeit der Ordner und Zivilbeamten zu erregen.

»Jetzt geht's los!«, sagte Bjarne grinsend.

Die Zivilbeamten zückten ihre Schlagstöcke und stürmten auf die Gruppe zu.

Ihr Angriff wurde zurückgeschlagen und eine weitere Fackel geworfen, sodass die Beamten zurückweichen mussten.

244

Die Holligans waren zwar betrunken, doch das Adrenalin sorgte dafür, dass sie konzentriert und aggressiv blieben. Benjamin beobachtete sie. In Helmand würden sie nicht einen Tag überleben, dazu waren sie zu undiszipliniert. Doch hier, auf ihrem eigenen Territorium, dominierten sie das Geschehen.

Hinter ihnen hatten sich einige Zuschauer versammelt, die ihre eigenen Parolen riefen. Bjarne riss den vordersten zu sich hinunter und schickte ihn mit einem Kopfstoß zu Boden. Als die Freunde des Mannes ihm zu Hilfe kommen und ihrerseits Bjarne angreifen wollten, stürzte sich auch Benjamin in den Kampf. Er schlug ein paar Luftlöcher, ehe er sich auf die Situation eingestellt hatte und mehrere präzise und harte Treffer landete. Ein Bengalisches Feuer flog den Angreifern entgegen, die vor dem zischenden Phosphor Reißaus nahmen. Spätestens als die umliegenden Sitze Feuer fingen, war die Situation völlig außer Kontrolle geraten.

»Komm, lass uns abhauen«, sagte Bjarne und zerrte Benjamin durch den Rauch mit sich fort.

Zwanzig Minuten später saßen sie wieder in ihrem Wagen. Bjarne gab ihm einen Lappen, der auf der Ladefläche gelegen hatte, damit er das Blut aus der Platzwunde über seinem Auge stillen konnte.

»Schöner Fußballkampf«, sagte er grinsend. »Gut gemacht, Anwärter!«

»Gegen wen haben wir eigentlich gespielt?«, fragte Benjamin.

Bjarne schlug ihm auf die Schulter. »Keine Ahnung, aber in vierzehn Tagen ist das nächste Match.«

Benjamin legte den Lappen weg. »Wer waren die anderen Jungs?«

»Alles Psychopathen, aber von der guten Sorte.«

Benjamin wusste nicht, was ein Psychopath *von der guten Sorte* war, doch er wollte lieber nicht nachfragen.

Sie fuhren durch die Stadt, während es dunkel wurde. Benjamin fühlte sich gut. Die Angst, die ihn zwischenzeitlich gepackt hatte, war vom Adrenalin fortgespült worden.

Sie fuhren durch das Eingangstor von Valhal Securities. Auf dem dunklen Platz vor der Halle B standen L.T. sowie ein paar andere Ausbilder und erwarteten sie.

»Oh, oh«, sagte Bjarne grinsend. »Das gibt Ärger.«

28

WIR SIND WÖLFE

*Die Ungläubigen sind wie eine Herde Schafe, und wir
sind ihre Wölfe. Sie werden die Augen verschließen in
der Hoffnung, ihre Freiheit zurückzuerlangen, sobald
wir den Feind niedergekämpft und für Ordnung
gesorgt haben. Es ist müßig zu schreiben, wie lange sie
darauf warten werden.*

KAPITEL X: DER TOTALITÄRE STAAT

Løvengren saß hinter seinem riesigen Schreibtisch
und rauchte eine Cohiba-Zigarre. Durch den Tabakrauch
betrachtete er Bjarne auf der anderen Seite des Schreib-
tischs. Dieser saß auf einem der niedrigen Stühle und
blickte zu Løvengren auf wie ein kleines Kind. Hinter
ihm standen L.T. und einer der anderen Ausbilder. Bjarne versuchte, seine Nervosität zu verbergen, doch seine
unruhig umherhuschenden Blicke verrieten ihn.

»Offenbar haben Sie ein Fußballspiel besucht. Und haben gegen alle Regeln einen Anwärter mitgenommen.«

Bjarne zuckte die Schultern. »Ich dachte, er könnte ein
bisschen Abwechslung gebrauchen.«

»Meinen Sie etwa das hier?« Løvengren drückte auf die
Fernbedienung des Flachbildschirms, der von der Decke hing. Die ersten Bilder von der Randale im Stadion
waren bereits von den Online-Zeitungen veröffentlicht

worden. Løvengren klickte weiter, bis er ein Foto von Bjarne und Benjamin inmitten der Hooligans entdeckte.

»Wir … wir haben nichts getan«, sagte Bjarne und blickte zu Boden.

»Sie kennen diese Männer also nicht?« Er nickte in Richtung des Monitors, auf dem zwei tätowierte Männer ihre Arme zum Hitlergruß reckten.

»Wir waren anscheinend zur falschen Zeit … am falschen Ort … wie man so sagt.«

Løvengren stand vom Stuhl auf. »Ich habe auch gehört, dass Sie ein hübsches Tattoo auf der Brust haben.« Er zeigte mit seiner Zigarre auf ihn. »Möchten Sie mir es nicht zeigen?«

»Ist das nicht unwichtig?«

»Nicht, wenn Sie Ihren Job behalten wollen.«

Bjarne zuckte die Schultern. Dann knöpfte er sein Hemd auf und entblößte seine Brust. Über der Herzgegend befand sich ein großes flammendes Hakenkreuz. »Das bedeutet nichts. Ich hab es machen lassen, als ich achtzehn war.«

»Habe ich Ihnen schon mal von meinem Großvater erzählt?«, fragte Løvengren, während er um den Tisch herumging.

Bjarne schüttelte den Kopf.

»Sein Name war Herman Løvengren. Er war Kommandant des vierten Bataillons. Sie lagen einmal mit ihren Maschinengewehren direkt vor Bredebro und sollten den Feind zurückschlagen. Darauf haben sie sich Tag für Tag vorbereitet.«

»Aha«, entgegnete Bjarne desinteressiert.

Løvengren rollte die dicke Zigarre zwischen den Fingern hin und her. Es knackte trocken. »Aber der letzte Tag verlief anders als die anderen Tage. Es war der 9. April 1940. Und der Feind ... der Feind war *der* da.« Er zeigte mit der Zigarre auf Bjarnes Hakenkreuz.

»Wie gesagt, ich war ein bisschen betrunken, als ich ...«

»Halten Sie den Mund!« Løvengrens graue Augen blitzten. »Mein Großvater ist an diesem Morgen dem Feind begegnet. Er hat sich der gesamten Wehrmacht entgegengestellt, um sein Land gegen diese extreme Übermacht zu verteidigen. Und er bezahlte dafür den höchsten Preis, den es gibt, damit so kleine Scheißkerle wie Sie heute in Freiheit leben können. Das Letzte, was er in seinem Schützengraben sah, ehe er starb, war dieses Scheißsymbol, als sie über ihn hinwegtrampelten.«

Bjarne wich seinem Blick aus.

»Was meinen Sie also, was ich von Nazis halte, Bjarne?«

Bjarne antwortete nicht.

Løvengren baute sich vor ihm auf und bewegte seine Zigarre langsam auf Bjarnes Brust mit dem Hakenkreuz zu. Bjarne starrte auf die Zigarre, deren Rauch in seinen Augen brannte. Er spürte bereits die Wärme ihrer Glut.

»Nicht ... nicht besonders viel?«

»Das ist ein wenig untertrieben. Nicht wahr, Lars?«

»Sehr untertrieben«, antwortete L. T. und packte Bjarne mit einer Hand an der Kehle, sodass er sich nicht rühren konnte.

»Was soll das?«, fragte Bjarne überrascht.

Zur Antwort drückte Løvengren die brennende Zigarre auf das Tattoo. Bjarne schrie auf und zuckte vor Schmerz. Er griff nach Løvengrens Handgelenk.

»Wenn Sie das nicht entfernen lassen, fliegen Sie raus«, knurrte Løvengren.

»Verstehen Sie, was das bedeutet, Bjarne? Dann werde

ich meine schützende Hand nicht mehr über Sie halten, sondern die Polizei mit allem versorgen, was gegen Sie und Ihre Nazifreunde vorliegt. Und ich werde dafür sorgen, dass Sie mit den richtigen Leuten zusammen eingebuchtet werden, damit Sie im Knast von einem großen arabischen Schwanz gefickt werden.«

Bjarne starrte ihn mit wildem Blick an. Sein Kopf war kupferrot angelaufen, und der Schweiß stand ihm auf der Stirn. »Ver…verstanden«, stammelte er.

»Das war das letzte Mal, dass ich Sie zusammen mit diesen Typen gesehen habe. Das letzte Mal, dass Sie Ärger machen. Das letzte Mal, dass Sie einen Anwärter dorthin mitgenommen haben. Ist das klar?«

»Ja!«

Løvengren warf die Zigarre in den Aschenbecher, der auf dem Tisch stand. L.T. ließ seinen Hals los, worauf Bjarne stöhnend zusammensank. Die Zigarre hatte mitten auf dem Tattoo ein tiefes Brandloch hinterlassen.

»Schafft den Scheißkerl aus meinem Büro!«

*

L.T. betrat das Zimmer. Benjamin saß auf dem Bett und blickte zu ihm auf. Die letzte halbe Stunde war die längste seines Lebens gewesen. L.T. sagte zu Jan, er solle auf den Flur gehen, damit er in Ruhe mit Benjamin reden könne. Er setzte sich neben ihn aufs Bett. Sein Hemd roch schwach nach Rauch und etwas anderem, das Benjamin nicht identifizieren konnte.

»Løvengren will dich rausschmeißen. Auf der Stelle. So ist das eben, Benjamin, wenn man sich nicht an die vereinbarten Regeln hält. An den Vertrag, den du selbst unterschrieben hast.«

Die Worte trafen Benjamin wie ein Vorschlaghammer. Er wollte eigentlich sagen, dass Bjarne ihn mitgeschleppt habe. Ihm befohlen habe, ihn zu begleiten. Doch er brachte keinen Ton heraus.

»Ich habe mich bei Løvengren persönlich dafür eingesetzt, dass du bleiben darfst. Darum haben wir beschlossen, dir eine letzte Chance zu geben. Aber die kannst du nur nutzen, Benjamin, wenn du optimalen Einsatz zeigst. Sonst stehe ich selbst ziemlich dumm da. Das verstehst du doch, oder?«

Er nickte eifrig. »Ich verspreche, dass ich dich nicht enttäuschen werde.«

»Ausgezeichnet«, entgegnete L.T. und wünschte ihm eine gute Nacht.

»Du wirst deinen Schlaf brauchen, wenn du überhaupt eine Chance haben willst.«

29

Jemand hämmerte an Katrines Tür. Sie blickte erschrocken von der Zeitung auf. Es war kurz nach elf Uhr vormittags. Sie ging auf den Flur und öffnete.

»Ach, du bist's«, sagte sie.

»Bist du allein?«, fragte Saajid und blickte ihr über die Schulter.

»Natürlich. Man sollte fast meinen, dass ich die Pest habe, so wie ich gemieden werde.«

»Wahrscheinlich glauben die Leute, dass du die Wohnung immer noch voller Bullen hast.«

Sie ließ die Tür offen stehen und ging ins Wohnzimmer zurück. Saajid folgte ihr.

»Kaffee ist in der Küche, wenn du magst«, sagte sie und setzte sich.

Saajid schüttelte den Kopf. »Wir vermissen dich beim Mittwochstraining.«

»Wirklich?«

»Na klar. Das ist auch deine Mannschaft.«

Sie zuckte die Schultern. »Ich war vollauf damit beschäftigt, mein Auto zu löschen, nachdem es jemand abgefackelt hat.«

Saajid setzte sich ihr gegenüber. Seine Jacke behielt er an. »Das kommt davon, wenn man so was tut.«

»*So was?* Was habe ich denn getan?«

»Viele trauen dir nicht mehr, seit sie gesehen haben, wie du Faris festgenommen hast. Es geht das Gerücht um, dass du das Viertel ausspioniert hast. Dass die Bullen deine Wohnung dazu benutzt haben.«

»Guckst du überhaupt mal in die Zeitung?« Sie drehte ihm die Zeitung zu, die auf dem Tisch lag und zeigte auf die Titelseite. Dort waren die Bilder der Festgenommenen zu sehen, ergänzt durch die Schlagzeile, dass sie gestanden hätten. »Was ich getan habe, hätten *alle* tun sollen.«

Er schüttelte den Kopf.

»Ich habe dich verteidigt, verdammt!«, sagte er. »Habe immer erklärt, dass du okay bist, obwohl du bei den Bullen warst.«

»Worum ich dich nicht gebeten habe. Das ist mein Viertel. Ich wohne hier schon länger als ihr.«

»Was soll das heißen, als *ihr*?« Saajid verschränkte die Arme. »Hast du mich etwa auch bespitzeln lassen?«

Sie starrte ihn fassungslos an. »Aber natürlich, Saajid. Weil du verdammt interessant bist mit deinen Seitensprüngen und deiner Schwarzarbeit.«

»Ich arbeite nicht schwarz«, murmelte er. »Bist du dir darüber im Klaren, wie viele Unschuldige *ihr* schon festgenommen habt? Für wie viel Unfrieden ihr gesorgt habt? Ganz zu schweigen von all den rassistischen Übergriffen.«

»Du hörst dich an wie dieser Imam im Fernsehen, wie heißt er noch gleich … Ebrahim? Den alle Journalisten immer so gern zitieren. Aber ihr vergesst beide, wer das alles hier begonnen hat. Ihr vergesst, dass wegen Faris dreiundzwanzig Menschen ums Leben gekommen sind und dass weitere Anschläge folgen sollten.«

Saajid schüttelte betrübt den Kopf und senkte den Blick. »Nein, das tun wir nicht. Aber im Gegensatz zu

253

euch, zu *dir*, wissen wir, was es heißt, unterdrückt zu werden.« Er streifte seine Adidas-Kapuze ab. »Meine Eltern, mein Onkel und mein Großvater wurden mitten in der Nacht von der Sicherheitspolizei abgeholt. Weil *irgendjemand* sie angezeigt hat. Sie wurden nie vor Gericht gestellt und bekamen auch keinen Anwalt. Meine Mutter war die Einzige, die ihre Gefängniszeit überlebt hat.«

»Das kannst du nicht vergleichen. So etwas geschieht in Dänemark nicht.«

»Ausweisungen ohne Gerichtsverhandlung? Rund um die Uhr Patrouillen in den Ausländervierteln? Massenfestnahmen bei genehmigten Demonstrationen? Heimliche Bespitzelung durch V-Leute? Glaub mir, ihr seid auf dem besten Weg.«

Er stand auf und zog sich wieder die Kapuze über den Kopf. Er lächelte sie traurig an. »Wie gesagt, wir vermissen dich beim Training, Schwester.«

*

Katrine zog sich den Kapuzenpullover über den Kopf. Ein kalter Wind fegte über den dunklen Parkplatz. Auf der anderen Seite, bei der Ladenzeile, leuchtete die kühle Neonanzeige von Alis Kiosk.

Sie überquerte den Platz und ging zu dem kleinen Laden. Darin roch es nach Pfeifentabak und Süßigkeiten. Katrine trat an die Ladentheke, wo ein Mann mittleren Alters stand und mit lauter Stimme in sein Handy sprach. Er warf Katrine einen kurzen Blick zu, und sie bestellte ihre Zigaretten. Er nahm mürrisch das Geld entgegen und ließ sich viel Zeit mit dem Wechselgeld. Sie wartete nicht darauf, sondern machte, das sie möglichst schnell wieder aus der Tür kam. Die Scheinwer-

254

fer des Autos, das in diesem Moment auf den Parkplatz schwenkte, blendeten sie. Sie hielt sich die Hand vor die Augen, ehe sie dem Treppenaufgang entgegenlief. Sie dachte an das Gespräch mit Saajid. Der war immer so verdammt verständnisvoll seinen eigenen Leuten gegenüber, dass es manchmal zum Kotzen war. Doch sie freute sich über seine Einladung, weil sie die Bewegung vermisste. Das Basketballspiel mit den Jungs. Katrine schloss die Tür zum Treppenhaus auf und trat ein. Aus dem Augenwinkel heraus sah sie, wie sich zwei Schatten aus dem Dunkel lösten.

Der in weitem Bogen ausgeführte Fußtritt traf sie am Kiefer und warf sie zu Boden. Im Fallen spürte sie den Schlag gegen ihren Hinterkopf. Dann wurde alles dunkel.

Als sie zu sich kam, schmeckte sie Blut. Jemand riss ihr die Hose herunter, und sie spürte den kalten Zement an ihrem nackten Po. Sie hatten sie zum Kellereingang geschleift. Drei oder vier Männer ragten vor ihr auf. Sie konnte sie im Dunkeln nur unscharf erkennen. Ein Schlag traf sie im Gesicht. Dann noch einer.

»Haltet sie fest«, hörte sie einen der Männer mit ausländischem Akzent.

Ihre Arme wurden ihr über den Kopf nach hinten gerissen. Zwei Füße stemmten sich gegen ihre Schultern, um sie festzuhalten. Ein weiterer Schlag traf sie im Gesicht. Ein Backenzahn brach.

Hände griffen nach einem ihrer Beine. Sie versuchte zu treten, aber es gelang ihr nicht. Dann wurde ihr anderes Bein auf dem Boden fixiert. Ihre Kniescheibe schmerzte, als sie versuchte freizukommen. Es waren zu viele. Sie waren zu stark. Über sich hörte sie, wie ein Gürtel aus den Schlaufen gezogen und ein Reißverschluss geöffnet wurde.

»Fick die Schlampe, die uns verpfiffen hat!«

Ihre Beine wurden auseinandergepresst. Sie spürte die Schwere des Mannes, der sich zwischen ihre Beine drängte. Er stank nach Schweiß und billigem Haargel. Ein verdammter Scheißkerl, der sie vergewaltigen wollte. Sie spürte seinen steifen Schwanz an ihrem Oberschenkel. Sie legte den Kopf zurück und spannte ihren Körper an.

»Shit … ihr gefällt's.«

Mehr konnte er nicht sagen, ehe sie ihre Stirn mit voller Wucht gegen seine Nase und seinen Oberkiefer rammte, der knirschend nachgab. Er schrie auf und rollte sich unverrichteter Dinge zur Seite. Fasste sich ins Gesicht. Ein paar abgebrochene Zähne lagen auf dem Boden.

Am anderen Ende des langen Kellergangs wurde das Licht angeschaltet. Stimmen näherten sich.

Ihre Arme wurden losgelassen. Sie rollte sich zusammen und entging einem Fußtritt.

»Wir bringen dich um!«, rief einer von ihnen. Sie liefen in die dem Licht entgegengesetzte Richtung davon.

Dann hörte sie rasche Schritte auf sich zukommen und setzte sich benommen auf. Ihr war speiübel.

»Was ist passiert?«

Sie konnte nur noch auf einem Auge sehen. Ein Ehepaar beugte sich über sie. Sie tastete nach ihrer Hose, die auf dem Boden lag. Die Frau ging neben ihr in die Knie, nahm ihre Hose und bedeckte damit ihre Scham.

»Rashed, ruf einen Krankenwagen«, sagte sie.

30

Storm blickte Faris direkt in seine dunklen Augen. Nur sie beide waren im Vernehmungsraum. Das Summen des Ventilators war das einzige Geräusch, das zu hören war. Faris senkte den Kopf. Storm schlug leicht auf den Dokumentenstapel, der vor ihm auf dem Tisch lag.

»Zwölfhundert Seiten Untersuchungsergebnisse, und wir haben gerade erst angefangen. Über zweihundert Mitarbeiter aus verschiedenen Abteilungen sind mit Ihrem Fall beschäftigt. Wegen Ihnen machen die alle Überstunden.«

Faris zuckte die Schultern.

»Warum haben Sie mich angelogen?«

Faris schaute ihn verblüfft an. »Was meinen Sie? Ich habe nicht gelogen.«

»Ihr Handy. Und Hamzas Handy. Zur Zeit, als die Bombe explodierte, haben Sie beide Anrufe erhalten, aber draußen im Bregnehøjpark. Wie erklären Sie sich das?«

»Wir leihen die Handys oft aus. Am Kongens Nytorv haben wir andere benutzt. Außerdem wechsle ich mein Handy acht- bis zehnmal im Monat aus.« Er zeigte auf Storm. »Sie zwingen mich ja dazu.«

»Und was ist mit Hamzas Scheckkarte? Hat er die auch verliehen? Sie wurde in …« Er warf einen Blick in seine Unterlagen. »Alis Kiosk benutzt.«

»Hamza ist ein großzügiger Mensch.«

257

»Das Auto, das Sie benutzt haben, wurde in Lettland gestohlen. Waren Sie in letzter Zeit in Lettland?«

»Wir haben das Auto in Vanløse gestohlen. Natürlich habe ich das ausländische Nummernschild gesehen.« Er zuckte die Schultern. »Wir haben eben ein Auto gestohlen, das vorher schon gestohlen war. Gibt das Strafminderung?« Er lächelte.

Storm warf ihm einen kühlen Blick zu. »Sie haben gesagt, dass Sie die Bombe von der anderen Seite des Platzes aus gezündet haben, an der Tordenskjoldgade. Er nahm einige vergrößerte Fotos zur Hand, die von Überwachungskameras stammten, und legte sie vor Faris auf den Tisch. »Wo haben Sie ungefähr gestanden?«

Faris beugte sich vor und betrachtete die Fotos. »Vielleicht waren wir auch woanders. Ich glaube, wir standen hinter dem Magasin. Es war ein sehr chaotischer Tag.«

Storm sammelte die Fotos wieder ein. »Erzählen Sie mir von dem Treffen mit Badr Udeen.«

»Wir haben ihn nicht getroffen.«

»Ich weiß, dass Sie ihn getroffen haben. Im Umkleideraum der Korsgade-Halle, in der Sie alle gewartet haben.«

Faris starrte auf den Tisch und ballte die Hände. »Seine Heiligkeit hat nichts mit dieser Sache zu tun. Wir haben auf eigene Initiative gehandelt.«

»Das kann ich mir nicht vorstellen. Bei all den Widersprüchen in Ihrer Aussage.« Er stand vom Tisch auf und krempelte seine Ärmel auf. »In allen islamistischen Chat-Foren wird über Ihre Aktion diskutiert, werden Sie alle als große Helden bezeichnet. Als *Schneeleoparden*«, fügte er hinzu und breitete die Arme aus. »Ich bin mir sicher, dass diese Leute schrecklich enttäuscht sein werden, wenn Sie herausfinden, dass Sie gar nichts mit dem Anschlag zu tun haben.«

»Sie können mir glauben, dass wir das waren.«

Storm schaute ihn zweifelnd an.

Faris schluckte. »Sie haben recht. Wir haben uns mit Mullah Badr Udeen getroffen. Auf meinem Computer befinden sich E-Mails, die das bestätigen.«

»Unsere Techniker haben die meisten schon dechiffriert. Glückwünsche, die Beschreibung der Bombe, das neue Anschlagsziel, alles haben wir dort gefunden. Sie bestätigen jetzt also, dass Sie mit Badr Udeen kommuniziert haben? Dass er Sie zum Terror aufgefordert hat?«

»Ja.«

Als Storm den Vernehmungsraum verließ, lief er Palsby über den Weg, der im Nebenraum gesessen und alles mitangehört hatte. Er klopfte Storm auf die Schulter.

»Fantastisch. Mit Faris' Geständnis können wir Anklage erheben und einen internationalen Haftbefehl gegen Badr Udeen erlassen.«

»Haben Sie nicht gemerkt, wie widersprüchlich Faris' Aussage war? Ich bin ganz und gar nicht davon überzeugt, dass sie hinter dem Anschlag stehen. Vielleicht waren es Udeens eigene Leute.«

Palsby schüttelte den Kopf. »Das sind doch alles Spekulationen. Tatsache ist, dass wir Farouks Geständnis haben. Kleine Unstimmigkeiten tun da nichts zur Sache. Jetzt haben wir Badr Udeen in der Hand.« Er wiegte lächelnd den Kopf. »Das ist wirklich eine große Sache.«

Palsby zwinkerte ihm zu und ging den Flur hinunter, dem Büro des Polizeidirektors entgegen.

*

Kampmann kniff die Augen zusammen und sah Storm, der am Ende des Konferenztischs saß, durchdringend an. »Geht es hier im Grunde um Ihren alten Fall?«

»Welchen alten Fall?«

»Na, um diese Briefbombe gegen den Leninistischen Arbeiterbund im Jahr 2004. War es nicht der Kassierer, der getötet wurde?«

Storm schüttelte den Kopf. »Ich weiß nicht, worauf Sie hinauswollen. Aber ich kann Ihnen versichern, dass ich mich von alten Fällen nicht beeinflussen lasse.«

Kampmann lächelte versöhnlich. »Schon gut, ich kenne dieses Gefühl sehr genau. Es quält Sie nach wie vor, dass Sie den Attentäter nie dingfest machen konnten. Aber das darf Ihre Urteilsfähigkeit im gegenwärtigen Fall nicht beeinträchtigen.«

»Es geht hier überhaupt nicht um diese alte Sache.« Kampmanns Küchenpsychologie nervte ihn. »Es geht ganz einfach darum, dass die Leute, die wir festgenommen haben, möglicherweise nichts mit dem Bombenattentat am Kongens Nytorv zu tun haben. Was wiederum bedeutet, dass die wahren Täter immer noch frei herumlaufen und vielleicht schon den nächsten Anschlag planen.«

Kampmann lachte glucksend.

»Was?«

»Nikolaj! Es wird immer genug Bedrohungen geben, ganz gleich, was wir tun. Davon leben wir ja schließlich. Das ist Ihr und mein täglich Brot. Ständig auf der Hut sein zu müssen. Immerzu nach möglichen Gefährdungen Ausschau zu halten. Die öffentliche Sicherheit zu gewährleisten, wie wir es in den Fällen am Glasvej, in Vollsmose und nun im Bregnehøjpark getan haben. *A job well done*, wie sie auf der anderen Seite des großen

Teichs sagen. Sie bilden sich doch nicht etwa ein, dass nach diesem Fall Ruhe einkehren wird? Dann wären Sie wirklich ganz schön naiv.«

»Ja, das bin ich vielleicht. Aber wir sind schließlich verpflichtet, jede einzelne Aussage zu überprüfen. Ein Geständnis allein reicht nicht. Auch wenn ihre Aussagen eine so hochrangige Figur wie Badr Udeen belasten.«

Kampmann warf ihm einen finsteren Blick zu. »Vielen Personen – nein, lassen Sie mich das präzisieren! –, vielen *wichtigen* Personen in unserer Behörde würde das vollkommen ausreichen. Dass Sie Palsby Badr Udeen auf dem Silbertablett servieren, ist nicht nur in diesem Fall, sondern für uns alle eine große Sache. Auch für Sie, Nikolaj! Sie sollten lernen, Ihre Erfolge zu genießen, statt sich wie ein mürrischer alter Kommissar mit Magengeschwür aufzuführen. Moderne Polizeiarbeit hat zu einem erheblichen Teil mit Politik zu tun.«

»Mit Politik?«

»Ganz genau. Wir haben es hier ja nicht auf unbescholtene Bürger abgesehen. Wir nutzen nur entschlossen unsere Ressourcen, das ist alles.«

»Wenn Sie die Ermittlungen so leiten wollen, dann müssen Sie mich davon abziehen.«

Kampmanns Augen wurden schmal. »Man läuft nicht einfach davon, Nikolaj.«

»Das habe ich auch nicht gesagt …«

Kampmann hob die Hand und fiel ihm ins Wort. »Ich schreibe Ihnen nicht vor, wie Sie Ihre Ermittlungen führen sollen. Das überlasse ich vollkommen Ihnen. Ich beschreibe nur die Situation. Welche Resultate erwünscht sind. Was von einem *Abteilungsleiter* erwartet wird. Wir haben, wie gesagt, nicht genügend Ressourcen, um jeden einzelnen Stein umzudrehen. Als *Sicherheitsbehörde* sind wir in erster Linie dafür verantwortlich, dass die Bürger unseres Landes nachts ruhig schlafen können. Alles andere ist zweitrangig. Wenn wir zu viel in den Rückspiegel schauen, dann kollidieren wir mit dem, was vor uns liegt.«

Auf dem Heimweg dachte Storm über Kampmanns Worte nach. Natürlich hatte er recht. Die Ermittlungen hatten sämtliche Abteilungen an die Grenzen ihrer Kapazität gebracht. Unter der aufgestauten Arbeit würden sie das nächste halbe Jahr zu leiden haben. Was sollten sie tun, wenn sie sich morgen oder übermorgen einer konkreten Gefahr gegenübersahen? Die operative Einheit bestand nur noch aus einem Haufen ausgebrannter Agenten. Er musste diesen Fall möglichst schnell abschließen, ob es nun Widersprüche in den Aussagen der Inhaftierten gab oder nicht. Faris hatte ihnen doch die meisten Fragen beantwortet, wenn auch die Beweislage ein wenig dünn war. Sie mussten jetzt die Schuldigen präsentieren, mochte es sich auch um Sündenböcke handeln. So war nun mal die Realität, ob ihm das gefiel oder nicht.

Sein Handy meldete sich. Es war Niels. »Ich hab schlechte Nachrichten. Katrine Bergman ist gestern überfallen worden.«

»Wie geht es ihr?«

»Sie liegt auf der Intensivstation.«

»Wo?«

»Im Herlev-Hospital.«

Storm beendete das Gespräch und nahm die nächste Ausfahrt. Dann folgte er der Hauptstraße, bis das Krankenhausgebäude vor ihm in Sicht kam.

31

In Halle B standen die Valhal-Anwärter in einer Reihe und lauschten Løvengrens Ansprache. Benjamins schwarzes T-Shirt war völlig durchgeschwitzt. Endlich hatte er den VIP-Fahrtest bestanden. Nur ein einziges Mal war er in die aufgestapelten Traktorreifen gefahren und danach fehlerfrei geblieben. Es war die schwächste Leistung aller Teilnehmer gewesen, doch Benjamin kümmerte das nicht, solange er nur bestanden hatte. Dafür hatte er sich in allen anderen Disziplinen ausgezeichnet und war von L.T. ausdrücklich gelobt worden.

Løvengren sagte den Anwärtern, wie stolz er auf sie sei, dass sie sich allen Widrigkeiten zu Trotz bis zum Ende durchgekämpft und den Kurs bestanden hätten. Ab sofort gehörten sie der Elite an, und er sei sich ganz sicher, dass sie nun jeder Gefahrensituation in einem Konfliktgebiet gewachsen wären. Ein Job in den meisten Sicherheitsfirmen sei ihnen sicher, und ganz gleich, wo sie eine Arbeit fänden, würden sie dort einen erstklassigen Eindruck machen.

»Doch ihr seid hier bei Valhal. Und wir dulden nur echte Wikingerkrieger an unserem Tisch.« Er schaute sie streng an. »Darum bieten wir euch eine abschließende Prüfung an, die darüber entscheidet, ob ihr in unseren erlesenen Kreis aufgenommen werdet. Ob ihr euch mit diesen Männern messen könnt.« Er zeigte auf die versammelten Ausbilder, die keine Miene verzogen.

263

»Niemand ist gezwungen, diese Prüfung abzulegen. Wer lieber darauf verzichten möchte, von dem verabschieden wir uns jetzt als gute Freunde. Denen jedoch, die sich der Prüfung stellen werden, kann ich nur viel Glück wünschen. Denn diese Prüfung wird euch alles abverlangen, sowohl in physischer als auch in psychischer Hinsicht.«

Benjamin spürte Løvengrens Blick auf sich und wandte den Kopf ab.

»Wir werden euch einem Test unterziehen, den auch die amerikanischen Spezialeinheiten durchlaufen. Er simuliert eine Situation, in der euch der Feind als Geiseln genommen hat. Der Test verfolgt zwei Ziele. Zum einen soll er euch eine konkrete Vorstellung von der Gefahr vermitteln, die unser ständiger Begleiter ist. Doch vor allem geht es darum, eure psychische Belastbarkeit zu testen, zu sehen, was ihr aushaltet, ehe ihr zusammenbrecht. Denn früher oder später *werdet* ihr zusammenbrechen.«

Benjamin warf den anderen einen verstohlenen Blick zu. Sie schienen genauso angespannt zu sein wie er.

»Das Codewort, das die Geiselnehmer aus euch herauspressen wollen, heißt *Kopenhagen*. Wenn ihr dieses Wort sagt, ist der Test vorbei. Dann hat der Feind gewonnen. Wie lange ihr durchhaltet und wie ihr das Verhör meistert, wird darüber entscheiden, ob ihr den Test besteht oder nicht. Noch Fragen?«

»Nein!«, riefen die Anwärter im Chor.

»Will noch jemand aussteigen?«

Løvengren schaute in die Runde. Niemand ließ auch nur im Ansatz erkennen, dass er ihre Gruppe verlassen wollte.

Løvengren lächelte. »Dann schlage ich vor, dass sich jetzt alle zu Bett begeben und sich morgen früh um sieben hier einfinden. Hals- und Beinbruch«, fügte er hinzu, ehe er die Halle verließ.

Am Abend redeten die Anwärter nicht viel miteinander. Manche vertrieben sich die Zeit an der Playstation, die meisten legten sich jedoch früh hin, um für den morgigen Tag fit zu sein.

»Vielleicht machen die Waterboarding mit uns«, sagte Jan.

Benjamin schüttelte den Kopf. »Das ist illegal.«

»Du vergisst, wer sie sind«, entgegnete Jan. »Das sind Elitesoldaten. Wenn wir auch welche werden wollen, müssen wir jeder Art von Druck widerstehen können.«

Benjamin knabberte an seinen Nagelbetten.

Jan schaute ihn prüfend an. »Bereust du deine Entscheidung?«

Benjamin gab ihm einen freundschaftlichen Stoß. »Quatsch, ich werd's länger aushalten als du.«

Als Benjamin kurz darauf auf seinem Zimmer war, öffnete er seinen Schrank. Er ließ die Hand unter das mittlere Regalbrett gleiten und tastete nach seinem Pillenglas, das er dort festgeklebt hatte. Das Glas war verschwunden. Sein Herzschlag beschleunigte sich. Obwohl er sicher war, dass er es an keinem anderen Ort versteckt hatte, durchsuchte er den ganzen Schrank. Aber vergeblich. Vielleicht hatte Jan es genommen oder einer der anderen Jungs. Einer der Ausbilder konnte es nicht gewesen sein, sonst hätten sie ihn sofort rausgeschmissen. Vor allem nach der Episode mit Bjarne. Vielleicht hatte L.T. die Tabletten gefunden und an sich genommen, um ihm

265

zu helfen. Aber ohne die Tabletten war er geliefert. Er brauchte sie, um den Test zu bestehen.

Jan kam aus dem Waschraum zurück. »Was ist los? Du siehst ganz schön nervös aus.«

Benjamin schüttelte abwehrend den Kopf und legte sich ins Bett. Versuchte zur Ruhe zu kommen, aber das war nicht so einfach. Er *musste* den Test bestehen. Er durfte nicht durchfallen. Er wollte so hart wie Stein sein. So wie in Helmand, als es am allerschlimmsten war. Wie lange würde er so ein Verhör aushalten? Und was würden sie mit ihm anstellen? Wasserfolter? Waren sie wirklich dazu imstande? Er war sich nicht sicher, ob er überhaupt ein Auge zubekommen würde.

32

NUR LÜGEN WERDEN GEDRUCKT

Das Wort »Freiheit« wird von uns wie folgt definiert.
Freiheit heißt, das zu tun, was das Gesetz erlaubt.
Und da die Gesetze in unserer Macht liegen werden,
wird auch die Freiheit in unseren Händen sein. Auf
diese Weise wird auch die freie Presse gesteuert werden.
Die Zeit der Lügen der Ungläubigen ist vorbei.

KAPITEL XI: KONTROLLE DER PRESSE

Storm warf einen Blick in das Krankenzimmer, in dem Katrine im Bett lag und schlief. Er drehte sich um und sprach den zuständigen Krankenpfleger an, einen jungen Glatzkopf mit Hasenscharte, der ihm die Zimmernummer genannt hatte.

»Wie geht es ihr?«

»Ihr Zustand ist stabil«, antwortete er näselnd. »Aber wenn der Schlag auf den Hinterkopf nur ein wenig härter gewesen wäre, hätte das fatale Folgen gehabt.«

Storm nickte und betrat das Krankenzimmer. Der Krankenpfleger ließ sie allein.

Der Anblick, der sich ihm bot, war kein schöner. Katrines Gesicht war geschwollen und dort, wo sie die Schläge getroffen hatten, lila verfärbt. Ihr eines Auge war geschlossen, die Wimpern schienen direkt aus der Wange herauszuwachsen. Ihre Oberlippe war gespalten und genäht worden. Ihre linke Kopfhälfte war geschoren worden und offenbarte die groben Stiche, mit denen die Kopfhaut zusammengeflickt worden war.

Katrine öffnete ihr unversehrtes Auge. »Mein Ritter ist gekommen«, sagte sie benommen. Sie hatten sie gegen die Schmerzen mit Morphium vollgepumpt.

Storm zog einen Stuhl heran und setzte sich neben das Bett.

»Wie geht es Ihnen?«, fragte er und kam sich ziemlich dumm vor.

Sie hob die Hand, was ihr offensichtlich Schmerzen bereitete. »Geht so.«

»Haben Sie gesehen, wer Sie überfallen hat?«

»Irgendwelche Scheißkerle, von denen das Viertel nur so wimmelt ... Ich habe schon eine Aussage gemacht und darum gebeten, nach einem Typen ohne Vorderzähne Ausschau zu halten.« Sie deutete auf die Wunde an ihrer Stirn, wo deutlich der Abdruck von Zähnen zu erkennen war. »Der Junge sieht jetzt auch nicht besonders gut aus.«

»Ich werde morgen ein Zeugenschutzprogramm in die Wege leiten. Damit Sie in Zukunft in Sicherheit sind.«

Sie schüttelte den Kopf, was ihr ebenfalls Schmerzen bereitete. »Ich will nirgends hin.«

»Aber Sie sind da draußen nicht mehr sicher ...«

»*Da draußen* ist aber mein Zuhause. Dort bin ich aufgewachsen, und wenn dort irgendjemand was gegen mich hat, selber schuld! Nächstes Mal werde ich eben besser aufpassen.«

Storm lächelte verhalten. »Okay, aber sagen Sie mir Bescheid, wenn ich etwas für Sie tun kann.«

Sie nickte. Auch das bereitete ihr Schmerzen.

»Sind Sie sicher, dass der Überfall etwas mit Ihrem Engagement für uns zu tun hat?« Er kannte bereits die Antwort.

»Ich bin sicher, dass die eine ganz bestimmte Meinung zu diesem Engagement hatten.« Sie versuchte zu lächeln.

Er wandte den Blick ab. »Es tut mir wirklich sehr leid, dass ich Sie zu einer Zusammenarbeit überredet habe. Und dass wir Sie nicht besser schützen konnten.«

»Das konnte doch niemand voraussehen. Aber ich habe gewusst, auf was ich mich einlasse.«

»Wie Sie wissen, ist Palsby in die Sache involviert. Vielleicht lässt sich hinsichtlich Ihrer Revision da etwas machen. Vielleicht könnte ich ihn dazu bringen, die Anklage fallen zu lassen.«

»Lassen Sie die Mitleidstour, Nikolaj. Die bereitet mir nur Übelkeit, und ich muss schon wegen meiner Gehirnerschütterung dauernd kotzen. Erzählen Sie mir lieber, wie es mit den Ermittlungen vorangeht.«

»Was das betrifft, sollten Sie sich keine Sorgen machen.«

»Ich finde, ich habe eine richtige Antwort verdient.«

Er atmete tief durch.

»Die Zeitungen berichten jedenfalls von ständig neuen Geständnissen. Irgendwas müssen Sie ja anscheinend richtig machen.«

Er erzählte ihr in aller Kürze von den Geständnissen der Inhaftierten, die nicht hundertprozentig mit den technischen Beweisen übereinstimmten. Und von der Führungsetage des Geheimdienstes, die den Fall zu gern abschließen würde, zumal die gewünschten Ergebnisse vorlagen.

Katrine nickte. »Als Ermittler klärt man nie alle Details eines Verbrechens auf. Ein paar offene Fragen bleiben doch oft bestehen. Zeugen, die sich nicht mehr genau erinnern können und so weiter. Schlampige Laborbefunde, unzuverlässige Kollegen …«

»Das weiß ich, aber in diesem Fall ist das etwas anderes.«

»Weil Sie dazu genötigt werden, die Ermittlungen einzustellen?«

Er biss sich auf die Lippe. »Es ist nicht nur das …«

»Sie wollen einfach die Wahrheit herausfinden?«

Er zuckte die Schultern. »So was in der Art, ja.«

»Dann sollten Sie sich eine einzige Frage stellen.«

»Welche?«

Katrine strecke die Hand nach dem Wasserglas aus. Sie verzog das Gesicht vor Anstrengung. Storm nahm das Glas und gab es ihr. »Danke«, sagte sie und trank in kleinen Schlucken. Dann stellte er das Glas auf den Nachttisch zurück. Sie schloss die Augen.

»Was für eine Frage sollte ich mir stellen?«

»Ob Sie bereit sind, den Preis zu bezahlen. Ob Sie bereit sind, den Weg bis zum Ende zu gehen.«

»Ich habe nicht vor, Gesetze zu brechen und Geständnisse aus Leuten herauszuprügeln, wenn Sie das meinen.«

Sie lächelte.

»Im Gegensatz zu dem, was viele Leute glauben, habe ich die meisten Fälle auf sehr friedliche Art gelöst.«

»Entschuldigung, so habe ich das nicht gemeint.«

»Gibt es mehrere Festnahmen, muss man als Ermittler auf das richtige Pferd setzen. Wenn einem das gelingt, dann stürzt das Kartenhaus binnen kurzer Zeit in sich zusammen.«

Storm beugte sich vor. »Ihr Motiv war Terror. Sie wollten zu Märtyrern werden. Meinen Sie etwa, ich sollte den größten Märtyrer unter ihnen suchen?«

»Nicht unbedingt. Das Märtyrertum mag ihr Motiv für die Tat gewesen sein. Aber die Situation hat sich geändert. Jetzt müssen sie mit ihrem Verbrechen leben. Müssen es vor sich selbst rechtfertigen. Müssen ihrem eigenen Moralkodex gerecht werden, so verworren der auch sein mag.«

»Und wenn ich mich entscheiden müsste, auf welchen der drei Verdächtigen ich mich konzentriere …«

»Keine Ahnung. *Ich* habe die Vernehmungen ja nicht geführt.«

Sie schloss die Augen und döste vor sich hin. Storm blickte aus dem Fenster; die Autoscheinwerfer auf der Umgehungsstraße sahen aus wie eine glühende Schlange. Er wandte sich wieder an Katrine. »Bereuen Sie manchmal, dass Sie den pädophilen Täter damals attackiert haben?«

»Die Antwort wird Ihnen nicht gefallen, Nikolaj«, sagte sie mit geschlossenen Augen.

»Versuchen Sie es.«

»Man kann vor seiner Vergangenheit nicht davonlaufen.« Sie zeigte auf ihr geschundenes Gesicht. »Obwohl ich immer noch hier wohne, habe ich mich weit von dem Viertel entfernt, in dem ich aufgewachsen bin. Doch ein Rest ist geblieben. Ich kann nachvollziehen, warum die Arschlöcher sich an mir rächen wollten, und sie wissen genau, dass es Konsequenzen haben wird, wenn ich sie eines Tages in die Finger kriege. So läuft das eben.«

Storm wunderte sich über ihren Zynismus und war zugleich beeindruckt davon, wie gefasst sie sich gab.

271

»Wie ich vorhin gesagt habe, wir alle folgen unserem eigenen Moralkodex, wie verworren der auch sein mag.«

*

Mitternacht war längst vorüber. Der glatzköpfige Krankenpfleger stand in dem kleinen Raum, in dem sich die Pizzakartons stapelten, und telefonierte. Durch den Türspalt konnte er Katrines Zimmer sehen, das schräg gegenüber auf der anderen Seite des Gangs lag. Storm saß immer noch an ihrem Bett.

»Er ist schon seit ein paar Stunden da«, sagte er.

»Und worüber haben sie gesprochen?«, fragte die metallische Stimme am anderen Ende der Leitung.

»Vor allem über den Angriff auf sie, aber auch über das Bombenattentat.«

»Wie ist der Ton zwischen ihnen? Macht sie ihm Vorwürfe?«

»Im Gegenteil. Ich würde sagen, der Ton ist vertraut, freundschaftlich.«

»Ist sie außer Lebensgefahr? Wird sie *überleben?*«

Die Betonung des Wortes ließ den Krankenpfleger blinzeln. »Sie wird keine bleibenden Schäden davontragen. Aber ob sie die Zeit im Krankenhaus überlebt, liegt an uns.«

Seine Hand glitt in die Tasche seines Kittels und umfasste das Fläschchen mit der klaren Kaliumlösung.

»Danke, Morten. Dein Einsatz wird sehr geschätzt. Fürs Erste warten wir ab.«

Er ließ das Fläschchen in seiner Tasche wieder los. »Ich bin bereit«, entgegnete er mit glühendem Blick.

»Das weiß ich. Fürs Protokoll.«

»Fürs Protokoll.«

33

Um drei Uhr früh erschallte der erste Ruf. Im nächsten Augenblick wurde die Tür zu ihrem Zimmer aufgetreten. Die hellen Lichtkegel großer Taschenlampen fegten durch den Raum, bis sie die Gesichter von Jan und Benjamin fanden.

Benjamin versuchte sich mit einer Hand gegen das blendende Licht zu schützen. Im nächsten Augenblick wurde er herumgerissen, jemand rammte ihm das Knie in den Rücken. Sie fesselten ihm die Hände mit Plastikstrips auf dem Rücken und stülpten ihm eine Kapuze über den Kopf. Der Test hatte begonnen.

Mit auf dem Rücken gefesselten Händen und Kapuzen über den Köpfen wurden die nur mit ihrer Unterwäsche bekleideten Anwärter im strömenden Regen auf dem Innenhof zusammengetrieben. Um sie herum standen zwölf Männer in schwarzen Kampfanzügen und Sturmhauben, die ihnen in gebrochenem Englisch derbe Flüche und Beschimpfungen entgegenschleuderten.

Ein älteres Militärfahrzeug mit offener Ladefläche fuhr heran. Einer nach dem anderen wurden die Anwärter auf die Ladefläche verfrachtet, wo sie so dicht nebeneinander auf dem Bauch lagen, dass sie sich nicht rühren konnten.

Die Plastikfesseln schnitten schmerzhaft in Benjamins Handgelenke. Da er ganz außen lag, spürte er die kalte Stahlkante an seinen Rippen. Der eisige Regen prasselte auf sie herab. Die Kapuzen, die man ihnen über die Köpfe gezogen hatte, stanken nach Schimmel und Erbrochenem. Er wusste nicht, wer neben ihm lag und hysterisch schluchzte. Die Schwäche des anderen schien Benjamin Stärke zu verleihen. Sie würden ihn nicht kleinkriegen.

Der Lastwagen setzte sich in Bewegung. Seine harte Federung bewirkte, dass jede Unebenheit des Weges auf der Ladefläche wie ein Faustschlag zu spüren war, was den Anwärtern das Atmen fast unmöglich machte. Viele von ihnen beklagten sich, doch Benjamin nahm sich zusammen und verhielt sich ruhig.

Nach einer Weile hielt der Lastwagen an. Einer nach dem anderen wurde von der Ladefläche gehoben und an den Wegesrand gestellt. Dort bildeten die vor Kälte zitternden Anwärter eine lange Reihe. Einer der maskierten Männer zückte eine Pistole und spannte den Abzug.

Benjamin erkannte das metallische Geräusch sofort wieder. Dann hörte er ein infernalisches Krachen. Gefolgt vom Geräusch eines Körpers, der auf dem Boden aufschlug. Das konnte nicht sein! Das spielten sie ihnen nur vor! Doch ehe er weiterdenken konnte, ertönte der nächste Schuss, gefolgt vom dumpfen Aufschlagen eines weiteren Körpers. Die Schüsse näherten sich ihm. Er hörte seinen Nebenmann umfallen. Sein Herz raste. Er fühlte die Pistole, die an seine Stirn gehalten wurde, sowie den Luftdruck, der aus der Mündung entwich, als sie abgefeuert wurde. Im nächsten Augenblick wurden ihm die Beine unter dem Körper weggetreten.

Wieder waren Schüsse zu hören, während die Reihe abgeschritten wurde. Benjamin lag zitternd auf der Erde. Sie roch nach Humus, Schießpulver und Pisse. Erst jetzt nahm er die feuchte Wärme in seiner Unterhose wahr.

Die Anwärter wurden auf die Beine gezogen und in den Pferdestall des heruntergekommenen Bauernhauses geführt. Mit dem Gesicht nach unten mussten sie sich in die Boxen mit dem stinkenden, verfaulten Stroh legen.

Benjamin hörte einen Tumult in der Nebenbox, als einer der Anwärter geholt und aus dem Stall geführt wurde. Kurz darauf hörte man seine Schreie, die aus dem Hauptgebäude drangen. Alles wirkte vollkommen unwirklich. Benjamin dachte, dass sie die Schreie genauso fingiert haben mussten wie die Erschießungen. Mit dem einzigen Ziel, ihnen Angst zu machen. Kurz darauf wurde der nächste Anwärter geholt. Wieder waren Schreie zu hören. Dann war alles still.

Er wusste nicht, wie viel Zeit vergangen war. Vielleicht eine halbe, vielleicht eine volle Stunde. Er horchte nach den anderen, aber er schien inzwischen vollkommen allein zu sein. Vielleicht war das ein Teil seiner Aufgabe. Vielleicht sollte er sich freikämpfen. Doch wusste er nicht, wie er das anstellen sollte. Seine Hände waren immer noch stramm auf dem Rücken fixiert, und die am Hals zugeschnürte Kapuze nahm ihm jede Sicht. Das Einzige, was er hätte tun können, war, um Hilfe zu rufen, aber das wagte er nicht. Er war hungrig und durstig. Sein gesamter Körper schmerzte von der unbequemen Lage. Vielleicht hatten sie ihn vergessen …

Er hörte sich nähernde Stimmen. Er wurde hochgerissen und aus dem Stall geführt. Es fiel ihm schwer, ihnen ins Hauptgebäude zu folgen, weil seine Beine eingeschlafen waren.

Sie legten ihn auf einen Tisch.

»Wie lautet das Codewort?«, hörte er eine Stimme über sich.

Er versuchte vergeblich, die Stimme mit einem der Ausbilder in Verbindung zu bringen.

»Wie heißt das Codewort, Benjamin?«

Er schwieg. Spannte den Körper an und bereitete sich auf die Schläge vor, die kommen würden. Doch stattdessen packten sie ihn an den Fußgelenken, pressten ein Knie auf seine Brust und drückten seinen Kopf zurück. Er spürte, wie die Kapuze über seinem Kopf gestrafft wurde, sodass sie ganz eng an Nase und Mund anlag. Das eiskalte Wasser traf sein Gesicht und drang in seine Nase ein. Er schnappte nach Luft und spürte das Wasser in der Kehle. Sie wollten ihn ertränken! Er versuchte sich loszureißen, strampelte und schrie. Sie wollten ihn umbringen.

Es kam kein neues Wasser mehr.

»Wie lautet das Codewort, Benjamin?«

Durch den nassen Stoff hindurch schnappte er nach Luft.

»Sag uns jetzt das Codewort!«

Er blieb stumm.

Neues Wasser wurde ihm über den Kopf gegossen. Länger als zuvor. Das Wasser lief ihm in die Kehle und war auf dem Weg in die Lunge. Er erbrach sich und versuchte zugleich, nach Luft zu schnappen. Sein Körper verkrampfte sich. Er gab auf.

Sie hielten inne, worauf er ein wenig zu Atem kam.

»Kopen…hagen. Das Codewort lautet Kopenhagen.«

»Falsch, Benjamin!«

»Nein!«, schrie er. »Das Codewort ist Kopenhagen.«

»Du lügst. Deshalb musst du bestraft werden.«

Wieder schütteten sie ihm Wasser ins Gesicht. Diesmal so lange, bis ihm schwarz vor Augen wurde.

34

Die Krankenschwester fragte Katrine, ob sie ihr ein Taxi rufen sollten. Sie lehnte dankend ab. Ihre angespannte Finanzlage erlaubte nur eine Busfahrt. Ansonsten wäre es schön gewesen, nach Hause gefahren zu werden, um den neugierigen Blicken der Leute zu entkommen. Sie sah wie eine verwahrloste Bettlerin aus, als sie den Krankenhausflur entlangging. Ihren Kapuzenpullover hatte sie sich um den Kopf geschlungen, um ihr geschundenes Gesicht zu verbergen.

Ausgerechnet an diesem Tag schien mal wieder die Sonne, und sie blinzelte, als sie auf die Straße ins helle Tageslicht trat. Der Bus hielt auf der anderen Seite des Parkplatzes. Als sie sich gerade in Richtung Bushaltestelle in Bewegung setzen wollte, hörte sie eine Stimme:

»Katrine!«

Sie drehte halb den Kopf, worauf ihr sofort schwindelig wurde. Storm stand vor seiner geöffneten Wagentür. Sie ging auf ihn zu.

»Wie gut, Sie gesund wiederzusehen«, sagte er und gab ihr die Hand.

Sie brummte eine Entgegnung.

»Kann ich Sie mitnehmen?«

»Danke«, sagte sie und stieg ein.

Sie nahmen die Umgehungsstraße in Richtung Bregnehøjpark. Storm warf ihr verstohlene Blicke zu. Sie versuchte, sie zu ignorieren. Sie wollte nur nach Hause und ihre Ruhe haben.

»Ich brauche Ihre Hilfe«, sagte er schließlich.

»Wozu?«

»Ich habe über all das nachgedacht, was Sie über die Vernehmungen gesagt haben. Dass man den Richtigen unter den Verdächtigen finden muss und so weiter.«

»Das ist doch Allgemeinwissen.«

»Das glaube ich nicht. Sie haben ein besonderes Talent. Ihre Aufklärungsquote spricht für sich.«

»Wobei soll ich Ihnen helfen?«

»Bei den Vernehmungen.«

Sie wandte sich ihm zu. »Ich glaube, ich verstehe nicht ganz … Auf welche Weise?«

»Ich möchte, dass Sie bei der nächsten Vernehmung dabei sind. Sie findet heute um 14 Uhr statt, aber ich dachte, Sie wollen vorher vielleicht noch nach Hause und sich umziehen.«

Sie musste unwillkürlich kichern. »Ist das Ihr Ernst?«

»Schauen Sie mich an!« Er deutete auf sich. »Sehe ich etwa aus wie jemand, der auch nur einen Funken Humor besitzt?« Sein dunkelblaues Sakko, das Hemd und seine konservative Krawatte sprachen eine deutliche Sprache.

»Und was sagen Ihre Vorgesetzten dazu? Keine Einwände?«

»Die brauchen davon nichts zu wissen. Zumindest vorläufig nicht. Und die Ergebnisse werden jede nachträgliche Kritik hoffentlich im Keim ersticken.«

»Gewagtes Spiel«, entgegnete sie und wandte ihren Blick wieder der Straße zu. »Passen Sie auf, dass Sie die ganze Sache nicht zu persönlich nehmen.«

278

»Gibt es Fälle, die man nicht persönlich nehmen kann?«

Um Viertel vor zwei fuhren sie durch das Eingangstor des Polizeipräsidiums. Katrine hatte sich umgezogen. In ihrer Küche hatten sie gemeinsam eine Tasse Kaffee getrunken und die Vernehmungsstrategie festgelegt. Sie wollten mit Faris beginnen und mit Mustafa aufhören. Hoffentlich würden sie herausfinden, mit wem sie sich näher beschäftigen sollten. Aus wem sie die Wahrheit herauskriegen würden.

Sie meldeten sich im Vorzimmer. Tom wartete bereits und machte große Augen, als er Katrine sah. Sie lächelte ihn an.

»Katrine unterstützt mich bei den heutigen Vernehmungen«, erklärte Storm mit größter Selbstverständlichkeit.

»Aber ...«

Storm legte ihm die Hand auf die Schulter. »Tom, ich möchte gern, dass du die Vernehmungen mit den Technikern am Bildschirm verfolgst.«

»Ja ... natürlich.«

Damit wollte Storm sicherstellen, dass Tom bei ihnen blieb, statt unverzüglich zu Kampmann zu laufen.

Faris saß auf seinem Platz und blickte zu ihnen auf. Es dauerte ein wenig, bis er Katrine wiedererkannte. Er lächelte sie vielsagend an. »Oh, da hat dich aber jemand erwischt. Vielleicht jemand von den Brüdern?«

Sie ging nicht auf ihn ein und setzte sich neben Storm. Storm begann mit der Vernehmung und wollte zunächst, dass Faris seine Aussage vollständig wiederholte.

279

Faris ließ sich auf seinem Stuhl zurückfallen. »Ich habe meine Aussage schon tausendmal wiederholt. Reicht das nicht langsam?«

Storm lächelte. »Es gibt immer noch ein paar Details, die etwas unklar sind.«

Faris reckte resigniert die Arme in die Luft. Dann erzählte er ein weiteres Mal, wie er den anderen begegnet war, wie sie Mullah Udeen getroffen, den Sprengstoff besorgt und den Anschlag am Kongens Nytorv verübt hatten. Danach hatten sie eine weitere Aktion am Einkaufszentrum Fisketorvet geplant, sich Waffen, ein neues Fahrzeug und weiteren Sprengstoff besorgt. Es war Faris deutlich anzumerken, dass er es müde war, ein ums andere Mal dieselbe Geschichte zu erzählen. Storm erkundigte sich erneut nach dem Treffen mit Mullah Udeen, und Faris erklärte ein weiteres Mal, dass sie einen Großteil der Nacht damit verbracht hatten, in der Umkleide auf ihn zu warten.

Während der gesamten Vernehmung hörte Katrine schweigend zu. Faris verunsicherte dies offenbar, und er drehte sich schließlich zu ihr um. »Du sagst ja gar nichts.«

Sie warf ihm einen kühlen Blick zu, was ihn provozierte. »Du verhältst dich so still, wie es eine gute muslimische Frau tun soll. Wie schön, dass du etwas gelernt hast.«

»Sprichst du etwa von deiner eigenen Frau?«, fragte Katrine. »Entschuldigung, ich meine natürlich Exfrau.«

Faris' Augen blitzten. »Wir sind *nicht* geschieden.«

»Ihr wohnt doch nicht mehr zusammen. Das habt ihr nicht getan, seit sie einen anderen gefunden hat.«

Faris' sprang so heftig auf, dass er dabei den Stuhl umwarf.

»Ich habe sie rausgeworfen, weil sie sich gotteslästerlich gegen den Propheten geäußert hat.«

»Wenn du dich nicht hinsetzt, werde ich dafür sorgen, dass du an den Stuhl gekettet wirst, und glaub mir, ich habe noch sehr viele Fragen an dich«, sagte Katrine.

Faris murmelte ein paar arabische Flüche, während er den Stuhl aufrichtete und sich hinsetzte.

»Die skandinavische Zelle? Die Schneeleoparden? Sind das die Namen, die ihr euch gegeben habt? Und du behauptest, dass du der Anführer bist?«

Er warf ihr einen arroganten Blick zu. »Ich *bin* der Anführer.«

Sie schüttelte den Kopf. »Ich bin mir da nicht so sicher. Ich glaube eher, dass Hamza euer Anführer war und dass auch die Idee zu dem Anschlag von ihm kam. Er war es, der Kontakt zu Mullah Udeen aufgenommen hat, und er hat auch das Material für die Bombe besorgt.«

»Das ist nicht wahr …«

»Er war es doch auch, der dem Mullah geschrieben hat. Schließlich weiß er, wie ein Computer funktioniert und wie man Nachrichten verschlüsselt. Dass du davon keine Ahnung hast, konnten wir sehen, während wir deine Wohnung überwacht haben. Du kannst dir nur Pornos im Internet angucken, auch wenn die bei dir nicht viel in Bewegung setzen können.« Sie blickte ihm zwischen die Beine.

Faris' Hände krampften sich um die Tischplatte. Sein Gesicht war kupferrot angelaufen.

»Es war Hamza, der zusammen mit Jamaal das Feuer eröffnet hat. Selbst der kleine Mustafa hat Widerstand geleistet. Und was hast *du* gemacht? Bist wie eine Ratte in den Keller geflüchtet.«

281

»Sei ruhig!«, rief Faris, dem der Speichel aus dem Mund flog. »Halt dein verdammtes Maul!«

»Warum erzählst du uns nicht einfach die Wahrheit, Faris? Typen wie dich habe ich in meinem Leben oft genug kennengelernt. Typen, die sich immer hinter anderen Leuten verstecken. Die nichts anderes können, als Befehle entgegenzunehmen. Ihr seid nicht für das Bombenattentat am Kongens Nytorv verantwortlich.«

»Doch, das sind wir.«

»Unsinn. Badr Udeen hat euch gesagt, dass ihr die Verantwortung dafür übernehmen sollt.«

»Niemand hat uns gebeten, die Verantwortung zu übernehmen.«

»Komm schon, Faris. Du hast mit deinen kleinen Jungs doch nur Flugblätter verteilt. Mehr habt ihr nicht zustande gekriegt. Es waren Hamza, Jamaal und Mustafa, die unbedingt auch so ein Attentat verüben wollten, *nachdem* der Anschlag am Kongens Nytorv stattgefunden hatte.«

»Das ist nicht wahr.«

»Und ob das wahr ist. Warum warst du eigentlich dabei? Und warum waren all die Jungs in deinem Haus? Das verstehe ich nicht.« Sie kniff die Augen zusammen. »Deine Frau fickt einen anderen, und sobald sie aus der Tür ist, holst du dir eine Horde von kleinen Jungs ins Haus. Kleine Jungs, mit denen du dir Pornofilme anguckst.«

»Ich … ich …«

»Ich … ich … ich …«, äffte sie ihn nach. »Ich bin mir sicher, dass wir dich auch noch wegen Pädophilie drankriegen.« Sie schaute zu Storm hinüber. »Wie lautet die Formulierung? Nichtkoitaler Missbrauch von Minderjährigen?«

Storm nickte. »Ja, so lautet die Formulierung.«

Katrine schaute zu Faris zurück. »Na, da werden sich deine Knastkollegen aber freuen, wenn sie das erfahren.«

Faris warf sich über den Tisch. Katrine zuckte zurück und entging nur um Haaresbreite seinem Faustschlag. Im nächsten Augenblick stürmten drei Beamte zur Tür herein und warfen Faris zu Boden. Dann legten sie ihm Handschellen an.

Katrine stand auf und schaute auf ihn hinunter. »Ich denke, für heute sind wir fertig.«

»Na großartig, Katrine«, sagte Tom spöttisch, als sie sich auf dem Gang begegneten.

Katrine ignorierte ihn.

»Ich verstehe nicht, wozu das gut sein soll«, sagte Storm und schüttelte den Kopf. Er war sichtlich enttäuscht. »Warum haben Sie ihn so gedemütigt? Wir sind hier doch nicht in Abu Ghraib.«

»Tut mir leid, wenn der Ton etwas *zu* persönlich wurde. Aber Faris ist nicht derjenige, aus dem Sie die Wahrheit herauskriegen.«

»Und woher wissen wir das?«, fragte Tom.

»Nicht *wir*, Tom, denn du weißt wie üblich überhaupt nichts. Aber Faris wird hundertprozentig bei der Geschichte bleiben, die er uns schon hundertmal erzählt hat.«

»Warum?«, fragte Storm.

»Das Einzige, das Faris geblieben ist, ist der Respekt, der ihm in islamistischen Kreisen entgegengebracht wird, weil er den Terrorangriff am Kongens Nytorv gestanden hat. Und diesen Respekt will er bis zum Ende seines lächerlichen Lebens auskosten, das er größtenteils im Gefängnis verbringen wird. Im Augenblick ist er ein Held und bekommt all die Achtung und Bewunderung, nach der er sein Leben lang gelechzt hat. Warum sollte er riskieren, das sich das ändert? Ihr habt doch seine Reaktion gesehen, als ich gedroht habe, ihm diesen Respekt zu entziehen.«

»Was schlagen Sie vor?«

»Dass wir Faris vergessen. Und Jamaal ebenfalls, der ist aus demselben Holz geschnitzt.«

»Mustafa?«

Sie nickte. »Aber ich würde gerne mit ihm allein reden.«

Storm zögerte und sah sie beunruhigt an. »Sind Sie wirklich sicher, dass das eine gute Idee ist?«

Mustafa flezte mit dem Rücken zur Tür über dem Tisch. Er trug einen weißen Qamis und summte die Hymne der Märtyrer, wie er es auch getan hatte, als sie ihn am Bildschirm in Faris' Wohnzimmer beobachtet hatten. Sie ging um ihn herum und setzte sich ihm gegenüber. Träge schaute er zu ihr auf, verstummte und lehnte sich zurück. Dann wandte er den Kopf, um zu sehen, ob sie allein waren.

»Wo … wo sind die Beamten?«

»Nur ich bin hier, Mustafa.«

Sie beugte sich über den Tisch, worauf Mustafa mit seinem Stuhl nach hinten rückte.

»Ich … ich weiß genau, wer Sie sind. Ich habe über Sie … in der Zeitung gelesen. Sie haben auch Faris angegriffen … im Park.«

Er blickte prüfend zur Überwachungskamera hinauf,

die an der Decke befestigt war. »Ich möchte jetzt in meine Zelle zurückkehren. Sofort!«, rief er.

»Ganz ruhig, Mustafa. Es hört dich sowieso niemand«, log sie.

Er sprang auf und lief zur Tür. »Ich will in meine Zelle zurück!« Er hämmerte mit der Faust gegen die Metallplatte.

Katrine lehnte sich im Stuhl zurück und verschränkte die Arme. »Je eher du begreifst, dass ich die Einzige bin, mit der du reden kannst, umso besser. Niemand wird kommen, um dich zu retten, Mustafa. Dazu ist es schon lange zu spät.«

Mustafa schlug weiter gegen die Tür, bis ihm schließlich die Hände wehtaten. Er drehte sich zu Katrine um, während er sich die Handflächen rieb.

»Ich rede mit keiner Frau, die nicht verschleiert ist.«

»Dein Glück, Mustafa. Denn dort, wo du den Rest deines Lebens verbringen wirst, wird es nicht sehr viele Frauen geben.«

»Glauben Sie ja nicht, Sie könnten mir damit Angst machen, dass ich ins Gefängnis muss. Ich werde allen Versuchungen widerstehen, die der Prophet für mich ausersehen hat.«

»Ich will dir keine Angst machen, im Gegenteil.«

»Ich spreche nicht mit einer unreinen Frau, sparen Sie sich die Mühe.«

Katrine nickte leicht. »Du hast recht, Mustafa. Ich bin unrein. Ich trage keinen Schleier und bekenne mich zu keiner Religion. Ich trinke, rauche und ficke mit verheirateten Männern, sogar mit Muslimen.«

Er blinzelte. So genau hatte er das vermutlich nicht wissen wollen.

285

»In meiner Jugend war ich noch viel schlimmer. Da habe ich die anderen richtig fertiggemacht. Wir waren eine Gang, die das ganze Viertel beherrscht hat. Wir haben geklaut, was nicht niet- und nagelfest war, und ich habe sogar mal ein Haus in Brand gesteckt. Aber das ist eine andere Geschichte. Auch als Bulle habe ich manche Typen hart rangenommen, damit sie endlich auspacken. Ich lüge dich nicht an, Mustafa.« Sie zuckte die Schultern. »Obwohl ich sogar vor Gericht gelogen habe.«

Er schaute sie aufmerksam an. »Wirklich?«

Sie spürte, dass er von ihrer Aufrichtigkeit beeindruckt war.

»Ja, aber nur, weil ich meinen Arsch retten wollte.«

»Warum erzählen Sie mir das alles?«

»Weil ich mit all dem leben kann, was ich getan habe. Aber ich habe natürlich auch nicht deinen festen Glauben – den ich respektiere. Das tue ich wirklich.«

Er wollte sich nicht schmeicheln lassen, dennoch war ihm anzusehen, dass er den Kopf unwillkürlich ein bisschen höher trug.

»Die Frage ist, ob *du* mit der Lüge leben kannst.«

»Ich habe nicht gelogen«, entgegnete er hastig. »Ich habe von Anfang an die Wahrheit gesagt.«

Sie schüttelte den Kopf. »Ich weiß, dass du das nicht hast. Eure Versionen stimmen nicht mehr überein. Aber das meine ich nicht.«

Sie stand vom Stuhl auf und sah ihm direkt in die Augen. »Dass du uns *Ungläubige* anlügst und in die Irre führen willst, das verstehe ich voll und ganz.« Sie lächelte ihn an. »Aber … dass du ganz bewusst deinen Gott belogen hast und immer noch belügst, indem du die Ehre

286

für etwas beanspruchst, was du nicht getan hast, das verstehe ich nicht.«

»Tun Sie nicht so, als würden Sie was vom Islam verstehen.«

»Das tue ich auch nicht. Das überlasse ich anderen. Denjenigen, die dich im Internet loben und preisen, all die Mullahs und Imame, selbst die heiligen Krieger. Diejenigen, die wirklich Blut vergossen haben.«

Mustafa schoss die Röte ins Gesicht. Er wandte den Kopf ab. »Ich … ich … sage die Wahrheit.!

»Sei ehrlich. Denn Ehrlichkeit führt zu Güte, und Güte führt ins Paradies. Hüte dich vor Falschheit. Denn Falschheit führt zu Unmoral, und Unmoral führt in die Hölle. Sind das nicht die Worte des Propheten?« Sie war gut vorbereitet und kannte den genauen Wortlaut.

Mustafa ließ sich auf den Stuhl sinken und verbarg das Gesicht in den Händen.

»Du sagst, dass du bereit bist, ins Gefängnis zu gehen. Aber bist du auch bereit, in die Hölle zu fahren?«

Ein Schluchzen drang aus seiner Kehle.

»Und warum, Mustafa? Für einen Mullah, der euch aufgefordert hat zu lügen? Das ist doch keine *Gerechtigkeit.*«

Mustafa blickte zu ihr auf. Sein Gesicht war verweint. »Ich werde die Wahrheit erzählen. Aber Badr Udeen ist ohne Schuld. Es war nicht er, der uns aufgefordert hat zu lügen.«

Sie schaute ihn skeptisch an. »Wer war es dann?«

Mustafas Atem kam stoßweise.

Dann erzählte er alles von Anfang an: Wie sie beschlossen hatten, die Angriffe auf ihre Brüder in Afghanistan zu rächen. Ein Wort hatte das andere gegeben. Hamza und Jamaal waren am meisten darauf versessen gewesen. Eines Tages waren sie mit ein paar Säcken Dünger, die sie in einer Baumschule gestohlen hatten, zu Faris gekommen. Den Sprengstoff hatten sie nach einer Anweisung aus dem Internet zusammengemischt. Alle Zutaten hatten sie im Einkaufszentrum bekommen. Es war alles furchtbar einfach gewesen, wenn auch so unwirklich wie ein Actionfilm, der einfach immer weiterlief. Nach ein paar Monaten waren die Vorbereitungen abgeschlossen. Faris hatte den Kontakt zu Mullah Udeen hergestellt, den sie treffen sollten, wenn er nach Dänemark kommen würde. Die Begegnung mit Seiner Heiligkeit war sehr beeindruckend. Inspirierend, aber auch beängstigend. Das, was bisher nur eine Fantasie gewesen war, bekam durch die Begegnung mit Mullah Udeen eine realistische Dimension. Sie sprachen über mögliche Anschlagsziele und Zeitpunkte. Der Mullah drängte sie zur Eile. Deshalb erzählten sie ihm nicht, dass sie noch nicht genügend Sprengstoff hergestellt hatten, um die große Menge an Dünger zur Explosion zu bringen. Außerdem fehlte ihnen immer noch ein passendes Fahrzeug für den Anschlag. Doch ehe sie ihre Vorbereitungen abschließen konnten, zündete jemand anders die Bombe am Kongens Nytorv. Einerseits waren sie froh, andererseits enttäuscht darüber, dass ihnen jemand zuvorgekommen war. Faris benutzte dieses Ereignis als Vorwand, um die eigenen Anschlagspläne zu begraben. Zu dieser Zeit nahm auch sein Verfolgungswahn zu. Hamza fuhr jedoch damit fort, mehr Sprengstoff herzustellen, und eines Tages stahl er ein Auto und weitere Gasflaschen, die die Sprengkraft erhöhen sollten. Sie sprachen viel darüber, wer hinter dem Anschlag stecken mochte, ob es noch andere Terrorzellen in Dänemark gab oder ob die Attentäter aus dem Ausland gekommen waren. Sie warteten gespannt darauf, wer die Verantwortung für den Anschlag übernehmen würde. Deshalb waren sie über die Grüße von Badr Udeen sehr überrascht. Er selbst erfuhr erst davon, als Faris entdeckte, dass Hamza und Jamaal hinter seinem Rücken mit dem Mullah Kontakt aufgenommen hatten. Da Hamza und Jamaal sich bereits mit dem Anschlag gebrüstet hatten, waren sie gezwungen, an dieser Lüge festzuhalten. Was natürlich auch bedeutete, dass es keinen Weg zurück mehr gab. Dass auch Faris sich der Sache nicht entziehen konnte. Sie mussten ihre Pläne fortsetzen. »Aber wir hätten nicht lügen dürfen. Nicht Seiner Heiligkeit gegenüber. Und vor allem nicht *Allah* gegenüber.«

»Du weißt also nicht, wer die erste Bombe am Kongens Nytorv gezündet hat?«

Mustafa schüttelte den Kopf. »Wir waren es jedenfalls nicht.«

Katrine verließ den Vernehmungsraum. Storm eilte aus dem Nebenzimmer und kam ihr entgegen. »Das ist ein Durchbruch.«

»Ja, vielleicht.«

»Mustafas Aussage stimmt sehr viel mehr mit den technischen Beweisen überein. Wenn wir Faris oder Jamaal dazu bringen können, diese Aussage zu bestätigen, wäre das fantastisch.«

»Ich glaube, damit sollten wir lieber nicht rechnen. Wie gesagt, sie haben nichts mehr zu gewinnen.«

»Ich würde mir dennoch gern anhören, was sie zu seiner Aussage zu sagen haben.«

Sie vernahmen Faris und Jamaal bis in den Abend hinein. Beide wiesen die Aussage Mustafas zurück und nannten ihn einen Lügner. Sie hielten daran fest, dass sie es gewesen waren, die den Bombenanschlag am Kongens Nytorv verübt hatten.

An dem im Dunkeln liegenden Rondell des Polizeipräsidiums war es kühl geworden. Ihre Schritte hallten die hohen Mauern hinauf.

»Sie wissen schon, dass Sie jetzt ein Riesenproblem haben?«, sagte Katrine.

Storm nickte.

»Wenn Mustafa die Wahrheit gesagt hat, dann läuft hier irgendjemand frei herum, der unter unserem Radar durchgeflogen ist.«

»Das weiß ich.«

»Vielleicht kann man Badr Udeen wegen Anstiftung zum Terror anklagen, doch wird es eine Weile dauern, ihn zu finden und eine Auslieferung zu erwirken.«

»Was wollen Sie damit sagen?«

»Dass Ihnen die Sache um die Ohren fliegen wird, was ziemlich schmerzhaft werden dürfte.«

»Und die gute Nachricht?«, fragte er ironisch.

»Dass die Ermittlungen abgeschlossen sind und alles offen zutage liegt. Jetzt geht es vor allem darum, die Teile richtig zusammenzusetzen. Die kleine Spur zu finden, die in die richtige Richtung führt.«

35

WIR BETRÜGEN ALLE

*Die Ungläubigen müssen tagtäglich von uns
gesteuert werden. Wir werden ihre Aufmerksamkeit durch Vergnügungen, Kunst, Sport und
Freizeitaktivitäten zerstreuen. So, wie wir dies
bereits seit Jahrhunderten getan haben, damit sie
unseren Plänen zur Machtübernahme nicht auf die
Schliche kommen.*

KAPITEL XII: ZERSTREUUNGEN

Benjamin kam auf der Pritsche, die am Ende des
Raumes stand, langsam zu sich. Er setzte sich auf und
schaute sich in dem schäbigen Raum um. Die Tapete
hing in Fetzen von der Wand. Der Tisch, auf dem er
gelegen hatte, stand mitten im Zimmer. Er war immer
noch nass. Die Fenster am Ende des Raumes waren ver-
dunkelt. Er wusste nicht, ob es Tag oder Nacht war. Erst
jetzt nahm er die Gestalt wahr, die sich im Schatten des
hintersten Winkels verbarg.

»Immer noch durstig?« Der Mann trat aus dem Schatten und kam auf ihn zu.

Benjamin erkannte ihn sofort. Es war Løvengren.

»Die meisten geben nach zehn bis fünfzehn Sekunden
auf. Du hast anderthalb Minuten durchgehalten, Benjamin. Gut gemacht.«

»Danke.«

»Du hast das beste Testergebnis von allen.«

Benjamin konnte sich ein zaghaftes Lächeln nicht verkneifen. »Ich bin einfach froh, dass ich's hinter mir habe.«

Løvengren setzte sich auf die Kante der Pritsche und schaute auf ihn hinab.

»Deshalb ist es sehr bedauerlich, dass wir dich nicht behalten können.«

»Warum … nicht?« Ihm versagte beinahe die Stimme.

Løvengren nahm ein Pillenglas aus seiner Tasche und stellte es auf den Tisch. Benjamin erkannte es sofort.

»Weil ich nicht sicher bin, ob ich mich auf dich verlassen kann.«

»Aber das können Sie. Die Tabletten habe ich nur direkt nach meiner Heimkehr genommen. Ich brauche sie nicht mehr.«

»Wir wissen beide, dass das nicht wahr ist. Du hast mir auch nichts von deinen psychischen Problemen erzählt, die du nach deiner Heimkehr hattest.«

Benjamin schüttelte den Kopf. »Ich hatte keine …«

»Lass gut sein, Benjamin. Glaubst du etwa, wir würden den persönlichen Hintergrund unserer Anwärter nicht untersuchen? Ich weiß genau, welche Medikamente dir verschrieben wurden. Und ich kenne auch die Ergebnisse deiner psychischen Untersuchungen, die beim Militär und im Bispebjerg-Hospital durchgeführt wurden. Beide haben dir PTSD, eine Posttraumatische Belastungsstörung, attestiert. Du bist ein Kriegsinvalide.«

Benjamin schlug die Augen nieder. Er war den Tränen nahe. »Ich bin wieder gesund.«

»Warum hast du dann gestern Abend nach deinen Pillen gesucht?«

»Um sie wegzuwerfen.« Tränen liefen ihm übers Gesicht.

»Das kann ich mir nicht vorstellen.«

»Es stimmt aber.«

»Was ist damals in Helmand geschehen?«

Benjamin wischte sich rasch seine Tränen fort. »Nichts Besonderes. Ich meine … okay, es war natürlich schrecklich. Viele aus der Einheit 8 sind umgekommen. Auf unseren Patrouillen wurden wir täglich angegriffen. Es war wie in einem Schlachthaus, wie die Zeitungen schrieben.«

»Was ist dir persönlich in Helmand passiert?«

Benjamin wich seinem bohrenden Blick aus. »Ich hatte wohl das Glück des Tüchtigen, wie Sie während des Anstellungsgesprächs gesagt haben. Jedenfalls bin ich mit dem Leben davongekommen. Habe eine Tapferkeitsmedaille erhalten. Das ist alles, was ich dazu sagen kann.«

»Nicht ganz.« Løvengrens Blick ruhte immer noch auf ihm. »Erzähl mir von Jannick.«

»Da gibt es nicht viel zu erzählen. Er war ein guter Kamerad, der gefallen ist. Der mit drei anderen auf einer Patrouille getötet wurde.«

»Warum rufst du in der Nacht seinen Namen?«

Benjamin klappte der Mund auf. »Tue ich das?«

Løvengren nickte. »In jeder Nacht. Erzähl mir von dem Tag, an dem er gestorben ist.«

Benjamin senkte den Kopf und wiegte ihn langsam hin und her.

»Da unten sind die Antworten nicht zu finden«, sagte Løvengren ruhig.

»Wir waren auf Patrouille«, begann Benjamin leise. »Es war eigentlich eine harmlose Mission. Wir wollten einen *Compound*, eine Einrichtung besuchen, die uns freundlich gesinnt war. Früher im Jahr hatten wir für die Bauern der Gegend einen Brunnen gebohrt. Jetzt wollten wir ein paar Schulsachen vorbeibringen, Bleistifte, Schreibblöcke, auch ein paar Fußbälle für die Kinder. Unser Transporter war bis obenhin voll, und wir hatten uns darauf gefreut. Aber dann gerieten wir in einen Hinterhalt. Die Taliban hatten mitten in der Einrichtung eine IED platziert. Die hat unseren Wagen zerrissen. Zwei Kameraden starben unmittelbar durch die Explosion. Wir anderen haben versucht, uns irgendwie in Sicherheit zu bringen.« Sein Mund war trocken. Seine Hände zitterten. »Die waren überall und nahmen uns unter Beschuss. Von den Dächern und den anderen Häusern aus. Uns blieb nichts anderes übrig, als uns in einem benachbarten Haus zu verschanzen.«

»Und Jannick?«

»Er und die anderen haben es nicht bis zu diesem Haus geschafft. Jannick lag schwer verletzt neben dem Wagen, aber wir konnten ihn nicht bergen. Jedes Mal, wenn wir die Tür öffneten, wurde sofort auf uns geschossen. Wir musste im Haus bleiben und auf Verstärkung hoffen … Zwischendurch hörten wir Jannicks Schreie.«

»Sprich weiter.«

Benjamin zögerte. »Als endlich die Verstärkung aus Camp Armadillo eintraf, waren die Taliban schon verschwunden. Sie sagten, dass die Bauern aus der Gegend unschuldig seien. Dass die Taliban sie gefangen gehalten hätten. Deshalb wurden sie auch weiter von uns beliefert.« Benjamin spuckte auf den Boden. »Um das *gute* Verhältnis aufrechtzuerhalten. Aber das stimmte nicht. Sie haben uns angelogen. Ich habe sie aus dem Fenster gesehen, bevor die Verstärkung kam.«

294

»Wen?«

Er antwortete nicht.

»Die Leute aus dem Dorf?«, fragte Løvengren.

Benjamin blickte zu ihm auf. »Die Kinder, denen wir Spielsachen gebracht hatten. Sie standen um ihn herum, während er noch am Leben war. Aber die haben … die haben ihm einfach die Sachen vom Leib gerissen, seine Kleider … seine Stiefel … seinen Ehering … alles haben sie ihm gestohlen, während er hilflos dalag und schließlich … starb.« Er verbarg das Gesicht in den Händen und schwieg für eine Weile.

»Sie haben Jannick getötet, und wir konnten nichts dagegen tun«, sagte er schließlich.

»Hast du das jemals jemandem erzählt?«

Er schüttelte den Kopf. »Was spielt das schon für eine Rolle. Wir hätten alle in das Haus bringen müssen. Wir waren es, die ihn zurückgelassen haben. Die ihn nicht in Sicherheit gebracht haben.«

Er weinte erneut.

Løvengren legte ihm die Hand auf die Schulter. »Ich bin froh, dass du dich entschieden hast, die Wahrheit zu sagen. Das ist es, was den Unterschied ausmacht. Dass wir einander vertrauen können.« Er tätschelte ihm leicht den Kopf. »Willkommen zu Hause, Benjamin. Willkommen bei Valhal.«

In diesem Moment öffnete sich die Zimmertür, und die Ausbilder kamen herein. Benjamin blickte auf. Alle lächelten ihn an.

»Viel Glück, Benjamin«, sagte L.T. »Du hast es geschafft.«

36

Katrine ging durch die Drehtür des PET-Hauptquartiers. Storm hatte sie durch seinen Telefonanruf geweckt und gefragt, ob sie sich treffen könnten. Sie wusste nicht, was sie erwartete, und meldete sich mit einer gewissen Anspannung bei der Rezeption. Eine Frau begleitete sie in den zweiten Stock. Sie war zehn Jahre jünger als sie selbst, sehr gepflegt und trug ein dunkles Kostüm. Katrine zweifelte daran, dass sie jemals einen Tatort aus der Nähe gesehen hatte. Die Frau führte sie zum Konferenzraum, in dem bereits Storm und Flemming Kampmann saßen. Die beiden Männer standen auf und begrüßten sie. Sie wusste, dass Kampmann im Ruf stand, ein Zyniker und Choleriker zu sein, doch er lächelte sie freundlich an und bat sie, Platz zu nehmen.

»Sie wundern sich bestimmt darüber, dass wir Sie hierhergebeten haben«, sagte er.

»Ja, ein wenig.«

»Zuerst nehmen Sie diesen Faris fest, dann erreichen Sie es, dass ein anderer aus der Gruppe gesteht, was die gesamten Ermittlungen auf den Kopf stellt.« Seinem Tonfall war nicht zu entnehmen, ob dies als Lob oder Kritik gemeint war. »So lässt sich in jedem Fall feststellen, dass Sie einen bedeutenden Anteil an dem Bregnehøjpark-Fall haben, der jetzt zu dem Mullah-Udeen-Fall geworden ist.«

Sie nickte.

»Nikolaj sagt, dass Sie ein Gespräch darüber geführt haben, wie die weiteren Ermittlungen aussehen sollen. Was erforderlich ist, um dieser verzwickten Sache auf den Grund zu kommen.«

»Ich habe bloß erwähnt, dass wir in Anbetracht von Mustafas Aussage noch einmal die technischen Beweise prüfen müssen, um unter Umständen eine neue Spur zu entdecken.«

»Sind Sie sich darüber im Klaren, wie umfangreich eine solche Arbeit wäre? Wie viele Ressourcen mobilisiert werden müssten?«

»Die meisten Tötungsdelikte erfordern Zeit und Umsicht.«

»Deshalb versuchen wir ja auch stets zu verhindern, dass es überhaupt so weit kommt.« Kampmann drehte sich im Stuhl hin und her. »Ist das denn Ihre Sichtweise auf den gesamten Fall? Betrachten Sie ihn als einfaches Tötungsdelikt?«

Sie zuckte die Schultern. »Als was denn sonst? Es sind dreiundzwanzig Morde verübt worden. Und jetzt geht es darum, die physischen Beweise zu ermitteln, um den oder die Täter zu überführen.«

Kampmann grinste. »Sie hatten recht, Nikolaj. Mir gefällt ihr Stil auch. Geradeheraus, ohne Umschweife, ohne Politik oder luftige Theorien. *Streetwise*, wie sie das auf der anderen Seite des großen Teichs nennen.«

Storm räusperte sich. »Ich habe mit Herrn Kampmann über die Möglichkeit diskutiert, Sie in das Ermittlungsteam einzubinden. Angesichts Ihrer Kompetenz und Ihres jetzt schon beeindruckenden Beitrags in diesem Fall habe ich das Gefühl, dass Ihre Mitwirkung sehr wich-

297

tig, um nicht zu sagen, von entscheidender Bedeutung sein könnte.«

Sie sah beide perplex an. »Sie wollen mir einen Job anbieten?«

»Eine vorübergehende Wiedereinstellung.«

»Aber die Revision in meinem Prozess steht noch aus.«

Kampmann beugte sich vor, sodass sein schwerer Körper über dem Tisch hing. »Die Terrorgesetze verleihen uns gewisse Befugnisse. Der Tabac-Mann, unser Minister, will Resultate sehen. Und zwar solche, die ihm die Wiederwahl sichern. Hingegen hat er keine Lust, ständig in der Zeitung lesen zu müssen, dass wir auf der Stelle treten. Können Sie ihm diese Resultate beschaffen?«

»Ich kann es versuchen.«

Kampmann breitete einladend die Arme aus. »Dann heiße ich Sie herzlich willkommen!«

»Aber nur unter einer Bedingung«, sagte Katrine.

»Welche?«

»Wie vorübergehend die Wiedereinstellung auch sein mag, ich will meinen Titel als Kriminalrätin zurückhaben. Ich will meinen Ausweis, meine Glock und meinen Dienstwagen.«

»Ich glaube, das ist ein bisschen zu viel verlangt, Katrine«, entgegnete Storm. »Wir hatten uns eigentlich vorgestellt, Sie als Zivilagentin weiterzubeschäftigen, wenn auch mit erweiterten Befugnissen.«

»Das reicht mir nicht.«

Es wurde vollkommen still im Raum. Schließlich räusperte sich Kampmann und befeuchtete seine Lippen.

»Nun gut, das wird sich schon lösen lassen. Ich spreche heute noch mit dem Ministerium. Ich bin mir sicher, dass sie schon die richtigen Paragrafen finden werden, um Ihre Forderungen zu erfüllen.«

*

Palsby riss sich wütend den Schlips herunter. Er war den Tränen nahe. Das war einfach nicht fair. Er begriff nicht, wie die Sache nur so schieflaufen konnte. Als die *Stimme* ihn damals angerufen hatte, um die anstehenden Ausweisungen in seine Hände zu legen, da hatte er das Angebot sofort angenommen. Es hatte auch nicht lange gedauert, bis sämtliche Terrorangelegenheiten auf seinem Schreibtisch gelandet waren. Es war ein großer Erfolg gewesen, und seine schwachköpfigen Kollegen hatten einmal mehr das Nachsehen gehabt. Für ihn war dies ein weiterer Schritt auf der Karriereleiter gewesen, die ihn ganz nach oben führen sollte. In den Kreis der Elite. Bis dieser Nikolaj Storm ausgeschert war, sich den Anweisungen widersetzt und auf eigene Faust die Vernehmungen wiederaufgenommen hatte. Mit dem Ergebnis, dass ein bereits vorliegendes Geständnis in sich zusammengebrochen war. Das allein hatte gereicht, um seine Anklageschrift zu schwächen, woraufhin die Verteidiger Blut geleckt und eine Schmutzkampagne gegen ihn losgetreten hatten. Für die Presse war es ein Fest gewesen. Alle hatten sich auf seine Niederlage gefreut. Hatten seine früheren Fälle in Zweifel gezogen. Seine Urteilskraft infrage gestellt. Was für eine unglaubliche Frechheit! Die Internetzeitung *Information* hatte eine Untersuchung der Ausweisungsbeschlüsse angeregt, die er zu verantworten hatte, und zudem gefordert, ihm die Terrorfälle zu entziehen. Und die *Berlingske Tidende* hatte eine Karikatur von ihm veröffentlicht. Ausgerechnet die *Berlingske Tidende.* Die all seine Kollegen lasen und die seine Mutter abonniert hatte, seit er denken konnte. Die Zeichnung von ihm als »Kaiser ohne Kleider« hatte irgendein Mitarbeiter bereits ausgeschnitten und in der Kantine ans schwarze Brett gepinnt. Und um dem Ganzen die Krone aufzusetzen, hatte man diese gewalttätige Psychopathin Katrine Berglund oder Bergstrøm oder wie die hieß wieder eingestellt. Auch das hatte die Presse sofort vermeldet. Er hoffte inständig, dass sie auf ganzer Linie scheitern und alle anderen mit in den Abgrund reißen würde. Das war einfach nicht fair. Er setzte sich an den Schreibtisch und ließ den Blick durch sein spartanisches Büro schweifen. Man hatte ihm mehr versprochen als das hier. Warum hatte die *Stimme* ihn im Stich gelassen? Hatte sie es willentlich getan, oder war dies ein Zeichen für ihre schwindende Macht? Jedenfalls würde er NIE mehr einen »guten Rat« von ihr annehmen. Wenn sie das nächste Mal anrief, würde er sie einfach abblitzen lassen. Vielleicht wortlos auflegen. *So* sauer war er. Niemand sollte es wagen, ihn zum Narren zu halten. Niemand! Er schlug mit der Faust auf die Tischplatte und rieb sich seine schmerzende Hand.

*

Katrine fuhr mit dem schwarzen Mondeo durch ihr Viertel und hatte die Scheibe heruntergefahren. Sie spürte die Schwere der Glock an ihrem Hosenbund. Ihre schwarze Lederjacke saß so eng wie eine zweite Haut, und das Nikotin brannte im Hals, als sie die filterlose Zigarette inhalierte. Sie war zurück in ihrem Viertel. Zu ihren eigenen Bedingungen. Die Späher warfen ihr lange Blicke zu und warnten per SMS ihre Dealer.

Das war beinahe der größte Respekt, den sie ihr erweisen konnten. Endlich war ein Datum für ihre Revision festgelegt worden, in siebenundzwanzig Tagen sollte die Verhandlung sein. So viel Zeit blieb ihr noch. Um diese Zeitspanne war ihre Karriere verlängert worden. Um den letzten Fall zu lösen.

37

WIR WERDEN CHRISTUS VERBIETEN

Nur unser Glaube wird gelten. In Ländern, die als progressiv und aufgeklärt bekannt sind, haben wir eine sinnlose, schmutzige und abscheuliche Literatur geschaffen. Sie steht im Kontrast zu den neuen Schriften, neuen Projekten, neuen Reden und neuen Erinnerungen.

KAPITEL XIII: ANGRIFF AUF DIE WELTLICHEN RELIGIONEN

Der dichte Verkehr auf dem Kongens Nytorv war im strömenden Regen fast zum Erliegen gekommen. Ein paar ungeduldige Autohupen waren zu hören. Vor dem abgesperrten Grundstück, auf dem die Bombe detoniert war, standen Katrine und ein paar Mitarbeiter vom PET. Die Reste des Gebäudes waren abgestützt worden und erinnerten die Passanten auf tragische Weise an das, was geschehen war. Nur der Krater, der sich mitten in der Fahrbahn befunden hatte, war inzwischen ausgebessert worden. Neben Storm, Henrik, Niels und Tom hatte Katrine auch den Sprengstoffexperten Laybourne sowie Hans Henrik mitgenommen, der die dreiundzwanzig Opfer obduziert hatte.

Um exakt 13.42 Uhr hob sie den Arm als Signal für die beiden Patrouillen, die Straße vorübergehend komplett abzuriegeln. Am liebsten hätte sie den ganzen Platz sperren lassen, um eine Momentaufnahme von dem Augenblick zu bekommen, an dem das Bombenauto auf den Platz gefahren war. Doch Storm war der Meinung gewesen, dies bringe zu große Beeinträchtigungen für die Verkehrsteilnehmer mit sich, und sie hatte sich am Ende gefügt.

Katrine ließ ihren Blick über den Platz schweifen. Als Einzige aus ihrer Gruppe machte ihr der Regen nichts aus. »Ich fahre also mit meinem Bombenauto auf den Platz zu. Was tue ich jetzt?«

Keiner der Männer, die hinter ihr standen, antwortete. Sie schnippte mit dem Finger, um ihre Aufmerksamkeit zu erlangen. »Hört zu, das ist eine wichtige Frage. Also: Was tue ich?«

Niels beugte sich über seinen Computer, den er mit seinem Regenmantel vor der Nässe schützte. »Sie biegen an der Kreuzung am Königlichen Theater ab. Dort haben die Überwachungskameras aus dem Magasin das Fahrzeug eingefangen.«

»Halte ich an der roten Ampel?«

Er blickte auf den Monitor. »Ja, genau 46 Sekunden lang.«

»Muss ich mir Sorgen machen, Herr Laybourne, dass die Bombe vorzeitig hochgeht?«

»Sie machen sich vor Angst in die Hose«, murmelte er. »Es ist vollkommener Wahnsinn, mit TATP und einer halben Tonne Dünger herumzufahren. Beim kleinsten Rumpeln kann einem das Zeug um die Ohren fliegen.«

»Danke. Ich fahre also sehr langsam und ruhig. Ich bin froh, endlich am Ziel zu sein, habe aber Angst, dass irgendjemand in mich reinfährt.«

Laybourne nickte. »So ist es.«

»Und ich brauche fast sieben Minuten, um einmal um den Platz herumzufahren?«

»Ja, nach unseren Aufzeichnungen erreichen Sie erst sechs Minuten und sechsundfünfzig Sekunden später Ihr Ziel«, sagte Niels.

»Und bei all den Aufnahmen der verschiedenen Kameras haben wir kein einziges Bild vom Fahrer?«

Niels schüttelte den Kopf. »Selbst die besten Aufnahmen zeigen das Fahrzeug nur schräg von hinten. Und die Qualität der privaten Aufnahmen, die wir geprüft haben, ist auch nicht besonders. Die Tourismuszentrale versucht derzeit, Touristen ausfindig zu machen, die an diesem Tag Urlaubsbilder vom Kongens Nytorv gemacht haben. Aber einen Zapruder-Film haben wir leider noch nicht gefunden.«

»Einen was?

»Zapruder war der Name des Mannes, auf dessen privater Filmaufnahme der Mord an Präsident Kennedy zu sehen war. Außerdem bewies der Film, dass es mehr als nur einen Schützen gab.« Niels schaute sie enthusiastisch an. »Wir hoffen natürlich, etwas Vergleichbares zu finden.«

Katrine nickte und warf einen Blick auf die Uhr. Nach der Zeittabelle dauerte es noch knapp fünf Minuten, bis das Bombenfahrzeug das Café Felix erreicht hatte.

Tom drehte sich ungeduldig zu Storm um. Seine dünne Windjacke war vom Regen schon völlig durchnässt, und seine Haare klebten ihm am Kopf. »Findest du nicht, dass wir uns jetzt, nachdem endlich ein internationaler Haftbefehl ausgestellt wurde, lieber auf die Fahndung nach Badr Udeen konzentrieren sollten? Stattdessen rekonstruieren wir hier den Tatverlauf, was wir auch schon vor einem Monat getan haben.«

Storm machte eine beschwichtigende Handbewegung.

»Lass uns doch erst mal sehen, ob Katrine vielleicht etwas auffällt, das wir übersehen haben. Nach Udeen fahndet inzwischen die ganze Welt, den kriegen wir schon rechtzeitig.«

Katrine stellte sich dorthin, wo der Asphalt erneuert worden war, als wartete sie darauf, dass jeden Moment das Bombenauto auftauchen würde. Sie schaute sich um. Blickte an den Gebäuden empor.

»Hat jemand eine Idee, warum das Auto nicht direkt vor dem Café abgestellt wurde?«

Storm schüttelte den Kopf. »Nein, denn dort wäre Platz genug gewesen. Darum kann auch bezweifelt werden, dass das Café Felix das eigentliche Ziel des Anschlags war. Vielleicht sollte das Nebengebäude getroffen werden, in dem sich vor ein paar Jahren noch die Redaktion von *Jyllands-Posten* befunden hat.«

»*Jyllands-Posten*?« Sie warf ihm einen skeptischen Blick zu. Dann schaute sie auf die Uhr. »Jetzt … ist das Auto angekommen.«

»Und zwar dort«, ergänzte Laybourne und zeigte auf den Fahrradweg. »Nach unseren Berechnungen hielt der Wagen halb auf dem Fahrradweg.«

Katrine trat ein Stück zur Seite. »Und jetzt? Wie viel Zeit vergeht noch?«

»Ungefähr drei Minuten«, antwortete Niels.

»Hat jemand eine Vorstellung, was der oder die Täter in dieser Zeit machen?«

»Wir haben da verschiedene Theorien«, antwortete Storm. »Eine der Kameras, die an der französischen Botschaft angebracht sind«, er zeigte zum Botschaftsgebäude hinüber, »hat mehrere interessante Personen ein-

305

gefangen, die in Richtung Nyhavn unterwegs sind. Leider haben wir bis jetzt niemand von ihnen identifizieren können.«

»Was ist mit der Kamera, die in unsere Richtung zeigt?«

»Defekt«, antwortete Niels. »Schon seit über zwei Jahren. Jetzt verstehe ich auch, warum mein Peugeot ständig kaputt ist.«

»Die Bilder der entsprechenden Personen möchte ich mir nachher mal ansehen. Gibt es noch andere Theorien?«

»Dass die Täter so lange im Auto sitzen blieben, bis jemand vorbeikam und sie mitgenommen hat.«

»Sind auf dem Bildmaterial irgendwelche verdächtigen Fahrzeuge zu sehen?«

Storm nickte. »Ja, aber auch hier mit eingeschränkter Sicht.«

Katrine schaute auf die Uhr. »Lasst uns die Zeit vorspulen.«

»Na, endlich«, murmelte Tom.

»Wie wurde die Bombe ausgelöst?«

»Per Fernzündung«, antwortete Laybourne.

Sie drehte sich zu ihm um. »Durch ein Handy?«

»Nein, per Funk. Der Täter muss eine Art Funksteuerung gehabt haben. Ziemlich clever gemacht. Dann kann er selbst die Frequenz bestimmen und von außen nicht beeinflusst werden. Außerdem können später keine Rufverbindungen nachgewiesen werden wie bei einem Handy.«

»Was für eine Reichweite hat so ein Sender?«

»Kommt ganz drauf an. Zwischen fünfhundert Metern bis zu fünf Kilometern. Wenn das Gerät sehr professionell ist, kann die Reichweite sogar noch größer sein.«

»Es ist also gar nicht sicher, dass der Täter auf dem Platz stand?«

»Richtig. Ich persönlich hätte den größtmöglichen Abstand gewählt.«

Katrine nickte. »Okay, ich habe also irgendwann das Auto verlassen.« Sie betrat den Bürgersteig. »Vielleicht bin ich zu Fuß gegangen, vielleicht wurde ich aber auch von einem Komplizen abgeholt und hatte irgendwo ein eigenes Transportmittel geparkt. Ein Fahrrad, Moped oder Motorrad. Vielleicht sogar ein Auto.«

Niels nickte und machte sich Notizen auf seinem Laptop.

»Erklären Sie uns den Ablauf der Explosion, Herr Laybourne«, bat ihn Katrine. »Ich drücke also auf den Knopf des Detonators, und es macht bumm, oder wie?«

»Es macht sogar ziemlich laut bumm.« Laybourne befeuchtete seine Lippen. »Mit einer kleinen Sprengladung TATP haben Sie gerade fünfhundert Kilo Ammoniumnitrat in die Luft gejagt. Das reicht aus, um eine Druckwelle von mehreren Tausend Kilometern pro Sekunde auszulösen. Wie Sie sehen, hat sie alles vernichtet, was auf ihrem Weg lag.« Er zeigte auf das zerstörte Gebäude.

»Wenden wir uns zunächst dem Platz zu. Was ist hier passiert?«

»Das Auto wurde herumgeschleudert und fast in seine Atome auseinandergesprengt. Die Explosion hat in einem Umkreis von zehn Metern einen vier Meter tiefen Krater aufgerissen. Fünf Passanten wurden dabei getötet.«

»Niels?«

Niels las vom Bildschirm ab. »Drei Fußgänger, der Fahrer eines Opel Astra sowie ein Taxifahrer, der am Taxistand dort drüben auf Kundschaft gewartet hat. Außerdem hat es einundvierzig Verletzte gegeben.«

»Christian V. haben sie auch erwischt.« Laybourne zeigte auf die kopflose Reiterstatue.

Katrine kannte die Geschichte zur Genüge. Immer wieder hatten die Zeitungen Fotos des kopflosen Denkmals gezeigt, deren Symbolik auf der Hand lag.

»Warum wurde nur der Kopf getroffen. Hat die Druckwelle genau bis dorthin gereicht?«

Laybourne lächelte. »Nein, das war ein *lucky punch*. Die Vordertür des Wagens wurde aus ihren Scharnieren gerissen, flog waagrecht durch die Luft und hat die Statue geköpft. Außer ein paar Schrammen ist die Tür vollkommen unbeschadet. Wir haben sie als Souvenir behalten.«

»Lasst uns reingehen«, sagte Katrine. Alle beeilten sich, in die trockene Ruine des Café Felix zu kommen. Der Regen drang durch die Risse und Löcher im zweiten Stock und lief plätschernd an den Stützpfeilern hinunter. Sie schalteten ihre Taschenlampen ein und ließen die Lichtkegel durch den dunklen Raum schweifen. Das vollkommen zerstörte Lokal war überall mit einer dicken Rußschicht überzogen, als hätte jemand die Wände und sämtliche Möbel mit schwarzer Beize übergossen.

»Es riecht immer nach Napalm, wenn sie die Nitratbombe mit Dieselkraftstoff anreichern«, erklärte Laybourne. »Was die erhöhte Sprengkraft bewirkt, können wir uns hier ansehen.« Er ließ seine Taschenlampe durch den Raum wandern.

»Soweit ich weiß, haben die meisten Gäste überlebt, die sich ganz hinten im Lokal aufhielten«, sagte Katrine.

Niels stellte seinen Laptop auf den umgekippten Tresen und suchte auf dem Bildschirm nach Einzelheiten. »Das ist richtig. Die meisten Todesopfer saßen an den Fenstern und entlang der Theke ... genau hier.«

Er blickte zu Boden und zog seine Füße sofort von dem getrockneten Blutfleck weg, auf dem er stand. Der Wind zerrte so heftig an dem ächzenden Gebäude, als könnte es jeden Moment einstürzen.

»Die gesamte Vorderfront wurde durch die Explosion nach innen gedrückt«, sagte Katrine. »Wo saßen die verschiedenen Todesopfer?«

Niels warf einen Blick auf die Liste. »Am vorderen Fenster saß eine Gruppe von Frauen, die ...«

»Katrine ...«, unterbrach Tom und warf ihr einen überheblichen Blick zu. »Wenn du auf der Liste der Todesopfer nach arabischen Namen suchst, dann vergeudest du deine Zeit.« Er schaute besorgt zu den knarrenden Dachsparren hinauf. »Hier sind hauptsächlich Yuppies hingegangen. Und wie Laybourne ja schon gesagt hat, waren die Terroristen vermutlich weit entfernt, als die Bombe explodierte.«

»Vielen Dank, Tom«, erwiderte sie so diplomatisch wie möglich. »Ich möchte mir aber trotzdem gern einen Überblick über die Todesopfer verschaffen. Mach bitte weiter, Niels.«

Niels räusperte sich nervös und fuhr damit fort, die Liste durchzugehen. Zusätzlich zu den vier Kellnern waren insgesamt vierzehn Gäste umgekommen, sechs Frauen und acht Männer. Die meisten hatten nichtsahnend an ihren Tischen gesessen und zu Mittag gegessen, als der Anschlag geschah. Zwei Gäste wurden nahe der Theke getötet.

Katrine blickte sich um. Sie hatte das Gefühl, als wür-

309

den Niels' Erläuterungen das Lokal wieder zum Leben erwecken. Als laufe ein Film rückwärts, der mit der Detonation begann und in dem unbeschadeten Restaurant endete. Fast glaubte sie, die Gespräche der Gäste und die leise Musik zu hören, die aus den Lautsprechern drang.

Als Niels endete, wandte sich Katrine an den Gerichtsmediziner. »Hans Henrik, habt ihr bei der Obduktion ungewöhnliche Entdeckungen gemacht?«

Er senkte den Blick, während er nach den richtigen Worten suchte. »Ich weiß nicht … Das gehört zum Schlimmsten, das ich je erlebt habe. Schon die Anzahl der Toten …«

»Das verstehe ich gut, aber gab es bei den Untersuchungen etwas, das dich gewundert oder überrascht hat?«

Er dachte einen Augenblick nach. »Eigentlich nicht. Die Verletzungen waren ja sehr umfangreich. Die meisten sind durch den gewaltigen Druck der Explosion umgekommen, manche sind verbrannt oder von der einstürzenden Decke erschlagen worden. Ich kann die Unterlagen noch einmal durchgehen.«

»Danke, das wäre sehr nett von dir.«

Sie traten wieder hinaus in den Regen. »Und, bist du klüger geworden?«, fragte Storm.

Katrine zuckte die Schultern und zündete sich eine Zigarette an, über die sie schützend die Hand hielt.

»Ich glaube, wir sollten uns die Videos noch mal ansehen«, antwortete sie.

»Die der französischen Botschaft?«

»Alle.«

Er zögerte einen Moment, ehe er sagte: »Das wird Tage, vielleicht Wochen in Anspruch nehmen.«

»Das weiß ich.«

»Ich bin nicht sicher, ob wir so viel Zeit haben. Außerdem haben wir die meisten schon geprüft. Was erwartest du noch zu finden?

Sie zog an ihrer Zigarette. Dann sah sie ihn forschend an.

»Wer wollte diesen Ort in die Luft sprengen, Nikolaj?«

Er schüttelte den Kopf. »Das … ist die große Frage.«

»Eben. Wir wissen doch überhaupt nicht, ob es Islamisten waren. Es kann genauso gut ein verpickelter Junge aus Brønshøj sein, der ein bisschen was von Chemie versteht, aber frustriert darüber ist, dass er noch nie ein Mädchen gefickt hat.«

Ihre Wortwahl überrumpelte ihn. »Das kann natürlich sein. Aber suchen wir nicht nach einem Motiv, das etwas plausibler ist?«

Sie zuckte die Schultern.

»Bei Bombenlegern ist das Motiv kein so wichtiger Faktor«, sagte Niels.

Sie drehten sich beide zu ihm um. Er errötete über die plötzliche Aufmerksamkeit, die ihm zuteilwurde.

»Sprich weiter«, forderte ihn Storm auf.

»Bei dem Bombenmann aus Gladaxe, der in den Siebzigerjahren fünf Bomben zur Explosion brachte, hat man nie ein Motiv entdecken können. Genau wie bei dem sogenannten Unabomber, Ted Kaczynski. Der hatte für die siebenundzwanzig Briefbomben, die er verschickt hat, auch kein bestimmtes Motiv. Vielleicht wird die Sache mit dem Motiv ohnehin überbewertet. Vielleicht reicht es dem Täter, dass er in der Lage ist, seinen Plan in die Tat umzusetzen.«

»Ja, vielleicht«, sagte Katrine und lächelte.

Tom schüttelte irritiert den Kopf. »Das hier war ein

sorgsam geplantes Attentat, das hoch professionell ausgeführt wurde. Allein die Größe der Bombe, ihre Beschaffenheit ...« Er machte eine weit ausholende Geste. »Das ist doch absolut der Stil von islamistischen Attentätern. Habe ich nicht recht, Laybourne?«

Laybourne nickte. »Absolut im Stil von Al Kaida.«

»Wenn wir nicht aufpassen, dann verpfuschen wir die Sache, weil wir die naheliegendsten Dinge nicht sehen wollen. Und du, Nikolaj, bekommt einen zweiten Sollerødgade-Fall.«

Storm warf ihm einen Blick zu, der Tom signalisierte, dass er zu weit gegangen war, doch seine Stimme blieb ruhig. »Ich schlage doch vor, dass wir uns auf den gegenwärtigen Fall konzentrieren. Privatmeinungen tun hier nichts zur Sache. Ich will, dass wir alle an einem Strang ziehen.«

Tom wandte den Blick ab. »Tut mir leid. Ich verstehe nur nicht, warum wir uns ein weiteres Mal die alten Aufnahmen ansehen sollen.«

Katrine zog heftig an ihrer Zigarette. Sie kannte diesen alten Fall nicht, auf den Tom anspielte, und eigentlich war ihr der auch vollkommen gleichgültig. Mit zwei Fingern schnippte sie die Zigarette in hohem Bogen über die Fahrbahn. »Weil ihr vielleicht auf einem Auge blind seid, Tom«, sagte sie.

»Wie meinst du das?«, fragte Tom.

»Habe ich nicht recht, dass die Personen, die euch auf den Videos aufgefallen sind, allesamt Ausländer sind? Ich rede von den Personen, die ihr vernommen und wieder auf freien Fuß gesetzt habt.« Sie sah zuerst Storm und dann Tom an. Keiner von ihnen antwortete. Sie nahm ihr Schweigen als Bestätigung.

312

»Aber wir wissen nicht, wer diesen Anschlag verübt hat. Das können doch Weiße, Schwarze oder Gelbe gewesen sein. Wir haben auch keine Ahnung, wie es mit einem möglichen Motiv aussieht. Und warum? Weil es keine physischen Beweise gibt, die in eine bestimmte Richtung deuten. Was die Art und Weise angeht«, sie schaute zu Laybourne hinüber, »bin ich mir auch nicht sicher, ob der Anschlag wirklich *so* professionell durchgeführt wurde.« Sie wartete nicht auf seinen Widerspruch. »Natürlich sind eine gewisse Planung und ein bisschen Know-how erforderlich, aber das ist auch alles.«

»Wie meinst du das?«, fragte Storm.

»Ich denke an die *Ausführung*. Zunächst fährt der Täter mit seiner hoch explosiven Ladung durch die Stadt. Als er hierherkommt, fährt er auch noch den zehn Zentimeter hohen Bordstein hoch. Und wenn das Café Felix wirklich sein Ziel gewesen sein sollte, dann bringt er es nicht einmal fertig, den Wagen direkt davor abzustellen. Stattdessen stürzt er aus dem Wagen und lässt sogar die Tür offen.«

Storm nickte. »Nach was für einem Täter sollten wir denn deiner Meinung nach suchen?«

»Wenn wir alle Dunkelhäutigen durchhaben, dann schlage ich vor, dass wir uns auf diejenigen mit heller Haut konzentrieren. Der Täter, nach dem wir suchen, scheint ein ziemlicher Chaot zu sein. Ein linkischer, unbeholfener Typ, ungepflegt, nachlässig gekleidet, hypernervös, vielleicht sogar ein Psychopath, der sich auffällig verhält, sich panisch umschaut, einfach wegrennt, mit sich selber spricht, jemand, dem man seine Gefühle sofort ansieht.« Sie schaute zu Niels hinüber. »Du kennst

doch bestimmt das Durchschnittsalter eines Massen-
mörders.«

Niels lächelte. »Wenn man die letzten Amokläufe an
Schulen außer Acht lässt, bei denen es sich in der Regel
um Teenager oder um Leute Anfang zwanzig handelt,
reden wir von einem Mann weißer Hautfarbe, der zwischen fünfundzwanzig und fünfundvierzig Jahren alt ist.
Wobei Massenmörder sehr viel älter sein können als die
typischen Serienkiller.«

»Okay«, entgegnete Katrine. »Ich denke also, dass wir
nach einem jungen Mann suchen und nicht nach einem
älteren Kerl, der unzufrieden mit seinem Steuerbescheid
ist.«

»Vielleicht sollten wir uns mal bei den weiterführen-
den Schulen und der Technischen Universität umhören«,
sagte Storm. »Sollten die Dozenten fragen, ob es auffäl-
lige Schüler oder Studenten gibt, die ihr Studium ge-
schmissen oder sonderbare Äußerungen von sich gegeben haben.«

Katrine nickte.

»Kümmerst du dich darum, Tom?«, sagte Storm.

»Ja«, antwortete Tom mechanisch.

»Habt ihr einen Überblick über sämtliche Audio-
und Videoaufzeichnungen, Niels?«, fragte Katrine und
wischte sich ihr regennasses Gesicht ab.

»Weit mehr als das.« Er lächelte sie geheimnisvoll an.
»Wir haben sogar eine eigene Zeitmaschine gebaut.«

38

Niels führte Katrine und Storm durch die technische Abteilung bis zum Aufzug. Sie fuhren in den Keller und betraten einen langen Gang, auf dem klassische Musik zu hören war. Je näher sie der großen Eisentür an dessen Ende kamen, desto lauter wurde die Musik. Es war der dritte Satz aus Beethovens 9. Symphonie. Niels öffnete die Tür. Im nächsten Moment schlug ihnen die Musik und eine große Wärme entgegen.

An der gesamten linken Wand zogen sich die Server entlang, deren Kühlaggregate mit der Musik, die aus den Lautsprechern an der Decke drang, um die Vorherrschaft rangen. Über den Servern, in mehreren Metern Höhe, befanden sich zwölf Flachbildschirme an der Wand. Claus und ein Techniker saßen am Kontrollpult. Ihre Hemden waren schweißnass. Das hier war der Maschinenraum des PET.

»Macht doch mal des Gedudel leiser«, sagte Niels.

Claus musterte ihn kurz. »Das sind die Berliner Philharmoniker mit Karajan, du Banause.«

»Na toll. Das war auch der Lieblingsdirigent von Bin Laden.« Niels drehte sich zu Katrine um und verdrehte die Augen. Er zog einen Schreibtischstuhl für sie heran. »Setz dich doch.«

Als Claus Storm bemerkte, stellte er rasch die Musik ab, sodass nur noch das Brummen der Computer zu hören war.

Katrine blickte zu den vielen Monitoren auf. Sie alle zeigten Aufnahmen aus der Kopenhagener Innenstadt. Die meisten stammten von Überwachungskameras, doch auf einigen Bildschirmen waren auch Amateuraufnahmen zu sehen.

»Was ist das hier?«, rief Katrine gegen den Lärm an.

»Wir nennen unser System Polyphem, nach dem einäugigen Riesen, dem Odysseus begegnet ist. Es besteht aus insgesamt 518 Rechenknoten mit jeweils zwei Vierkern-Prozessoren, wodurch wir auf insgesamt 4144 Rechenkerne kommen. Die maximale Rechenleistung beträgt 50 Teraflops.« Niels lächelte stolz. »Wir können also ungefähr 50 Billionen Rechenoperationen in der Sekunde durchführen.«

»48,1 Billionen«, berichtigte Claus.

Für Katrine waren das alles böhmische Dörfer. »Wie hilft uns das weiter, Niels? Du hast von einer Zeitmaschine gesprochen.«

Er nickte. »Wir haben sämtliches Videomaterial gespeichert, das um die Zeit des Bombenanschlags herum entstanden ist. Wir besitzen sämtliche Überwachungsfilme, öffentliche und private, und haben sogar Touristenfotos und private Videofilme beschlagnahmt.«

»Aber wie wird daraus eine Zeitmaschine?«

»Das gesamte Material ist synchronisiert und geografisch geordnet worden. Das heißt, dass wir uns mit einem Joystick«, er zeigte auf das Kontrollpult, »zum Zeitpunkt der Bombenexplosion durch Kopenhagen bewegen können. Wenn wir auf einer der Aufnahmen eine verdächtige Person entdecken, dann können wir dieser Person durch Kopenhagen folgen – natürlich nur, soweit es die Aufnahmen zulassen.«

»Ich bin beeindruckt«, entgegnete sie und meinte es auch so.

»Aber das ist noch nicht das Beste, Polyphem kann durch das integrierte FRP Personen finden.«

»FRP?«

»Face Recognition Program. Wenn das System genügend Nodalpunkte erhält, dann kann es eine ziemlich zuverlässige Gesichtsidentifikation durchführen und selbstständig das Material herausfiltern, das für diese Person relevant ist.«

Sie schaute ihn skeptisch an. »Und wie funktioniert das in der Praxis?«

Niels trat ans Whiteboard, das sich etwas weiter hinten im Raum befand. Daran hingen die Porträts aller dreiundzwanzig Todesopfer des Anschlags. Teils waren es private Fotos, teils Zeitungsausschnitte. Niels nahm eines der Porträts ab. »Wir haben das System benutzt, um die Wege der Opfer zu kartografieren.«

Er legte das Bild der Frau in den Scanner. Im selben Moment erschien das Bild auf dem Monitor über Claus' Kopf. Eine Reihe von grafischen Symbolen zeigten die achtzig Nodalpunkte im Gesicht der Frau an, die vom Programm dekodiert wurden. Die Aufnahmen auf den zwölf Bildschirmen bewegten sich in rasender Geschwindigkeit, manche vor, andere zurück, bis alle synchronisiert waren und stehen blieben.

»Polyphem ist jetzt bereit«, sagte Niels. »Hier steigt Lene Paludan aus ihrem Porsche Cayenne, den sie gerade in der Tiefgarage in der Adelgade geparkt hat. Sie hat ihren Sohn Tobias dabei.« Niels zeigte auf den mittleren Monitor, wo die Bilder erschienen, die von der Überwachungskamera des Parkhauses aufgezeichnet worden waren. Lene Paludan hob den Kinderwagen aus dem Kofferraum und setzte ihren Sohn hinein. Dann ging sie dem Ausgang entgegen. Eine andere Kamera folgte ihr durch das Gebäude. Die nächste Aufnahme stammte von einer Verkehrsüberwachungskamera in der Gothersgade, die sie entlangging, während sie telefonierte. Eine Überwachungskamera an der Hauswand eines 7-Eleven-Shops, der an der Ecke Gothersgade/Borgergade lag, zeigte eine Nahaufnahme von ihr. Ein Tourist fing sie mit seiner Filmkamera zufällig auf dem Kongens Nytorv ein. Diese Einstellung dauerte zehn Sekunden, worauf die Überwachungskamera der Jyske Bank sie zeigte, während sie an der Store Kongensgade über die Kreuzung ging. Es war ein bedrückendes Gefühl, dem Weg der nichtsahnenden Lene Paludan zu einem Mittagessen zu folgen, das ihr letztes werden sollte. Katrine blickte auf die Zeitanzeige am unteren Rand des Bildschirms. In einer Stunde und neunzehn Minuten würden Mutter und Kind sterben. Würden zu einer unkenntlichen Masse miteinander verschmelzen. Ein Bild, das in aller Welt für Entsetzen sorgen sollte.

Katrine wandte den Blick ab. »Sieht so aus, als würde das System funktionieren.«

Niels drückte auf Stopp. Das Bild von Lene Paludan fror ein.

»Das ganze System ist noch im Versuchsstadium«, erläuterte Storm. »Doch in etwa einem Jahr werden wir direkt mit den Überwachungskameras der Innenstadt verbunden sein. Durch die ständige Verbesserung der Nodal-Technologie wird das System bald in der Lage sein, selbstständig nach Personen zu fahnden, ohne dass wir etwas dazu beitragen müssen.«

»Dann bleiben uns solche Nerds wie der hier erspart«, sagte Niels und haute Claus auf die Schulter. »Doch bis auf Weiteres müssen wir die Täter noch selbst suchen.«

Niels setzte erneut das System in Gang. Katrine betrachtete die enorme Menschenansammlung auf den Monitoren. Das würde wie die Suche nach der Nadel im Heuhaufen werden.

Sie begannen die Suche in den Straßen um den Kongens Nytorv herum, zum Zeitpunkt der Explosion. Ausgehend von Katrines Täterprofil suchten sie zunächst unter den Passanten. Es zeigte sich sehr schnell, dass sie große Schwierigkeiten damit hatten, irgendeine Auswahl zu treffen. Die Zielgruppe der hellhäutigen Männer im fraglichen Alter schien riesengroß zu sein. Jedes Mal, wenn sie ein auffälliges Verhalten festzustellen glaubten, ließen sie Polyphem eine Gesichtserkennung durchführen. Eine halbe Minute später hatte das Programm diese Person auf allen verfügbaren Aufzeichnungen identifiziert, sodass sie dieser Person auf ihrem Weg durch die Stadt folgen konnten. Nachdem sie dies ein paarmal getan hatten, ohne auf den möglichen Täter zu stoßen, spulte Claus jedes Mal direkt zu dem Zeitpunkt der Explosion vor, wenn sie einen neuen Verdächtigen im Visier hatten. So fuhren sie bis weit in die Nacht fort und hatten am Ende fast hundert Personen überprüft.

Als sie sich anschickten, den Keller wieder zu verlassen, sagte Katrine zu Storm: »Ich hoffe, du hast immer noch das Gefühl, dass dies der richtige Weg ist.«

Storm nickte gähnend. »Wie ich schon sagte, könnte das mehrere Wochen in Anspruch nehmen. Als wir nach dem Aufenthaltsort der Blekingegade-Bande gesucht haben, hatten wir anfangs nichts anderes als den Schlüsselbund eines Verdächtigen. Außerdem habe ich als junger Beamter fünf- bis sechshundert Haustüren in Kopenhagen abgeklappert. Die Sache sieht also ziemlich vielversprechend aus.« Er lächelte.

»Gibt es etwas Neues von Tom und den anderen Ermittlern?«

»Die Technische Universität hat nichts ergeben, jetzt versuchen sie es bei den Berufsschulen.«

»Und Badr Udeen?«

»Versteckt sich bestimmt in irgendeiner Höhle in Pakistan oder Afghanistan.«

Sie brauchten ein Wunder.

39

UNTERWERFUNG ODER TOD

*Wir werden heimliche Organisationen gründen und
die prominentesten Mitglieder der Gesellschaft darin
einbinden. Werden sie blenden, damit sie gehorsam
sind. Die Unsicheren werden mit dem Tod bestraft
werden, ob er nun sichtbar oder als verborgene
Krankheit eintritt.*

KAPITEL XIV: SCHONUNGSLOSE UNTERDRÜCKUNG

Die irakische Wüstenlandschaft breitete sich vor
ihm aus. Eine C17-Transportmaschine war abgestürzt
und lag flügellahm in einer Talsenke. Mit seinem entsicherten *Famas*-Sturmgewehr lief er auf den hinteren
Teil des Flugzeugs zu, der auseinandergebrochen und
vom übrigen Rumpf getrennt worden war. Hinter dem
Leitwerk tauchte der Kopf eines Rebellen auf. Er riss die
Waffe hoch und schoss ihm in den Kopf. Der Mann war
sofort tot. Von der anderen Seite wurde eine Granate
geworfen. Er versuchte verzweifelt, sich in Deckung zu
bringen, aber zu spät. Der Monitor färbte sich rot, als er
starb. Er musste auf die nächste Runde warten.

Benjamin lehnte sich im Sofa zurück. Er war allein
im Aufenthaltsraum und spielte vor dem Schlafengehen
noch ein bisschen an der Playstation. Außer ihm waren
es nur sechs andere gewesen, die den Test bestanden und

eine Anstellung bei Valhal Securities bekommen hatten. Sein ehemaliger Zimmergenosse Jan war nicht darunter, was Benajmin wunderte. Jan hatte sich bei den meisten Übungen gut geschlagen. Vielleicht hatte er bei der Wasserfolter zu früh aufgegeben. Benjamin konnte das nur recht sein. Jetzt, da sie nur noch zu siebt waren, hatten sie jeder ein Einzelzimmer. Auf längere Sicht wollte er sich eine eigene Wohnung suchen, aber damit hatte es keine Eile. Weiterhin bei Valhal Securities zu wohnen gab ihm eine gewisse Sicherheit. Er hatte sein gemietetes Zimmer gekündigt, und L.T. hatte ihm geholfen, seine wenigen Habseligkeiten zu transportieren. Der einzige Nachteil an dieser Lösung bestand darin, dass er keinen Besuch haben durfte, aber das machte ihm nicht viel aus. In seinem gemieteten Zimmer hatte er schließlich auch nie Besuch gehabt, und der Kontakt zu seinen alten Freunden verflüchtigte sich immer mehr. Obwohl ihm L.T. sein Handy zurückgegeben hatte, konnte er sich nicht dazu aufraffen, sich bei ihnen zu melden oder ihre Anrufe zu beantworten. Die Zeit bei Valhal hatte etwas Unwirkliches, und seine alten Freunde wurden allmählich durch die neuen Kameraden ersetzt. Die hatten dasselbe durchgemacht wie er. Waren an ihre äußersten Grenzen getrieben worden und hatten bestanden. Fast schien es ihm so, als hätte er seine alten Armeekameraden zurückbekommen. Und Valhal erinnerte auch sehr an eine Kaserne. Es gab einen geregelten Tagesablauf, einen genauen Zeitplan und lange Wachen. Sie mussten ihre Zimmer in Ordnung halten und penibel auf die Pflege des Materials achten.

Auch die erste große Aufgabe war ihm bereits zugeteilt worden. Es handelte sich um das Projekt einer

Hilfsorganisation im Sudan. Benjamin sollte einen Sicherheitskurs für die Mitarbeiter dieser Hilfsorganisation planen, damit sie auf etwaige Konfliktsituationen vorbereitet waren. Natürlich war es L.T., der den Kurs leitete, doch ließ er Benjamin seine eigenen Vorschläge machen. Ein Vorausteam von Valhal war bereits in den Sudan geflogen, um die Ankunft der Hilfsorganisation vorzubereiten, und L.T. hatte gesagt, dass sie beide vielleicht das nächste Mal die Vorhut bilden würden. Er konnte es kaum erwarten.

»Hat's dich erwischt?«

Benjamin schaute zu Bjarne hinüber, der im Türrahmen stand. Er zuckte die Schultern. »Ich bin *Captain Head Splitter*, ist doch nicht so schlecht.«

Bjarne ging zu ihm und setzte sich aufs Sofa. »Willst du auch mal?«, fragte Benjamin und hielt ihm den Controller entgegen.

»Nee, ich kann mit dem Zeug nichts anfangen.«

Das Spiel begann erneut, und Benjamin konzentrierte sich auf den Bildschirm. »Vielleicht verstehst du's einfach nicht?«

Bjarne grinste. »Als ich dir Wasser ins Gesicht geschüttet habe, hattest du keine so große Klappe!«

Benjamin warf ihm einen kurzen Seitenblick zu, während er sich weiter auf das Spiel konzentrierte. »Du warst das also, der mich fast ertränkt hat?«

»Klar. Für alles Grobe bin ich zuständig.«

Benjamins Finger jagten fieberhaft über die Knöpfe des Controllers. Man hörte ein lautes Krachen und pfeifende Kugeln, dann färbte sich der Bildschirm erneut rot, weil er abermals sein Leben verloren hatte. »Scheiße!«, rief er und legte den Controller beiseite.

»Ich soll übrigens gratulieren.«

»Von wem?«

Bjarne verzog das Gesicht. »Na, von den *Jungs*, mit denen wir im Stadion ein kleines Feuerwerk veranstaltet haben.«

»Ach, von denen«, entgegnete Benjamin.

»Sonntag ist das nächste Spiel. Ich frag mich schon, was wir ihnen diesmal mitbringen können.«

Benjamin schaute ihn an. »Ich glaube, ich lasse das Spiel aus.«

»Warum denn?«

»Letztes Mal hat Løvengren mich fast rausgeschmissen.«

»Ja, weil du damals noch Anwärter warst.« Bjarne schüttelte den Kopf. »Aber jetzt bist du fest angestellt, und das ist etwas ganz anderes. Jetzt entscheiden die nicht mehr darüber, was du in deiner Freizeit machst.«

Benjamin ließ sich die Sache durch den Kopf gehen. Er wollte Bjarne nicht abweisen. Außerdem konnte er ein bisschen Abwechslung gut vertragen. Auf der anderen Seite wollte er keinen Rausschmiss riskieren; er hatte schließlich hart darum gekämpft, bei Valhal aufgenommen zu werden. »Ich weiß nicht, Bjarne. Es ist ja nicht so, dass ich keine Lust hätte.«

Bjarne breitete die Arme aus. »Okay. Vergiss es einfach.«

»Du weißt, dass ich keine Angst habe. Dass du dich auf mich verlassen kannst.«

Bjarne nickte. »Natürlich.«

Er klang nicht sehr überzeugend, und das quälte Benjamin.

»Geht ja auch nur ums Training«, sagte Bjarne.

»Wie meinst du das?«

Bjarne blickte rasch zur Tür hinüber, um sich zu vergewissern, dass niemand zuhörte. Dann senkte er die Stimme. »Die richtigen Schlachten finden in der Nacht statt. Da draußen, bei den *Affenkäfigen*, bei den Gettos. Wir fahren mit einer Gruppe von Jungs dorthin und reißen ihnen den Arsch auf. Manchmal sind die Affen auch bewaffnet oder dreimal so viele wie wir, aber besiegt haben sie uns noch nie. Auf das *Überraschungsmoment* kommt es an, das weißt du doch.«

»Und die Bullen?«

Bjarne schnaubte. »Die trauen sich nicht dorthin. Das ist ja das Geile. Da draußen ist alles gesetzloser als in Helmand.«

Benjamin lächelte. »Und wann wollt ihr das nächste Mal losschlagen?«

Bjarne hob die Hand, und sie klatschten sich ab. »Das ist ein Wort, Soldat!«

40

Katrine streckte sich auf ihrem Stuhl. Ihr Rücken schmerzte. Ihr fehlte das Basketballtraining. Die letzte Woche hatte sie fast ausschließlich zusammen mit Niels und den Technikern im Kellergeschoss des Geheimdienstes bei Polyphem verbracht, aber sie hatte sich immer noch nicht an die extreme Wärme gewöhnt, die von den vielen Rechnern ausging. Stattdessen wusste sie die von Claus ausgewählte klassische Musik immer mehr zu schätzen, die das klaustrophobische Gefühl linderte.

Sie hatten die Wege von fast vierhundert Personen zur Zeit des Bombenschlags überprüft und die meisten von ihnen ausschließen können. Übrig geblieben war eine Handvoll junger Männer, mit denen sie sich näher beschäftigten.

Im Moment warteten sie darauf, dass Polyphem die Gesichtsidentifizierung eines Mannes mit Kapuzenpullover vornahm, der am Storkebrunnen stand, doch offensichtlich wurde sie durch die vielen Lichtreflexe auf dem Wasserspiegel erschwert. Als sie nach mehreren Versuchen immer noch nicht gelungen war, entschied sich Niels, dem Mann auf manuellem Weg zu folgen. Zum Zeitpunkt der Explosion stand er neben einer blonden Frau vor dem Eingang zur Hauptbibliothek in der Krystalgade. Niels wechselte zur Überwachungskamera der Synagoge auf der anderen Straßenseite hinüber. Sie zeigte, wie die beiden sich küssten, ehe sie die Bibliothek betraten.

»Den können wir also auch vergessen. Wo sollen wir jetzt suchen?«

Katrine gähnte. »In der Gothersgade?«

»Haben wir doch schon ein paarmal gemacht.«

»Christian IX's gade?«

»Na gut, versuchen wir es da noch mal.«

So langsam waren sie alle Straßen gründlich durchgegangen. Sie schaute auf die Uhr. Sie arbeiteten jetzt seit über zwölf Stunden und liefen immer mehr Gefahr, aus Erschöpfung etwas zu übersehen. »Ich glaube, wir sollten für heute Schluss machen.«

Niels nickte. Er und Claus standen auf und fuhren den Teil der Server herunter, die von Polyphem genutzt wurden. Es würde noch eine Viertelstunde dauern, bis sie fertig waren. Katrine brauchte dringend eine Zigarette, war aber gezwungen zu warten. Sie drehte die Schachtel in ihren Händen und sah sich um. Am Whiteboard hingen die Porträts der dreiundzwanzig Todesopfer und starrten sie an. In der vergangenen Woche hatte sie ihnen absichtlich den Rücken zugekehrt. Mit jedem Tag, der verging, ohne dass sie einen neuen Anhaltspunkt fanden, fühlte sich Katrine von ihren Blicken mehr angeklagt. Jetzt aber betrachtete sie diese Personen ganz bewusst. Es waren normale Menschen. Vielleicht ein wenig stilbewusster als der Durchschnitt. Besser gekleidet. Die meisten von ihnen lächelten, weil ihre Fotos von Familienporträts stammten. Es waren Menschen, die bis zu ihrem letzten Mahl ein komfortables Leben geführt hatten.

»Warst du mal im Café Felix essen?«

Niels wandte sich vom Kontrollpult ab. »Mit unserem Gehalt? Unmöglich.«

»So jemanden hätten die auch nie reingelassen«, scherzte Claus weiter hinten.

»Kannst du dich daran erinnern, wer mit wem zusammensaß?«

Niels trat an die Tafel. »Die Ermittler haben das ja alles schriftlich festgehalten, aber einen Teil habe ich mir gemerkt.« Er betrachtete die Fotos. »Sie hier ist ja quasi die Bekannteste.« Er zeigte auf das Gesicht von Lene Paludan. »Das ist die, die zusammen mit ihrem Baby umgekommen ist.«

»Das weiß ich«, entgegnete Katrine rasch.

»Und das sind ihre Freundinnen.« Er zeigte auf mehrere Porträts, die nebeneinander hingen. »Einmal im Monat haben sie sich zu einem gemeinsamen Mittagessen getroffen. Die meisten von ihnen waren Hausfrauen, abgesehen von dieser hier, die irgendeinen Marketingjob hatte, und von der hier, einer Juristin.«

»Wer sind die vier jungen Männer?«, fragte Katrine und zeigte eine Reihe tiefer.

»Das sind die Kellner«, antwortete Niels. »Daneben haben wir die Mitarbeiter von drei verschiedenen Unternehmen. Bei dem einen handelte es sich, glaube ich, um eine Bank oder Steuerberatungsfirma. An die beiden anderen Unternehmen kann ich mich nicht mehr erinnern.«

»Und dieser hier?«, fragte Katrine und zeigte auf einen jungen Mann in Uniform.

»Ein unglücklicher Soldat.«

»Warum nennst du ihn so?«

»So hat ihn die Presse getauft. Er war in Afghanistan

stationiert und wäre dort fast von einer Mine in Stücke gerissen worden. Und dann fiel er direkt nach seiner Heimkehr einem Bombenattentat zum Opfer.«

Niels schüttelte den Kopf. Dann drehte er sich um und ging zum Server zurück.

Katrine betrachtete das Foto des Soldaten. Es war eines der typischen Porträts, wie sie beim Militär gemacht wurden. Er sah aus wie ein stolzer Junge, den man in eine Paradeuniform gesteckt hatte. »Jonas Vestergaard« stand unter dem Foto.

»Mit wem zusammen hat er das Café besucht?«

»Wer?«

»Jonas Vestergaard, der unglückliche Soldat.«

»Er war allein. Stand an der Bar, als die Bombe hochging.«

»Was wollte er im Café Felix?«

»Ich weiß nicht. Ein Bier trinken, einen Freund treffen … warum?«

Katrine zuckte die Schultern. Sie hing bereits ihren eigenen Gedanken nach. Je länger sie das Foto betrachtete, desto stärker fiel ihr auf, wie sehr es sich von allen anderen Fotos unterschied, was nicht nur an der Uniform lag. Er war zehn bis fünfzehn Jahre jünger als die übrigen Gäste und gehörte einer ganz anderen Einkommensschicht an. Ein heimgekehrter Soldat. Was hatte er in diesem noblen Restaurant zu suchen gehabt? Und dazu noch allein? Katrine konnte ihn sich sehr viel besser bei McDonald's oder an einer Würstchenbude vorstellen.

»Haben wir eine Videoaufzeichnung von ihm?«

Niels schüttelte den Kopf. »Polyphem hat nichts entdecken können.«

»Dann müssen wir eben selbst suchen.« Sie setzte

329

sich wieder auf ihren Stuhl. »Fahrt ihr das Ding wieder hoch?«

Claus und Niels warfen sich einen Blick zu. Dann wandte sich Niels an Katrine. »Jetzt gleich?«

*

Storm ging in die Küche und schenkte sich ein Glas Wasser ein. Er nahm zwei Paracetamol, Nummer sieben und acht des heutigen Tages. Das Treffen mit Kampmann hatte sich hingezogen, und er war gerade noch rechtzeitig nach Hause gekommen, um seine beiden Töchter ins Bett zu bringen. Jetzt war es Viertel nach elf, und er hatte den Großteil des Abends damit verbracht, die Risikoanalyse des CTA durchzugehen. In islamistischen Kreisen war in letzter Zeit eine erhöhte Aktivität festgestellt worden. Von der Azra-Moschee hörte man die beunruhigende Nachricht, dass die dortigen Koranschüler für den Krieg in Afghanistan angeworben wurden. Storm hatte vergeblich versucht, die Treffen mit der Imamgruppe wiederzubeleben, doch nicht einmal Ebrahim hatte auf seine Anrufe reagiert. Glücklicherweise hatte der Ramadan begonnen, und so konnten sie einem relativ geruhsamen Monat entgegensehen. Doch niemand wusste, was danach geschehen würde. Der Bombenschlag auf dem Kongens Nytorv sowie die öffentliche Berichterstattung über Faris Farouks Terrorzelle hatten erneut Öl ins Feuer gegossen und andere aus dem Milieu motiviert.

Es klingelte an der Tür. Storm sah aus dem Küchenfenster, konnte auf der Straße jedoch niemanden entdecken. Schon öfter hatte er in letzter Zeit das Gefühl gehabt, verfolgt zu werden, hatte dies aber unter »Berufskrankheit« abgehakt.

Er machte Licht im Flur und öffnete die Tür.

»Katrine?«, sagte er überrascht.

Katrine zog sich die durchnässte Kapuze vom Kopf und trocknete sich das Gesicht.

»Was ist passiert?«, fragte er.

Ihre Augen blitzten. »Wir haben einen Durchbruch.«

»Komm rein«, sagte er. Sie folgte ihm ins Wohnzimmer.

Katrine schaute sich um. »Nette Hütte. Entschuldige, dass ich hier alles volltropfe.«

»Willst du ein Handtuch haben?«

»Nein, danke.« Sie zog den Reißverschluss ihrer Lederjacke nach unten und holte eine Aktenmappe hervor. »Jetzt pass auf«, sagte sie und legte die Mappe auf den ellipsenförmigen Esstisch. Sie gab ihm ein Foto.

Er runzelte die Stirn. »Ist das nicht …?«

»Jonas Vestergaard, der unglückliche Soldat, wie die Medien ihn nennen. Einer der dreiundzwanzig Todesopfer vom Café Felix.«

»Ich verstehe nicht, was du damit …«

»Nein? Dann hör zu!«, entgegnete sie enthusiastisch. »Was hat ein junger Arbeitsloser aus Haslev im exklusiven Café Felix verloren?«

»Wahrscheinlich wollte er zu Mittag essen, nehme ich an. Ich kenne das Profil von Jonas Vestergaard.«

»Wusstest du, dass er wegen psychischer Probleme nach Hause geschickt wurde?«

Storm nickte. »Posttraumatische Belastungsstörung, die am Bispebjerg-Hospital behandelt wurde.«

»Die Kamera an der französischen Botschaft hat ihn für vier Sekunden auf dem Kongens Nytorv eingefangen.«

»Und?«

»Die zeigt, wie er völlig orientierungslos durch die Gegend irrt. Es wundert mich, dass sie ihn beim Café Felix überhaupt reingelassen haben.«

»Da hat er wirklich Pech gehabt«, sagte Storm und legte das Foto auf die Aktenmappe. »Aber wir können doch keinen Verdacht daraus ableiten, dass er sich nicht an den üblichen Dresscode gehalten hat.«

»Er war bei den Pioniertruppen. Der weiß genau, wie man Bomben zur Explosion bringt. Er hat also die nötigen *Kenntnisse* gehabt. Fehlt nur noch das *Motiv*.«

Storm lächelte. »Wohl noch etwas mehr. Und was für eine Motivation soll er gehabt haben, nicht nur ein Restaurant, sondern auch sich selbst in die Luft zu sprengen?«

»Desillusion! Das Gefühl, vom Militär und von der Gesellschaft betrogen worden zu sein. Das Gefühl, zum Außenseiter geworden zu sein, verbunden mit der Depression, wegen der er behandelt wurde. Und Kriegsinvaliden wie ihn gibt es jede Menge.«

»Die keinen Schaden anrichten«, sagte Storm und schüttelte den Kopf. »Da musst du schon mit etwas mehr kommen, Katrine.«

»Natürlich, aber das ist ja auch erst der Anfang. Ich finde, wir sollten eine nähere Untersuchung seiner Person einleiten.«

Storm holte tief Luft. »Was sagt Niels dazu?«

»Der sieht Parallelen zu den verschiedensten Attentätern im Lauf der Geschichte.«

»Warum überrascht mich das nicht?«, fragte Storm spöttisch. »Habt ihr wirklich keine anderen Verdächtigen gefunden?«

»Niemanden wie ihn. Außerdem wollte ich dir noch

etwas anderes zeigen.« Sie öffnete die Aktenmappe und zog den Obduktionsbericht heraus. »Es besteht kein Zweifel, dass Jonas durch die Druckwelle der Explosion getötet wurde. Doch ich bin ziemlich sicher, dass er nicht an der Bar, sondern nahe an der Tür stand. Denn er hat genauso viele Schnittverletzungen erlitten, wie diejenigen, die an der Fensterfront saßen.«

»Du meinst, dass er auf dem Weg nach draußen war?«

Sie blätterte bis zur letzten Seite des Berichts vor, auf der eine Skizze die verschiedenen Verletzungen zeigte.

»Wie du siehst, haben ihn die Fragmente von vorn getroffen, und zwar an Armen und Beinen, doch nur die Hälfte des Gesichts ist betroffen.«

»Was bedeutet?«

»Als die Bombe explodierte, hat Jonas in Richtung des Wagens geschaut. Als Einziger! Warum? Seine rechte Hand und sein rechter Unterarm sind weitaus stärker verletzt worden als die linke Seite und die Bauchgegend. Wie ist das zu erklären? Was hat er sich vor den Körper gehalten? Eine Kaffeetasse? Oder vielleicht einen funkgesteuerten Detonator? Ich finde, wir müssen dem auf jeden Fall nachgehen.«

»Von so einem Gerät fehlt am Tatort aber jede Spur.«

»Fünfundsiebzig Prozent aller elektronischen Geräte, Handys, Taschenrechner, Laptops und so weiter schmelzen bei solchen Explosionen. Deshalb findet man bei Selbstmordattentätern auch selten die Detonatoren.«

»Hat dir das Niels erzählt?«

Sie nickte.

Storm schaute sie lange an. »Ich selbst bin nicht überzeugt davon, aber wenn du daran glaubst, dann bin ich damit einverstanden, die Ermittlungen in diese Richtung zu lenken. Aber lass uns das in aller Diskretion machen. Es darf keinesfalls an die Öffentlichkeit gelangen, dass wir den persönlichen Hintergrund eines der Todesopfer recherchieren. Schon gar nicht, dass es sich um einen Kriegsveteranen handelt.«

Er begleitete sie zur Haustür.

»Die passen gut auf dich auf, was?« Sie drehte sich zu ihm um.

»Wovon redest du?«

Sie lächelte. »Glaubt du, ich habe die beiden Agenten nicht bemerkt, die dahinten im Auto sitzen?«

Storm nickte. »Ach, die beiden ...«

»Gute Nacht«, sagte sie und ging die Einfahrt hinunter.

Katrines Beobachtung beunruhigte ihn. Seit drei Wochen verzichtete er auf den Personenschutz, der ihm nach dem Terroranschlag automatisch zuteilgeworden war. Seines Wissens wurde derzeit kein einziger Mitarbeiter des PET bewacht. Er warf einen prüfenden Blick auf die dunkle Straße. Vielleicht war sein Verfolgungswahn alles andere als Einbildung gewesen. Er überlegte, ob er morgen mit Kampmann darüber sprechen sollte, war sich aber nicht sicher, ob dies eine gute Idee war.

41

Storm setzte die Ermittlungseinheit von der neuen Entwicklung des Falls in Kenntnis. Sie sollten sich jetzt auf Jonas Vestergaard konzentrieren und ein umfassendes Profil von ihm erstellen. Seinen persönlichen Hintergrund recherchieren: Kindheit, Familienverhältnisse, Schulzeit, Militärzeit, den Einsatz in Afghanistan, vor allem die Zeit nach seiner Heimkehr. »Was hat er getan? Mit wem hat er Umgang gepflegt? Das ist es, was wir wissen wollen.«

»Gibt es überhaupt ein mögliches Motiv?«, fragte Tom und warf ihm einen irritierten Blick zu.

»Das versuchen wir zu ergründen. Wir wissen, dass Jonas psychische Probleme hatte, doch können wir zum gegenwärtigen Zeitpunkt nicht beurteilen, wie schwerwiegend sie waren und ob er eine Gefahr für die Allgemeinheit darstellte.«

Die Ermittler schien nicht sonderlich begeistert zu sein. Obwohl sie die Aufnahmen gesehen hatten, auf denen Jonas orientierungslos umhergeirrt war, misstrauten sie offenbar der Theorie vom Einzeltäter. Doch sie waren Profis genug, um Storms Anweisungen zu befolgen. Einige von ihnen sollten Kontakt zum Militär aufnehmen und Erkundigungen über Jonas' Dienstzeit einziehen. Sollten sowohl mit seinen ehemaligen Vorgesetzten als auch mit seinen Kameraden sprechen, um ein detailliertes Bild zu erhalten. Andere sollten den Kontakt zu

335

den behandelnden Psychologen im Bispebjerg-Hospital suchen. Die würden sich zwar auf ihre Schweigepflicht berufen, doch waren sie andererseits dazu verpflichtet, über die Art und den generellen Verlauf der Behandlung Auskunft zu geben. Storm wollte noch damit warten, die Sonderbefugnisse der Antiterrorgesetze ins Spiel zu bringen, um auf diese Weise an sensible Informationen über Privatpersonen heranzukommen. Dazu wollte er sich seiner Sache erst sicherer sein. Schließlich bat er Tom und Henrik herauszufinden, wo Jonas zuletzt gewohnt hatte, und sich in seinem Bekanntenkreis umzuhören. Er setzte die beiden bewusst als Team ein. Henrik war loyal, wenn auch kein brillanter Ermittler, wohingegen Tom sein Handwerk beherrschte, aber nicht der größte Teamplayer war.

Etwas später am Tag statteten Storm und Katrine Jonas' Eltern in Haslev einen Besuch ab.

Sie fuhren die Jernbanegade entlang, die sich durch den halben Ort zog. Es war um die Mittagszeit, und die ganze Kleinstadt schien zu schlafen. Katrine rutschte unruhig auf ihrem Sitz hin und her.

Strom sah sie von der Seite an. »Wann bist du das letzte Mal auf dem Land gewesen?«

»Kann mich ehrlich gesagt nicht daran erinnern. Ich weiß nicht warum, aber solche Käffer geben mir immer das Gefühl, lebendig begraben zu sein.«

»Also ich finde es hier sehr gemütlich, und ich wette, dass die Mordstatistik dementsprechend ist.«

»Das ist natürlich ein Argument, aber ich kann gut verstehen, dass Jonas es gar nicht eilig genug haben konnte, zum Militär zu kommen.«

Storm bog in Richtung der Wohngegend ab, in der Jonas' Elternhaus lag. »Dennoch ist er nach seiner Heimkehr wieder hierhergekommen.«

»Ja, aber für wie lange?« Sie kannte selbst die Antwort. Dem Einwohnermeldeamt zufolge hatte Jonas nur sehr kurz bei seinen Eltern gewohnt. Sie hielten vor dem weiß gestrichenen Haus. Ein älterer Campingwagen stand aufgebockt in der Einfahrt. Storm und Katrine stiegen aus und blickten sich um. Die kleinen Häuser entlang der Straße standen dicht beieinander und sahen nahezu identisch aus. »Ich kriege schon Platzangst«, murmelte Katrine, als sie zur Haustür gingen und klingelten.

Es war Jonas' Mutter Birthe, die öffnete. Sie trug ein Jeanskleid und eine schmale Brille mit neongrünem Gestell, das ihr etwas Reptilienartiges verlieh.

Storm stellte sie beide vor und fragte, ob sie hereinkommen dürften. Sie hätten da ein paar Fragen, ihren verstorbenen Sohn betreffend. Birthe schluckte. »Sie wollen etwas über Jonas wissen?«

»Wenn wir nicht ungelegen kommen.«

»Nein, nein, kommen Sie herein.«

Sie wurden ins Wohnzimmer geführt, wo sie sich auch Jonas' Vater vorstellten. Er war ein kleiner Mann mit dünnen Haaren und mürrischem Gesichtsausdruck. »Karsten Vestergaard«, sagte er und drückte ihnen so fest die Hand, dass es noch lange Zeit schmerzte.

Birthe bestand darauf, Kaffee zu machen. Sie schaute ein paarmal verstohlen zu Katrine hinüber, als könnte sie nicht verstehen, dass die Frau mit dem zerschundenen Gesicht und der verschlissenen Lederjacke eine Mitarbeiterin des PET war.

Katrine und Storm nahmen auf dem Sofa Platz, das

seine besten Tage bereits hinter sich hatte. Im Kaminofen brannte ein Feuer und verbreitete einen gemütlichen Duft in dem kleinen Raum. Storm ergriff das Wort und erzählte eine Notlüge, warum sie gekommen waren. Die Ermittlungseinheit ziehe Erkundigungen zum Leben der Todesopfer ein, um ein genaueres Bild über die möglichen Motive der Attentäter zu gewinnen.

»Sollten Sie nicht lieber alles daransetzen, diese Mohammedaner zu fangen?«, fragte Karsten Vestergaard. »Ich will mich natürlich nicht in Ihre Arbeit einmischen, aber man wundert sich schon, dass diese Kerle immer noch nicht geschnappt wurden«, fügte er hinzu und verschränkte die Arme.

Birthe kam mit dem Kaffee herein. Jonas' kleine Schwester half, den Tisch zu decken. Sie machte einen schüchternen Eindruck, begrüßte den Besuch scheu, nachdem sie von ihren Eltern dazu aufgefordert worden war, und setzte sich auf den Stuhl, der am weitesten von Storm und Katrine entfernt war.

Katrine bemerkte die Heimorgel am Ende des Raumes.

»Hat Jonas gespielt?«

»Nein, die gehört Sofie. Nicht wahr, Sofie?«

Sofie blickte zu Boden und drückte an einem Pickel auf ihrer Wange herum.

Storm zückte seinen Notizblock und bat die Eltern, von ihrem Sohn zu erzählen. An was sie sich vor allem erinnerten, an die positiven und negativen Dinge … Er lächelte Birthe voller Mitgefühl an. »Die *schwierigen* Seiten.«

Es war offensichtlich, dass er bereits ihr Vertrauen gewonnen hatte. Birthe begann sofort, von Jonas' Kindheit zu erzählen. Angefangen von der Frühgeburt bis zu seiner Legasthenie, die weitere Schulprobleme nach sich gezogen hätte. Doch auch, wie geschickt er mit seinen Händen und wie hilfsbereit er gewesen sei. Er sei ein guter Junge gewesen. Ein guter Sohn und Bruder.

Storm erkundigte sich nach seiner Militärzeit.

Birthe erzählte, das Jonas in dieser Zeit wirklich aufgeblüht sei. Es habe ihm gutgetan, von zu Hause wegzukommen. Er habe an Reife gewonnen. Nachdem er seine Zeit als Rekrut hinter sich gebracht und seine eigentliche Ausbildung in Angriff genommen habe, sei er wirklich sehr glücklich gewesen. »Ich glaube, das war die glücklichste Zeit in seinem Leben, meinst du nicht, Karsten?«

Karsten brummte. Er hatte bisher nichts zu dem Bericht seiner Frau beigetragen, sondern die ganze Zeit mit verschränkten Armen in seinem Stuhl gesessen und geschwiegen.

Birthe blinzelte hinter ihrer neongrünen Brille. »Das war ja sein großer Traum. Für sein Land zu kämpfen.«

»Was wissen Sie von seinen Einsätzen?«

Sie knetete die Hände in ihrem Schoß. Die Standuhr am anderen Ende des Raumes schlug dreimal und brach die bedrückende Stille.

Birthe nickte. »Als er von seinem ersten Auslandseinsatz zurückkam, da haben wir ihm angemerkt, dass etwas geschehen sein musste. Er war sehr ernst geworden. Zuerst haben wir gedacht, dass er erwachsener geworden ist, aber dann hat er sich immer mehr abgekapselt. Hatte manchmal seine Wutanfälle.« Sie schüttelte traurig den Kopf. »Und ein halbes Jahr später hat er sich wieder einsatzbereit gemeldet und ist weggefahren. Er

339

konnte zu Hause keine Ruhe finden. Er vermisste die Spannung und all die anderen Sachen.«

»Wie war er, als er das zweite Mal nach Hause kam?«

Birthe ließ den Kopf auf die Brust sinken. Tränen liefen ihr über die Wangen. Sie nahm rasch die Brille ab und wischte sie fort.

»Er kam als Krüppel wieder«, antwortete Karsten.

Storm und Katrine schauten ihn überrascht an.

»Das ist ein bisschen übertrieben«, widersprach Birthe mit erstickter Stimme.

Karsten warf die Arme in die Luft. »Körperlich war er unversehrt. Aber innerlich war er zerstört. Die Wahrheit ist, dass wir denen einen Sohn gegeben haben und wir eine lebende Leiche zurückbekamen.« Er nickte entschieden und blickte sie durchdringend an. Das schien ein Satz zu sein, den er schon viele Male zu Leuten gesagt hatte, die bereit waren, ihm zuzuhören.

»Wie, finden Sie, hat das Militär sich in dieser Sache verhalten, Herr Vestergaard?«, fragte Katrine.

Nach dieser Frage war Karsten Vestergaard nicht mehr zu bremsen. Wortreich erzählte er von den vielen Problemen seines Sohnes und der mangelnden Hilfe des Militärs. Sie hätten eine oberflächliche psychologische Untersuchung an ihm durchgeführt und ihn mit einem Glas voll Pillen nach Hause geschickt. Er und seine Frau seien mit all den Problemen, die sich sehr verschlimmert hätten, vollkommen alleingelassen worden.

»Wir haben schon das Schlimmste befürchtet«, sagte Birthe. Man hat ja so manches von den anderen Kriegsheimkehrern in der Zeitung gelesen. Von Selbstmord und Gewalt, manchmal sogar von Mord.«

»Wann ist Jonas bei Ihnen ausgezogen?«

Karsten zuckte die Schultern. »Das war ungefähr ein halbes Jahr vor seinem Tod. Es wurde ihm hier alles zu viel. Er hatte Schwierigkeiten, die kleinsten Regeln einzuhalten. War aufbrausend und aggressiv …«

»*Du* hast ihn rausgeworfen!«, platzte es aus Birthe heraus. Dann brach sie in Tränen aus und lief weinend aus dem Zimmer.

Katrine blickte kurz zu Sofie hinüber, die dumpf vor sich hin starrte. Das Mädchen mochte vielleicht zwölf, dreizehn Jahre alt sein, wirkte jedoch älter.

Karsten senkte den Kopf und verschränkte wieder die Arme, vor allem, um seine zitternden Hände unter Kontrolle zu halten.

»Wir verstehen gut, wie schwer diese Zeit für Sie gewesen sein muss«, sagte Storm.

Karsten nickte. »Ja, manchmal war es hart.«

»Ging es Ihrem Sohn besser, als er nach Kopenhagen kam?«

Karsten schüttelte den Kopf. »Wir haben den Kontakt zu ihm verloren. Wir, ich meine, Birthe, hat versucht, ihn anzurufen, aber er hat sich nie gemeldet.«

»Sie wissen auch nicht, wo er gewohnt hat?«

»Bei irgendwelchen Freunden, vermuten wir, aber nein, wir wissen es nicht.«

Storm und Katrine bemerkten, dass Sofie den Blick gesenkt hielt.

Katrine wandte sich an Karsten. »Haben Sie Fotos von Jonas?«

Karsten nickte. »Die sind oben.«

»Wir könnten gut eines gebrauchen, auf dem er keine Uniform trägt. Könnten Sie mir eins zeigen?«

»Natürlich.«

Nachdem Katrine und Karsten aus dem Zimmer gegangen waren, stand Storm auf. »Was spielst du am liebsten auf dem Klavier?«

Sofie schaute ihn überrascht an. »Das ist … eine Orgel.«

»Ja, natürlich … also auf der Orgel.«

»*Beat it* von Michael Jackson. Das mochte Jonas auch gern. Ist ziemlich einfach.«

Er ging in die Hocke. »Wann hast du zuletzt mit Jonas geredet?«

Sie schaute weg. »Warum?«

»Weil wir wissen müssen, was er getan hat und wo er gewohnt hat.«

»Ich weiß nicht, wo er gewohnt hat. Nur, dass es irgendwo in Kopenhagen war.«

»Worüber habt ihr geredet?«

Sie zuckte die Schultern. »Über alles Mögliche. Was ich so mache, ob ich weiter zum Musikunterricht gehe …« Sie verdrehte die Augen.

»Glaubst du, dass er froh war, von zu Hause wegzukommen?«

»Das weiß ich nicht. Jonas war nie richtig froh. Manchmal hat er auch komische Dinge gesagt.«

»Was denn?«

»Dass er gut verstehen könnte, warum die Leute in Afghanistan ihr Land verteidigten. Das fand ich merkwürdig, weil er doch da war, um gegen sie zu kämpfen.« Erneut starrte sie vor sich hin.

»Du hast noch gar nicht auf meine Frage geantwortet. Wann hast du zuletzt mit Jonas gesprochen?«

»Als die Bombe explodierte«, antwortete sie tonlos.

»Worüber habt ihr geredet?«

»Er konnte nichts mehr sagen.«

Katrine blickte zu Storm hinüber, während er auf die Autobahn fuhr. »Können wir diese Aussage verifizieren?«

»Ich gehe davon aus, dass die Telefongesellschaft immer noch die Anruflisten hat. Da wir die Nummer haben, können wir überprüfen, wer sie wann angerufen hat.«

»Und bisher hat sie niemandem davon erzählt?«

Storm schüttelte den Kopf.

»Was für ein schreckliches Geheimnis, das sie mit sich herumträgt.«

Storm nickte. »Nicht, dass ihn das von vornherein als Täter ausschließt. Aber es ist doch schwer vorstellbar, dass er in einer Hand sein Handy und in der anderen den Detonator hält.«

Katrine blickte aus dem Seitenfenster und enthielt sich eines Kommentars. Ihr Ausflug hatte mehr Fragen aufgeworfen als beantwortet. Sie war gespannt darauf, was die anderen zu erzählen haben würden. Es war noch zu früh, um Jonas endgültig abzuschreiben.

42

WIR WERDEN DEN LAUF DER GESCHICHTE ÄNDERN

Wir werden jeden freien Gedanken abschaffen.
Werden die Epochen der Weltgeschichte auslöschen,
die im Widerspruch zu unserer Ideologie stehen.
Jedes Individuum wird in Zukunft in seinem
streng definierten Bereich arbeiten und den Platz
einnehmen, den wir ihm zuteilen.

KAPITEL XV: GEHIRNWÄSCHE

Das Treppenhaus war leer. Katrine ging die Treppe hinunter und zündete sich die erste Zigarette des Tages an. Als sie die Haustür erreichte, warf sie einen prüfenden Blick zu der Ecke, an der die Männer ihr aufgelauert hatten. Sie hatte keine Angst, dennoch hing ihr dieses schreckliche Erlebnis noch in den Knochen. Angesichts der fehlenden Zähne im Oberkiefer des einen Mannes hatte sie gehofft, die Polizei würde ihn finden. Doch bis jetzt war nichts geschehen. Irgendwann würde sie im Viertel erneut auf ihn stoßen. Pech für ihn.

Sie schlenderte über den Parkplatz und setzte sich in den schwarzen Mondeo. Es war Viertel nach acht, und die Leute waren auf dem Weg zur Arbeit. Katrine gähnte, sie hatte eine schlaflose Nacht hinter sich. Hatte immerzu an Jonas denken müssen. An sein trauriges

Leben bei seinen Eltern in Haslev, die wohl nie über die Tragödie hinwegkommen würden. Unabhängig vom Ausgang der Ermittlungen würden sie stets verbittert über den viel zu frühen und sinnlosen Tod ihres Sohnes sein.

Gegenüber dem Einkaufszentrum hielt sie vor der roten Ampel. Vor dem Eingang sah sie ein paar Jungen im Qamis und mit roten Stirnbändern. Es waren die Jungen aus der Azra-Moschee, die versuchten, ihre Flugblätter an diejenigen zu verteilen, die so früh schon einkauften. Sie waren zahlreicher als früher und boten mit ihren langen blonden Bärten und den arabischen Gewändern einen merkwürdigen Anblick. Mochte Jonas konvertiert sein?, fragte sie sich. Oder legte sie damit zu viel in die Aussage seiner jüngeren Schwester hinein, er habe Sympathien für seinen Feind empfunden?

Jemand klopfte fest gegen die Seitenscheibe, sie drehte sich erschrocken um. Saajid stand draußen und bedeutete ihr, die Scheibe herunterzufahren. Es war inzwischen fast eine Angewohnheit von ihm, sie auf diese Weise zu überraschen. Manchmal beschlich sie der Verdacht, dass er ihr auflauerte.

»Du bist früh auf den Beinen«, sagte sie.

Er nickte. »Wie geht's dir?«

»Schon besser«, antwortete sie.

»Ich tut mir schrecklich leid, dass ich dich nicht im Krankenhaus besucht habe, aber ich habe erst später davon erfahren.«

Sie zuckte die Schultern. »Ist schon okay.«

»Hast du die Typen erkannt?«

Sie schüttelte rasch den Kopf. »Egal, passiert ist passiert.«

345

Die Ampel sprang auf Grün. Die Autofahrer hinter ihr hupten ungeduldig. Katrine warf einen Blick in den Rückspiegel, ehe sie das Blaulicht einschaltete. Als sie die Sirene hörten, fuhren die Autos sofort um sie herum.

»Du bist also wieder bei der Polizei ... gut für dich. Kommst du Mittwoch zum Training?«

»Keine Zeit.«

Er nickte und wandte enttäuscht den Blick ab. »Wir ... *ich* vermisse dich. Nicht nur auf dem Spielfeld.«

Sie nickte lächelnd. »Es ist vorbei, Saajid, was immer da zwischen uns gewesen sein mag. Verstehst du?«

Er atmete tief durch und trat einen Schritt zurück. »Wenn du das sagst ... Aber ich habe gehofft, dass es anders ist.«

»Ich komm bald mal wieder zum Basketball, okay? Grüß die Jungs von mir, ich vermisse sie auch. Ich muss jetzt los.«

Sie ließ die Scheibe nach oben und fuhr über die Kreuzung.

*

Storm saß in seinem Büro und starrte nachdenklich aus dem Fenster. Er kratzte sich die Wange und spürte die Bartstoppeln unter seinen Fingern. Es war das erste Mal, seit er beim PET war – das erste Mal, seit er überhaupt bei der Polizei war –, dass er unrasiert zur Arbeit erschienen war. Dann wandte er sich an Katrine. »Ist diese Idee mit der Konvertierung nicht ein bisschen gewagt?«

»Vielleicht ist er nicht konvertiert, sympathisierte aber mit islamistischen Ideen.«

»Nichts von dem, was wir von seinen früheren Kollegen erfahren haben, weist in diese Richtung. Jonas war ein Mustersoldat, bis …« Storm ließ seinen Finger an der Schläfe kreisen.

»Und was ist mit der Zeit danach?«

»Ich dachte, wir sollten mal mit Jonas' ehemaligem Mitbewohner sprechen«, sagte Storm. »Henrik hat eine Adresse in Nordvest ausfindig gemacht. Jonas ist dort zwar ein paar Monate vor dem Attentat ausgezogen, aber einen Versuch ist es wert. Der Eigentümer der Wohnung ist ein alter Bekannter von uns.«

»Wie bekannt?«

»Im Grunde ein kleiner Fisch, Haschischverkauf und eine Bewährungsstrafe wegen Hehlerei.«

»Was ist mit der Konvertierungsidee?«

Storm schüttelte kurz den Kopf. »Kampmann und die anderen wären begeistert, aber ich denke, wir sollten die jetzt nicht in den Vordergrund stellen.«

»Könnte man sich nicht zumindest mal in islamistischen Kreisen umhören? Ihr hattet doch mal so eine Imamgruppe.«

Storm nahm seine Jacke vom Haken. »Das war vor den Massenfestnahmen. Jetzt wollen selbst die moderaten unter ihnen keinen Dialog mit uns führen.«

Sie gingen aus der Tür. Er dachte an Ebrahim, der weder auf seine Sprachnachrichten noch auf seine Mails geantwortet hatte. Es würde noch lange Zeit dauern, bis sich alles wieder einigermaßen normalisiert hatte. Er würde sich was überlegen müssen, wie er den Kontakt wiederherstellen konnte.

Katrine parkte den Wagen vor dem niedrigen gelben Wohnblock. Hier war es fast wie bei ihr zu Hause. Die Späher der Haschclubs waren bereits auf ihren schwarzen Mondeo aufmerksam geworden, ehe sie überhaupt angehalten hatte. Doch ansonsten schien alles ruhig zu sein. Die Leute in dieser Gegend waren weniger aggressiv als in ihrem eigenen Viertel. Hier verfolgten sie die Taktik, sich so schnell wie möglich aus dem Staub zu machen. Sie verglich die Hausnummer mit der, die auf ihrem Zettel stand.

»Hier geht's rein«, sagte sie zu Storm.

Sie betraten das Treppenhaus und gingen in den ersten Stock, wo ihnen durch die geschlossene Wohnungstür *Rammstein* entgegendröhnte.

Sie hämmerten mehrmals gegen die Tür, ehe sie nach einer Minute aufgerissen wurde. Ein schmächtiger Kerl mit nacktem Oberkörper und einer schwarzen Adidashose glotzte sie böse an. »Was ist?«

»Sind Sie Dennis Ravnsborg?«, fragte Storm.

»Wer fragt?«

Storm zückte seinen Polizeiausweis und hielt ihn dem Mann entgegen. »PET.«

»Ach du Scheiße«, entgegnete Dennis und wischte sich mit dem Handrücken die Nase ab.

»Dürfen wir reinkommen?«, fragte Katrine.

Dennis musterte sie von Kopf bis Fuß. »Glaub nicht. Braucht ihr dazu nicht einen Durchsuchungsbefehl oder so was?«

Katrine lächelte ihn herausfordernd an. »Hört sich ja fast so an, als hätten Sie was zu verbergen, Dennis. Wir wollen nur ganz in Ruhe mit Ihnen reden.«

»Reden Sie!« Er machte einen Schritt nach vorn und starrte sie an.

Katrine hielt seinem Blick stand. Sie wusste von Anfang an, dass sie die Letzte sein würde, die zwinkerte.

348

»Wir können das auch hier vor der Tür besprechen«, sagte Storm lächelnd. »Wir wollen nur wissen, wie lange Jonas Vestergaard hier gewohnt hat.«

Dennis schaute ihn blinzelnd an. »Wer?«

»Jonas Vesterg…«

»Kenn ich nicht«, unterbrach ihn Dennis.

»Wir wissen aber, dass Sie ihn kennen. Und wir wissen auch, dass er hier gewohnt hat«, sagte Katrine.

»Na und? Der hat keine Miete gezahlt, also gibt es auch nichts zu holen. Ich krieg immer noch volle Stütze …«

Katrine schüttelte den Kopf. »Das interessiert uns nicht. Wir wollen nur etwas über Jonas erfahren. Also, wie lange hat er hier gewohnt?«

Dennis zuckte die Schultern. »Ein paar Monate.«

»Und was hat er in dieser Zeit gemacht? Hat er gearbeitet?«, fragte Storm.

Dennis sah ihn an, als hätte Storm nicht alle Tassen im Schrank. »He, das ist *Nordvest* hier.«

»Woher kannten Sie ihn?«

»Aus der Stadt.«

»Durch wen?«

»Kann mich nicht erinnern.«

»Warum ist er ausgezogen?«

Dennis kratzte sich im Schritt. »Weiß nicht, hatte eben was anderes gefunden.«

»Wissen Sie, wo das war?«

»Nee.«

»Wann haben Sie ihn das letzte Mal gesehen?«

»Weiß ich nicht mehr. Sind wir jetzt fertig?« Er legte den Kopf zurück und schaute sie gelangweilt an.

»Sie scheinen ein ziemlich lausiges Gedächtnis zu haben«, sagte Katrine.

»Und? Wollen Sie mich deshalb festnehmen?«

Sie musterte ihn kühl.

»Dann entschuldigen Sie die Störung, und noch einen schönen Tag«, sagte Storm und ging die Treppe hinunter. Katrine folgte ihm widerstrebend.

»Haben die eigentlich nur Lesben bei den Bullen?«, rief er und schnitt eine provozierende Grimasse. Dann schlug er die Tür hinter sich zu.

Storm schnallte sich an. »Nicht gerade auskunftsfreudig, dieser Dennis.«

Sie schüttelte den Kopf. »Die haben sich bestimmt durch gemeinsame Freunde kennengelernt. Haben eine Weile zusammen rumgehangen, gekifft und die Zeit totgeschlagen.«

»So wird's gewesen sein.«

Sie fuhren durch das Viertel. »Ohne Adresse wird es schwer sein herauszufinden, was Jonas am Ende getan hat. Die hätte Dennis wirklich noch rausrücken können.«

»Was schlägst du vor?«, fragte Katrine.

»Dass wir uns erst mal anhören, was die anderen herausbekommen haben, und dann entscheiden, ob wir das Thema Jonas auf Eis legen.«

Sie schaute aus dem Fenster. »Und jetzt?«

Er seufzte. »Wenden wir uns Badr Udeen und den Islamisten zu. Der Chef wird begeistert sein.«

Sie biss sich in die Wangen.

»Woran denkst du?«, fragte Storm.

»An nichts Bestimmtes«, log sie.

43

Katrine betrat das dunkle Treppenhaus. Ohne Licht zu machen ging sie auf leisen Sohlen in den ersten Stock. *Rammstein* war von dumpfem Technobeat abgelöst worden, der durch die Wohnungstür dröhnte. Sie zog den kleinen Teleskopschlagstock aus gehärtetem Stahl heraus und klopfte damit gegen die Tür. Der Schlagstock war gerade so groß, dass er gut in der Hand lag. Diese Waffe gehörte zwar nicht zu ihrer Polizeiausrüstung, doch bei Besuchen wie diesem konnte sie ziemlich nützlich sein. Die Musik verstummte. Im nächsten Moment hörte sie Schritte im Flur. Im selben Moment, in dem sich die Wohnungstür öffnete, trat sie dagegen, sodass Dennis sie mit voller Wucht ins Gesicht bekam. Er taumelte zurück und verlor das Gleichgewicht. Katrine folgte ihm in die Wohnung.

»Guten Abend, Dennis.«

Dennis schaute benommen zu ihr auf. Sie nahm den Joint, den sie dem Dealer in der Nähe von Faris' Wohnung abgekauft hatte, und warf ihn Dennis an den Kopf.

»Pech für dich, mit einem Joint erwischt zu werden, wenn man gerade auf Bewährung ist.«

Dennis starrte den Joint an, der neben ihm auf dem Boden lag. »Was soll der Scheiß?«

»Du bist wegen illegalem Drogenbesitz festgenommen, Dummkopf.«

»Fick dich doch ins Knie!«, knurrte er und rappelte sich auf.

Katrine machte eine kurze Bewegung mit dem Handgelenk, und der Schlagstock entfaltete sich mit einem Knall zu seiner vollen Länge. Im nächsten Moment traf sie Dennis hart am Schulterblatt. Er schrie auf und ließ sich wieder zu Boden fallen.

»Bist du verrückt? Du hättest mir fast die Schulter gebrochen.«

»Weit entfernt. Aber wenn du dich weiter deiner Festnahme widersetzt, Dennis, wird das für dich ziemlich schmerzhaft sein.«

Sie ließ den langen Stahlknüppel vor seinem Gesicht hin und her schwingen.

»Ich hab nichts getan«, krächzte er.

Sie zuckte die Schultern. »Na und?«

Er schwieg.

»Ich hab dir nur deshalb noch nicht den Kiefer gebrochen, weil du noch auf meine Fragen antworten musst.«

»Was willst du wissen?«, fragte er hastig.

»Wie lange hat Jonas bei dir gewohnt?«

»Drei Monate, ungefähr.«

»Wo hast du ihn kennengelernt?«

»Beim Fußball ... Er kannte einen, den ich auch kannte.«

»Warum ist er bei dir eingezogen?«

»Wir sind gute Freunde geworden, und er hatte keine Bleibe. Außerdem konnte ich ein bisschen Miete gut gebrauchen.«

»Was habt ihr zusammen gemacht?«

»Nichts Besonderes ... Wir saßen rum, haben geraucht ...«

352

Sie schwang erneut ihren Schlagstock und traf seine andere Schulter.

»Au, verdammt!«, schrie er auf und fasste sich an die Schulter.

»Ich will nicht wissen, wie ihr euch einen runtergeholt habt, sondern wie ihr an Geld rangekommen seid. Habt ihr Brüche gemacht, Hasch verkauft?«

»Nein, so war Jonas nicht«, antwortete er und rieb sich die Schulter. »Jonas kam vom Land. Der hat viel geraucht, aber der hätte nie was Kriminelles gemacht.«

»Warum ist er wieder ausgezogen?«

»Weil er nach Afghanistan musste.«

Sie erhob erneut den Schlagstock. »Ich bin deine Lügen langsam leid.«

Dennis hielt sich schützend die Hände über den Kopf. »Ich schwöre ... Das hat er jedenfalls gesagt.«

»Jonas war schon längst nicht mehr beim Militär, als ihr euch kennengelernt habt.«

»Ich weiß, ich weiß ... Ich rede ja auch nicht vom Militär.« Er schaute sie panisch an. »Das war so eine Sicherheitsfirma, bei der er angefangen hatte.«

»Erzähl mir keinen Scheiß, Dennis!«

»Ich ... ich schwöre. Ich kann's beweisen.« Er zeigte in den Raum hinter sich.

»Das hoffe ich für dich.« Sie funkelte ihn an.

Dennis kam mühsam auf die Beine. Seine linke Schulter hing ein wenig im Vergleich zur rechten. Katrine folgte ihm ins Wohnzimmer, in dem es nach Dope und abgestandenem Bier stank. Auf dem Couchtisch lagen leere Bierflaschen und Pizzakartons durcheinander. Über dem Sofa hing eine meterlange Fahne des FC Kopenhagen mit SS-Zeichen und der Aufschrift »ULTRA« in Fraktur.

353

Sie stieß ihm den Schlagstock in den Rücken. »Was wolltest du mir zeigen, du Sonntagsnazi?«

Dennis ging zum Fensterbrett und wühlte in einem großen Papierhaufen, der darauf lag. »Beeil dich, Dennis, ich bin mit meiner Geduld gleich am Ende.«

»Ja, ja«, schniefte er. Dann fand er endlich, wonach er gesucht hatte, und drehte sich um. In der Hand hielt er eine Visitenkarte, die er ihr gab.

»Was soll ich damit?«

»Die muss Jonas beim Umzug verloren haben. Ich hab sie später auf dem Boden gefunden. Bei dieser Firma hatte er einen Job bekommen.«

Sie betrachtete die Karte. Die Firma hieß Valhal Securities. Unter dem Logo stand »Bjarne Kristoffersen, Sicherheitskoordinator«.

Sie schaute zu Dennis, der sich immer noch stöhnend die Schulter rieb. »Leg was Kaltes drauf«, sagte sie.

*

»Mich würde ja sehr interessieren, wie du an die drangekommen bist«, sagte Storm. Er saß an seinem Schreibtisch und drehte die Visitenkarte zwischen den Fingern.

»Durch ganz normale Ermittlungsarbeit«, antwortete Katrine, ohne eine Miene zu verziehen. »Dennis hat wirklich sehr bedauert, nicht früher daran gedacht zu haben.«

Es klopfte an die Tür, und Storms Sekretärin steckte den Kopf herein. »Herr Kampmann würde Sie gern oben in seinem Büro sehen. Es geht um das CTA-Briefing.«

»Einen Augenblick noch …«

Sie sah ihn verwundert an. »Aber …«

Er hob die Stimme. »Sagen Sie Kampmann, dass ich in fünf Minuten da bin.«

Sie nickte und schloss die Tür hinter sich.

Storm legte die Visitenkarte vor sich auf den Tisch. »Hast du eine Idee, wo Dennis die Karte herhat?«

»Er sagte, Jonas hätte sie beim Umzug liegen lassen.«

»Könnte Dennis sich gezwungen gefühlt haben, das zu behaupten?«

Sie zuckte die Schultern. »Warum sollte er?«

»Weil ich diese Firma ziemlich gut kenne. Und es würde mich doch sehr wundern, wenn Jonas dort angestellt gewesen wäre. Darum suche ich nach einem anderen Grund für Dennis' Behauptung. Vielleicht wollte er uns zum Narren halten.«

Sie schüttelte den Kopf. »Er war eigentlich nicht zum Scherzen aufgelegt, als ich ihn danach gefragt habe.«

Storm faltete die Hände. »Valhal Securities ist eine der renommiertesten Sicherheitsfirmen des Landes. Die rekrutiert ihre Mitarbeiter bei den Elitetruppen des Militärs und auch bei unserer eigenen Antiterroreinheit. Darum kann ich mir kaum vorstellen, dass eine Person wie Jonas, ein psychisch kranker und labiler Kiffer, dort eine Anstellung finden würde.«

Sie wies mit dem Kopf auf die Visitenkarte, die auf dem Tisch lag. »Warum rufen wir diesen Kristoffersen nicht einfach mal an und fragen ihn?«

»Weil die Sache ein bisschen mehr Diskretion erfordert. Ich will Kampmann nicht erklären müssen, warum wir die Mitarbeiter einer Sicherheitsfirma überprüfen, die er selbst angeheuert hat, um unseren Außenminister in Afghanistan zu beschützen.«

»Wann war das?«

Er schaute sie irritiert an.

»Wann war was?«

»Dass sie unseren Außenminister in Afghanistan beschützt haben.«

»Nun, es war zwar nicht der Minister selbst, aber sein Stab. Das haben sie ständig getan.«

Sie zuckte die Schultern. »Dennis hat gesagt, dass Jonas nach Afghanistan musste. Dass er deshalb ausgezogen ist.«

Er warf ihr einen langen Blick zu. »Ich kann mir das beim besten Willen nicht vorstellen. Aber okay, ich ruf da nachher mal an.«

Er schob sich vom Tisch weg.

»Das kann ich auch machen, während du in der Besprechung bist.«

Storm wollte gerade aufstehen, hielt jedoch inne. Dann beugte er sich über den Tisch und schnappte sich die Karte. »Du bist ganz sicher?«

Sie antwortete nicht. Er wählte die Nummer von Valhal Securities und ließ sich mit Preben Eriksen verbinden. Katrine vermutete, dass es ein alter Kollege von ihm war. Als Storm ihn an den Apparat bekam, bestätigte sich diese Vermutung. Sie begrüßten sich herzlich und plauderten eine Weile über die gemeinsame Zeit beim PET. Schließlich erkundigte sich Storm nach Jonas Vestergaard.

»Ja, genau. *Der* Jonas Vestergaard vom Kongens Nytorv«, bestätigte er auf Nachfrage.

Es dauerte eine Weile, bis Preben wieder ans Telefon kam.

»Nein? Okay, hab ich mir schon gedacht.« Storm dankte ihm für die Hilfe und fragte Preben, ob er Bjarne Kristoffersen bitten könne, später bei ihm anzurufen. Er

356

habe da noch ein paar Fragen. Dann verabschiedete er sich und legte auf.

»Zufrieden?«

Sie warf ihm einen Blick zu, der »fürs Erste« bedeutete. »Was soll ich jetzt tun?«

»Ich würde vorschlagen, du gehst in den Keller und kümmerst dich um Poly. Du hast ihn ja schließlich selbst in Gang gesetzt.«

»Glaubst du nicht mehr daran, dass uns die Aufzeichnungen weiterbringen werden?«

»Dann müssten wir schon so etwas wie einen Zapruder-Film entdecken, aber wir dürfen nichts unversucht lassen. Ich muss jetzt zu Kampmann.«

Das Telefon klingelte erneut. Er ging verärgert dran.

Katrine stand auf und wandte sich zur Tür. Storm schnippte mit den Fingern und bedeutete ihr, im Raum zu bleiben.

»Okay«, antwortete er. »In wessen Verantwortungsbereich fällt das? Natürlich wollen wir mit ihm reden. Er ist ja vielleicht der Letzte, der mit Jonas gesprochen hat.« Er legte auf.

»Wer war das?«

Storm starrte nachdenklich vor sich hin. »Das war noch mal Preben.«

»Das ging aber schnell. Und?«

»Du hast recht gehabt. Jonas hat tatsächlich für Valhal gearbeitet.«

Katrine ging zu ihm. »Warum hat dein Freund Preben das nicht gleich gesagt?«

Storm schüttelte den Kopf. »Ich weiß es nicht, aber er schien ziemlich angespannt zu sein. Wir fahren heute Nachmittag dorthin und reden mit dem Direktor. Niels soll dir bis dahin alle Informationen über ihn und die Firma geben. Er heißt Karl Løvengren.«

»Und was ist mit diesem Bjarne Kristoffersen?«

»Um den kümmern wir uns bei dieser Gelegenheit auch.«

44

VERNICHTUNG DES KLERUS

*Wir werden den Klerus in seinem Ansehen
herabsetzen und somit seine Mission auf Erden
untergraben. Wir werden seinen Einfluss Tag für
Tag mindern und die Geistlichen als Verbrecher
hinstellen. Die Jugend werden wir in unserer eigenen
Religion unterrichten und sie zu wahren Gläubigen
machen.*

KAPITEL XVII: MISSBRAUCH DER AUTORITÄT

»Der Sicherheitsbranche scheint's ja glänzend zu
gehen«, sagte Katrine und sah sich in der beeindruckenden Eingangshalle von Valhal Securities um. Sie setzten
sich in das niedrige Sofa, das die Frau an der Rezeption
ihnen angeboten hatte.

Storm nickte. »Valhal hat letztes Jahr fast eine Milliar-
de Umsatz gemacht.«

Katrine betrachtete den Werbespot, der auf dem großen Flachbildschirm zu sehen war, der ihr gegenüber an
der Wand hing. »*Ihre Sicherheit ist unsere Verantwortung*«,
sagte eine Stimme.

»Vielleicht sollte der PET auch mal so einen Film drehen«, sagte Katrine.

Storm lächelte. »Mit Kampmann in der Hauptrolle.«

Wenige Minuten später wurden sie zum Büro von Karl Løvengren geführt.

Er nahm sie an der Tür in Empfang und hieß sie willkommen.

»Sie brauchen sich im Grunde nicht vorzustellen«, sagte Løvengren lächelnd. »Man kann ja kaum eine Zeitung aufschlagen, in der nicht von Ihrer gegenwärtigen Arbeit die Rede ist.«

Katrine ließ ihren Blick durch das Büro wandern, das genauso nobel war wie der Rest des Gebäudes. Und Løvengren passte mit seinem grauen Armani-Anzug und der schweren Rolex am Handgelenk genau in dieses Ambiente. Jetzt verstand sie, warum sich so viele Exsoldaten von der Privatwirtschaft angezogen fühlten.

Sie nahmen in der hellen Sitzgruppe Platz und bekamen von Løvengrens Sekretärin einen Caffè Latte serviert.

»Wie ich gehört habe, geht es um Jonas Vestergaard«, sagte Løvengren ohne Umschweife. »Eine tragische Geschichte. Wissen Sie schon etwas mehr, wer für diese Bombe am Kongens Nytorv verantwortlich ist?«

»Wir sehen langsam klarer«, antwortete Storm, während er sein Notizbuch zückte.

»Ausgezeichnet. Womit kann ich Ihnen dienen?«

»Unserem Kenntnisstand zufolge war Jonas Vestergaard bis zu seinem Tod bei Ihnen angestellt.«

Løvengren lehnte sich im Sofa zurück. »Das ist vielleicht ein bisschen zu viel gesagt. Wir hatten ein Einstellungsgespräch, und danach hat er bei uns einen Kurs absolviert.«

»Was für einen Kurs?«, fragte Storm.

Løvengren beschrieb den drei Wochen dauernden An-

360

wärterkurs, an dem Jonas teilgenommen hatte, um sich zum Sicherheitsberater ausbilden zu lassen.

»Haben Sie ihn danach eingestellt?«

»Nein, leider konnte Jonas die sehr hohen Anforderungen, die wir an jeden Bewerber stellen, nicht erfüllen. Wir stellen nur die ein, die perfekt geeignet sind.«

»Warum war er nicht geeignet?«

Løvengren schlug die Beine übereinander und nippte an seinem Latte. »Jonas hatte zahlreiche persönliche Probleme, wie sich im Verlauf des Kurses herausgestellt hat. Ich möchte natürlich nicht schlecht über einen Verstorbenen reden, aber Jonas hatte massive psychische Probleme.«

»In seinen Entlassungspapieren steht, dass er an PTSD litt und Medikamente dagegen bekam. Untersuchen Sie so etwas nicht, bevor Sie jemanden in den Kurs aufnehmen?«

»Natürlich unterziehen wir alle Anwärter im Vorfeld einer eingehenden Untersuchung. Was Jonas betrifft, so waren wir, was seine Perspektive betrifft, wohl ein wenig zu optimistisch.« Er lächelte steif und stellte das Glas auf den Granittisch. »Aber ich kann Ihnen versichern, dass aus unseren Kursen nur exzellente Mitarbeiter hervorgehen. Unsere Auswahlkriterien sind äußerst streng.«

Storm nickte. »Das bezweifeln wir nicht. Wann wurde er also ›nach Hause‹ geschickt?« Storm malte Anführungszeichen in die Luft.

»Jonas war bis zu seinem Tod hier. Als sich abzeichnete, dass er den Kurs nicht würde bestehen können, haben wir ihn trotzdem hierbehalten und einfache Dinge erledigen lassen.«

»Ist das üblich?«

361

Er zuckte die Schultern. »Wir haben eine Reihe von Mitarbeitern, die nicht direkt mit Sicherheitsfragen betraut sind. Jonas war praktisch veranlagt und hat in unserer Werkstatt gearbeitet. Er war schließlich ein Kriegsveteran, und in einem Unternehmen wie dem unseren empfindet man doch eine besondere Verantwortung.«

»Wir haben keinen Lohneingang feststellen können. Hat er für seine Arbeit denn kein Gehalt bekommen?«

»Das hätte er demnächst bekommen. Unsere Anwärter bekommen erst einmal nur Kost und Logis.«

Katrine rutschte weiter nach vorn. »Sie wohnen hier?«

Er nickte. »Ja, wir haben hier auch einen Wohntrakt für die Anwärter und einzelne Mitarbeiter, die keine Externen sind.«

»Das klingt ja nach einer Kaserne«, entgegnete Katrine.

»Nun, ich gehe mal davon aus, dass Sie nicht gedient haben, Frau Bergman«, erwiderte er mit schmalem Lächeln. »Doch ich kann Ihnen versichern, dass der Wohnstandard hier weitaus höher ist als beim Militär.«

»Wissen Sie, was er auf dem Kongens Nytorv wollte?«, fragte Storm.

»Keine Ahnung. Jonas hatte seinen freien Tag.«

»Können wir sehen, wo er gewohnt hat?«, fragte Katrine.

Løvengren sah sie an. »Selbstverständlich, aber sein Zimmer ist längst ausgeräumt worden.«

»Hat er irgendwelche Habseligkeiten hinterlassen?«

Løvengren schüttelte den Kopf. »Nicht, dass ich wüsste. Seine persönlichen Dinge sind an die Angehörigen zurückgeschickt worden.«

»Die haben aber nichts bekommen«, entgegnete Storm. »Seine Eltern wussten nicht einmal, wo er gewohnt hat.«

Løvengren zuckte die Schultern. »Tut mir leid. Ich werde sofort nachprüfen lassen, was aus seiner persönlichen Habe geworden ist, und sie umgehend an seine Familie schicken lassen.«

»Wenn Sie etwas finden, möchten wir uns das zuerst ansehen«, sagte Storm.

»Dafür werde ich sorgen.« Løvengren schaute zwischen ihnen hin und her. »Darf ich fragen, worin Ihr Interesse an Jonas begründet ist?«

Storm blickte in sein Notizbuch. »Wir fertigen Profile aller Todesopfer an.«

»Warum?«

»Polizeiarbeit«, antwortete Katrine und warf ihm einen kühlen Blick zu.

Løvengren klopfte sich auf den Oberschenkel. »Lassen Sie mich raten. Sie halten es für möglich, das Jonas Vestergaard der Täter ist, richtig?« Da sie nicht antworteten, fuhr er fort: »Weil er mit psychischen Problemen nach Hause geschickt wurde, bei den Pioniertruppen war und keinen Kontakt mehr zu seiner Familie hatte, wollte er sich an der Gesellschaft rächen, die sich von ihm abgewandt hatte, habe ich recht? Sie verdächtigen Jonas.«

»Wir ermitteln nur die Umstände«, antwortete Storm.

»Ich kann Ihnen versichern«, sagte Løvengren mit einem Lachen, »dass an der Theorie nichts dran ist. Jonas war ein guter Junge und bis zum Schluss ein guter Soldat.« Er schaute sie ernst an. »Im Übrigen waren meine Mitarbeiter und ich in ständigem Kontakt mit ihm. Jonas hat hier gewohnt und ist kaum einmal ausgegangen. Ich kann Ihnen also versichern, dass er hier weder Sprengstoff noch Kunstdünger oder etwas anderes versteckt hatte.«

Storm nickte und dankte ihm, dass er sich die Zeit genommen hatte. Er ließ das Notizbuch wieder in seiner Tasche verschwinden. »Bjarne Kristoffersen. Glauben Sie, dass er auch noch ein wenig Zeit für uns erübrigen könnte?«

Løvengren zwinkerte. »Der wollte zum Arzt.«

»Etwas Ernstes?«, fragte Katrine.

»Das glaube ich nicht. Ich werde ihn bitten, Sie anzurufen.«

»Danke«, entgegnete Storm.

Løvengren begleitete sie zur Tür. Als er Storms Hand ergriff, lächelte er. »Ich bin übrigens ein großer Bewunderer Ihres Vaters.«

Nikolaj lächelte pflichtschuldig.

»Ein beeindruckender Mensch und ein großartiger Architekt.«

Storm nickte erneut.

»Und Ihnen ist es nicht gegeben?«

»Was?« Storm runzelte die Stirn.

»Die kreative Ader.«

»Nein, ich bin lieber Polizist geworden.«

Løvengren ließ seine Hand los. »Wenn wir selbst keine schöpferischen Fähigkeiten haben, so sind wir doch dazu verpflichtet, das Werk zu bewahren.«

Sie warteten darauf, dass sich das eiserne Tor wieder öffnete. Katrine schaute über den großen Hof. Drei schwarze Range Rover parkten vor einem der niedrigen Gebäude. Durch das offene Garagentor konnte sie einen vierten sehen, der sich auf einer Hebebühne befand. Das musste die Werkstatt sein, in der Jonas Løvengren zufolge bis zu seinem Tod gearbeitet hatte.

»Woran denkst du?«, fragte Storm.

»Er hat gelogen, als wir nach Bjarne gefragt haben.«

»Ja, das Gefühl hatte ich auch.«

»Aber warum?«

Storm zuckte die Schultern.

»Warum wollte er uns nicht sagen, wo Bjarne wirklich ist? Warum haben sie zuerst geleugnet, Jonas zu kennen, und geben uns dann einen Termin beim Direktor persönlich? Jeder andere Mitarbeiter hätte uns doch ebenso gut von Jonas' Zeit in der Firma erzählen können. Warum hat Løvengren das selbst übernommen?«

Storm legte den ersten Gang ein und fuhr durch das Tor.

»Ich glaube, er sorgt sich um die Sicherheitslizenz des Unternehmens. Und davor, dass sich herumsprechen könnte, dass sie hier Leute mit psychischen Problemen in verantwortungsvollen Positionen arbeiten lassen. In dieser Branche gibt es jede Menge kaputte Typen, und Løvengren legt größten Wert darauf, als äußerst professionell zu gelten. Das hast du ja selbst gehört.«

Sie nahmen die Umgehungsstraße und fuhren zum Hauptquartier zurück.

»Kannst du dir vorstellen, warum er nach deinem Vater gefragt hat?«

Storm schüttelte den Kopf. »Es gibt viele Leute, die meinen Vater und seine Architektur bewundern. Ich lerne ständig neue kennen.«

»Sollte man deinen Vater denn kennen?«

»Er ist weltberühmt für seine Villen und vor allem für den Flughafenterminal in Seoul. Er war auch einer der wichtigsten Vertreter der neuen Fertigbauweise in den Sechziger- und Siebzigerjahren.«

»Ich wohne ja schließlich auch in so einem Fertighaus.«

Storm nickte. »Mein Vater hat die Leute schon immer gern in Kästen gesteckt.«

»Lebt er noch?«

»Lebt und arbeitet. Er ist neunundsiebzig.«

»Beeindruckend.«

Er hob die Hände und lächelte gequält. »Das sagen die Leute andauernd zu mir.«

Sie vernahm einen bitteren Unterton und ließ das Thema fallen. Sie selbst hatte ihren Kollegen noch nie von ihrem Privatleben erzählt, und das sollte auch so bleiben.

*

Die Tür zu Løvengrens Büro öffnete sich, und Bjarne trat ein. Beunruhigt blickte er sich um und stellte fest, dass er mit Løvengren allein war.

»Sie haben … nach mir gefragt?«, sagte er unsicher.

»Das habe ich, Bjarne«, antwortete Løvengren von seinem Platz hinter dem Schreibtisch aus. »Setzen Sie sich.« Er zeigte auf den Stuhl gegenüber. Bjarne schluckte und setzte sich auf die Stuhlkante.

»Ich habe gerade wichtige Leute zu Besuch gehabt. Können Sie sich vorstellen, wer das war?«

Bjarne schüttelte den Kopf.

»Leute vom PET.«

Bjarne klappte die Kinnlade herunter. »Vom PET? Was wollten die?«

»Die wollten Sie sprechen.«

»Mich? Aber warum?«

»Keine Ahnung. Sie sollen sie zurückrufen.«

Bjarne blinzelte nervös. »Ich weiß wirklich nicht, was

die von mir wollen. Ich habe mir nichts zuschulden kommen lassen … seit neulich.«

»Klären Sie das mit ihnen … und danach …« Er warf ihm einen langen Blick zu. »Wir haben ja einen Job im Sudan zu erledigen. Vielleicht sollten Sie der Einsatzleitung da unten assistieren. Ein wenig humanitäre Arbeit wird Ihnen vielleicht guttun.«

Bjarne schluckte. »Ich arbeite dort, wo die Firma mich einsetzt.«

45

Storm öffnete die Tür zur Abteilung, in der die Ermittler saßen. Er war völlig außer Puste und schnippte ungeduldig mit den Fingern. »Macht mal die Nachrichten an.« Interpol hatte ihm gerade einen Wink gegeben, dass die Neuigkeit in wenigen Minuten veröffentlicht werden würde.

Henrik aktivierte den großen Bildschirm. Ein Reporter von TV2 war auf einer Bohrinsel zu sehen.

»Was passiert da?«, fragte Katrine.

»Kommt schon, kommt schon«, entgegnete Storm. »Sie haben Badr Udeen aufgespürt, unter einer Londoner Adresse. Die *Special forces* haben sein Haus umstellt. Es hat auch schon einen Schusswechsel zwischen den Einsatzkräften und den Leuten des Mullahs gegeben.«

Im nächsten Moment unterbrach der Nachrichtensprecher den gesendeten Beitrag mit den neuesten Informationen aus London. Die Polizei, hieß es, habe das Haus des mutmaßlichen Bombenlegers aus Kopenhagen, Mullah Badr Udeen, umstellt. Ein Hubschrauber des Nachrichtensenders kreiste direkt über dem Gebäude und zeigte aktuelle Bilder. Auf den unscharfen, wackligen Aufnahmen waren kleine Rauchkringel zu erkennen, die darauf schließen ließen, dass das Haus unter Beschuss genommen wurde.

»Wie sicher ist Scotland Yard, dass er wirklich da drin ist?«

»Angeblich haben sie das Haus schon lange beobachtet. Gestern Nacht ist dann der Mullah eingetroffen. Bei einem ersten Versuch, ihn festzunehmen, wurden zwei Polizisten erschossen.«

»Ich hoffe, die haben überprüft, ob das Haus einen Keller hat«, kommentierte Katrine trocken.

Im selben Moment platzte Kampmann zur Tür herein. »Habt ihr schon gehört …?« Er warf einen Blick auf den Bildschirm und brummte etwas Unverständliches. Dann ging er zu Storm hinüber. »Gibt's was Neues?«

»Sie haben die Nachricht gerade erst gebracht.«

»Die Länder, die einen Auslieferungsantrag gestellt haben, stehen schon Schlange, aber wir müssen die Ersten sein, Nikolaj!«

»Dann sollten Sie sich vielleicht gleich mal an Palsby wenden«, entgegnete Storm mit diplomatischem Lächeln.

Kampmann nickte vor sich hin, als ihm plötzlich klar wurde, dass Storm recht hatte. »Stimmt! Wir brauchen Palsby … und den Tabac-Mann. Wir haben ein Recht darauf, bei uns fand der letzte Anschlag statt.«

Im nächsten Moment war Kampmann wieder verschwunden. Storm blickte ihm nach. Aus Kampmann klug zu werden, war wirklich kein Kinderspiel. Manchmal war er äußerst scharfsinnig und konzentriert, dann schien er wieder völlig in seiner eigenen Welt zu leben.

»Katrine, kannst du dich mit Niels in Verbindung setzen? Er soll das CTA dazu bringen, eine Analyse anzufertigen, welche Implikationen das für uns hat. Wenn sie Badr Udeen an uns ausliefern, dann brauchen wir strengste Sicherheitsvorkehrungen.«

»Na, zuerst müssen sie ihn ja mal festnehmen.«

»Schon, aber wir müssen auf alles vorbereitet sein. Auch wenn gerade Ramadan ist, wird die Aktion in England bei uns in der muslimischen Gemeinde ebenfalls für ziemlichen Wirbel sorgen.«

Sie nickte. »Was ist mit Valhal?«, fragte sie und zeigte auf den Stapel Unterlagen auf ihrem Schreibtisch.

Er sah sie verwirrt an. »Was soll damit sein?«

»Hat Bjarne Kristoffersen sich schon gemeldet?«

Storm nickte rasch. »Ja, heute Morgen. Er konnte sich nicht daran erinnern, Jonas Vestergaard eine Visitenkarte von sich gegeben zu haben. Kristoffersen hat gesagt, dass er manchmal Sportvereine und Fitnessclubs besucht hat, um neue Mitglieder anzuwerben. Vielleicht hat Dennis Ravnsborg bei so einer Gelegenheit seine Visitenkarte bekommen.«

»Ich dachte, die nehmen nur Elitesoldaten. Kannte Bjarne Dennis?«

»Nein, der Name sagte ihm nichts.«

»Und hat *er* Jonas angeheuert?«

Storm war schon wieder auf dem Weg in sein Büro. »Jonas hat auf dem Arbeitsamt das Kursangebot von Valhal gesehen und selbst dort angerufen«, antwortete er.

»Haben die noch was auf seinem Zimmer gefunden?«

Er öffnete seine Bürotür. »Sie wollen uns heute noch eine Tasche schicken. Kümmerst du dich darum? Nachdem du die Tasche untersucht hast, gehen die Sachen ins Labor.«

Sie nickte und kam sich fast so vor, als wäre sie wieder fest angestellt. Dann wandte sie sich wieder dem Bildschirm zu, auf dem der Hubschrauber des TV-Senders immer noch über dem Gebäude schwebte. Sie kannte die Methoden der britischen Polizei nicht, doch wäre sie für diesen Einsatz verantwortlich gewesen, dann wäre dieser Hubschrauber sofort wieder verschwunden. Die Terroristen sahen schließlich auch fern, und es bestand kein Grund, ihnen Luftaufnahmen frei Haus zu liefern.

Sie mailte Niels über das Intranet an und bat ihn, die Analyse anzufordern, die Storm haben wollte. Er mailte sofort zurück. Fragte, ob sie sich an der Gruppenwette beteiligen wolle, die sie bei der Observierungseinheit veranstalteten. Sie hatten gewettet, ob sich Udeens Leute ergeben oder selbst in die Luft sprengen würden. Die meisten tippten auf Letzteres. Katrine lehnte dankend ab. Ihre Gedanken richteten sich weder auf die Wette noch auf Badr Udeen, sondern auf Bjarne Kristoffersen bei Valhal.

Etwa eine Stunde später bekam sie einen Anruf vom Empfang und nahm den Aufzug nach unten. Sie trat an die Schranke, wo ein junger Kerl mit schwarzer Windjacke, auf dessen Brusttasche das Valhal-Logo zu erkennen war, schon auf sie wartete. Sie betrachtete den Mann, der ihr für einen Mitarbeiter einer Sicherheitsfirma ziemlich jung vorkam.

Sie stellte sich vor, und der junge Mann gab ihr die Hand.

»Benjamin Andreasen«, entgegnete er.

Sie bemerkte die Schrammen in seinem Gesicht. Er sah aus, als wäre er erst kürzlich in eine Schlägerei geraten.

Er hielt ihr eine schwarze Sporttasche entgegen.

Katrine zog ein Paar Einmalhandschuhe aus ihrer Hosentasche, die sie überstreifte, ehe sie die Tasche in Empfang nahm.

371

»Und darin ist *alles*, was Jonas Vestergaard bei Ihnen zurückgelassen hat?«

Er zuckte die Schultern. »Ich weiß nur, dass ich die hier abliefern soll. Noch einen schönen Tag.« Damit drehte er sich um und ging auf den schwarzen Range Rover Sport zu, der draußen vor der Tür stand.

Katrine stellte die Tasche auf den niedrigen Tisch, der gegenüber der Rezeption stand, und verschaffte sich einen ersten Überblick. Die Tasche war neu, hatte keine besonderen Kennzeichen und hätte wem auch immer gehören können.

Sie öffnete den Reißverschluss und schaute hinein. Zuoberst lagen ein paar weiße T-Shirts, die sie vorsichtig herausnahm und auf den Tisch legte. Unter den T-Shirts befanden sich zwei Paar Jeans, Socken, Unterwäsche, alles frisch gewaschen und sorgfältig zusammengelegt. Sie leerte die Tasche. Ganz unten entdeckte sie ein Paar weiße Adidas-Schuhe, einen Ledergürtel und zwei Exemplare einer Autozeitschrift. Sie stellte die Tasche auf den Kopf, um sich zu vergewissern, dass sie nichts übersehen hatte.

Die Mitarbeiter an der Rezeption beobachteten sie neugierig. Katrine ignorierte sie und betrachtete die Sachen. Es gab nicht den geringsten Grund, sie ins Labor zu schicken. Selbst wenn es sich wirklich um die persönliche Habe von Jonas Vestergaard handelte, würden sie dort nichts finden, weder Fasern noch chemische Spuren, die beweisen konnten, dass er mit explosiven Stoffen hantiert hatte. Dass Løvengren ihnen eine klinisch reine Tasche geschickt hatte, bewies nur, dass er nicht wusste, mit wem er es hier zu tun hatte.

Sie legte die Sachen wieder in die Tasche zurück und

schloss den Reißverschluss. Dann trat sie an die Rezeption und bat darum, sie an Jonas' Eltern zu schicken. Die Adresse würde sie gleich telefonisch durchgeben.

Katrine kehrte zur Ermittlungsabteilung zurück und setzte sich an ihren Computer. Die letzte Meldung aus London besagte, dass die Kampfhandlungen intensiviert wurden. Sie gab Niels' Tippgemeinschaft recht. Das Ganze konnte eigentlich nur in einer Katastrophe enden.

Dann suchte sie nach Informationen über Valhal Securities sowie den Firmengründer Karl Løvengren. Das Unternehmen war mit A+ zertifiziert, der Bestnote für Sicherheitsfirmen. Valhal Securities war somit berechtigt, sowohl mit den Polizeibehörden als auch mit dem Nachrichtendienst und den Spezialeinheiten des Militärs zusammenzuarbeiten. Im vergangenen Jahr hatte die Firma sechsmal für das Außenministerium gearbeitet und Sicherheitsaufgaben in Kabul übernommen.

Sie stieß auf ein kurzes Profil von Karl Løvengren. Er war sechsundfünfzig, hatte als Oberst eine Panzerbrigade befehligt und bei zwei Einsätzen am Kosovokrieg teilgenommen. Er hatte mehrere Auszeichnungen erhalten und war sogar zum Ritter des Dannebrog-Ordens ernannt worden.

Danach klickte sie auf die Homepage der Firma, die einen eleganten und vertrauenerweckenden Eindruck machte. *»Ihre Sicherheit ist unsere Verantwortung«* stand unter dem Logo.

Sie klickte auf den mit *»case stories«* gekennzeichneten Link und sah, dass die Auftragsliste genauso beeindruckend war wie die Liste von Løvengrens Medaillen. Bei den Kunden von Valhal Securities handelte es sich ausschließlich um hoch angesehene internationale Unternehmen sowie einige renommierte Hilfsorganisationen. Eine Übersichtskarte zeigte die früheren Einsatzgebiete, die sich über die ganze Welt erstreckten.

Løvengren hatte effektiv und geschmeidig auf den Fall Vestergaard reagiert, dachte sie und war geneigt, Storm recht zu geben. Natürlich musste Løvengren alles daransetzen, um den untadeligen Ruf der Firma vor bösen Gerüchten zu schützen, die ein psychisch labiler Mitarbeiter auslösen konnte.

Dann sah sie sich auf der Homepage die Liste der Führungskräfte an, bei denen es sich ausschließlich um ehemalige Elitesoldaten handelte. Natürlich gab es von ihnen keine Fotos, doch würde sie sich diese im Intranet beschaffen können.

Nach dem Mittagessen ging sie zu Niels.

»Wenn du gekommen bist, um an unserer Wette teilzunehmen, muss ich dich warnen«, sagte er. »Die meisten tippen inzwischen zu Udeens Gunsten.«

Sie schüttelte lächelnd den Kopf. »Könntest du mir einen Gefallen tun, wenn du ein wenig Zeit hast?«

»Aber natürlich«, antwortete er und schien sich über die Möglichkeit, ihr helfen zu können, aufrichtig zu freuen.

Katrine zeigte ihm das Foto, das sie ausgedruckt hatte.

Niels betrachtete es kurz. »Wer ist das?«

»Bjarne Kristoffersen. Sicherheitskoordinator bei Valhal Securities. Früherer Elitesoldat.«

»Was soll ich tun?«

»Poly soll man nach ihm schauen. Ich will wissen, ob er in der Stadt war, als die Bombe hochging.«

Niels sah sich um. »Weiß Storm Bescheid darüber?«

Sie hätte fast mit Ja geantwortet, wollte Niels jedoch nicht anlügen. »Sollten wir ihn nicht außen vor lassen, bis wir das Ergebnis kennen?«

Er zögerte kurz, dann zwinkerte er ihr zu. »Okay, ich werd unseren Rambo mal durchs System jagen.«

»Danke«, sagte sie und drückte seine Schulter.

Niels schoss das Blut in die Wangen.

Katrine nahm die Umgehungsstraße nach Hause, während sie den neusten Nachrichten lauschte. Die Belagerung von Badr Udeens Aufenthaltsort hatte acht Stunden lang angedauert. Nun waren die Kampfhandlungen unterbrochen und Verhandlungen eingeleitet worden. Die Sympathisanten des Mullahs waren aus allen Himmelsrichtungen zusammengeströmt, sodass die englische Polizei es äußerst schwer hatte, den Ort des Geschehens abzuschirmen. In Dänemark hatten ein paar extremistische Mullahs mit Mord und Brand gedroht, sollte Mullah Udeen von den Einsatzkräften der Ungläubigen »liquidiert« werden, wie sie sich ausdrückten. Katrine stellte das Radio ab und fragte sich, was Niels wohl herausfinden würde. Natürlich sollte sie sich keine allzu große Hoffnung machen, dass Poly Bjarne Kristoffersen überhaupt ausfindig machen würde und dass dieser an besagtem Tag auch noch mit Jonas Vestergaard zusammen gewesen war.

Es ging ihr einfach darum, die letzte kleine Möglichkeit auszuschöpfen, ehe sie bald für immer den Dienst quittieren würde.

Katrine schloss die Tür ab und schlenderte über den verlassenen Parkplatz. Bevor sie das Treppenhaus betrat, zog sie den kleinen Teleskopschlagstock aus der Tasche. Sie machte Licht, vergewisserte sich, dass sie allein war, und stieg die Stufen hinauf.

Gegenüber von Katrines Wohnung parkte ein schwarzer Audi. Hinter dem Lenkrad saß ein muskulöser Mann mit kurz geschorenem Haar. Auf dem Beifahrersitz lag eine Glock mit Schalldämpfer.

»Wo ist sie jetzt?«, fragte eine metallische Stimme in seinem Kopfhörer.

»In ihrer Wohnung«, antwortete er.

»Allein?«

»Ja.«

»Weißt du, ob sie bewaffnet ist?«

»Meinen Nachforschungen zufolge hat sie eine Glock, Pfefferspray und einen Teleskopschlagstock.«

»Was für ein kleiner Haudegen«, sagte die Stimme am anderen Ende und lachte.

»Es besteht kein Zweifel, dass sie in der Lage ist, sich zu verteidigen. Soll ich zu ihr hineingehen?«

»Nein. Nicht heute Abend, Magnus. Lass uns abwarten, wie sich die Sache entwickelt.«

»Verstanden«, entgegnete er.

»Deine Loyalität wird gewürdigt. Fürs Protokoll.«

»Fürs Protokoll.«

Magnus lächelte in sich hinein. Bald würde alles gut werden. Die Gerechten würden siegen, und die Bösen würden sterben. Es war eine große Zeit.

46

Katrine konnte nicht schlafen und verfolgte im Fernsehen die Berichterstattung von CNN aus London. Die Verhandlungen zwischen Mullah Badr Udeen und den englischen Behörden waren vor ein paar Stunden gescheitert. Nichts deutete darauf hin, dass er sich ergeben würde. Die Situation rund um das Gebäude spitzte sich weiter zu; die Polizei hatte immer größere Schwierigkeiten, die Sympathisanten des Mullahs hinter der Absperrung zu halten.

Plötzlich war auf den grünlichen Nachtaufnahmen deutlich zu erkennen, wie Elitesoldaten auf das Gebäude zustürmten. Blendgranaten wurden durch ein Fenster geschleudert. Man hörte mehrere Schüsse und sah, wie die Haustür aufgebrochen wurde. Ein gleißender Lichtblitz ging mit einer krachenden Explosion einher. Als das Bild wieder klar wurde, sah man Flammen aus Türen und Fenstern züngeln. Eine lichterloh brennende Gestalt wankte aus dem Haus. Polizisten warfen den Mann zu Boden und versuchten, seine in Flammen stehenden Kleider und Haare zu löschen. Es war ein Bild, das um die Welt gehen sollte.

Katrine setzte sich im Bett auf und zündete sich eine Zigarette an. Sie rauchte fast nie in ihrer Wohnung und schon gar nicht im Schlafzimmer. Aber diese Nachrichten erforderten Nikotin. Am liebsten hätte sie Storm angerufen, um mit ihm über die Situation zu reden, aber wozu sollte das gut sein? Und vermutlich hatte er auch bereits alle Hände voll zu tun. In einem Augenblick der Schwäche hätte sie fast Saajid eine SMS geschrieben, widerstand jedoch der Versuchung.

Sie verfolgte die Berichterstattung bis weit in die Nacht hinein. Allmählich bekamen sie den Brand unter Kontrolle, und immer mehr Leichen wurden aus dem Gebäude getragen. Irgendwann fielen ihr die Augen zu. In weiter Ferne hörte sie einen Schuss, aber sie war zu müde, um zu entscheiden, ob er im Fernsehen oder in ihrem eigenen Viertel gefallen war oder ob sie bereits träumte. In wenigen Stunden würde ein sehr langer Tag beginnen.

Im Konferenzraum des PET war die Pressekonferenz bereits in vollem Gang. Katrine stellte sich in die Tür und schaute hinein. Ein Blitzlichtgewitter ging auf Storm und den Polizeidirektor nieder, die am Ende des Raumes hinter einem kleinen Tisch saßen. Nikolaj sah in seinem Anzug sehr attraktiv aus und blickte mit selbstbewusster Miene über die Journalistenschar hinweg. Attraktiv und sehr erleichtert.

Er berichtete von den nächtlichen Ereignissen in London und gab die Information der britischen Polizei weiter, dass sich unter den elf getöteten Terroristen auch Mullah Badr Udeen befinde. Nach den jetzt vorliegenden Erkenntnissen könne mit größter Wahrscheinlichkeit davon ausgegangen werden, dass Badr Udeen – oder Leute mit Verbindung zu seiner Organisation – hinter dem Bombenattentat auf das Café Felix am Kongens Nytorv gestanden habe.

»Der Fall ist also aufgeklärt?«

»Dazu ist es noch etwas zu früh. Doch alles deutet auf Badr Udeen hin.«

»Haben Sie in diesem Fall Hilfe vom MI5 bekommen?«

Storm schüttelte den Kopf. »Sie werden verstehen, dass ich darüber nichts sagen kann. Aber wir pflegen mit allen westlichen Nachrichtendiensten eine gute Zusammenarbeit.«

»Werden Sie Auslieferungsanträge stellen, um die Verdächtigen in Dänemark vor Gericht bringen zu können?«

»Es besteht ohnehin ein internes Auslieferungsabkommen mit den anderen EU-Ländern. Doch wann dies geschehen wird, kann ich derzeit nicht sagen.«

Katrine spürte, dass ihr Handy in der Tasche vibrierte. Sie zog es heraus und schaute aufs Display. Es war Niels.

»Was gibt's, Niels?«, fragte sie leise und wandte dem Konferenzraum den Rücken zu.

»Komm doch mal in den Keller. Polyphem hat deinen Mann gefunden.«

»Auf dem Kongens Nytorv?«, fragte sie ein wenig zu laut, doch glücklicherweise schien niemand darauf zu reagieren.

»Komm her und sieh's dir an.«

Katrine kam zur Tür herein. Niels schaute von seinem Platz am Kontrollpult auf. Über ihm, auf den Monitoren, waren Bilder vom Kongens Nytorv zu sehen.

»Mach die Tür zu«, sagte er ernst.

Sie drückte die Tür ins Schloss und ging zu ihm. »Also, was hast du für mich, Niels?«

Sie betrachtete die Monitore, konnte auf den ersten Blick aber nichts Besonderes entdecken.

»Nachdem Polyphem in der Nähe vom Kongens Nytorv nichts gefunden hat, hab ich's mal mit einem erweiterten Suchbefehl versucht.«

»Und?«

Niels' Finger liefen über die Tastatur, worauf eine Reihe von neuen Bildern erschien.

»Bjarne Kristoffersen geht gern zum Fußball.« Er zeigte auf den mittleren Monitor. »Aber nicht, um sich die Spiele anzugucken, sondern um Randale zu machen.«

Auf dem Bildschirm sah man Bjarne inmitten einer Gruppe glatzköpfiger Hooligans, die sich eine wilde Schlägerei mit den übrigen Zuschauern lieferten.

»Wo ist das aufgenommen?«

»Im Parken, vor ein paar Wochen.«

»Daraufhin habe ich mir mal das Hooliganregister angeschaut und mir ein paar Kerle heruntergeladen.«

Niels drückte ein paar Tasten, worauf verschiedene Fußballtribünen zu sehen waren, auf denen es zu gewalttätigen Auseinandersetzungen kam. Das FR-Programm arbeitete auf Hochtouren und filterte rasch heraus, wo auf den körnigen Bildern sich Bjarne befand.

»Bjarne ist also ein Hooligan«, sagte Katrine.

»Mehr als das.«

»Wie meinst du das?«, fragte sie und nahm neben ihm Platz.

»Innerhalb der Hooliganbewegung gibt es verschiedene Gruppen. Diejenigen, die einfach nur Krawall machen wollen, wenn ihr Verein spielt, und die mehr politisch orientierten. Die Ultras.«

Niels' Finger glitten über die Tastatur, worauf die Gesichter von acht Skinheads auf dem Monitor erschienen. Einige von ihnen machten den Hitlergruß.

»Mehrere Personen, die mit Kristoffersen auf den Bildern zu sehen sind, gehören dem äußersten rechten Flügel der Bewegung an. Das sind Leute, die sich offen zum Nationalsozialismus bekennen und Adolf Hitler verehren.«

»Wie viele verschiedene Gruppen gibt es?«

»Zwischen zwanzig und dreißig, aber es kommen ständig neue hinzu. Die bekanntesten sind White Pride, Combat 18 und DNSB.«

»Wie gefährlich sind die?«

»Sie sind mit Sicherheit eine wachsende Gefahr. Viele der *hate crimes* gehen von diesen Gruppen aus.«

»Ich denke an größere Verbrechen.«

»Wie groß?«

»Ich frage mich, wie groß die Wahrscheinlichkeit ist, dass eine rechtsextremistische Organisation hinter einem Terroranschlag wie dem am Kongens Nytorv steckt.«

Niels drehte sich auf seinem Bürostuhl hin und her. »In Norwegen und Schweden hat es schon Brandanschläge von Rechtsextremisten gegeben. Genauso wie sich hartnäckig Gerüchte halten, dass Olof Palme und Anna Lindh den Rechtsradikalen zum Opfer gefallen sind.«

»Aber in Dänemark?«

»Unsere Nazis verhalten sich tatsächlich etwas friedlicher, abgesehen von dem Bombenanschlag auf das Büro der Sozialistischen Internationale in den Neunzigern. Der sogenannte Søllerødgade-Fall.«

»Storms Fall?«

Niels nickte lächelnd. »Bis heute fehlt der endgültige Beweis, dass der Anschlag wirklich von einer rechtsradikalen Gruppe verübt wurde.«

»Hältst du das für unwahrscheinlich?«

»Wie wahrscheinlich war es, dass jemand mit Passagiermaschinen ins World Trade Center fliegen würde? Wie wahrscheinlich war es, dass jemand mitten in Kopenhagen eine Bombe zünden würde? Passieren kann alles.«

Katrine betrachtete den Bildschirm. Der Mann, der neben Bjarne stand, kam ihr irgendwie bekannt vor, aber sie konnte sein Gesicht nicht einordnen.

»Ist das Jonas Vestergaard, der neben Bjarne steht?«

Niels schüttelte den Kopf. »Ich habe schon überprüft, ob Vestergaard auf einer der Aufnahmen zu sehen ist, aber ich habe ihn nicht gefunden. Außerdem ist dieses Bild nach seinem Tod entstanden.«

Sie nickte nachdenklich. Dann wurde ihr plötzlich klar, wo sie den Mann schon mal gesehen hatte. »Benjamin Andreasen«, sagte sie. »So hieß der Mann, der Jonas' Tasche abgeliefert hat. Ich bin mir sicher, dass er das ist, der auf dem Foto in die Schlägerei verwickelt ist.«

»Vielleicht haben sie bei Valhal ihren eigenen kleinen Sportverein«, scherzte Niels.

»Das lässt sich herausfinden.«

Sie bat ihn, die Porträts aller Mitarbeiter von Valhal Securities hochzuladen, die ein offizielles Sicherheitszertifikat besaßen, und sie vom FR-Programm prüfen zu lassen, wie er das mit Bjarne getan hatte.

»Wir sehen uns, wenn ich wieder da bin«, sagte sie und stand auf.

»Wo willst du hin?«

»Ich muss mal eben mit einem kleinen *Sonntagsnazi* reden.«

Katrine fuhr in ihrem Mondeo durch das ärmliche Nordvest-Viertel der Stadt. Als sie ihr Ziel erreicht hatte, ließ

sie den Blick an den niedrigen Wohnblocks entlang-
schweifen. Die ersten Dealer zogen sich bereits in die
Treppenhäuser zurück. Als sie das Ende der Straße erreicht hatte, entdeckte sie Dennis Ravnsborg. Er saß auf
einer Bank, die sich auf einer Rasenfläche zwischen den
Wohnblocks befand, und trank ein Bier. Noch hatte er
sie nicht gesehen.

Dieser kleine Dreckskerl, dachte sie. Dennis hatte
ihr letztes Mal eine dieser wirkungsvollen Lügen serviert, die zur Hälfte der Wahrheit entsprachen. Er hatte ihr Bjarnes Visitenkarte gegeben. Doch diesmal sollte
er nicht so einfach davonkommen. Sie schaltete in den
ersten Gang zurück, fuhr den Bordstein hoch und jagte mit Vollgas über die Rasenfläche zwischen den Häusern. Dennis sah so paralysiert aus wie ein Tier, das sich
auf die Autobahn verirrt hatte. Sie trat im letzten Moment auf die Bremse, sodass der Wagen weniger als einen halben Meter vor Dennis' Beinen zum Stehen kam.
Katrine stieß die Tür auf und stieg aus. Dennis erkannte
sie sofort. Er warf die Bierflasche weg und sprang von
der Bank auf.

»Stopp!«, rief sie. Und hob drohend den Zeigefinger.
»Du willst ganz sicher nicht, dass ich dir hinterherlaufe!«

Dennis hielt abrupt inne und drehte sich zu ihr um.
»Was hab ich denn getan?«, fragte er mit nassen Hunde-
augen. Er sah nicht aus, als würde er groß Widerstand
leisten.

»Du hast mich angelogen! Und du weißt doch, wie
sehr ich Lügen hasse.«

»Entschuldigung …«

»Entschuldigung? Man kann sich nur für etwas entschuldigen, dass man nicht mit Absicht getan hat oder

das man bereut. Wofür willst du dich entschuldigen, Dennis?«

»Äh … was?« Ihm stand der Mund offen.

Sie gab ihm eine schallende Ohrfeige. »Hör auf, mich für dumm zu verkaufen! Es gibt nur eine Sorte Menschen, die ich noch mehr hasse als Lügner. Das sind die Leute, die glauben, sie könnten mir jeden Scheiß erzählen. Glaubst du das wirklich, Dennis? Bist du wirklich so bescheuert? Antworte mir!«

Ihr Wortschwall schien ihn so zu verwirren, dass er sich wieder auf die Bank sinken ließ. »Ich weiß wirklich nicht, wovon du redest.«

»Ich rede von Jonas, und diesmal wirst du mir die Wahrheit sagen. Die reine und volle Wahrheit. Kriegst du das hin?« Sie packte seinen Kopf und zwang sein Kinn nach oben. »Tust du das?«

»Ja.«

»Wie habt ihr euch kennengelernt?«

Er zuckte die Schultern. »Durch Per, meinen Freund, der zusammen mit Jonas beim Militär war. Wir sind jeden Sonntag zum Fußball gegangen. So hat das alles angefangen. Später, als sie ihn zu Hause in Herning oder Haslev oder wo immer er auch herkam, rausgeschmissen haben, ist er bei mir eingezogen.«

»Wie habt ihr Bjarne kennengelernt? Und erzähl mir bloß nicht, er hätte euch seine Scheißvisitenkarte gegeben, dann brech ich dir sofort die Nase.«

»Bjarne ist auch zum Fußball gegangen. Wir waren da so eine Gruppe.«

»Die Krawall gemacht hat?«

Er zuckte die Schultern. »Ja, manchmal … war es ziemlich heftig.«

384

»Und da haben Jonas und Bjarne sich angefreundet?«

»Die waren ja alle in Afghanistan, also hat Bjarne ihm einen Job in dieser Firma angeboten.«

»Wann hast du Jonas zum letzten Mal gesehen?«

»Als er ausgezogen ist. Als er mir gesagt hat, dass er nach Afghanistan muss. Auf eine geheime Mission. Wenn du mich fragst, war der eigentlich mehr auf dem Weg in die Klapsmühle.«

»War er auch ein Nazi?«

»Wer?«

Sie schlug ihm mit der flachen Hand auf den Hinterkopf. »Jonas! Das ist der Typ, über den wir gerade reden. Konzentrier dich! War Jonas auch so ein dreckiger kleiner Nazi wie ihr anderen?«

Dennis schüttelte den Kopf. »Überhaupt nicht. Keiner von uns war bei den Blutsbrüdern oder so.«

»*Blutsbrüder*? Hört sich echt ziemlich beschissen an. Ist das etwa ein Saunaclub, in dem ihr euch gegenseitig fickt?«

Dennis zwinkerte heftig. Sie spürte, dass er sich verplappert hatte und jetzt darüber nachdachte, ihr die nächste Lüge aufzutischen. »Versuch's noch nicht mal, Dennis!«

Er ließ den Kopf auf die Brust sinken. »Die Blutsbrüder sind eine Gruppe von Leuten, die Hitler und die Nazis verehren, genau wie Combat 18 oder Blood and Honour. Die hassen alle Kanaken.«

»So wie du, Dennis? Ich habe die Fahne mit den SS-Runen in deiner Wohnung gesehen.«

Er schüttelte den Kopf. »Das ist doch nur Spaß. Aber *die* meinen es ernst. Die gehen richtig auf Kanakenjagd und schlagen sie zusammen, auch wenn kein Fußball ist.

Werfen die Fensterscheiben ihrer Geschäfte ein und fackeln ihre Autos ab.«

»Und Jonas? Hat er so was auch gemacht?«

»Kann ich mir nicht vorstellen.«

»Hör auf zu lügen!«

Dennis hob abwehrend die Hände. »Der Typ konnte sich einfach nicht prügeln. Deshalb glaub ich auch nicht, dass er dabei war.«

»Hat er manchmal von Waffen geredet?«

»Immer.«

»Von Bomben?«

Er warf ihr einen kurzen Blick zu. »Was glaubst du denn? Der war bei den Pioniertruppen. Der hatte nichts als Bomben im Kopf.«

Sie packte sein Ohr und drehte es halb herum. »Ich kann nur für dich hoffen, dass du mir die Wahrheit erzählst, Dennis. Denn wenn ich etwas anderes herausfinde …« Sie kniff die Augen zusammen und schüttelte den Kopf.

Dennis schaute weg. »Ich schwör's.«

47

In der Fahrerkabine des Range Rover roch es penetrant nach Burgern und Pommes frites. Bjarne saß kauend am Steuer und spülte mit einem Riesenbecher Cola nach. »Die schicken mich echt weg«, sagte er und schaute zu Benjamin hinüber.

»Ist doch super«, sagte Benjamin, »dann hast du was zu tun.«

»In den verfickten Sudan. Da unten passiert überhaupt nichts.«

»Da ist doch Bürgerkrieg.«

»Na und? Das Hilfslager liegt hundertfünfzig Kilometer von der nächsten Front entfernt. Ich soll da nur das Kindermädchen für einen Haufen Hippies spielen, die ein paar Affen da unten retten wollen.«

Er schlug so hart aufs Lenkrad, dass die Schachtel mit Pommes umkippte und in seinem Schoß landete. »Sechs Monate soll ich zu den Affen da unten, das hier ist die letzte anständige Mahlzeit, die ich kriege, und warum das alles?«

Benjamin trank von seiner Cola und zuckte die Schultern. Er war sicher, dass es ihm Bjarne gleich erzählen würde. »Weil unser Chef mal wieder den Platzhirsch spielen muss.«

»Ach, komm schon, Bjarne. Die Zeit wird bestimmt schnell rumgehen. Und dann geben wir wieder richtig Gas.«

Bjarne schaute brummend über den Parkplatz des McDonald's-Restaurants.

»Nach allem, was ich für die Firma getan habe, muss ich mir so was gefallen lassen.« Er schüttelte verbittert den Kopf.

»Das ist eben wie beim Militär. Befehl und Gehorsam.«

Bjarne schwieg. Saß nur da und brütete dumpf vor sich hin. Benjamin sammelte den Abfall ein und stopfte alles zusammen in ihre Papiertüte. »Fertig?«, fragte er und zeigte auf Bjarnes Colabecher.

Bjarne fuhr aus seinen Gedanken auf und schaute ihn an. Dann nahm er ihm die Tüte aus der Hand, öffnete die Tür und warf alles zusammen auf dem Parkplatz. »Nicht ganz«, knurrte er.

Er legte den ersten Gang ein und drückte das Gaspedal durch. Mit quietschenden Reifen fuhren sie den Gl. Køge Landevej entlang.

»Wo fahren wir hin?«, wollte Benjamin wissen, während er sich am Sitz festhielt.

Bjarne sah ihn von der Seite an. »Ich hol mir einen Affenskalp, ehe ich wegmuss. Irgendjemand wird heute dafür bezahlen.«

»Alles klar, ich bin bereit. Wer soll noch mitkommen?«

»Nur wir beide«, antwortete Bjarne. »Das erledigen wir allein.«

»Okay«, entgegnete Benjamin und drehte sich zur Ladefläche um. Dort rollten zwei Baseballschläger über den Boden. Gott sei Dank hatte er immer seine Mauser dabei, falls sie es mit einer ganzen Horde von Kanaken zu tun bekommen würden. Bis jetzt hatte er es bei ihren nächtlichen Streifzügen noch nicht nötig gehabt, sie zu benutzen. Die Kanaken waren im Grunde totale Wasch-

388

lappen. Wenn man einem von ihnen aufs Maul haute, dann nahmen die anderen sofort Reißaus.

Eigentlich war er froh darüber, dass er mit Bjarne allein war. Wenn die Typen von den Blutsbrüdern dabei waren, dann lief die Sache oft aus dem Ruder. Die wollten Autos anzünden und die Kanaken abstechen. Einmal hatten sie sogar einen Shawarma-Grill angezündet, was am nächsten Tag in der Zeitung gestanden hatte, weil ein paar Gasflaschen explodiert waren und das halbe Gebäude weggerissen hatten. Doch glücklicherweise war keiner der Brüder geschnappt worden.

»Bist du bereit zu einer *Wet-op?*«, fragte Bjarne.

Benjamin lächelte. »Klar.«

Bjarne schaute ihn ernst an. »Da gibt's nichts zu grinsen, ich meine es ernst. Bist du bereit, Soldat?«

Benjamin spürte sein Herz hämmern. Mit *Wet operation* war im Jargon der Spezialeinheiten eine Mission gemeint, bei der der Feind liquidiert werden sollte. »Allzeit bereit«, antwortete Benjamin und hoffte, dass Bjarne nur seine Loyalität testen wollte.

Sie fuhren weiter den Gl. Køge Landevej entlang, bis die Hochhäuser am Horizont in den Himmel wuchsen. Dort war ihr Jagdgebiet, in den Gettos von Vestegnen. Allerdings achteten sie darauf, sich stets einen neuen Ort vorzunehmen, damit sich die Einheimischen niemals sicher fühlen konnten. Bjarne drosselte die Geschwindigkeit und bog in Richtung Bregnehøjpark ab. Hier waren sie schon lange nicht mehr gewesen. Sie fuhren am Einkaufszentrum und der langen Ladenzeile vorbei. Es waren ungewöhnlich viel Leute auf der Straße. Bjarne warf einen verwunderten Blick aus dem Seitenfenster.

»Was machen die ganzen Affen denn so spät noch auf der Straße?«

»Das muss wegen diesem Ramadan sein. Die fasten tagsüber und gehen abends raus.«

»Was du alles weißt über diese Kanaken.«

»Man muss seinen Feind eben kennen«, scherzte er. Das hatte L.T. einmal zu ihm gesagt.

»Dann müssen wir eben ein bisschen warten. Ich fahre jedenfalls nicht ohne Skalp von hier weg.«

Sie fuhren weiter durch das Wohngebiet und kamen an einer beleuchteten Sportanlage vorbei, auf der Basketball gespielt wurde.

Am Ende der Straße parkten sie den Wagen und schoben ihre Sitze ganz zurück, damit sie vom Dunkel der Fahrerkabine verschluckt wurden. Bjarne griff sich die beiden Baseballschläger und gab einen Benjamin. Benjamin legte ihn sich in den Schoß. Er fühlte sich kühl und glatt ein, abgesehen von dem getrockneten Blutfleck oberhalb des Griffs. Er hatte ihn nach dem letzten Mal gewaschen, diesen Fleck aber offenbar übersehen.

Über zwei Stunden saßen sie im Dunkeln und warteten, schweigend und nahezu regungslos. Von ihrer Zeit in Helmand waren sie es gewohnt, vollkommen ruhig zu bleiben, um nicht gesehen zu werden. Die Basketballspieler hatten längst den Heimweg angetreten, und auch viele andere befanden sich auf dem Weg nach Hause. Trotzdem warteten sie immer noch auf den richtigen Moment zum Angriff. Bjarne nannte diesen Moment auf Deutsch die *Angriffsstunde*. Er hatte diesen Begriff aus einem Buch über Hitlers SA-Truppen.

Bjarne schlug Benjamin auf die Schulter und zeigte

den Weg hinunter. Dort stand ein älterer Mann im Qamis, der in diesem Moment den Kofferraum seines Wagens öffnete.

»Denn schnappen wir uns«, flüsterte Bjarne

»Im Ernst? Das ist doch nur ein alter Mann.«

»Der ist aber angezogen wie ein Kanake, also los.« Bjarne öffnete die Tür und stieg aus. Benjamin folgte seinem
Beispiel. Die Baseballschläger ließen sie unauffällig an
der Seite nach unten hängen.

Der ältere Mann war damit beschäftigt, eine Kiste im
Kofferraum zu verstauen. Bjarne schaute sich rasch um.
Niemand war zu sehen.

»Brauchst du Hilfe … *Mustafa?*«

Der Mann drehte sich um und schaute ihn überrascht
an. Dann traf ihn Bjarne mit seinem Schläger am Kopf.
Der Mann fiel hintenüber. Blut lief ihm die Schläfe hinunter, und er stöhnte mit erstickter Stimme, als ihn
Bjarne über den Bürgersteig zu einem niedrigen Gebäude zerrte.

Bjarne setzte ihn an die Hausmauer und hob seinen
Schläger. »Komm, Benjamin, lass uns Holz hacken.« Das
war der Ausdruck, den sie benutzten, wenn sie abwech-
selnd zuschlagen wollten. Im nächsten Moment prassel-
ten die Schläge auf den Mann ein, der sich schützend die
Arme über den Kopf hielt. Sie brachen ihm Handgelenke und Unterarme. Bjarne legte sein ganzes Gewicht in
jeden Schlag. Als er den Kopf des Mannes traf, war ein
knirschendes Geräusch zu hören. Benjamin zögerte einen Augenblick, dann schlug er genau dorthin, wo Bjarne zuvor getroffen hatte. Er zerschmetterte Wangenkno-
chen und Nase des Mannes, der zusammensank wie ein
nasser Pappkarton.

Nach ein paar Minuten hörten sie auf. Bjarne wischte sich keuchend den Schweiß von der Stirn.

»Lass uns abhauen«, sagte Benjamin. »Ehe jemand kommt.«

»Einen Augenblick«, entgegnete Bjarne und starrte auf den Mann hinunter. »Schlaf gut«, sagte er und schwang seinen Schläger ein letztes Mal. Er traf ihn an der Stirn und riss seinen Schädel auf.

Benjamin betrachtete die blutige Masse und schluckte. »Du hast ihn umgebracht.«

»*Wir* haben ihn umgebracht. Komm jetzt.«

Benjamin wischte sich das Blut von der Wange. Dann lief er hinter Bjarne her. Diesmal waren sie den Weg bis zu Ende gegangen.

Sie fuhren bis zum Amager Fælled, wo die nackten weißen Birkenstämme im Mondlicht schimmerten. Am Rand des kleinen Waldstücks vergruben sie die Baseballschläger und ihre blutgetränkten Jacken. Benjamin schob mit den Füßen die Erde darüber. »Glaubst du, er ist tot?«, fragte er, obwohl er die Antwort kannte.

»Und wenn schon. Ein Affe weniger.«

»Die Polizei wird bestimmt ermitteln.«

»Na und?«, fragte Bjarne und starrte ihn an. »Solange wir dichthalten, kann uns nichts passieren.«

Sie gingen zum Auto zurück. »Wann fährst du in den Sudan?«

»Übermorgen.«

»Am liebsten würde ich mitkommen.«

Bjarne packte ihn am Kragen. »Jetzt reg dich mal wieder ab, Benjamin. Ich kann mich doch auf dich verlassen, oder? Das hier haben wir beide getan.«

Benjamin schaute weg. »Natürlich kannst du dich auf mich verlassen.«

Bjarne tätschelte ihm die Wange. »So muss sich das anhören, *Blutsbruder*.«

48

HERRSCHE DURCH FURCHT

*Wir werden ihre Macht untergraben, indem wir die
Schwäche ihrer Regierung aufzeigen. Wir werden
die Opposition anstacheln. Die Stärke der Macht-
haber auf die Probe stellen. Die Zahl ihrer Gegner
registrieren. Denn letztendlich werden sie alle unter
unserer Knute leben.*

KAPITEL XVII: FESTNAHME DER WIDERSTÄNDLER

Storm und Kampmann marschierten den Gang
hinunter. Kampmann war auf dem Weg zum Direktor
und hatte Storm gebeten, ihn dorthin zu begleiten, um
ihn auf den neuesten Stand zu bringen. Storm war das
sehr recht, weil er dann nicht den halben Vormittag in
Kampmanns Büro verbringen musste.

»Das CTA legt letzte Hand an seinen Lagebericht nach
dem Tod von Mullah Udeen in London«, sagte Storm.
»Die ersten Reaktionen aus den einschlägigen Kreisen
lassen vermuten, dass es bald eine islamistische Antwort
geben wird. Vermutlich in Großbritannien oder in den
Kriegsgebieten. Wir haben den jeweiligen Botschaften
eine Warnung zukommen lassen.«

Kampmann hörte nur mit einem Ohr zu und lachte.
»Palsby ist wirklich untröstlich, weil Udeen sich selbst in
die Luft gesprengt hat. Dabei hatte er sich schon so auf

die Auslieferung gefreut. *A sitting duck*, wie sie auf der anderen Seite des großen Teichs sagen.«

»Der Mullah hat sich bestimmt nicht in die Luft gesprengt, um Palsby zu ärgern«, entgegnete Storm leicht sarkastisch. »Der MI5 hält uns auf dem Laufenden, was die Vernehmungen der Terroristen ergeben, die überlebt haben. Es ist also immer noch möglich, dass der eine oder andere, der vielleicht in Verbindung mit dem Anschlag am Kongens Nytorv steht, an uns ausgeliefert wird.«

Kampmann winkte ab. »Alles kleine Fische. Das ist nicht das Gleiche, Nikolaj. Die ganze Sache wird sowieso ein Riesenchaos anrichten. Denken Sie nur an die Lockerbie-Geschichte. Die bereitet der jetzigen Regierung auch noch fünfundzwanzig Jahre später ziemliche Probleme.«

»Wir wollen bei unseren Ermittlungen doch wohl keine Rücksicht auf bestimmte Politiker nehmen.«

Kampmann schaute ihn nachsichtig an. »Was sind Sie doch für ein naiver Mensch.«

Storm wandte den Blick ab. »Ich werde jedenfalls heute Nachmittag mit dem MI5 telefonieren.«

Kampmann lächelte, weil ihm plötzlich etwas eingefallen war. »Tom Schæfer hat mir von Gerüchten im Internet erzählt, dass die Explosion in London gar nicht durch eine Bombe verursacht wurde, die sich innerhalb des Gebäudes befand, sondern dass die englischen Sicherheitskräfte eine Rakete auf das Haus abgeschossen hätten.«

Storm schüttelte den Kopf. »Das ist doch völliger Unsinn.«

»Natürlich. Die Leute sind solche Narren. Manchmal

395

kann man die alte bolschewistische Idee von der Gedankenpolizei wirklich gut nachvollziehen. Nicht wahr?«

Storm enthielt sich eines Kommentars.

Als sie Møllers Büro erreicht hatten, legte Kampmann die Hand auf die Türklinke, hielt jedoch inne. »Wie läuft's eigentlich mit unserer schlagkräftigen Kriminalrätin?«

»Mit Katrine Bergman? Ausgezeichnet, warum?«

»Weil ich mich darüber wundere, dass sie ein Dienstfahrzeug benutzt, um im Nordvest-Viertel eine öffentliche Grünfläche zu ruinieren und danach jemanden von einer Parkbank prügelt.«

Storm bemühte sich, sein Erstaunen zu verbergen. »Woher haben Sie diese Informationen?«

»Von der Kopenhagener Polizei, bei der die Beschwerden von besorgten Anwohnern eingegangen sind.«

»Ich … werde das mit ihr besprechen.«

»Ja, tun Sie das.« Kampmann öffnete die Tür und verschwand in Møllers Büro.

Storm betrat die Ermittlungsabteilung und sah sich nach Katrine um. Doch der Platz an ihrem Schreibtisch war leer, und es gab niemanden, der sie bisher gesehen hatte. »Wenn sie kommt, dann sag ihr, sie soll mich sofort anrufen.«

»Aber gern«, entgegnete Tom.

Storm wusste sehr genau, dass die Ermittlungsergebnisse ohne Katrines Engagement wesentlich bescheidener ausgefallen wären und dass es Faris Farouk möglicherweise sogar gelungen wäre, die Bombe zu zünden. Er wusste ihren Einsatz also durchaus zu schätzen, konnte aber auch nicht verhehlen, dass er über ihr baldiges

Ausscheiden eine gewisse Erleichterung empfand. Zumal die Sache mit Polyphem offenbar im Sande verlief und die Ermittlungen wohl in Zusammenarbeit mit dem MI5 abgeschlossen werden sollten.

»Nikolaj!«, rief Katrine quer durch den Raum.

Storm drehte sich um. Katrine lief ihm entgegen, Niels ihr dicht auf den Fersen.

»Wir müssen mit dir reden.«

Die Augen der gesamten Abteilung waren auf sie gerichtet.

Storm zeigte in Richtung seines Büros.

Katrine informierte Storm in aller Kürze darüber, was ihre Ermittlungen ergeben hatten. Wie es Niels gelungen war, Bjarne Kristoffersen inmitten einer Gruppe von Hooligans aufzuspüren, und wie sie bei der Vernehmung von Dennis Ravnsborg von einer neonazistischen Vereinigung namens Blutsbrüder erfahren hatte. Einer Vereinigung, der Bjarne und offenbar auch andere Mitarbeiter von Valhal Securities angehörten.

»Ich habe schon von deinem letzten Besuch bei Dennis gehört«, entgegnete er. »Es gibt Leute, die bezeugen, dass du ihn geschlagen hast. Ihn fast überfahren hättest.«

»Das ist eine vollkommen falsche Betrachtung der Dinge«, erwiderte Katrine, »und hat mit der Sache an sich auch gar nichts zu tun. Dennis' Aussage hat sich nämlich bestätigt.«

Storm biss sich auf die Zunge, um nicht alle Paragrafen aufzuzählen, gegen die sie verstoßen hatte. Stattdessen erkundigte er sich nach dieser Vereinigung, auf die sie gestoßen war.

Niels öffnete seine Mappe und legte eine Reihe von

Fotos vor ihm auf den Tisch. »Die Blutsbrüder sind eine neonazistische Organisation, die unter anderem jedes Jahr am Rudolf-Hess-Gedenkmarsch teilnimmt. Sie wurde 2001 von Torben Duval und Lars Meyer gegründet. Beide vorbestraft wegen Gewaltdelikten und Drogenhandel. Die Blutsbrüder haben sich von Combat 18 abgespalten, mit denen sie jetzt im Krieg liegen. Die Gruppe zählt ungefähr dreißig Mitglieder. Sie tauchen bei jedem Spiel des FC Kopenhagen auf und stammen aus dem Nordvest-Viertel. Vermutlich haben sie schon öfter Immigranten tätlich angegriffen und waren vor allem nach dem Bombenanschlag ziemlich aktiv.«

»Wie viele Mitarbeiter von Valhal Securities sind dort Mitglieder?«, fragte Storm.

»Das wissen wir noch nicht genau, doch fürs Erste haben wir einen Mann namens Bjarne Kristoffersen identifiziert. Außerdem einen verhältnismäßig neuen Mitarbeiter, Benjamin Andreasen, sowie einen früheren Angestellten namens Rasmus Mogensen.«

»Mit anderen Worten, ein paar Fußballrowdys mit mangelnden historischen Kenntnissen«, sagte Storm.

Katrine warf ihm einen raschen Blick zu. »Es besteht kein Grund, die Gefahr herunterzuspielen, die von ihnen ausgeht. Erst gestern Nacht wurde in meinem Viertel ein älterer Mann, der niemandem etwas getan hatte, brutal erschlagen. Ein typischer Fall von *hate crime*.«

Storm breitete entschuldigend die Arme aus. »Dann nehme ich das zurück. War auch Jonas Vestergaard ein Mitglied dieser Gruppe?«

Katrine schüttelte den Kopf. »Nicht, während er mit Dennis zusammenwohnte. Aber vielleicht später. Wir wissen auf jeden Fall, dass er ein Waffennarr war, seine

Freizeit mit ausländerfeindlichen Leuten verbrachte und ständig über den Bau von Bomben geredet hat. Er besaß also die *Fähigkeit*, die *Mittel* und ein *Motiv*.«

Storm kratzte sich am Kinn. »Wie hoch ist die Wahrscheinlichkeit, dass eine Organisation wie die Blutsbrüder hinter einem Terroranschlag steht?«

»Zieml…«

»Niels?«, unterbrach er sie.

Niels zuckte die Schultern. »Irgendwann passiert alles zum ersten Mal, nicht wahr?«

Storm nickte und betrachtete die Fotos der vielen Skinheads. »Ich bin zwar skeptisch, aber vielleicht sollten wir Bjarne eine Zeit lang observieren.«

»Dann brauchen wir unbedingt Sonnencreme«, sagte Katrine.

»Warum?«

»Weil Bjarne heute in den Sudan fliegt. Das hat mir das Außenministerium bestätigt. Sein Visum ist bereits ausgestellt worden.«

»Dann warten wir eben, bis er zurückkommt.«

»Nikolaj. Selbst wenn die Gruppe nichts mit dem Bombenanschlag am Kongens Nytorv zu tun hat, können wir doch nicht so tun, als wüssten wir von nichts. Es macht nicht gerade einen guten Eindruck, wenn herauskommt, dass kriminelle Neonazis für unser Außenministerium arbeiten.«

Storm betrachtete sie. Sie beherrschte das politische Spiel perfekt. So gut wie Kampmann und weitaus besser als er selbst. Außerdem zögerte sie nicht eine Sekunde. Das war es, was ihm an ihr am meisten imponierte und was seine größte Schwäche war.

Storm öffnete die Tür und rief Tom und Henrik zu sich.

Sie kamen in sein Büro und schlossen die Tür hinter sich. Er gab ihnen die notwendigen Informationen über Bjarne Kristoffersen, der in Valby wohnte. Tom stieß einen lang gezogenen Pfiff aus, als er das Foto sah, das auf dem Tisch lag. »Das ist ja ein richtiger kleiner Nazi.«

Katrine zwinkerte irritiert. »Entschuldigung, was passiert hier eigentlich? Niels und ich haben ihn aufgespürt, da sollten wir es doch wohl sein, die ihn abholen.«

Tom empfing die Adresse aus Storms Hand. »Das liegt nicht in deinem Ermessen, Katrine«, sagte er und fügte hinzu: »Wir machen uns gleich auf den Weg.«

Tom gab Henrik ein Zeichen, und im nächsten Moment waren sie aus der Tür.

Katrine schüttelte den Kopf. »Nikolaj?«

»Ich will, dass Bjarne unbeschadet hier eintrifft. Und ich will mit ihm reden, ohne dass irgendein Anwalt ihn wegen einer irregulären Festnahme hier wieder rausholt.«

»Und warum glaubst du, dass ich dazu nicht imstande bin?«

Sein Schweigen war Antwort genug.

*

Henrik und Tom gingen auf das rote Reihenhaus zu, in dem Bjarne Kristoffersen wohnte. In der Küche, die der Straße zugewandt lag, waren die Gardinen vorgezogen. Aus dem Haus drangen Radiogeräusche. Henrik betätigte den Türklopfer. Kurz darauf erschien Bjarne in der Tür. Er blickte zu Henrik auf, der sich vorstellte und ihn bat, mit ihnen zu kommen.

Bjarne starrte ihn sprachlos an. »Soll das ein Witz sein? Ich muss gleich zum Flughafen.«

»Tut mir leid«, entgegnete Henrik, »aber heute werden Sie bestimmt nicht mehr fliegen können.«

Bjarne beklagte sich lautstark, dass er einen wichtigen Job zu erledigen habe und deswegen für sechs Monate ins Ausland reisen müsse.

»Tut uns leid, aber daraus wird erst mal nichts«, sagte Henrik und trat einen Schritt auf ihn zu.

»Und was werfen Sie mir vor?«

»Dazu kommen wir später. Erst einmal wollen wir mit Ihnen reden.«

»Können wir das nicht hier machen? Ich darf meinen Flug wirklich nicht verpassen.«

»Ich fürchte, das Gespräch wird ein bisschen länger dauern«, sagte Henrik und legte ihm vorsichtig die Hand auf die Schulter. »Nehmen Sie einfach Ihre Jacke und kommen Sie mit. Alles andere wird sich finden.«

Bjarne sank ein wenig in sich zusammen. Er fragte, ob er seinen Chef anrufen könne, um ihm mitzuteilen, dass er verhindert sei. Henrik erlaubte es ihm. Sie begleiteten ihn ins sparsam möblierte Wohnzimmer. Auf dem Sofa lag ein offener Koffer, der halb gepackt war.

Bjarne rief bei Valhal Securities an und meldete sich krank. Dann holte er seine Jacke.

Tom blickte sich um. »Für einen Nazi wohnt der ziemlich normal«, murmelte er.

Henrik schüttelte den Kopf. »Was hast du erwartet? Hakenkreuze an den Wänden?«

Fünf Minuten später saßen sie alle im blauen Audi und fuhren auf die Autobahn. Bjarne saß auf der Rückbank und starrte auf seine Füße.

»Was soll ich getan haben?«

Weder Tom noch Henrik antworteten.

Bjarne drehte sich nervös um und sah aus der Heck-scheibe. »Bin ich heute Abend wieder zu Hause?«

Henrik warf ihm im Rückspiegel einen Blick zu. »Ver-halten Sie sich ruhig, Herr Kristoffersen, dann sehen wir weiter.«

Bjarne atmete tief durch und ballte die Hände. »Ich bin ruhig … ganz ruhig.«

49

Bjarne wurde in das kleine, im Erdgeschoss gelegene Büro des PET geführt, wo Storm und Katrine auf ihn warteten. Seine offenkundige Nervosität versuchte er hinter ein paar witzigen Bemerkungen zu verbergen. Es war Storm, der das Wort führte und ihm in aller Ruhe darlegte, dass eindeutige Beweise gegen ihn vorlägen. Auf einem Laptop zeigte er ihm die Aufnahmen der Überwachungskamera im Stadion. Bjarne tat das Ganze als harmlose Auseinandersetzung ab. Er räumte zwar ein, dass die Bilder ziemlich gewalttätig aussähen, betonte aber, dass niemand ernsthaft zu Schaden gekommen sei. Außerdem würden die verschiedenen Fangruppen solche Schlägereien vorher miteinander vereinbaren.

Storm hakte sofort nach. »Welcher Gruppe gehören Sie an, Bjarne?«

Bjarne antwortete ausweichend, dass er keiner bestimmten Gruppe angehöre und es ihm vor allem um den Fußball gehe.

»Wenn jemand gewalttätig wird, dann sind das doch die Kanaken«, sagte er und berichtigte sich sofort. »Entschuldigung, ich meine natürlich die Mitbürger mit Migrationshintergrund.« Er malte Anführungszeichen in die Luft und grinste.

»Sie wurden aber schon öfter zusammen mit Mitgliedern der Blutsbrüder gesehen.«

Bjarne zuckte die Schultern. »Ich kenne viele Leute aus unterschiedlichen Kreisen.«

»Sind Sie selbst Mitglied der Blutsbrüder?«

Er blinzelte. »Nein, nein … natürlich nicht.«

Sie treffen sich also nur beim Fußball?«

»Äh … ja.«

Im Lauf der Vernehmung versuchten sie, etwas über die verschiedenen Hooligans und Bjarnes Verbindung zu Jonas zu erfahren. Bjarne spielte seine Beteiligung an den Schlägereien herunter, und Jonas habe er nur ein paar Mal gesehen, nachdem er ihm zu einem der Anwärterkurse bei Valhal Securities verholfen habe.

Storm stand erschöpft auf und rieb sich die Schläfen.

»Es ist natürlich Ihre Entscheidung, Bjarne, ob Sie mit uns zusammenarbeiten wollen oder nicht. Aber wir werden dieser Sache hier auf den Grund gehen.«

»Das sind wir doch schon«, entgegnete Bjarne.

Strom schaute auf die Uhr. »Es ist jetzt Viertel nach fünf. Sie sind hiermit wegen Gewalt in mehreren Fällen sowie Aufforderung zur Gewalt gemäß Strafgesetzbuch Paragraf 244 vorläufig festgenommen. Zum Vollzug der Untersuchungshaft werden Sie ins Vestre-Gefängnis überführt. Morgen früh werden Sie dem Haftrichter vorgeführt werden. Haben Sie verstanden, was ich Ihnen gesagt habe?«

Bjarne starrte ihn sprachlos an. »Das … das können Sie doch nicht machen. Ich war doch kooperativ.«

»Wie die Dinge liegen, Bjarne, habe ich keine andere Wahl.«

»Was wollen Sie denn noch von mir wissen?« Er wollte aufstehen, doch Katrine legte ihm die Hand auf die Schulter. »Bleiben Sie sitzen, Bjarne. Es sollte Ihnen doch wohl klar sein, was wir von Ihnen wissen wollen. Stattdessen versuchen Sie, Katz und Maus mit uns zu spielen. Uns wie Idioten zu behandeln. Sehen wir aus wie Idioten, Bjarne?«

»Nein …«

»Gut. Also zum letzten Mal: Sind Sie Mitglied bei den Blutsbrüdern, ja oder nein?«

Bjarne blickte sich hilflos im Raum um.

»Die Antwort steht weder an den Wänden noch auf Ihren Schnürsenkeln geschrieben. Ja oder nein? Das ist eine einfache Frage, die Sie entweder direkt ins Gefängnis oder wieder nach Hause bringt. Wie bei Monopoly. Sie kennen doch Monopoly, oder?«

»Okay, okay«, sagte er und blickte zu ihr auf. »Ich habe an ein paar Treffen teilgenommen, aber es ist ja nicht so, dass wir mit einem Mitgliedsausweis durch die Gegend laufen.«

»Wie haben Sie Jonas zu den Blutsbrüdern gebracht?«

Er warf die Hände in die Luft. »Ich hab doch schon gesagt, dass er nicht dabei war. Das war nichts für ihn. Er war nur mit im Stadion.«

»Was ist mit Benjamin Andreasen und Rasmus Mogensen?«

»Es war Rasmus, der *mich* mitgenommen hat.«

»Und Benjamin, der Neue?«

»Der … der …« Bjarne knetete seine Hände.

»Halten Sie sich einfach an die Wahrheit.«

Bjarne schüttelte resigniert den Kopf. »Okay, Benjamin war ein paarmal mit dabei. Dem gefällt ein bisschen Randale ganz gut.«

»Und wo habt ihr Randale gemacht? Draußen in den Gettos?«

»Nein, da sind wir nie gewesen. Das war immer nur im Stadion.«

Sie trat gegen seinen Stuhl. »Lügen Sie uns nicht an, Bjarne.«

Storm warf ihr einen warnenden Blick zu. Sie beherrschte sich.

»Gibt es noch andere Mitarbeiter von Valhal Securities, die dort Mitglied sind?«

Storm setzte sich hin und rückte mit dem Stuhl näher an Bjarne heran.

»Nein. Darf ich jetzt gehen?«

»Dazu ist es wohl etwas zu spät, Bjarne. Wir wissen, dass Sie und Ihre Kumpels so einiges auf dem Kerbholz haben. Wir beobachten euch schon längere Zeit«, log Storm und lächelte vage. »Das ist schließlich unser Job. Was können Sie uns über die beiden Anführer der Blutsbrüder erzählen? Torben Duval und Lars Meyer.«

Bjarne verbarg das Gesicht in den Händen und rutschte auf seinem Stuhl hin und her.

»Das gibt's nicht … Das gibt's einfach nicht.« Sie waren nicht sicher, ob er weinte.

Katrine warf Storm einen erstaunten Blick zu. Bjarnes plötzlicher Zusammenbruch kam für beide sehr überraschend. »Bjarne«, sagte sie, »glauben Sie nicht, dass es das Beste ist, die Karten auf den Tisch zu legen?«

Als er zu ihnen aufblickte, war sein Gesicht von heftiger Erregung gezeichnet. »Hören Sie mir zu. Die dürfen auf keinen Fall erfahren, dass ich festgenommen wurde, okay? Sie *müssen* mich unbedingt freilassen.«

»Wie gesagt, dazu ist es zu spät, Bjarne.«

Er wandte sich an Storm. »Sie ahnen ja nicht, was Sie damit anrichten.«

»Erzählen Sie es uns«, sagte Katrine.

Er schüttelte so energisch den Kopf, dass seine Wangen wackelten. »Das verzweigt sich alles bis ganz oben. Wenn die herausfinden, dass ich mit Ihnen geredet habe, dann bin ich ein toter Mann. Sie sind schon selbst in höchster Gefahr, verstehen Sie das nicht?«

»Jetzt beruhigen Sie sich, Bjarne, und erzählen Sie uns etwas über die zwei.«

Bjarne hörte ihr nicht zu, sondern schien mit den Gedanken ganz woanders zu sein. »Bekomme ich ein … Zeugenschutzprogramm?«

»Zeugenschutzprogramm?« Storm lehnte sich zurück und sah ihn verwundert an. »Das ist ein längerer Prozess. Zunächst müssen wir den Inhalt Ihrer Aussage bewerten und dann prüfen, ob Sie einer außerordentlichen Gefahr ausgesetzt sind.«

»Das bin ich, glauben Sie mir.«

»Was haben Sie uns zu erzählen?«, fragte Katrine.

Bjarne schaute sie an und schluckte. »Kongens Nytorv. Die Bombe …«

»Was ist damit?«, fragte Storm und sah ihn scharf an.

»Verschaffen Sie mir eine neue Identität, ein Zeugenschutzprogramm … dann erzähle ich, was ich weiß.«

»Sind die Blutsbrüder daran beteiligt?«, fragte Storm.

Bjarne lehnte sich zurück und verschränkte demonstrativ die Arme.

»War auch Jonas Vestergaard dabei?«

Bjarne antwortete nicht.

Katrine hob die Stimme. »Sie brauchen sich hier nicht wichtig zu machen, Bjarne, nur weil Sie als Kind nicht gestillt wurden.«

Er würdigte sie keines Blickes.

»Wenn Sie mir nichts Brauchbares erzählen, Bjarne, kann ich auch für Sie nichts in die Wege leiten.«

»Etwas Brauchbares?« Bjarne warf Storm einen ernsten Blick zu. »Der Detonator, der benutzt wurde, war ein tschechisches Fabrikat und funkgesteuert. Ich glaube, das ist der Öffentlichkeit nicht bekannt. Ist das *brauchbar* genug?«

Storm nickte. »Okay, ich will sehen, was ich für Sie tun kann, Bjarne.«

Storm stand auf. Bjarne packte ihn am Arm. »Ich meine das volle Programm: neue Identität, neues Land, neues Aussehen …«

»Ich werde mit ein paar Leuten reden«, sagte Storm und machte sich vorsichtig frei.

*

Tom und Henrik fuhren Bjarne persönlich zum Vestre-Gefängnis.

Bjarne beugte sich vor und umfasste Henriks Rückenlehne.

»Ich komme doch in Isolationshaft, nicht wahr? Haben Sie das Gefängnispersonal schon informiert, dass ich freiwillig in Isolationshaft gehe?«

Henrik hielt ihm sanft die Hand vor die Brust und schob ihn behutsam wieder nach hinten. »Genießen Sie einfach die Fahrt, wir haben alles im Griff.«

»Ach wirklich? Wenn Sie alles so fantastisch im Griff haben, wieso fahren wir dann nicht mit Eskorte?«

»Solange Henrik dabei ist, kann uns nichts passieren«, entgegnete Tom. »Der hat früher Unterwasserrugby gespielt.«

Henrik verdrehte die Augen.

408

Bjarne schüttelte resigniert den Kopf. »Sie haben überhaupt nicht kapiert, wie ernst das hier ist.«

Tom warf einen Blick in den Rückspiegel. Obwohl sie mit hundertdreißig Stundenkilometern auf der Überholspur fuhren, näherte sich ihnen ein dunkler Pick-up mit großer Geschwindigkeit. Er überlegte kurz, ob er das Blaulicht einschalten sollte, um den Fahrer dazu zu bringen, etwas langsamer zu fahren, doch stattdessen wechselte er auf die mittlere Spur. Der schwarze Pick-up tat das Gleiche.

»Was zum Teufel …«

Bjarne und Henrik drehten sich um.

Der Pick-up fuhr ein wenig zur Seite und war ihnen jetzt so nahe, dass die beiden Stoßstangen sich berührten. Der Pick-up ließ seinen V8-Motor aufheulen und versetzte ihnen einen harten Stoß, der ausreichte, um den Audi halb herumzudrehen. Tom versuchte panisch gegenzulenken und trat auf die Bremse. Aber er hatte bereits die Kontrolle über das Fahrzeug verloren, das über die Fahrbahn schoss und mit voller Wucht gegen die Leitplanke krachte. Die Kollision drehte das Auto ein weiteres Mal um die eigene Achse. Glassplitter und Metallteile flogen durch die Luft, während das Auto sich mehrfach überschlug und schließlich als rauchendes Wrack liegen blieb.

Der schwarze Pick-up setzte seine Fahrt mit unverminderter Geschwindigkeit fort.

*

Der Stau auf der Autobahn wurde immer länger, während die Dämmerung eingesetzt hatte. Die Rücklichter der Autos sahen aus wie eine lange Feuerzunge, die sich dem Unglücksort entgegenstreckte. Die Rettungskräfte, die sich um das Wrack versammelt hatten, taten alles, um die eingeklemmten Insassen freizubekommen. Funken sprühten durch die Luft, während die Schneidbrenner arbeiteten. Kurz darauf gelang es den Rettungskräften, das komplette Dach abzuheben, als wäre es der Deckel einer Sardinendose. Das Innere bot keinen schönen Anblick. Tom lag mit eingedrücktem Brustkasten und Zwerchfell über dem Lenkrad und war seinen inneren Verletzungen erlegen. Neben ihm hing Henriks lebloser Körper halb aus der Tür heraus. Sein Hals war an mehreren Stellen gebrochen, sodass nur noch die Haut das volle Gewicht des Kopfes trug. Auf dem Rücksitz saß Bjarne, dem ein rostiges Bruchstück der Leitplanke im Bauch steckte. Ein Röcheln drang aus seiner Kehle, wenn er Luft zu holen versuchte. Dunkles Blut lief aus seinen Mundwinkeln. Trotz der schweren Verletzungen griff seine zerschmetterte Hand nach dem Gurt, um ihn abzustreifen. Das Feuer in seinen Augen zeugte davon, dass er noch nicht aufgegeben hatte.

»Ganz ruhig«, sagte ein Mann zu ihm, »wir holen Sie da raus.«

Sie lösten Bjarnes Sicherheitsgurt, worauf er auf dem Rücksitz zusammensank. Er schnappte nach Luft, sein Körper wand sich in Krämpfen. Mit der rechten Hand griff er um den Nacken des Mannes und zog ihn zu sich nach unten.

Der Mann versuchte, sich aus seinem Griff zu befreien, doch Bjarne mobilisierte seine letzten Kräfte, um ihn festzuhalten. Er wollte etwas sagen, doch das Blut in seiner Kehle hinderte ihn daran.

»Bleiben Sie ganz ruhig«, sagte der Mann.

Bjarne versuchte erneut zu sprechen, und diesmal brachte er ein paar Laute heraus. Dann sank er endgültig zusammen und tat seinen letzten Atemzug.

»Was hat er gesagt?«, fragte ein Kollege.

Der Mann schüttelte den Kopf und richtete sich auf. Auf seiner Wange klebte Bjarnes Blut. »Nur konfuses Zeug. Ich glaube, er hat immer wieder dasselbe Wort wiederholt.«

»Welches Wort?«

»Das hörte sich an wie Proto…kol … Protokoll.« Der Mann zuckte die Schultern und ging zum Krankenwagen zurück.

50

FURCHT

*Um die Glorifizierung von Systemkritikern zu
verhindern, werden wir sie genauso verurteilen wie
Vergewaltiger, Mörder und Diebe. Dann werden die
Massen sie verachten, weil sie fürchten, mit ihnen in
eine Schublade gesteckt zu werden. So wird uns die
Bevölkerung weiter aus der Hand fressen.*

KAPITEL XVIII: HERRSCHER & VOLK

Katrine und Storm standen neben Kampmann
in der Bispebjerg-Kirche, wo die Trauerfeier für Henrik stattfand. Katrine trug anlässlich der Beerdigung ein
schwarzes T-Shirt unter ihrer Lederjacke. Die Sprengstoffhunde winselten, während sie die Bankreihen untersuchten. Der Leichengeruch, der von Henriks Sarg vor
dem Altar ausging, irritierte sie. Storm sah auf die Uhr.
Es würde noch knapp zwanzig Minuten dauern, bis der
Justizminister eintraf. Bis dahin mussten sie den Raum
gesichert und die Angehörigen durchsucht haben. Sie
wollten nicht das geringste Risiko eingehen, und es durften nur die nächsten Verwandten sowie die Mitarbeiter
des PET an der Trauerfeier teilnehmen.

»Nach der Beerdigung wird der Tabac-Mann zu mir
kommen und fragen, ob wir die Täter schon festgenommen haben«, sagte Kampmann mürrisch. »Und wenn ich

mit Nein antworte, wird er sich zu mir hinüberlehnen und mir erzählen, wie viel Geld wir ihn jedes Jahr kosten und wie schwer es für ihn ist, dieses Budget weiterhin durchzuboxen. Und dann wird er noch sagen, wie *enttäuscht* er ist.« Kampmann machte eine Pause und sah Storm an. »Was glauben Sie, Nikolaj, was es für ein Gefühl ist, jemandem Rede und Antwort stehen zu müssen, der zwanzig Jahre jünger und einen halben Meter kleiner ist als man selbst?«

Storm hätte Kampmann am liebsten angebrüllt, dass ihm das scheißegal sei. Dass es nur eine Sache gebe, die wirklich von Belang sei: dass nämlich einer seiner Männer, ein guter Freund und Kollege, jetzt in einem Sarg liege. Doch stattdessen zuckte er nur bedauernd die Schultern. »Wir ermitteln mit allen Leuten, die wir haben. Mehr können wir nicht tun.«

»Das ist der schlimmste Angriff auf den PET aller Zeiten.« Kampmann schüttelte den Kopf. »Was machen die Vernehmungen dieser Blutsbrüder-Leute?«

»Die beiden Anführer, Torben Duval und Lars Meyer, sitzen wegen des umfangreichen Bildmaterials aus dem Stadion in Untersuchungshaft. Sie streiten alles ab. Außerdem haben wir ihre Wege in Zusammenhang mit dem Kongens-Nytorv-Attentat sowie mit dem Anschlag auf der Autobahn untersucht. Leider ohne Erfolg.«

»Was ist mit der Hausdurchsuchung?«

»Hat auch nichts gebracht. Außer ein paar rassistischen Schriften und verschiedenen Schlagwaffen gibt es nichts, das sie mit den beiden Ereignissen in Verbindung bringt.«

»Keine Spuren von Kunstdünger? Sprengstoff? Schusswaffen?«

»Leider nein.«

»Und das soziale Umfeld?«

»Wir haben alles genau überprüft, doch es gab keine weiteren Festnahmen. Darum ist es sehr unwahrscheinlich, dass die Täter aus der Gruppe der Blutsbrüder stammen.«

Kampmann warf ihm einen prüfenden Blick zu. »Da sind Sie ganz sicher?«

»Ja. Wir glauben nicht, dass sie über die Mittel für so etwas verfügen.«

Kampmann schien nicht überzeugt zu sein.

Katrine warf ihm einen ungeduldigen Blick zu. »Keiner der kleinen Dreckskerle hat genug Format oder Eier in der Hose, um eine Bombe zu zünden oder jemanden kaltblütig zu liquidieren.«

Kampmanns Augen blitzten. »Danke, ich hab's verstanden. Was ist mit den beiden, die für Valhal Securities gearbeitet haben?«

»Da ist nur Benjamin Andreasen«, antwortete Katrine. »Wir haben ihn zur Fahndung ausgeschrieben. Seinem Kollegen Lars Toft zufolge ist er an dem Tag, an dem Bjarne getötet wurde, nicht zur Arbeit erschienen.«

»Haben die beiden was miteinander zu tun?«

»Das untersuchen wir gerade«, antwortete Storm. »Rasmus Mogensen hingegen können wir vergessen. Der sitzt seit über einem Jahr wegen Handel mit Amphetamin im Gefängnis.«

Hinter ihnen wurde die Kirchentür geöffnet. Die ersten Trauergäste kamen herein, begleitet von den Sicherheitsleuten des PET.

Kampmann schüttelte den Kopf und drehte sich einmal um die eigene Achse, ehe er sich wieder an Storm wandte. »Das hier ist das letzte Glied einer langen Kette von Fehlern, die Sie gemacht haben.«

Kampmanns scharfer Ton veranlasste die Leute, in ihre Richtung zu sehen.

»*Sie* haben es zugelassen, dass sich Badr Udeen mit radikalen Leuten treffen konnte. *Sie* haben den Bombenanschlag am Kongens Nytorv nicht verhindert, obwohl es genug Anzeichen gab, dass etwas im Busch war. Und *Sie* haben die Schuldigen immer noch nicht gefunden. Stattdessen passiert *das* hier!

Er zeigte auf den Sarg. »Zwei Agenten zusammen mit einem Kronzeugen getötet. Ein Zeuge, der sagte, er habe vertrauliche Informationen zum größten Terroranschlag in der Geschichte Dänemarks, und der bereits wichtige Einzelheiten verraten hat.«

Storm blickte zu Boden. Er hörte Kampmanns Vorwürfen nicht mehr zu, spürte nur noch die Speicheltropfen, die seine Wange trafen, wenn Kampmann etwas betonte.

»Wir haben uns an das normale Prozedere gehalten«, unterbrach ihn Katrine.

Er drehte sich ruckartig zu ihr um. »Warum beruhigen mich *Ihre* Worte nicht?«

»Wie dem auch sei. Bjarne Kristoffersen wollte erst aussagen, sobald er ins Zeugenschutzprogramm aufgenommen wird. Und das können nur der Direktor und Sie entscheiden. Da sie beide nicht erreichbar waren, haben es zwei Agenten übernommen, Kristoffersen zum Gefängnis zu fahren. Exakt nach Vorschrift.«

Storm wandte sich an Kampmann. »Wenn Sie kein Vertrauen mehr in mich haben, dann nehme ich gerne meinen Abschied.«

Kampmann schnaubte. »Und mich allein mit der ganzen Scheiße zurücklassen? Das könnte Ihnen so passen! Sie finden gefälligst selbst einen Ausweg aus diesem Schlamassel – für uns alle.«

Einer der Leibwächter kam zu Kampmann. »Der Minister wird in drei Minuten eintreffen«, sagte er leise.

Kampmann verdrehte die Augen. »Halleluja«, brummte er und trat nach draußen.

Storm hörte der Rede des Pfarrers nur mit einem Ohr zu. Er hatte Angst, den Blicken der Angehörigen zu begegnen, und starrte unverwandt auf den Boden. Henriks Witwe Marianne war vor Beginn der Trauerfeier zu ihm gekommen und hatte ihn begrüßt. Hatte ihm dafür gedankt, dass er die gesamte Beerdigung organisiert hatte. Es war ihm unerträglich gewesen, ihr zuzuhören. Unerträglich, Henriks vierjährigen Sohn William zu sehen, der fein zurechtgemacht war, sein Spielzeugauto halb in den Mund gesteckt hatte und ihn anlächelte. *Eines Tages wirst du mich hassen. Wenn du alt genug bist, um alles zu verstehen*, dachte Storm, während er dem Jungen über die blonden Haare strich.

Nach der Zeremonie trugen Storm und fünf weitere Kollegen den Sarg zu dem wartenden Leichenwagen. Auf Mariannes Wunsch hin sollte Henrik eingeäschert werden. Die Würmer sollen ihn nicht kriegen, hatte sie gesagt. Storm spürte sie bereits unter seiner Haut. Während sich seine Hand um den Griff krampfte, fürchtete er, dass er den Sarg nie wieder loslassen würde.

Fünf Minuten später hatte sich der Leichenwagen in Bewegung gesetzt.

»Komm, du brauchst frische Luft.« Katrine wartete nicht auf Storms Entgegnung, sondern nahm einfach seinen Arm und führte ihn hinaus in Richtung Friedhof. Er ließ es mit sich geschehen.

Sie öffnete das Tor, dann gingen sie den Kiesweg entlang, fort von den übrigen Trauergästen. Katrine zündete sich eine Zigarette an und bot auch Storm eine an. Er schüttelte den Kopf.

»Ich wünschte, ich hätte deine Kompromisslosigkeit«, sagte er. »Dein Temperament.«

Sie sog das Nikotin in ihre Lunge und ließ eine große Rauchwolke in die Luft steigen. »Und müsstest bald in den Knast? Wir können gern tauschen.«

Der Wind kniff sie in die Wangen. Storm zog seine Jacke zu. »Kampmann hat recht. Der Tod von Henrik und Tom ist eine logische Folge einer Reihe von Fehlern und Irrtümern.«

»Kampmann ist ein Feigling. Ein schlechter Chef, der sich nicht traut, selbst die Verantwortung zu übernehmen. Der hat nicht genug Mumm, um sich vor seine Mitarbeiter zu stellen. Du hast ein bisschen mehr Format, Nikolaj, weil du die Verantwortung nicht auf andere abwälzt.«

»Das ist im Moment ziemlich unwichtig.«

»Hättest du nicht mit den Imamen zusammengearbeitet, wäre Faris' Zelle nicht rechtzeitig entdeckt worden, und die Tragödie hätte noch viel größere Ausmaße angenommen.«

»Trotzdem sind sechsundzwanzig Menschen getötet worden, darunter zwei Kollegen von mir. Und dafür trage ich die Verantwortung. Wenn etwas Schlimmes geschieht, fühle ich mich manchmal so schrecklich hilflos.

Dann habe ich das Gefühl, dass ich den gesamten Dienst schlecht vertrete.«

Katrine zuckte die Schultern. »Ich finde, dass wir mit unseren Ermittlungen schon sehr weit gekommen sind, aber solche Dinge brauchen eben viel Zeit.«

»Und manchmal bleiben sie unaufgeklärt. So wie der Søllerødgade-Fall. Jahrelang haben wir die Extremisten aus der linken wie rechten Szene beobachtet und unter Kontrolle gehabt. Aber als die Bombe explodierte, waren wir völlig machtlos.«

Mit zwei Fingern schnippte Katrine die Zigarette weg. »Ist es nicht noch zu früh, um aufzugeben?«

»Darum geht es doch gar nicht.« Er reckte die Arme in die Luft. »Es geht …«

Sie blieb mitten auf dem Weg stehen und sah ihm in die Augen. »Ich habe Tom nicht gemocht und Henrik kaum gekannt, aber das ändert nicht das Geringste an meiner Einstellung: Niemand, ganz gleich, wer er ist oder was für einer Organisation er angehört, darf ungestraft davonkommen, wenn er einen von uns tötet. Das steht über allem. Verstehst du, Nikolaj?«

Storm nickte. Ihre Entschlossenheit übertrug sich auf ihn. »Was schlägst du vor?«

»Dass wir uns die Angestellten von Valhal Securities näher ansehen. Bjarnes Angst war nicht vorgetäuscht, außerdem besaß er detailliertes Wissen über den Detonator. Wenn es also nicht seine Nazifreunde waren, die die Bombe gelegt haben, dann waren es Leute, mit denen er anderweitig zu tun hatte. Und einen großen Bekanntenkreis scheint er ja nicht gehabt zu haben.«

»Du willst dich wirklich mit denen anlegen?«

Sie nickte. »Jonas Vestergaard haben sie förmlich bei

418

sich versteckt gehalten. Und Bjarne durfte trotz seiner Sympathie für die Nazis bei ihnen arbeiten. Benjamin genauso. Wer weiß, was sich bei denen noch alles verbirgt.«

Storm nickte.

»Wusstest du eigentlich, dass Benjamin, der verschwundene Benjamin, ebenso wie Jonas bei den Pioniertruppen war? Und dass er ebenso wie Jonas psychische Probleme hat? Das kann doch kein Zufall sein.«

»Okay, du hast mich überzeugt …«

»Und diesmal bleiben wir am Ball, egal was Kampmann sagt, egal ob wir auf alte Kollegen vom PET oder auf wen auch immer stoßen.«

Storm zögerte. »Wir bleiben dran.«

»Nikolaj?«, rief Niels vom anderen Ende des Wegs und rannte ihnen entgegen.

»Was ist?«, fragte Storm.

Niels blieb stehen und rang nach Luft. »Wir haben … unseren … Zapruder-Film … besser gesagt … ein Foto … aus Japan«, brachte er mühsam hervor.

Er zog einen A4-Umschlag aus seiner Jacke und gab ihn Storm. Der öffnete ihn und nahm ein paar Fotos heraus.

»Herr Sugimoto, ein japanischer Tourist, befand sich zehn Minuten bevor die Bombe explodierte auf dem Kongens Nytorv. Er hat ein paar Bilder von seiner Frau gemacht. Das ist sie.« Niels zeigte auf eine dicke japanische Frau in blauem Regenmantel, die vor dem Ritterdenkmal Aufstellung genommen hatte. »Im Hintergrund fährt unser Bombenfahrzeug vorbei.« Hinter der Frau, am großen Anker beim Nyhavn, war ein dunkler Ford Transit zu erkennen.

»Wir haben das Bild so weit vergrößert, dass man sieht, wer hinter dem Steuer sitzt.«

Storm sah sich das nächste Foto an. Niels hatte recht. Es bestand kein Zweifel. Hinter dem Steuer saß Jonas Vestergaard, und er war allein im Auto.

»Damit können wir die Islamisten wohl endgültig abhaken«, sagte Niels.

*

Storm stand in T-Shirt und Pyjamahose am Schlafzimmerfenster im ersten Stock und blickte auf den Vorgarten hinaus. Der Mond warf ein fahles Licht auf den Rasen, auf dem ein umgekipptes Dreirad lag. Als er von der Beerdigung nach Hause gekommen war, hatte er es gar nicht bemerkt. Das Bild von Jonas ging ihm nicht aus dem Kopf. Dieses Foto durfte keinesfalls an die Presse gelangen. Niemand, der nicht unmittelbar an den Ermittlungen beteiligt war, durfte es zu Gesicht bekommen. Kampmann hatte ihn beglückwünscht. Hatte das Foto *outstanding* genannt. So war er binnen eines Tages vom Versager zum Helden geworden. Dennoch wurde Storm das Gefühl nicht los, dass er sich langsam sein eigenes Grab schaufelte. Sie hinkten den Ereignissen ständig hinterher.

»Willst du dich nicht hinlegen?«, fragte Helle im Bett hinter ihm.

»Komme gleich«, murmelte er ohne sie anzusehen. Er fürchtete sich bereits vor der schlaflosen Nacht.

Er wollte sich gerade umdrehen, als er das Auto bemerkte, das auf der anderen Straßenseite parkte. Die Seitenscheibe war heruntergelassen. Der Mann hinter dem Steuer rauchte und blies den Rauch durch das offene

Fenster. Als er die Zigarette aus dem Mund nahm, sah Storm, dass der Mann zu ihm nach oben blickte.

Storm fuhr herum und lief zur Tür.

Helle warf ihm einen erschrockenen Blick zu. »Nikolaj, was ist los?«

Er sprang in großen Sätzen die Treppe hinunter und rannte zur Haustür.

Der Mann warf die Zigarette aus dem Fenster.

Storm spurtete über den Rasen. Der ältere und sehnige Mann lächelte ihn kühl an und hielt sich vielsagend den Zeigefinger vor die Lippen. Storm hob das umgekippte Dreirad an seinem Lenker hoch. Der Mann legte den ersten Gang ein und gab Gas.

Mit aller Kraft schleuderte Storm das Dreirad hinter dem Auto her, verfehlte es jedoch.

Storm blieb am Straßenrand stehen und sah keuchend den Rücklichtern nach, die sich im Dunkel verloren. Den Mann hinter dem Steuer hatte er nie zuvor gesehen und hatte auch keine Ahnung, wer ihn geschickt haben mochte. Sein Gefühl, dass er seit einiger Zeit verfolgt wurde, hatte ihn also nicht getrogen. Und jetzt hatte dieser Mann sich in voller Absicht zu erkennen gegeben. Seine Botschaft war eindeutig gewesen: Er solle den Mund halten, sonst …

Er blickte zum Schlafzimmerfenster hinauf, an dem Helle stand. Er traute sich nicht, den Gedanken zu Ende zu denken.

Am nächsten Tag fuhr er Helle und die Mädchen zu ihrem Ferienhaus, das an der Sejrø-Bucht lag. Helle fragte nie nach seiner Arbeit, und er erzählte auch nie davon. Das war eine stillschweigende Vereinbarung zwischen ihnen. Und auch wenn sie versuchte, dies zu verbergen, so wusste er um ihre Nervosität, wenn er sie hin und wieder wegschickte.

»Wann wird das je aufhören, Nik?«

»Bald«, entgegnete er ohne sie anzusehen. Seine Gedanken waren bereits bei Katrine und ihrer Aussage, dass *niemand* ungeschoren davonkommen würde.

Seine Glock lag in seinem Schulterholster unter dem Vordersitz. Er konnte sich nicht daran erinnern, wann er sie zuletzt außerhalb des Schießstands benutzt hatte. Doch er würde nicht zögern, sie einzusetzen. Das war er Henrik und Tom und den dreiundzwanzig Toten vom Kongens Nytorv schuldig.

51

Die drei schwarzen Range Rover fuhren mit hoher Geschwindigkeit und ausgeschalteten Scheinwerfern den schmalen dunklen Waldweg entlang. Im vordersten Wagen saßen L.T. und Løvengren in Begleitung der Leibwächter von Valhal Securities. Keiner von ihnen sprach ein Wort. Die Autokolonne fuhr dem baufälligen Bauernhof entgegen, in dem sie die Anwärter getestet hatten. Die drei Fahrzeuge hielten auf dem Vorplatz. Ein vierter Range Rover stand bereits vor der eingestürzten Scheune. Ein Tarnnetz war darübergebreitet, damit er aus der Luft nicht zu erkennen war. Løvengren und die anderen stiegen aus. Es waren insgesamt zwölf Männer, die dunkle Hosen und schwarze Kampfjacken trugen.

Løvengren ging zur Haustür. Ihm folgte L.T. mit einer Sporttasche in der Hand. Als die Tür sich öffnete, schnitt ein schmaler Lichtkeil durch die dunkle Nacht.

Sie gingen in den Wohnraum, der von ein paar Petroleumlampen erhellt war.

Auf dem Bett in der Ecke kauerte ein Mann, dessen Kopf auf die Brust hing. Zwei von Løvengrens Leibwächtern standen neben ihm.

»Richte dich auf«, sagte Løvengren.

Als es nicht schnell genug ging, packten ihn die beiden Sicherheitsleute und zwangen seinen Kopf nach oben.

Der Schein der Petroleumlampen offenbarte sein übel zugerichtetes Gesicht. Løvengren sah ihn ausdruckslos an.

Er machte eine kurze Handbewegung, worauf L.T. die Sporttasche vor ihn auf den Tisch stellte.

Løvengren zog ein Paar schwarze Lederhandschuhe aus seiner Tasche.

»Wie ich gehört habe, wolltest du einfach abhauen, nachdem du von Bjarnes Tod erfahren hast. Wo wolltest du hin?«

Benjamins Blick flackerte.

»Zur Polizei. Zum PET? Oder nach Hause zu Mama?« Das Leder knirschte, als Løvengren die engen Handschuhe überzog.

»Ich weiß nicht … Ich hatte Angst … Ich war in Panik.«

»Warum? Wovor hast du Angst gehabt?«

Benjamin schluckte. »Vor … Ihnen.«

Løvengren zuckte verwundert die Schultern. »Hab ich dir je Anlass gegeben, vor mir Angst zu haben? Das kann ich mir nicht vorstellen. Ich vermute, dass du nach denen hier gesucht hast …«

Er zog den Reißverschluss der Tasche auf und nahm die beiden Baseballschläger heraus. Auf beiden klebte Dreck und geronnenes Blut. Er legte sie auf den Tisch. »Nach den Schlägern, die du zusammen mit Bjarne benutzt hast. Mit denen ihr den Mann im Bregnehøjpark erschlagen habt.«

Benjamin starrte die beiden Schläger sprachlos an.

»Ich kann dir versichern, dass es eure Schläger sind«, sagte Løvengren. »L.T. hat sie im Amager Fælled selbst ausgegraben. Ich glaube, dieser hier gehört Bjarne.« Er nahm einen Schläger und wog ihn in der Hand. »Den braucht er jetzt nicht mehr. Aber die Polizei wird größten Wert darauf legen, deinen in die Finger zu bekommen.«

424

Benjamins Unterlippe zitterte. »Sagen Sie mir, was ich tun muss, damit sie ihn nicht bekommt.«

Løvengren warf ihm einen verächtlichen Blick zu. »Die Polizei ist jetzt dein geringstes Problem, Benjamin.«

Er nickte den beiden Sicherheitsleuten zu, die Benjamin packten und vor Løvengren auf den Boden stießen.

Benjamin begann leise zu wimmern.

»Wir haben dich gewarnt, dich mit Bjarne einzulassen. L.T. hat an mich hingeredet, dich weitermachen zu lassen. Er hat seine Ehre für dich aufs Spiel gesetzt, und du hast ihn im Stich gelassen.«

Benjamin schaute zu L.T. hinüber. »Es tut mir so leid …«

»Was hat er von deiner Entschuldigung? Dein illoyales Verhalten hat bewiesen, dass L.T. andere Menschen nicht beurteilen kann. Ich kann mich also genauso wenig auf ihn verlassen wie auf dich.«

Benjamin wandte den Blick ab. »Sie können sich auf L.T. verlassen …«

»Halt's Maul!« Løvengren schlug ihm mit dem Handrücken so hart auf den Mund, dass sofort das Blut lief.

»Entschuldigung …«

»Vielleicht wäre es für uns alle, nicht zuletzt für dich selbst, das Beste gewesen, wenn sie dich in Helmand getötet hätten. Wenn du das Schicksal deines Kameraden Jannick geteilt hättest. Aber auch ihn hast du ja im Stich gelassen. So wie du alle in diesem Raum im Stich gelassen hast. Derselbe Raum, in dem du uns Treue geschworen hast.«

Dem schluchzenden Benjamin lief der Speichel über das Kinn. »Entschuldigung … Entschuldigung … Entschuldigung …«

425

»Für Entschuldigungen ist es ein bisschen spät.« Løvengren schlug mit dem Schläger probehalber in seinen Handschuh. »Ich habe noch nie jemanden mit einem Baseballschläger erschlagen, Benjamin. Wie fühlt sich das eigentlich an?«

Benjamin blickte zu ihm auf. Die nackte Angst stand in seinen Augen. »Ich werde es wiedergutmachen ... Geben Sie mir noch eine Chance ... bitte ...«

Løvengren betrachtete den Schläger. »Ist das ein erregendes Gefühl, wenn die Schädeldecke aufgerissen wird. Hattest du eine Erektion?«

»Ich ... weiß nicht mehr ... Ich war in Panik ... Es war ... Es war Bjarne, der ihn erschlagen hat. Ich habe nur den Körper getroffen.«

Løvengren ließ den vorderen Teil des Schlägers auf Benjamins Schulter ruhen. »Wirklich nur den Körper? Hast du ihm beide Beine gebrochen? Jeden einzelnen Knochen?«

Benjamin antwortete nicht.

Løvengren nickte nachdenklich. »Im Mittelalter hat man es hier genauso gemacht. Da hat man den Feind, der bereits besiegt war, bei lebendigem Leib ins Moor geworfen. Vielleicht sollten wir das auch mit dir machen. Sollten dir die Knochen brechen und dich hinterher mit einem Stein um den Hals im Moor versenken. Und wir würden zusehen, wie der Gerechtigkeit Genüge getan wird, während du untergehst.«

»Bitte ...«

»Die würden dich erst in tausend Jahren finden, vollständig konserviert, so wie den Grauballe-Mann und all die anderen Moorleichen. Und wenn die Archäologen dann deinen verunstalteten Körper untersuchen, werden sie sich fragen, welches Verbrechen du begangen hast, um so eine harte Strafe zu verdienen. Wahrscheinlich werden sie zu dem Ergebnis kommen, dass es sich nur um Verrat gehandelt haben kann, das schlimmste Verbrechen überhaupt.«

Løvengren hob den Schläger.

»Ich wollte ihn nicht ... erschlagen.«

»Dass du dem Feind in die Augen siehst, ist der einzige mildernde Umstand, Benjamin. Das Einzige, was ich respektiere. Jetzt sag mir, warum ich dein Leben schonen soll.«

Benjamin blinzelte. »Weil ... weil ... weil ...«

»*Weil* ist nicht genug.«

»Weil Sie sich auf mich verlassen können ... weil ich keinen Fehler mehr machen werde ... weil ich loyal bin.«

Løvengren senkte den Schläger und ließ ihn auf der Tischplatte ruhen. »Das sind große Worte. Kannst du sie auch erfüllen?«

»Zu hundert Prozent.«

Løvengren warf den Schläger auf den Tisch und zog sich die Handschuhe aus. »Das hoffe ich.«

»Danke ... danke ...« Benjamin brach schluchzend zusammen. Sein Körper zuckte unkontrolliert.

»Du wirst bald Gelegenheit haben, es mir zu beweisen. Auf einer Mission, die weitaus größer ist als alles, was du bisher erlebt hast, und weitaus größer als alles, was du je wieder erleben wirst.«

»Ich ... ich bin bereit.«

»Und wisch dir das Gesicht ab. Du siehst ja aus wie ein Baby.«

52

WIR WERDEN DAS KAPITAL VERNICHTEN
*Sämtliches Handeln ist ökonomisch bedingt. Darum
werden wir, sowohl bei den Massen als auch bei
ihren Führern, ein finanzielles Chaos anrichten. Und
stets daran denken, dass der Einzige, der den Staat
nicht schröpfen will, der Staat selbst ist. Die Steuer-
abgaben werden die Leute zum Gehorsam zwingen,
wie das schon heute der Fall ist.*
KAPITEL XIX: ÖKONOMISCHE STEUERUNG

Im Konferenzraum stand Storm vor der druckempf-
findlichen Tafel mit der elektronischen Übersichtskarte.
Er hatte die Observierungseinheit, die Ermittlungseinheit sowie die Einsatzleiter des SEK zusammengezogen.
Bis auf Weiteres fungierte dieser Raum als Kommandozentrale für die bevorstehende Operation gegen Valhal Securities. Katrine saß ganz hinten im Raum und
lauschte schweigend Storms Ausführungen. Die Operation verfolgte das Ziel, den Bodensatz von Valhal Securities zutage zu fördern und die Identität der einzelnen
Personen festzustellen. Danach würden sämtliche Akti-
vitäten der Firma sorgfältig kartografiert werden.

»Das klingt fast wie eine dieser guten alten Rocker-
Operationen«, sagte einer der Einsatzleiter.

»Abgesehen davon, dass die Leute, die wir überprüfen,

mindestens so gut ausgebildet sind wie wir«, entgegnete Storm. »Machen Sie sich also auf einen Gegner gefasst, der gut vorbereitet sein wird.«

»Sind diese Leute bewaffnet?«

»Das können wir zum jetzigen Zeitpunkt nicht sagen. Doch ich hoffe, dass wir auch in dieser Hinsicht wertvolle Aufschlüsse gewinnen. Ich darf alle daran erinnern, dass dies eine reine *Überwachungsoperation* ist. Was auch immer wir beobachten, wir registrieren es bloß. Zum gegenwärtigen Zeitpunkt wird es auch keine Festnahmen geben.« Er schaute ernst in die Runde. »Und vor allem darf niemand von uns entdeckt werden.«

»Können wir Überwachungsgeräte installieren?«

Storm schüttelte den Kopf. »Das Gelände wird rund um die Uhr bewacht. Das Risiko wäre zu groß.«

»Und können wir ein paar Leute einschleusen?«

»Nein, ich glaube, das lassen wir lieber. Ich gehe davon aus, dass sie mit sämtlichen Tricks vertraut sind. Außerdem ist das Gelände viel zu groß, um dort irgendwas zu installieren. Wir werden es von außen abhören.«

Storm zeigte auf der Übersichtskarte, an welchen Stellen er die Horchposten platzieren wollte. Wenn er mit dem Finger auf einen bestimmten Punkt tippte, begann dieser zu blinken. Auf den Dächern der Nachbargebäude sollten ein paar Beamte mit Richtmikrofonen liegen, um den gesamten Außenbereich abzudecken. Mit ein wenig Glück konnten sie auf diese Weise sowohl den Handy-Verkehr als auch Gespräche abhören, die innerhalb des Gebäudes stattfanden.

»Was ist mit den Fahrzeugen, die das Gelände verlassen. Sollen wir uns an die dranhängen?«, fragte Jan, der Einsatzleiter der Observierungseinheit.

»Ja«, antwortete Storm. »Das Stammpersonal von Valhal benutzt schwarze Range Rover. Auf die werden wir uns besonders konzentrieren. Doch vor allem wollen wir sämtliche Personen identifizieren, die dort ein und aus gehen.« Storm berührte den Bildschirm, worauf ein Foto von Benjamin in Uniform erschien. »Benjamin Andreasen wurde seit dem Attentat auf Bjarne Kristoffersen nicht mehr gesehen. Weder von Freunden noch Familienangehörigen. Wir kennen seine Rolle zwar nicht, doch gehen wir davon aus, dass er untergetaucht ist oder von denselben Personen liquidiert wurde, die auch Bjarne Kristoffersen aus dem Weg geräumt haben. Eine dritte Möglichkeit ist natürlich, dass er sich auf dem Firmengelände von Valhal aufhält.«

Storm wählte eine Menüfunktion auf der rechten Seite, worauf eine Videoaufnahme aus der Vogelperspektive abgespielt wurde. Sie zeigte den gesamten Gebäudekomplex der Firma und bewegte sich in einem großen Bogen um das Hauptgebäude herum.

»Ist das live?«, fragte einer der Einsatzleiter sichtlich beeindruckt.

Storm nickte. »Das Militär unterstützt uns freundlicherweise bei diesem Einsatz. Sie haben zwei Drohnen in die Luft geschickt, die Aufnahmen in einer Höhe von dreihundert Fuß machen, bei Bedarf auch mit Nachtsicht- und Infrarotfunktion.«

Fünf Minuten später hatte Storm die Einheiten auf den Weg geschickt. Zurück blieben die Einsatzleiter, die ihre jeweiligen Gruppen von der Kommandozentrale aus steuern sollten, sowie Niels, Claus und die Techniker, die alle eingehenden Daten sofort bearbeiteten.

430

»Kommst du mit, Katrine?«, fragte Storm.

Sie stand auf und ging zu ihm. »Wo wollen wir hin?«

Er beugte sich ihr entgegen und senkte die Stimme. »In die Parkgarage. Da ist jemand, mit dem wir uns unterhalten müssen.«

Sie nahmen den Aufzug in den Keller und schritten den langen Gang entlang, der zu den Parkplätzen führte. »Ich habe ihm absolute Diskretion zugesagt. Nur wir beide und die beiden Sicherheitsleute, die ihn abgeholt haben, wissen von unserem Treffen. Doch er möchte sich sehr gern mit uns über Karl Løvengren unterhalten.«

»Wer ist der Mann?«

»Er heißt Jakob Nielsen, von seinen Kollegen Julle genannt. Er ist ein früherer Elitesoldat, der heute eine Coachingfirma hat. Während des Balkankriegs war er im Kosovo stationiert.«

»Ich wusste gar nicht, dass wir dort Elitesoldaten hatten.«

»Das soll vermutlich auch keiner wissen. Jedenfalls hat er dort auch ein paarmal mit der Einheit kooperiert, die unter Løvengrens Befehl stand.«

»Wie hast du den gefunden?«

Storm lächelte geheimnisvoll.

»Kannst du mir zumindest sagen, warum der so interessant für uns ist?«

»Weil er behauptet, dass Løvengren einen Soldaten mit voller Absicht getötet hat.«

»Das gehört im Krieg doch dazu.«

»Aber nicht, wenn es einer der eigenen Kameraden ist.«

Storm öffnete die Tür zur Parkgarage. Ein paar Meter

von der Tür entfernt standen die beiden Leibwächter zusammen mit Jakob Nielsen. Er war klein und untersetzt, trug Anzug und Rollkragenpullover. Das Stahlgestell seiner Brille saß ihm auf der Nasenspitze, und er sah eher wie ein Steuerprüfer aus als ein ehemaliger Elitesoldat.

Nachdem die beiden Leibwächter sich ein Stück entfernt hatten, begann Nielsen zu erzählen, wie er Løvengren in Bosnien kennengelernt hatte. Er hatte Løvengren von Anfang an als taktisches Genie betrachtet, wenn auch ein wenig übermütig und manchmal zu gezielten Konfrontationen neigend. Nielsen berichtete von einigen Missionen, die sie gemeinsam durchgeführt hatten, bis Katrine ihn ungeduldig unterbrach.

»Bei allem Respekt, Herr Nielsen, können wir die alten Soldatengeschichten nicht überspringen? Was wollten Sie uns über Løvengren und diesen Mord erzählen, den er begangen hat?«

Er zögerte. »Sollte jemals herauskommen, was ich Ihnen jetzt sage, werde ich jedes Wort abstreiten. Auch vor Gericht. Verstehen Sie?«

»Absolut. Wir möchten uns nur einen Eindruck von Karl Løvengren verschaffen. Herausfinden, was für einen Charakter er hat. Das ist alles.« Storm lächelte diplomatisch.

Nielsen erzählte von einer Episode in Bosnien. In Løvengrens Einheit hatte es interne Spannungen gegeben. Ein Hauptmann war mit seinem Führungsstil nicht einverstanden, zu dem auch körperliche Züchtigungen und Strafmärsche gehörten. Der Hauptmann drohte damit, sich bei seinen Vorgesetzten über Løvengren zu beschweren, wenn er sich nicht ändere. Am nächsten Tag nahmen Løvengren und fünf seiner Männer den Hauptmann mit auf einen Aufklärungseinsatz. »Wir haben uns darüber gewundert, dass ein so ranghoher Soldat sich persönlich an so einem Einsatz beteiligt«, fuhr Nielsen fort. »Als sie nach ein paar Stunden zurückkamen, war der Hauptmann nicht dabei. Er war angeblich in einen Hinterhalt geraten und erschossen worden.«

»Warum bezweifeln Sie das?«

Nielsen wischte sich die Schweißperlen von der Oberlippe. »Zu diesem Zeitpunkt herrschte in der Umgebung absolute Ruhe. Im ganzen Monat hat es keine weiteren Verluste gegeben, die Spähtrupps hörten keinen einzigen Schuss, und man hat auch nie eine Leiche gefunden.«

»Warum haben Sie den Vorfall damals nicht gemeldet?«, fragte Katrine.

»Weil man nicht schlecht über seine Kameraden redet.«

Sie nickte.

»Wer war noch dabei?«, fragte Storm.

»Kennen Sie sein Unternehmen? Valhalla oder so ähnlich.«

»Wir haben davon gehört«, antwortete Storm knapp. »Was ist damit?«

»Viele von seinen Soldaten sind ihm dorthin gefolgt. Auch diejenigen, die damals bei dem Aufklärungseinsatz mit dem Hauptmann dabei waren.«

Katrine schaute ihn prüfend an. »Die Warnung des Hauptmanns war für Løvengren aber doch keine sehr große Bedrohung. Bei einer Beschwerde des Hauptmanns hätte Aussage gegen Aussage gestanden und bestimmt kein Disziplinarverfahren nach sich gezogen.

433

Was sollte Løvengren also für ein Motiv gehabt haben, ihn zu töten?«

Nielsen lächelte kühl. »Sie kennen Løvengren nicht. Er ist von der alten Schule und duldet keinerlei Widerworte von seinen Untergebenen. Die Reihen müssen immer eng geschlossen bleiben, wie es so heißt. Für etwas anderes ist im Krieg auch kein Platz.«

»Wie sind seine politischen Ansichten? Ist Ihnen da mal etwas aufgefallen?«, fragte Storm.

Nielsen schüttelte den Kopf. »Eigentlich nicht. Er hat sich zwar ständig über die Inkompetenz der Armeeführung aufgeregt, aber das ist nichts Besonderes. Darum hat er schließlich auch seinen Dienst quittiert. Ansonsten hat er immer alles für Gott, die Königin und das Vaterland gegeben.«

»Ein Nationalist?«

»Ja, definitiv, aber kein Extremist. Er verabscheute beispielsweise die Nazis. Ich weiß nicht, wie oft er die Geschichte von seinem Vater erzählt hat, der im Kampf gegen die Deutschen gefallen ist.«

Storm und Katrine nahmen den Aufzug nach oben. Katrine drehte sich zu ihm um.

»Was hältst du von Nielsens Geschichte?«, fragte sie.

»Sie wird sich schwerlich beweisen lassen, ansonsten fand ich die Schilderung ziemlich glaubhaft.«

»Hast du den Obduktionsbericht von Bjarne gelesen?«

»Nein«, antwortete er. »Da er von einem Stück Leitplanke durchbohrt wurde, steht die Todesursache wohl fest, oder?«

»Absolut. Im Bericht steht aber auch, dass Bjarne ein Hakenkreuz-Tattoo auf der linken Brust gehabt hat.«

Storm lächelte. »Warum überrascht mich das nicht?«

»Das Tattoo an sich ist aber gar nicht so interessant. Interessant ist vor allem die drei Wochen alte Brandwunde, die sich mitten auf dem Tattoo befindet. Als hätte jemand eine brennende Zigarre darauf gedrückt oder so was.«

»Das ist wirklich interessant.«

»Ich glaube kaum, dass Bjarne das selbst getan hat.«

»Løvengren?«

»Nielsen hat doch gesagt, dass Løvengren Nazis gehasst hat.«

Die Aufzugtür öffnete sich. »Fragt sich, was das für Benjamin bedeutet.«

*

Es roch exotisch nach dem mitgebrachten thailändischen Essen, das sie sich in der Kommandozentrale schmecken ließen. Die Operation gegen Valhal ging in ihre neunte Stunde. Storm wurde von Niels und den Einsatzleitern auf den neuesten Stand gebracht, während er sich eine Portion Penang-Hühnchen mit Katrine teilte. Von einem ihrer Beobachtungsfahrzeuge am Haupteingang sowie vom Dach eines Nebengebäudes aus hatten sie fast zwanzig Mitarbeiter von Valhal Securities fotografieren können. Viele von ihnen waren mithilfe des FR-Programms identifiziert worden. Darunter befanden sich mehrere ehemalige Elitesoldaten, doch auch ein paar alte Bekannte, die schon wegen verschiedener Gewaltverbrechen vorbestraft waren.

Vor ein paar Stunden hatten vier Range Rover im Abstand von fünf Minuten das Firmengelände verlassen. Die Observierungseinheit hatte entsprechend viele Mitarbeiter hinterhergeschickt. Die Range Rover waren zunächst in verschiedene Richtungen gefahren, und noch immer hatte keiner von ihnen seinen Bestimmungsort erreicht. Allmählich hatten sie das Gefühl, als würden sie immerzu im Kreis fahren. Die Richtmikrofone hatten noch nichts Nennenswertes aufgefangen, und so wuchs bei Storm die Einsicht, dass sie doch ins Gebäude würden eindringen müssen, um die Zielgruppe abzuhören. Allerdings hatte er nach wie vor keine Ahnung, wie sie das anstellen sollten.

Storm betrachtete die Überwachungsbilder, die von der Drohne über dem Firmengelände stammten. Auf den grünlichen Nachtaufnahmen konnte man schwach die Lichter des Hauptgebäudes sowie der angrenzenden Baracke erkennen. Alles war ruhig.

»Die Autos sind auf dem Rückweg«, sagte Niels, den Mund voller Reis. Diese Nachricht hatte er soeben über seinen Kopfhörer empfangen.

»Alle?«, fragte Storm.

»Angeblich sind sie zur selben Zeit umgekehrt.«

»Das kommt mir merkwürdig vor«, sagte Katrine. »Wie weit entfernt sind sie noch?«

Niels gab die Frage an die Leute von der Observierung weiter. Als er die Antwort erhielt, drehte er sich um. »Circa fünfzehn Kilometer.«

In diesem Moment erloschen im Hauptgebäude von Valhal Securities sämtliche Lichter. Im nächsten Augenblick gingen auch die Lichter in der Baracke und in den beiden Hallen dahinter aus. Das gesamte Firmengelände lag nun in völliger Dunkelheit.

»Was passiert da?«, fragte Storm und stand von seinem Stuhl auf. »Niels?«

Niels' Finger liefen über die Tasten. »Kleinen Moment.«

Er wechselte zur Wärmebildkamera der Drohne hinüber. Auf dem Platz zwischen den Gebäuden zeigten sich mehrere leuchtende Konturen, die etwas Geisterhaftes an sich hatten.

»Da sind doch tatsächlich immer noch Leute bei der Arbeit«, entgegnete er spöttisch.

»Haben sie uns entdeckt?«

»Das kann ich mir absolut nicht vorstellen«, antwortete einer der Einsatzleiter.

Auf dem Übersichtsbild zeichneten sich die Scheinwerfer der Autokolonne ab, die in diesem Moment zurückkehrte.

»Die Einheiten auf den Nachbargebäuden melden Interferenzen. Sie empfangen keine Signale«, sagte Niels.

»Woran kann das liegen?«

Niels hob die Arme.

Die Range Rover näherten sich dem Firmenkomplex, dessen Einfahrtstor zur Seite glitt. Die Scheinwerfer wurden ausgeschaltet.

»Die Observierungseinheiten melden dasselbe«, teilte Niels mit. »Es gibt auch keine akustischen Signale mehr. Die scheinen unsere Frequenzen zu stören.«

»Dann haben sie uns entdeckt«, sagte Storm und biss sich auf die Lippen.

In der obersten Etage des Hauptgebäudes wurde Licht gemacht.

»Wo ist das?«, fragte Niels.

»In Løvengrens Büro«, antworteten Storm und Katrine gleichzeitig.

Kurz darauf zeigte sich eine Gestalt am Fenster. Sie

spähte hinaus in die Nacht, ehe sie sich eine Zigarre an-
zündete. Der Regen verschleierte sie ein wenig.

»Ziemlich arrogantes Auftreten«, sagte einer der Einsatzleiter.

»Der hat eben Eier«, entgegnete Katrine. »Was jetzt?«

»Wir packen zusammen«, antwortete Storm. »Und
statten Valhal morgen einen Besuch ab.«

53

Das Einfahrtstor von Valhal glitt langsam auf. Storm und Katrine fuhren hindurch, während der Regen auf das Autodach trommelte. Eine neue Gruppe von Anwärtern, die vor der Halle B in einer Reihe standen, blickte verstohlen zu ihnen herüber.

Storm fuhr zum Hauptgebäude hinüber und hielt direkt vor dem Eingang. In diesem Moment kamen ihnen ein paar Sicherheitsleute in dunklen Anzügen entgegen und baten Storm und Katrine, ihnen zu folgen. Sie gingen ins Gebäude hinein und nahmen den Aufzug zu Løvengrens Büro.

Løvengren saß hinter seinem Schreibtisch und trug den gleichen dunklen Anzug wie seine Mitarbeiter – im Sofa am Ende des Raumes saßen L.T. und zwei weitere Sicherheitsleute.

Storm blickte sich erstaunt um angesichts des großen Aufgebots von Männern.

Da keine Stühle da waren, blieben Storm und Katrine vor dem Schreibtisch stehen.

Løvengren blickte von seinen Papieren auf. »Womit können wir dem PET heute behilflich sein?«

»Ein paar Stühle wären ein guter Anfang«, antwortete Katrine.

Løvengren musterte sie kühl, dann nickte er einem seiner Männer zu, der zwei Stühle holte.

»Noch etwas?«

Katrine und Storm nahmen Platz.

»Vielleicht sollten wir das unter uns besprechen«, antwortete Storm.

Løvengren lehnte sich zurück. »Ich habe nichts zu verbergen, weder dem PET noch meinen Mitarbeitern gegenüber.«

»Wir haben da einen anderen Eindruck gewonnen«, entgegnete Storm diplomatisch.

»Wie kommen Sie darauf?« Løvengrens Augen blitzten. »Nur weil Ihre Mickey-Mouse-Ausrüstung gestern versagt hat? Wenn die Überwachungsmöglichkeiten des PET dieses Niveau haben, dann ist es um die Sicherheit dieses Landes wirklich schlecht bestellt. Dann versteht man auch, wie es Terroristen gelingen konnte, uns anzugreifen.«

»Genau über diesen Angriff wollen wir mit Ihnen reden«, erwiderte Storm und schlug die Beine übereinander. »In aller Ruhe.«

»In aller Ruhe? Dann erklären Sie mir zunächst mal, warum es nötig war, uns gestern so zu belauern. Wer hat die Überwachung angeordnet? Kampmann? Karsten Møller? Oder machen Sie so etwas auf eigene Faust, *Storm?*«

»Ich kann Ihnen versichern, dass mit den Formalitäten alles in Ordnung ist. Es tut mir leid, wenn Sie sich durch diese Aktion gekränkt fühlen, aber die nationale Sicherheit steht auch beim geringsten Verdacht nun mal im Vordergrund. Ich gehe davon aus, dass Sie das verstehen.«

Løvengren öffnete den kleinen Humidor, der auf dem Schreibtisch stand, und nahm eine Cohiba heraus. Er rollte sie vorsichtig zwischen den Fingern hin und her.

Die Zigarre knisterte leise. »Ich weiß nicht, was Sie veranlasst zu glauben, wir hätten etwas zu verbergen – etwas, das auch nur das geringste Misstrauen rechtfertigt.« Er schnitt das Ende der Zigarre ab und zündete sie an. »Alle, die sich in diesem Raum befinden, haben für die Sicherheit Dänemarks ihr Leben riskiert. Zuerst beim Militär und dann im Dienste der vitalen Sicherheitsinteressen unseres Landes. Unsere Leute sind von Ihnen selbst geprüft und zertifiziert worden. Und dennoch setzen Sie uns einer demütigenden Observierung aus, die nur den Feinden unseres Landes hilft. Wir stehen auf derselben Seite, Storm. Wir kämpfen zusammen gegen den Terror.«

»Es freut mich, wenn das Ihre Einstellung ist. Dann werden wir diese Angelegenheit sicherlich schnell aus dem Weg räumen können«, entgegnete Storm.

Løvengren breitete die Arme aus. »Fragen Sie!«

»Wir haben erfahren, dass für Ihre Firma mehrere Personen mit rechtsradikalem Hintergrund arbeiten beziehungsweise gearbeitet haben. Manche von ihnen sind sogar mehrfach vorbestraft ...«

»Ich mache kein Geheimnis daraus, wer bei uns angestellt wird«, entgegnete Løvengren. »Ich gebe Ihnen gern eine Liste sämtlicher Mitarbeiter. Ich kann mich sofort an die Personalabteilung wenden.«

»Tun Sie das«, entgegnete Katrine.

Wieder sah er sie geringschätzig an. »Im Gegensatz zum PET stellen wir allerdings keine Personen ein, gegen die gerade ein Strafverfahren läuft. Unsere Mitarbeiter haben ihre Strafen bereits gesühnt. Und was den sogenannten rechtsradikalen Hintergrund meiner Mitarbeiter angeht, so zeigen wir in dieser Hinsicht null Toleranz.

Wenn wir so etwas entdecken, wird der Mitarbeiter sofort entlassen. Mein eigener Großvater hat …«

»Gegen die Nazis gekämpft, wir kennen die Geschichte«, unterbrach ihn Katrine. »Warum haben Sie dann weder Bjarne Kristoffersen noch Benjamin Andreasen gefeuert? Die trieben sich beide im Hooliganmilieu herum und standen einer rechtsextremen Bewegung nahe.«

Løvengren ließ eine blaue Rauchwolke aufsteigen. »Das ist mir völlig neu«, sagte er.

Storm schüttelte den Kopf. »Sehen Sie, und das wirkt eben völlig unglaubwürdig für uns. Hier sitzen Sie im Kreise«, er zeigte in die Runde, »ehemaliger Kriegskameraden. Leute, die zusammen gekämpft und sich aufeinander verlassen haben, und dann wollen Sie mir weismachen, dass niemand etwas gewusst haben will? Dass Sie weder etwas von Bjarnes Nazisympathien noch von dem Hakenkreuztattoo auf seiner Brust gewusst haben?«

Løvengren drehte sich zu L.T. um. »Hast du etwas davon gewusst?«

L.T. schüttelte den Kopf. »Nein, das ist mir völlig neu.«

»Vor seinem Tod hat Bjarne Aussagen gemacht, die ihn in Verbindung mit dem Terroranschlag am Kongens Nytorv bringen.«

Løvengren führte gerade die Zigarre zum Mund, hielt aber in der Bewegung inne. Er sah Storm an wie ein Pokerspieler, der versucht, seinem Gegenüber den Bluff an den Augen abzulesen. »Wirklich? Was für Aussagen?«

»Informationen, über die nur der Täter oder jemand verfügen kann, der in das Verbrechen involviert ist.«

Løvengren legte die Zigarre in dem großen Aschenbecher ab, dessen Rand ein Adler aus Messing zierte.

»Wir sind uns ziemlich sicher, dass Bjarne nicht allein gehandelt hat. Und wir sind uns ebenso sicher, dass es nicht seine Nazifreunde waren, die ihm geholfen haben. Fragt sich also, wer es war. Mit welchen Leuten er sich sonst noch umgeben hat.« Er schaute in die Runde, die Sicherheitsleute wandten den Kopf ab.

»Bjarne war ein guter Freund von uns allen«, sagte Løvengren. »Außerdem sollte er gerade an einer wichtigen Nothilfeaktion teilnehmen.«

»Ja, im Sudan«, entgegnete Katrine. »Wann ist das beschlossen worden?«

»So etwas geschieht laufend. Es handelt sich um eine sehr große Operation.«

»Warum hat Bjarne sein Sicherheitszertifikat und sein Visum erst wenige Tage vor seiner geplanten Abreise erhalten?«

Løvengren zuckte die Schultern.

»Er sollte für einen kranken Kollegen einspringen«, erklärte L.T.

Storm schaute zu ihm hinüber. Es war offenkundig, dass der Mann log. »Und Benjamin Andreasen?«

»Was ist mit ihm?«, fragte Løvengren.

»Der ist seit zwei Wochen verschwunden. Seit dem Tag, an dem Bjarne getötet wurde. Man verschwindet doch nicht einfach.«

»Darüber sind wir ebenso besorgt wie Sie.«

Katrine kniff die Augen zusammen. »Ich erinnere mich da an eine andere Person, einen Hauptmann, der spurlos verschwunden ist. Damals in Bosnien. Zuletzt wurde er mit Ihnen sowie drei, vier anderen Personen gesehen, die sich jetzt in diesem Raum befinden. Ist Benjamin auf dieselbe Art und Weise verschwunden?«

Løvengrens Hände krampften sich um die Tischplatte. »Ich denke, Sie sollten mit haltlosen Beschuldigungen ein wenig vorsichtiger sein, sonst ist meine Kooperationsbereitschaft gleich erschöpft.«

Sie blickte zu Storm hinüber.

Storm verzog keine Miene, während er in seine Innentasche griff und ein Foto hervorholte. Er gab es Løvengren. Es war das Foto von Herrn Sugimoto, das Jonas hinter dem Steuer des Bombenautos zeigte. Løvengren starrte das Foto sprachlos an, während er sich mit dem Handrücken über die Lippen fuhr.

»Als wir das letzte Mal hier waren, haben Sie uns nachdrücklich versichert, dass Jonas Vestergaard nichts mit der Bombe zu tun gehabt haben könne«, sagte Katrine. »Dass er die ganze Zeit unter Beobachtung stehe. Dass es unmöglich sei, hier etwas zu verbergen.«

»Was soll ich sagen … Da habe ich mich offenbar geirrt.«

»Ja, offensichtlich«, entgegnete Storm. »Wir haben den Verdacht, dass Jonas, Bjarne und Benjamin mit weiteren Mitarbeitern von Valhal Securities zusammengearbeitet haben.«

»Das kann ich mir trotz allem nicht vorstellen. Aber ich biete Ihnen wie gesagt eine vollständige Liste meiner Mitarbeiter an, damit Sie sich ein Bild machen können.«

»Danke, aber das reicht uns nicht. Wir wollen Ihr Gebäude untersuchen.«

Løvengren warf ihm einen ungläubigen Blick zu. »Sind Sie sich darüber im Klaren, was das bei unseren Kunden für einen Eindruck macht?«

»Das sollte im Moment Ihre geringste Sorge sein«, erwiderte Katrine. »Die Unterstützung einer terroristi-

444

schen Vereinigung oder die Unterschlagung von Unterlagen, die der Aufklärung eines Terroranschlags dienen können, wird mit bis zu sechzehn Jahren Gefängnis geahndet.«

Løvengren stand auf und schaute auf sie hinab. »Wenn Sie in diesem Ton weitermachen wollen, dann müssen Sie sich zunächst einen Durchsuchungsbeschluss besorgen. Ich habe Ihnen fürs Erste nichts mehr zu sagen.«

Die Tür hinter Storm und Katrine wurde geöffnet.

»Ich dachte, wir kämpfen auf derselben Seite«, erinnerte ihn Storm. »Ich würde es vorziehen, auf freiwilliger Basis mit Ihnen zusammenzuarbeiten.«

Løvengren nahm die Zigarre aus dem Aschenbecher und klopfte die Asche ab. »Es fällt mir schwer zu erkennen, auf welcher Seite Sie stehen, Storm. Das Einzige, was ich sehe, ist, dass Sie beide sich auf sehr dünnem Eis bewegen. Wenn Sie Valhal durchsuchen wollen, müssen Sie erst mal Ihre Papiere in Ordnung bringen.«

*

Løvengren stand am Fenster und beobachtete, wie das Einfahrtstor zur Seite glitt. Storms dunkelblauer Audi fuhr hindurch und verschwand auf der Straße. Per Knopfdruck fuhr er den Rollladen hinunter. Dann wandte er sich an L.T., der allein im Büro zurückgeblieben war.

»Sie sind bedenklich nah dran«, sagte L.T. ruhig.

Løvengren zuckte die Schultern. »Wir haben schon schlimmere Situationen durchgestanden.«

»Das Foto von Jonas ist problematisch. Und wer weiß, was Bjarne ihnen alles erzählt hat.«

Løvengren ließ sich schwer auf seinen Schreibtisch-

445

stuhl sinken. »Hätte Bjarne etwas Wichtiges verraten, dann wären Sie nicht gekommen, um uns auszuquetschen.«

»Stimmt schon. Aber ändert das irgendwas?«

»Natürlich nicht«, antwortete Løvengren. »Wir haben einem Protokoll zu folgen.«

L.T. nickte. Dann lehnte er sich im Sofa zurück und lächelte in sich hinein. »Fürs Protokoll. Immer fürs Protokoll.«

54

Die Tür zur Ermittlungsabteilung ging auf, und Kampmann streckte den Kopf herein. Er ließ seinen Blick durch den Raum schweifen, bis er Katrine und Storm hinter Katrines Schreibtisch entdeckte. Kampmann schnippte ungeduldig mit den Fingern. »Sie beide in Møllers Büro, sofort!«

Sie standen auf, und die gesamte Abteilung folgte ihnen mit den Augen, als seien sie zwei ungehorsame Schüler, die zum Direktor zitiert wurden.

Karsten Møller und Palsby saßen am Konferenztisch. Sie begrüßten Storm und Katrine kühl und baten sie, Platz zu nehmen. Kampmann setzte sich auf die Seite von Møller und Palsby. Der Stuhl ächzte bedrohlich unter seinem Gewicht.

»Sie haben einen Durchsuchungsbeschluss für das Firmengelände von Valhal Securities beantragt. Vor welchem Hintergrund?«, fragte Karsten Møller.

Storm skizzierte den Stand der Ermittlungen und die jüngsten Erkenntnisse. Palsby saß auf der äußersten Stuhlkante und schien das Ende von Storms Bericht kaum abwarten zu können. »Entschuldigung, aber was erwarten Sie eigentlich dort zu finden?«, fragte er schließlich.

»Vor allem Spuren von Sprengstoff. Chemikalien, die sich in Verbindung mit dem Terroranschlag am Kongens Nytorv setzen lassen.«

»Ist das nach so langer Zeit noch realistisch?«, fragte Karsten Møller.

»Natürlich haben die Täter inzwischen viel Zeit gehabt, um ihre Spuren zu verwischen, aber wir haben sehr gute Techniker, die selbst mikroskopisch kleine Mengen Kunstdünger nachweisen können.«

»Aber darauf kann ich keine Anklageschrift aufbauen«, wandte Palsby ein. »Man kann doch nicht eine ganze Firma kriminalisieren.«

»In mehreren Fällen sind die kriminellen Handlungen von Jonas Vestergaard und Bjarne Kristoffersen gedeckt worden. Deshalb haben wir den begründeten Verdacht, dass leitende Mitarbeiter mit ihnen gemeinsame Sache gemacht haben. Und um die physischen Beweise dafür zu finden, bedarf es einer Hausdurchsuchung.«

»Darüber hinaus ist das spurlose Verschwinden von Benjamin Andreasen immer noch ungelöst«, fügte Katrine hinzu. »Und das sollte alle beunruhigen, die an diesem Tisch sitzen.« Sie schaute Palsby an. »Benjamins Profil ist dem von Jonas Vestergaard äußerst ähnlich: Beide kehrten traumatisiert aus Afghanistan zurück, beide kennen sich mit Bomben aus, und beide standen später unter dem Einfluss von Leuten, die als sehr gefährlich gelten müssen. Der einzige Unterschied besteht darin, dass sich Benjamin im Gegensatz zu Jonas als extrem gewalttätig erwiesen hat. Er wäre imstande, als Einzeltäter einen Terroranschlag zu verüben. Wir sollten schon deshalb das Firmengelände durchsuchen, um zu überprüfen, ob er sich dort versteckt hält.«

Palsby schüttelte den Kopf. »Ich bin mir sicher, dass ein so hochdekorierter Mann wie Karl Løvengren und ein so angesehenes Unternehmen wie Valhal Securities einer solchen Person niemals Unterschlupf gewähren würden.« Er verschränkte die Arme vor der Brust und lehnte sich in seinem Stuhl zurück. »Mit dem baldigen Ende des Ramadan sollten Sie sich lieber wieder dem islamistischen Milieu zuwenden. Da gibt es noch jede Menge zu tun.«

Karsten Møller warf Storm einen fragenden Blick zu.

Storm wunderte sich darüber, dass die Diskussion schon wieder in die alte Richtung lief. »Wir haben einen guten Überblick über das islamistische Milieu, von dem im Moment nach übereinstimmender Einschätzung nur wenig Gefahr ausgeht. Wir hoffen, dass sich die Situation weiter entspannt, sodass wir bald wieder den Dialog mit den Imamen aufnehmen können, der früher regelmäßig stattfand.«

»Storms Steckenpferd«, murmelte Kampmann.

»Wäre es nicht eine bessere Idee, erst mal die Wohnungen einzelner Personen zu durchsuchen statt gleich die ganze Firma?«, fragte Møller.

Storm lehnte sich zurück. »Eine Durchsuchung auf dem Gelände verschafft uns die Möglichkeit, dort unsere Geräte zu installieren, damit wir später den Telefon- und Computerverkehr überwachen können.«

Palsby stöhnte auf. »Wir reden hier von einer Firma, die schon mehrfach den Stab des Außenministeriums in Afghanistan geschützt hat. Eine Firma, die von Ihnen selbst mit dem höchsten Qualitätssiegel versehen wurde. Also ich will damit nichts zu tun haben, um es gleich zu sagen.«

Eine halbe Stunde später nahmen Storm und Katrine zusammen mit Palsby den Aufzug nach unten. Karsten Møller hatte es Storm selbst überlassen, ob er seinen Plan, eine Hausdurchsuchung bei Valhal Securities durchzuführen, in die Tat umsetzen oder sich zunächst um einzelne Personen kümmern wolle. Storm wollte ihn am nächsten Tag von seiner Entscheidung in Kenntnis setzen.

Katrine musterte den klein gewachsenen Palsby, der unverwandt die Tür anschaute und versuchte, ihre Blicke zu ignorieren. »Sie haben sich fast wie ein Strafverteidiger angehört, Herr Staatsanwalt.«

Er entgegnete nichts.

»Sie kennen Herrn Løvengren vielleicht persönlich?«

»Ich weiß nicht, worauf Sie damit anspielen wollen. Aber ich kann Ihnen versichern, dass ich immer noch für die Staatsanwaltschaft arbeite, was Sie sehr genau merken werden, wenn wir uns vor dem Landesgericht begegnen.« Er lächelte gezwungen.

Die Aufzugtür öffnete sich, Palsby verschwand den Gang hinunter.

Storm sah Katrine an. »Du machst es dir wirklich nicht leicht, Katrine. War es wirklich notwendig, ihn zu provozieren?«

»Ich denke schon …«

*

Storm legte auf. Er hatte gerade mit Helle telefoniert, die sich gemeinsam mit den Mädchen immer noch in ihrem Sommerhaus befand. Als sie gefragt hatte, ob sie nicht bald nach Hause kommen könnten, wäre er am liebsten aus der Tür gestürzt und hätte sie sofort abgeholt. Doch stattdessen hatte er geantwortet, dass es gut wäre, wenn sie noch ein bisschen dort blieben. Zumin-

450

dest für ein paar Tage. Erst wenn die Operation gegen Valhal abgeschlossen war, wollte er sie zurückholen. Er hatte ihr nichts davon erzählt, dass er im Nachbarhaus zwei Leibwächter einquartiert hatte.

Jetzt sah er sich im Wohnzimmer um. Das Haus fühlte sich leer und einsam an. Das Telefon klingelte erneut.

»Ja, Schatz«, antwortete er, weil er davon überzeugt war, dass Helle ihm noch etwas sagen wollte.

»Nikolaj Storm«, sagte die Stimme am anderen Ende.

»Mit wem spreche ich?«

»Karl Løvengren.«

»Woher haben Sie meine Nummer?«

Løvengren ignorierte die Frage. »Haben Sie Zeit, kurz zu mir nach draußen zu kommen?«

Storm zog den Vorhang zur Seite und warf einen Blick auf die Straße. Unter der großen Ulme auf der anderen Straßenseite stand Løvengrens schwarzer Range Rover. In der Fahrerkabine brannte das Licht. Storm sah, dass er allein war.

»In zwei Minuten«, sagte Storm und legte auf. Er ging zum Eingangsbereich und nahm seine Jacke vom Haken. Dann fiel ihm ein, dass seine Dienstpistole immer noch unter dem Vordersitz seines Wagens lag, und er ärgerte sich darüber, sie nicht ins Haus mitgenommen zu haben. Er war es einfach nicht gewohnt, bewaffnet zu sein.

Storm überquerte die Straße. Løvengren öffnete die Fahrertür und stieg aus.

»Danke, dass Sie sich die Zeit genommen haben.«

»Worum geht's?«, fragte Storm ohne Umschweife.

»Ich habe das Gefühl, dass unser letztes Gespräch ein

wenig schiefgelaufen ist, und das ist meine Schuld. Ich bin leider nicht immer so diplomatisch, wie ich sein sollte.« Er breitete entschuldigend die Arme aus. »Meine Zeit beim Militär lässt sich eben nicht verleugnen.«

Storm zuckte die Schultern. »Sind Sie hier, um mir das zu sagen?«

»Kommen Sie«, sagte Løvengren und schlenderte zur Heckklappe des Wagens. »Den Ruf meiner Firma verteidige ich mit Klauen und Zähnen. Sie ist ja sozusagen mein Kind. Vielleicht hat diese Einstellung zu ein paar Missverständnissen geführt«, sagte er und öffnete die Heckklappe. Das Licht über der Ladefläche ging an, darin lag eine schwarze Sporttasche. »Doch seien Sie gewiss, dass wir auf derselben Seite stehen«, fügte er hinzu. »Ich habe nicht das Geringste zu verbergen und überhaupt keinen Anlass, Kriminelle zu schützen, die es auf das Wohl unseres Landes abgesehen haben.«

Er zog den Reißverschluss der Tasche auf und holte einen durchsichtigen Plastikbeutel heraus.

Storm betrachtete den Inhalt. Es war ein Baseballschläger, an dem geronnenes Blut klebte.

Løvengren drehte sich zu ihm um. »Wir haben erst einmal selbst versucht, dieser Sache auf den Grund zu gehen«, sagte er und hielt den Beutel in die Höhe. »Bevor wir die Polizei informieren. Im Nachhinein betrachtet war das ein Fehler.«

»Was ist das?«, fragte Storm.

»Der Baseballschläger, mit dem der arme Mann im Bregnehøjpark erschlagen wurde.«

»Wo haben Sie den her?«

»Wir haben ihn bei Bjarne gefunden, nach seinem Tod. Benjamin hat mich angerufen. Er hat mir erzählt, was Bjarne getan hat. Benjamin war auf dem Weg außer Landes. Ich habe natürlich versucht, ihn aufzuhalten, aber ...«

Storm nahm den Beutel mit dem Schläger. »Wir werden eine Untersuchung einleiten. Im Grunde geht es ja hier um die Unterschlagung von Beweismaterial ...«

»Das käme doch niemandem zugute. Sie sollten das lieber als Beweis meiner Kooperationsbereitschaft ansehen.«

Storm nickte. »Gut. Aber das erklärt ja immer noch nicht, wer hinter dem Bombenanschlag am Kongens Nytorv steckt.«

»Da sollten Sie Ihre Ermittlungen auf die Nazifreunde von Bjarne richten. Es steht ja außer Frage, dass sie Jonas manipuliert haben, diese Tat auszuführen. Eine andere Erklärung gibt es nicht.«

»Wir wollen immer noch die Hausdurchsuchung bei Ihnen durchführen. Am besten in beiderseitigem Einvernehmen.«

Løvengren warf die Heckklappe zu. »Damit Sie Ihre Abhörgeräte installieren können? Ich bin doch nicht blöd, Storm. Ich kenne das Spiel. Merken Sie denn nicht, dass ich Ihnen helfen will?«

»Wir sehen uns morgen«, entgegnete Storm. Dann drehte er sich um und ging zum Haus zurück.

»Haben Sie kürzlich mit Ihrem Vater gesprochen?«

Die Frage traf ihn wie einen Schuss in den Rücken. Storm drehte sich um und sah Løvengren an. »Was haben Sie gesagt?«

»Ihr Vater. Ob Sie mit ihm gesprochen haben?«

Storm ging zu ihm. »Wollen Sie etwa meiner Familie drohen?«

Løvengren hob beschwichtigend die Hände. »Aber ganz und gar nicht. Im Gegenteil.«

»Warum bringen Sie dann meinen Vater ins Spiel?«

Løvengren schaute ihn eindringlich an. »Sie sind anscheinend völlig unwissend.« Es hörte sich wie ein Vorwurf an.

»Was meinen Sie damit?«

Løvengren öffnete die Tür und setzte sich ins Auto. »Fragen Sie ihn nach dem Protokoll.«

»Welches Protokoll?«

»Das, nach dem wir uns alle richten.« Er warf die Tür zu und ließ den Motor an. Dann fuhr er davon.

55

MACHT DURCH DARLEHEN
*Wir werden die Börsen durch staatseigene Kredit-
institute ersetzen. Sie allein werden den Wert eines
Unternehmens nach unseren Gesichtspunkten
festlegen. Auf diese Weise wird die Industrie der
Ungläubigen von unserem Wohlwollen abhängig sein
und unsere Machtposition sichern.*
KAPITEL XX: DARLEHEN

Als Katrine Storm auf dem Gang bemerkte, stand
sie auf und lief ihm rasch hinterher.

»Nikolaj?«, rief sie.

Storm fuhr herum und hätte fast die Mappe fallen lassen, die er unter dem Arm trug.

»Ich habe gerade gehört, dass die Hausdurchsuchung
stattfinden wird.«

»Die hab ich ausgesetzt.«

»Ausgesetzt?« Sie schaute ihn sprachlos an. »Warum?
Wir hatten doch alles schon bis ins kleinste Detail geplant.«

»Es ist etwas passiert, das mich zwingt zu warten.«

»Was?«

Storm erzählte von Løvengrens Besuch und von dem
Baseballschläger, den er ans Labor weitergeleitet hatte.

»Dass Løvengren mit einer mutmaßlichen Mordwaffe

455

bei dir auftaucht, gibt uns einen weiteren Grund, seine Firma unter die Lupe zu nehmen. Das sieht doch nach einem Akt der Verzweiflung aus.«

»Absolut. Aber ich will das Ergebnis der Untersuchung abwarten, ehe wir etwas unternehmen. Ich will ganz sicher sein, dass es sich um die Tatwaffe handelt.«

Sie schien seinen Entschluss nicht zu billigen.

»Okay, dann warten wir also ab. Wo willst du eigentlich hin?«

Storm wandte den Blick ab. »Hab was zu erledigen.«

»Hat Løvengren noch was gesagt?«

»Nicht viel. Dass er mit uns zusammenarbeiten will … so was in der Art«, antwortete Storm zerstreut. »Ich muss jetzt los.«

Er eilte den Gang hinunter.

»Nikolaj, die Hausdurchsuchung findet doch statt, oder?«

Er hob eine Hand und winkte ohne sich umzudrehen.

Storm fuhr den steilen Feldweg zur Baustelle hinauf, die auf dem weitläufigen Plateau des Hügels lag. Die Räder des schweren Audis drehten immer wieder durch und drohten jeden Moment im Schlamm stecken zu bleiben. Nachdem er den Hügel erklommen hatte, parkte er neben dem großen Schaufelbagger und einer Betonmischmaschine. Er stieg aus und spazierte um das halb fertige Anwesen herum, das aus einer Reihe asymmetrischer Pavillons bestand, in deren Mitte ein kleiner Turm stand. Zwischen den Pavillons und dem Turm wurde gerade ein Dach errichtet, sodass die nackten Dachsparren in alle Richtungen abstanden und wie eine riesige Dornenkrone aussahen. Ein hoher Kran schwenkte gerade eine Ladung Holzstämme heran, die vom dichten Nebel fast verschluckt wurden.

Storm zog den Reißverschluss seiner Jacke nach oben. Es war bitterkalt. Er sah sich um und bemerkte zahlreiche ausländische Bauarbeiter und Handwerker. Dann entdeckte er auf der kleinen Fläche zwischen den Gebäuden seinen Vater, der sich zusammen mit dem Bauleiter über ein paar technische Zeichnungen beugte. Storm ging zu ihm. Er hatte seinen Vater seit mehr als zehn Jahren nicht mehr gesehen. Die vielen Streitpunkte zwischen ihnen hatten zu diesem unausgesprochenen Waffenstillstand geführt. Trotz seines vorgerückten Alters war sein Vater im Grunde unverändert. Er besaß immer noch dieses scharfe Profil, den sehnigen Körper und die schwarzen, tief liegenden Augen eines Raubtiers – allesamt Züge, die Storm von ihm geerbt hatte.

»Guten Tag, Vater.«

Sein Vater drehte sich um, die halblangen weißen Haare flatterten im Wind. Für einen kurzen Moment schien er Nikolaj nicht zu erkennen, doch im nächsten Moment lächelte er breit, ging zu ihm und gab ihm die Hand. »Nikolaj. Wie schön, dich zu sehen, mein Junge.«

Die Atmosphäre war bereits ein wenig befangen, aber da sie einander seit langer Zeit nicht gesehen hatten, begannen sie, über dies und jenes zu plaudern. Über Helle und die Mädchen, die er nie gesehen hatte, über Storms Beförderung, vor allem aber über das jüngste Projekt seines Vaters: die Kirche, an die er gerade letzte Hand anlegte.

Er führte Storm über den Bauplatz und danach ins leere Hauptgebäude. Mit Begeisterung erzählte sein Vater ihm davon, wo das Taufbecken stehen sollte.

Alles wie gehabt, dachte Storm. Sein Vater hatte wie früher nur seine Arbeit im Kopf. Hätte er keine so wichtigen Fragen an ihn, wäre er sofort wieder verschwunden, um erst zu seiner Beerdigung zurückzukehren.

»Vater«, unterbrach er ihn. »Es gibt da etwas, worüber ich mit dir sprechen will.«

»Ja?«, fragte der Vater mit wenig Interesse und musterte die Dachkonstruktion.

»Es ist wichtig.«

Sein Vater schaute ihn an.

»Was gibt's denn?«

»Das Protokoll, sagt dir das etwas?«

Er schüttelte den Kopf. »Nein, warum?« Dann wandte er seinen Blick wieder zur Decke. »Das ist völlig schief«, murmelte er.

»Bist du sicher? Ich bin nämlich aufgefordert worden, dich nach dem Protokoll zu fragen.«

»Ach so«, entgegnete er mit einem Lächeln. »*Das* Protokoll.« Er schaute Storm an. »Hat dich wirklich jemand aufgefordert, mich danach zu fragen? Wer?«

»Das ist jetzt nicht so wichtig. Was kannst du mir darüber erzählen?«

Er zuckte die Schultern. »Nicht besonders viel. Mit diesem Gruß beenden wir immer unsere Telefongespräche: *Fürs Protokoll.*«

»Gespräche mit wem?«

»Die Antwort muss ich dir erneut schuldig bleiben, denn ich habe keine Ahnung, wer da am anderen Ende der Leitung ist.«

Storm warf ihm einen skeptischen Blick zu. »Da gibt es jemanden, der dich anruft und sich als *Protokoll* ausgibt?«

458

»Nein, nein.« Sein Vater schien bereits die Geduld zu verlieren. »Die Stimme gibt sich als niemand aus. Nur am Ende sagt sie immer: Fürs Protokoll.«

»Ich verstehe das nicht. Du musst mir das von Anfang an erzählen.«

»Aber da gibt es nicht viel zu erzählen«, murmelte sein Vater und schien sein Gedächtnis anzustrengen. »Das fing an, als ich ein junger Architekt war, nach meiner ersten großen Arbeit 1960, du warst damals noch nicht geboren. Damals bekam ich einen anonymen Telefonanruf von einer Person, die mir zu meiner ersten Auszeichnung gratulierte und mir eine große Zukunft vorhersagte. Dann sagte die Stimme noch, dass ich bald ein großes Angebot bekäme, das ich im eigenen Interesse annehmen sollte, weil es meine weitere Karriere positiv beeinflussen würde. Ich habe das Ganze als Witz abgetan. Ich dachte, einer meiner Kollegen wolle sich einen Spaß mit mir erlauben.«

»Und hast du dieses Angebot bekommen?«

»Ja, drei Monate später. Das war ein riesiges Bauprojekt, das von der neuen Regierung gefördert wurde. Das war der Beginn eines neuartigen Wohnungsbaus in den Sechziger- und Siebzigerjahren. Insgesamt siebentausendfünfhundert Wohnungen, und ich sollte der leitende Architekt dieses Projekts sein.« Er lächelte stolz. »Ballerupplanen, Albertslundplanen, Gladaxepl…«

»Danke, ich weiß, was du alles gebaut hast. Hast du später noch mal was von der Stimme gehört?«

»Ja, hin und wieder. Es konnten Jahre vergehen, manchmal aber auch nur Wochen. Doch ständig hatte die Stimme gute Ratschläge für mich parat, regelrechte Insidertipps.« Er zwinkerte seinem Sohn zu. »Auf diese

Weise habe ich auch den Auftrag für den Flughafenterminal in Seoul bekommen.«

»Und diese Kirche hier?«

Sein Vater schüttelte den Kopf. »Nein, dieses Projekt verfolge ich schon ein Leben lang, jetzt wird es endlich Wirklichkeit. Aber das weißt du doch. Kannst du dich nicht daran erinnern, wie oft ich dir die Zeichnungen gezeigt habe?«

Storm schüttelte den Kopf. Von dieser Kirche hörte er zum ersten Mal.

»Was wurde im Gegenzug von dir verlangt?«

Sein Vater setzte sich auf den Nebentisch. »Nichts.«

»Und du hast die Ratschläge, die du bekommen hast, stets befolgt?«

Er nickte. »Ja, das habe ich. Gott sei Dank. Es waren gute Ratschläge.« Er nickte vor sich hin.

»Aber du musst doch neugierig gewesen sein, wer sich hinter diesem ›Protokoll‹ verbarg. Hast du denn nie danach gefragt?«

»Aber natürlich, immer wieder. Aber ich habe niemals eine Antwort erhalten, und schließlich ließ ich es dabei bewenden.« Er drehte Storm sein Gesicht zu. »In der Architekturbranche ist schon immer viel unter der Hand geschehen. Es ist ein politisches Spiel. Das mag einem nicht gefallen, aber so ist es eben. Wenn ich ehrlich bin, war ich ganz froh darüber, einen Förderer zu haben. Und wenn dieser Jemand es vorzog, anonym zu bleiben, dann war mir das auch recht. Deshalb habe ich dir auch nie etwas davon erzählt. Anders als dein Freund, der dich aufgefordert hat, mich darauf anzusprechen.«

»Er ist nicht mein Freund. Aber warum dieser Abschiedsgruß. Kannst du dir das erklären?«

460

»Nein, ich habe keine Ahnung. Das ist vermutlich nur eine Redewendung wie das ›good luck‹ der Engländer. Man wünscht der Sache viel Glück, die man zu Protokoll gegeben hat.«

»Wann bist du das letzte Mal angerufen worden?«

Er strich sich über sein weißes Haar. »Das war vor ein paar Jahren in Verbindung mit einer Ausschreibung in Dubai. Leider habe ich trotzdem nicht gewonnen.« Er lächelte.

»Kennst du einen Mann namens Løvengren?«, fragte er.

»Nein, war das der Mann, der dir gesagt hat, du solltest mich fragen?«

Storm ignorierte seine Frage. »Und eine Firma namens Valhal Securities?«

Der Vater schüttelte den Kopf.

»Hast du irgendwann mal fürs Militär gearbeitet?«

»Nie. Ich bin Pazifist. Das weißt du doch.«

»Für das Außenministerium?«

»Nein, nicht direkt.«

»Das Justizministerium?«

»Nikolaj, das hört sich hier eher nach den Kreisen an, in denen du dich bewegst. Worum geht es denn?« Er sah ihn besorgt an. »Ich kenne dich gut genug, um zu wissen, dass du nicht hier vorbeikommen würdest, wenn es nicht etwas Wichtiges wäre.«

Storm blickte zu Boden, ehe er antwortete. »Die Menschen, um die es hier geht, sind gefährlich. Vielleicht stehen sie hinter einem der größten Verbrechen, die in Dänemark je verübt worden sind. Darum kann ich mir auch nicht vorstellen, dass sie mich zu dir schicken, nur weil du hin und wieder den guten Rat eines Kollegen bekommen hast.«

»Sehr verständlich.«

»Hast du von anderen gehört, die ähnliche Anrufe bekommen haben?«

»Nie. Was natürlich nicht ausschließt, dass es auch andere gegeben hat. Vielleicht solltest du dich lieber fragen, *warum* diese Person dich gebeten hat, mit mir zu reden.«

»Er hat seine Unschuld beteuert. Hat sich darüber gewundert, dass ich bisher noch nichts vom Protokoll gehört habe.«

»Vielleicht ist er wirklich unschuldig.« Storms Vater stand auf. »Vielleicht hat auch er einfach einen guten Rat erhalten. Oder vielleicht ist er es, der diese Ratschläge erteilt.« Er lächelte hintergründig.

Storm fand, dass sein Vater die Sache viel zu leicht nahm. »War es immer dieselbe Stimme, dieselbe Person, die dich angerufen hat?«

»Ich glaube schon. Aber die Stimme ist ein bisschen verzerrt. Sie klingt ein wenig metallisch, als wollte der Anrufer seine Identität verbergen.«

»Hast du mal ein Gespräch aufgenommen?«

»Nein, das sind Dinge, die du machst, aber nicht ich. Komm, ich zeig dir was.«

Er schlenderte dem Ausgang entgegen, und Storm folgte ihm. Als sie nach draußen traten, entfernten sie sich ein wenig von dem Gebäude, bis sein Vater stehen blieb und sich umdrehte. »Hast du den Kirchturm gesehen?«

Er zeigte auf den halb fertigen Turm, der sich kaum über die Dachsparren erhob.

»Schön«, sagte Storm ohne hinzusehen.

Der Vater legte ihm die Hand auf die Schulter. »Ich

462

habe nichts Schlechtes über das Protokoll zu sagen, und wenn jemand dir gegenüber davon gesprochen hat, dann glaube ich, dass er die besten Absichten hatte.«

»Meiner Erfahrung nach haben Leute, die etwas verbergen wollen, niemals die besten Absichten.«

»Das Verborgene kann seinen eigenen Reiz haben.« Der Vater ging zu einem Elektrokasten und drehte einen roten Schlüssel herum. In diesem Moment schoss ein roter Lichtstrahl aus dem niedrigen Turm direkt in den diesigen Himmel.

»Wenn die Nacht klar ist, erhebt sich der Lichtturm vierhundert Meter weit in den Himmel und kann noch aus über zehn Kilometern Entfernung gesehen werden. Er zeigt direkt zu Gott empor.« Der Vater reckte den Arm in die Luft.

»Ich wusste gar nicht, dass du gläubig bist.«

Sein Vater schaute ihn lächelnd an. »In meinem Alter darf man kein unnötiges Risiko mehr eingehen, mein Junge.«

Storm betrachtete die Lichtsäule, die in den Himmel stieg. Die Kirche würde wunderbar aussehen, wenn sie fertig war, und sich vermutlich zu einem neuen Wahrzeichen der Stadt entwickeln. So wie alles andere, das sein Vater gebaut hatte. Doch im Gegensatz zu den meisten Bauten entstand dieses Gebäude ohne Einmischung des geheimen Protokolls.

56

GOTT IST AUF UNSERER SEITE

Gott hat die größte Macht in unsere Hände gelegt –
Gold. Aus unseren verborgenen Vorräten können
wir jederzeit so viel beschaffen, wie wir wollen.
Darum gibt es auch keinen Grund, unsere Macht
anzuzweifeln.

KAPITEL XXII: DIE MACHT DES GOLDES

In der dunklen Halle B von Valhal Securities standen nebeneinander vier Range Rover mit laufendem Motor. In dem einen saßen Løvengren, L.T sowie drei ihrer engsten Mitarbeiter. Løvengren blickte auf seine Armbanduhr.

»Ist alles bereit?«, fragte er.

L.T. nickte. »Alles ist vorbereitet.«

»Die Beobachtungswagen des PET?«

»Zwei draußen, zwei weitere an der Auffahrt zur Autobahn.«

»Weitere Einheiten?«

»Nein, und sie werden auch keine Verstärkungen anfordern können, bis wir weg sind.«

»Worauf warten wir dann?«

L.T. pfiff aus dem offenen Seitenfenster. Das war das Signal für die anderen Fahrer, dass die Zeit zum Aufbruch gekommen war.

Die vier Range Rover rollten durch das Tor, das sich jedes Mal öffnete, wenn ein Wagen sich näherte. Nachdem sie hintereinander auf der Straße standen, gaben sie Gas und fuhren in dichter Kolonne in Richtung Autobahn. Løvengren warf einen Blick in den Rückspiegel und sah, dass die beiden zivilen Polizeiwagen ihnen folgten. Als sie auf die Autobahn abbogen, drehten die beiden Wagen ab. Dafür nahmen die beiden anderen Einsatzfahrzeuge des PET, die offenbar bereits vorgewarnt waren, ihre Verfolgung auf. Løvengren blickte zu ihnen, als sie an der Auffahrt an ihnen vorbeifuhren. Die Polizei würde keine Chance haben.

Es war drei Uhr nachts und fast kein Verkehr auf den Straßen. Mit einer Geschwindigkeit von über zweihundert Stundenkilometern setzten sich die vier Range Rover von den PET-Fahrzeugen ab. Nach etwa fünf Minuten wechselte der hinterste Range Rover auf die mittlere Spur und fuhr parallel neben dem anderen Range Rover, sodass sie einen guten Teil der Straße einnahmen. Denn drosselten sie die Geschwindigkeit auf hundertsiebzig Stundenkilometer und warteten ein paar Minuten, bis die PET-Wagen sie wieder eingeholt hatten. Nach einer Weile setzte der vordere PET-Wagen zum Überholmanöver an.

»Wo zum Teufel sind die beiden anderen geblieben?«, fragte der Agent, der am Steuer saß. Vor ihnen erstreckte sich die leere Autobahn. Løvengren und der andere Range Rover waren verschwunden.

Eine halbe Stunde später bog L.T. auf den Nødebovejen ab, während er unablässig sein GPS im Auge behielt. Als mehrere Koordinaten gleichzeitig rot aufleuchteten, schlug er das Lenkrad ein, fuhr mitten über ein Feld und hielt auf die niedrigen Dünen zu. Mit Vollgas jagte das tonnenschwere Fahrzeug dahin und hielt erst an, als es den Steinstrand erreicht hatte. L.T. schaltete den Motor aus. Es war vollkommen still, nur die Wellen, die sanft an den Strand schlugen, waren zu hören.

Løvengren schaute auf seine Armbanduhr, die im Dunkeln leuchtete. »Anderthalb Minuten zu früh, L.T. Du hast nichts verlernt. Fehlen nur noch die anderen.«

In diesem Moment hörten sie das Brummen des V8-Motors, das allmählich lauter wurde. Die Scheinwerfer des sich von hinten nähernden Range Rover blendete sie. Løvengren nahm seine Pistole, entsicherte sie und steckte sie in seinen Gürtel zurück. Dann stieg er gemeinsam mit den anderen aus dem Wagen.

»Irgendwelche Probleme?«, fragte er den Fahrer des anderen Range Rover.

»Überhaupt nicht. Wir haben das Paket auf dem Weg hierher geholt.«

In diesem Moment öffnete sich die Hintertür, und Benjamin stieg aus. Er grüßte Løvengren, der ihm distanziert zunickte.

»Sie sind auf dem Weg«, sagte L.T. am Steinstrand. Er hielt ein Wärmebildfernglas in der Hand und spähte über die Hesselø-Bucht.

Løvengren ging zu ihm und nahm das Fernglas. Das Schwarz-Weiß-Bild zeigte das dreiundzwanzig Fuß lange Zodiac-Schlauchboot, das sich mit hoher Geschwindigkeit dem Strand näherte.

»In weniger als zwei Minuten sind sie hier. Alles zum Empfang bereitmachen.«

Løvengren schaute zu Benjamin hinüber, der nahe bei L.T. stand.

Der Motorenlärm drang an ihre Ohren, ehe das Schlauchboot aus dem Dunkel auftauchte. Im nächsten Augenblick schaltete der Bootsführer den Motor ab, während das Boot weiter auf den Strand zuglitt. Zwei Männer sprangen heraus und sicherten das Boot. Løvengren ging zum Bootsführer, um ihn zu begrüßen. Er war ein kleiner Mann mit rötlichem Vollbart. Der Mann zeigte auf die beiden wasserdichten schwarzen Taschen, die im Boot lagen. »*I believe it's yours?*«, sagte er mit ausgeprägt osteuropäischem Akzent.

L.T. öffnete bereits eine der beiden Taschen. Er begutachtete den Inhalt und nickte Løvengren zu. Dann öffnete er die zweite Tasche und nickte erneut. Er gab Benjamin und ein paar Männern ein Zeichen, dass sie die Taschen aus dem Boot holen sollten. Sie schleppten sie zu Løvengrens Fahrzeug und legten sie auf die Ladefläche.

Das Schlauchboot mit seiner dreiköpfigen Besatzung hatte schon wieder abgelegt.

Løvengren ging zu Benjamin, der am Heck des Wagens stand.

»Hast du gesehen, was in den Taschen ist, Benjamin?«

Benjamin drehte sich um. Løvengrens durchdringender Blick verunsicherte ihn. »Ja, ich … habe es gesehen, als … L.T. hineingeschaut hat.«

»Und?«

»Es sah aus wie C4, Plastiksprengstoff.«

»Korrekt. Wie schätzt du das Gewicht ein?«

Benjamin warf einen kurzen Blick auf die beiden Taschen. »Siebzig bis achtzig Kilo?«

»Nah dran. Macht dir das Angst?«

Benjamin schüttelte den Kopf. »Im Gegenteil. Es ist spannend. Genau dafür haben wir trainiert.«

»Gut, denn wir haben einen äußerst wichtigen Auftrag für dich.«

Benjamin streckte den Rücken durch. »Ich bin bereit. Zu hundert Prozent.«

L.T. klopfte Benjamin auf die Schulter. Dann gab er mit einem Pfiff das Signal zum Aufbruch. Die Männer setzten sich in die Autos und fuhren mit ausgeschalteten Scheinwerfern am Strand entlang.

Anderthalb Stunden später waren sie zur Halle B zurückgekehrt. Die Männer bildeten einen Halbkreis um Løvengren. Hinter ihm lagen elf schwarze Rucksäcke in einer Reihe. Jeder von ihnen enthielt neun Kilo C4. Neben den Rucksäcken lagen ein GPS-Empfänger, ein Handy, ein funkgesteuerter Detonator sowie eine Browning HP 9 mm und drei Magazine.

»Der Tag ist gekommen. Der Tag, dem wir nicht mit Furcht, sondern mit Hochachtung entgegengesehen haben, weil wir wissen, dass er für den weiteren Verlauf des Krieges gegen den Feind von entscheidender Bedeutung sein wird. Eines Krieges, den wir gewinnen werden.« Er räusperte sich, ehe er fortfuhr. »In einer Zeit, in der unsere Politiker die Autorität des Landes mit ihrer Nachsichtigkeit untergraben und hilflos zusehen, wie unsere Soldaten weit von hier entfernt eine furchtbare Niederlage hinnehmen müssen, in der die Politiker tatenlos zusehen, wie Straßen in Brand gesteckt werden, da ist es unsere Pflicht zu reagieren. Unsere Pflicht, ein notwendiges Exempel als Beweis dafür zu statuieren, dass wir uns nicht mehr alles gefallen lassen. Bald werden wir wieder die Herren in unserem eigenen Haus sein, statt uns noch länger die Spielregeln vom Feind diktieren zu lassen, der in unser Land eingedrungen ist. Einem Feind, der uns mit angedrohten Terroranschlägen in die Knie zwingen will.«

Er machte eine Pause, während er in die Runde blickte. »Die meisten von uns kennen sich aus dem Krieg. Seite an Seite haben wir gemeinsam gegen einen zahlenmäßig oft übermächtigen Feind gekämpft. Wir haben unsere Kameraden sterben sehen, und manche starben in unseren Armen. Doch wir haben nie aufgegeben. Haben stets bis zum Ende gekämpft. Haben die Befehle befolgt. Warum? Weil wir füreinander wie Brüder sind. Und weil wir Dänemark beschützen wollen. Es entbehrt nicht einer gewissen Ironie, dass der Feind in unser Land einfiel, während zugleich die dänische Elite ins Ausland entsandt wurde.«

Er blickte zu Boden und suchte nach den richtigen Worten.

»Mir ist sehr wohl bewusst, dass der Kongens Nytorv kein reiner Erfolg war. Und obwohl es Jonas war, der versagt hat, nehme ich die Sache auf meine Kappe. Darum habe ich auch nicht gezögert, die Bombe hochgehen zu lassen. Ich hätte von Anfang an erkennen müssen, dass Jonas nicht stark genug war, dass er der Sache vielleicht nicht gewachsen sein würde. Darum ist es für mich besonders bitter, an die dreiundzwanzig Menschen zu denken, die ihr Leben lassen mussten, da wir nur ein leeres Gebäude treffen wollten. Doch wo war die Alternative? Hätten wir die Mission aufgeben und uns enttarnen lassen sollen, ohne etwas erreicht zu haben? Niemals!«

Seine Stimme schallte durch die Halle.

»Denn im Grunde haben wir erreicht, was wir wollten. Wir haben die größte Menschenjagd aller Zeiten in Gang gesetzt. Nicht nur bei uns zu Hause, sondern überall in der westlichen Welt, wo eine Terrorzelle nach der anderen entdeckt wird. Wo böse Kräfte wie dieser Mullah Udeen getötet werden. Endlich haben die Geheimdienste gehandelt. Endlich sind auch die Politiker hierzulande auf die große Gefahr aufmerksam geworden, weil wir ihnen die Augen geöffnet haben. Sie haben die Gesetze verschärft, den Strafrahmen erweitert. Das ganze Volk ist dadurch mobilisiert worden und begreift so langsam, dass Freiheit keine Selbstverständlichkeit ist. All diese Fortschritte haben wir mit einem einzigen kontrollierten Angriff erreicht. Es war ein chirurgischer Eingriff gegen das Krebsgeschwür unserer Gesellschaft – und auch morgen wird wieder so ein Eingriff stattfinden.«

Er schaute zu Benjamin hinüber und bemerkte dessen entschlossenen Blick. Benjamin war bereit. Er war einer von ihnen geworden.

»Wir sind ins Scheinwerferlicht geraten«, fuhr er lächelnd fort. »Die netten Jungs vom PET schnüffeln vor unserer Haustür.«

Die anderen Männer grinsten sich an.

»Aber das war ja zu erwarten. Ich habe das Meinige getan, um sie aufzuhalten. Habe ihnen ein paar lose Enden gegeben, mit denen sie sich eine Zeit lang beschäftigen können. Leider können sie beweisen, dass Jonas in die Sache involviert war, und bald wird auch die Öffentlichkeit davon erfahren. Deshalb müssen wir jetzt zuschlagen. Müssen den Feind niederkämpfen. Müssen der Bevölkerung zeigen, dass Anlass zur Hoffnung besteht. Dass die Befreiung nah ist. Unsere Tat wird der Welt als leuchtendes Beispiel dienen und weite Kreise ziehen.«

»Jawohl!«, riefen einige.

»Jetzt findet der Kampf wieder auf dänischem Boden statt, wo er auch hingehört. Denn hier kennen wir das Terrain, und hier sind die Zivilisten auf unserer Seite. Hier können wir unsere Familien unterstützen und für unsere Werte eintreten. Die morgige Operation wird große Verluste mit sich bringen, hoffentlich nur aufseiten des Feindes. Man wird von zivilen Opfern reden, doch in diesem Krieg gibt es keine Zivilisten, keine Unschuldigen. Es gibt nur *sie* und *uns*. Also zögert nicht, wenn die Bombe gelegt werden soll. Seid professionell und seid stolz. Und vor allem: Kehrt sicher wieder zurück.«

Die Männer klatschten begeistert. Løvengren war sichtlich gerührt. Er hob die Hand, um ihren Enthusiasmus zu dämpfen.

»Wir haben uns den Feind nicht ausgesucht. Mir persönlich ist es egal, ob er gelb, rot, braun oder grün ist. Oder zu welchem Gott er sich bekennt. Doch werden wir es niemals zulassen, dass jemand unser Land besetzt. Darum leisten wir Widerstand, wie schon unsere Vorväter Widerstand geleistet haben, ganz gleich wie der Feind aussieht. Wir werden unser Recht auf Freiheit verteidigen. Und glaubt mir, wir werden siegen!«

Die Männer klatschten erneut. Benjamin am meisten.

57

DAS SCHICKSAL BESIEGELN

*Um das Volk gefügig zu machen, muss man es
zuerst Demut lehren. Darum werden wir sowohl
seinen Zugang zu Luxusartikeln als auch zu Privile-
gien einschränken. Das wird das Volk dazu bringen,
unsere starke und asketische Hand zu lieben. Weil es
weiß, dass in ihr auch das schützende Schwert ruht.*

KAPITEL XXIII: GEHORSAMSTRAINING

Storm betrat die Observierungsabteilung. Katrine
sprach gerade mit Niels über die nächtliche Observierung und die Verfolgung der vier Fahrzeuge von Valhal
Securities. Zwei Fahrzeugen waren sie bis zur Brücke
über den Großen Belt gefolgt, wo sie plötzlich umgekehrt waren. Die anderen beiden Range Rover waren
ihnen entkommen.

»Und niemand weiß, wo die abgeblieben sind?«

»Nein.«

»Einer der Agenten meint, im ersten Fahrzeug Løvengren erkannt zu haben.« Niels warf einen besorgten Blick
in die Runde. »Wollen die uns etwas auf die Probe stellen?«

Katrine antwortete: »In diesem Fall wissen sie jetzt,
dass sie mit uns umspringen können, wie es ihnen passt.
Ich schlage vor, dass wir heute noch die Durchsuchung

des Firmengeländes durchführen.« Sie blickte zu Storm hinüber.

»Wir arbeiten daran«, erwiderte er.

Er hatte den Bereitschaftsdienst bereits veranlasst, das gesamte Industriegebiet abzuriegeln, in dem sich Valhal Securities befand. Die Beamten patrouillierten in den Straßen und waren jederzeit bereit, bei einer eventuellen Verfolgung zu assistieren. Die Belagerung hatte somit begonnen. Jetzt mussten sie nur noch entscheiden, wann sie auf das Firmengelände vordringen wollten.

»Sind die Laborbefunde schon da?«, fragte er.

»Sie haben die DNA von Bjarne Kristoffersen und vom Opfer auf dem Schläger gefunden. Alles deutet darauf hin, dass es sich tatsächlich um die Tatwaffe handelt, die Løvengren abgeliefert hat.«

»Gibt es Neues zu Benjamin Andreasen?«

Katrine schüttelte den Kopf. »Wir vermuten, dass er sich immer noch in Dänemark aufhält. Ohne Geld und ohne Kontakte kommt er nicht weit. Ich verstehe immer noch nicht, warum wir mit der Durchsuchung warten.«

Storm entgegnete nichts, sondern schaute stattdessen zu Niels hinüber.

»Niels, tauch in unserem elektronischen Register irgendwo das Wort Protokoll auf?«

Niels runzelte die Stirn. »Ein Protokoll in Bezug auf eine Hausdurchsuchung oder was?«

»Nein, nein, ich dachte eher an eine Vereinigung oder Organisation, die sich ›Protokoll‹ nennt und sich zu einem solchen bekennt.«

»Warum fragst du das?«, wollte Katrine wissen.

Strom setzte sich hin und erzählte in groben Zügen von seiner Begegnung mit Løvengren und dem nachfolgenden Gespräch mit seinem Vater. »Ich weiß, dass sich das merkwürdig anhört, doch allein die Tatsache, dass Løvengren von Anrufen weiß, die mein Vater in all den Jahren bekommen hat, bereitet mir ein mulmiges Gefühl.«

»Ist das der Grund, warum du die Durchsuchung immer weiter aufschiebst?«, fragte Katrine.

»Ich will einfach wissen, womit wir es zu tun haben, ehe wir loslegen.«

»Mir fällt da nur ein Protokoll ein. Das ist keine Vereinigung, sondern ein Buch, besser gesagt, ein ziemlich altes Manifest.« Niels trank einen Schluck aus seiner Magnumflasche Cola.

»Erzähl!«, sagte Storm.

»Der Text ist so um 1900 entstanden und enthält dreiundzwanzig Kapitel, in denen ausführlich beschrieben wird, wie man angeblich die Weltherrschaft erlangt.«

»Und wie macht man das?«, fragte Storm.

»Indem man Reichtümer anhäuft und Grundstücke aufkauft, Politiker besticht und das eigene Volk instrumentalisiert, indem man Attentate auf seine Gegner verübt und die Bevölkerung mit Unterhaltung betäubt. Es ist eine Art Gebrauchsanweisung für zukünftige Diktatoren.«

»Hört sich ja ziemlich umfassend an. Wer hat das geschrieben?«

Niels lächelte und war offenbar ganz in seinem Element. »Darüber bestehen geteilte Meinungen. Manche behaupten, der Text stamme von einem jüdischen Geheimbund im alten Russland. Es sei an spätere Mitglieder weitergegeben worden, die es als eine Art Drehbuch benutzt hätten, um Macht in der Gesellschaft zu erlangen. Es heißt ja, die Russische Revolution sei von jüdischen Bolschewiken begonnen worden. Leute, die sich zu diesem Protokoll bekannten.«

Katrine warf ihm einen verwunderten Blick zu. »Warum in aller Welt sollte Løvengren Mitglied eines jüdischen Geheimbunds sein? Der Mann ist durch und durch ein dänischer Nationalist.«

»Sprecht ihr etwa vom Protokoll der Weisen von Zion?«, fragte Claus, der ihrem Gespräch gelauscht hatte. Er stieß sich mit den Händen so stark von der Tischkante ab, dass er auf seinem Stuhl quer durch den Raum rollte. »Dann kann von einem jüdischen Geheimbund keine Rede sein. Das Protokoll ist gefälscht, das weiß jeder seriöse Verschwörungstheoretiker.« Er warf Niels einen vielsagenden Blick zu. »Es stammte von der Ochrana, der Geheimpolizei des russischen Zaren. Das war ein Versuch, den Antisemitismus zu schüren und die Revolution in Russland zu verhindern. Die kleine von 1905.«

»Darauf wollte ich ja gerade zu sprechen kommen«, entgegnete Niels pikiert. »In Wahrheit hat nämlich die Ochrana den Text weitgehend von einer französischen Satire übernommen. In dieser Satire geht es um ein Gespräch zwischen Machiavelli und Montesquieu, das die beiden in der Hölle führen.«

»Ihr meint also beide, dass es sich bei diesem Protokoll nur um ein Gedankenspiel handelt?«, fragte Storm.

»Richtig, aber um ein sehr gefährliches«, antwortete Niels. »Das Protokoll beziehungsweise sein Mythos existiert schon ewig und ist auch in verschiedenen gefälschten Ausgaben immer wieder veröffentlicht worden. Nach der Russischen Revolution ist zum Beispiel in den USA eine Neuinterpretation erschienen, die bei uns als Manifest einer geheimen anarchistischen Organisation gedeutet wurde.«

»Während in Nazideutschland natürlich eine jüdische Ausgabe existierte«, fuhr Claus fort. »Und in der Sowjetunion soll es natürlich eine kapitalistische Organisation gewesen sein, die den subversiven Text produziert haben soll. In mehreren muslimischen Ländern wird das Protokoll noch heute als Beweis einer jüdischen Weltverschwörung angesehen.«

»Historisch betrachtet wurde das Protokoll also vor allem von totalitären Systemen ins Spiel gebracht, um einen Sündenbock zu benennen und die eigene Macht zu konsolidieren«, sagte Niels.

Katrine schaute zwischen Claus und Niels hin und her. »Ist das hier Basiswissen von Nerds?«

Niels zuckte nonchalant die Schultern. »Ist ja bloß eine der ältesten Verschwörungstheorien der Welt.«

Claus nickte. »Sozusagen die Mutter aller Konspirationstheorien. Größer als die Ermordung von JFK, die Mondlandung und der Angriff auf das World Trade Center zusammen.«

»Was ist mit Dänemark?«

Niels schüttelte den Kopf. »Bis jetzt hat noch niemand behauptet, dass es hier subversive Kräfte gibt, die die Macht an sich reißen wollen.«

»Keine geheimen Logen?«, fragte Katrine.

»Logen gibt es schon, aber die haben wir alle registriert. Die größte und geheimste ist die der Freimaurer am Blegdamsvej, aber die ist ja ziemlich friedlich.«

Storm nickte und schien erleichtert zu sein. »Ich kann mir auch nicht vorstellen, dass mein Vater an so etwas beteiligt sein sollte.«

Niels warf ihm einen Seitenblick zu. »Aber wer das Protokoll ernst nimmt, der muss die führenden Mitglieder unserer Gesellschaft für die eigenen Zwecke instrumentalisieren. Und das würde deinen Vater zu einem logischen Kandidaten machen.«

Claus und Niels schauten Storm ernst an. Storm lachte nervös auf. »Also immer mit der Ruhe. Selbst wenn hinter den Anrufen, die mein Vater bekommen hat, irgendeine Organisation stehen sollte, ist es dann vorstellbar, dass Løvengren daran beteiligt ist?«

Katrine zuckte die Schultern. »Ich weiß zwar nicht, in welcher Verbindung er zu deinem Vater stehen sollte, aber wir dürfen nicht vergessen, dass Løvengren unter Größenwahn leidet. Der benimmt sich wie ein Guru, der seine Untergebenen zur Not mit dem Tode bestraft, wenn sie ihm den Gehorsam verweigern. Und das Schlimmste ist, wenn so jemand von seinem eigenen Wahn überzeugt ist.«

Niels nickte zustimmend. »Es gibt in der Weltgeschichte genügend Beispiele, dass ein einzelner Verrückter ausreicht, um die Welt in Brand zu stecken.«

»Und was wäre die beste Tarnung?«, fragte Claus rhetorisch. »Eine geheime Schrift, der nur eine kleine Schar von Eingeweihten folgt, oder ein geheimes Buch, das öffentlich zugänglich wird, damit man seine Authentizität bezweifeln, sich aber doch nach ihm richten kann.«

»Genau«, sagte Niels und drehte sich mit seinem Stuhl halb herum.

»Man sagt, der größte Trick des Teufels sei es gewesen, die Welt davon zu überzeugen, dass er nicht existiert. Vielleicht ist Løvengren ein noch besserer Trick eingefallen. Das ›Protokoll‹ ist jedenfalls frei zugänglich und

477

kann von allen Internetseiten der Welt heruntergeladen werden. Und zum richtigen Zeitpunkt, unter günstigen Umständen, werden seine Anweisungen ihre Wirkung entfalten.«

»Bist du sicher?«, fragte Katrine.

Claus blickte sie überrascht an. »Aber natürlich. Das ist ja das Raffinierte an dem Protokoll. Auch wenn man es als Fälschung betrachtet, kann niemand bezweifeln, dass die meisten Umwälzungen der Weltgeschichte, die Revolutionen in Russland und Frankreich, die Unabhängigkeit der Vereinigten Staaten, die Machtübernahme der Nazis und der Zusammenbruch der Sowjetunion, um nur einige wenige zu nennen, alle nach dem gleichen ›Protokoll‹ stattgefunden haben.«

»Also ist schon wieder jemand damit beschäftigt, die nächste Revolution vorzubereiten?« Niels blinzelte nervös. »Und das vielleicht schon seit Jahrzehnten.«

In diesem Moment kam eine Agentin von der Ermittlungseinheit zur Tür herein und ging sofort auf Storm zu. »Wir haben gerade diese Nachricht von Interpol erhalten.«

Sie gab ihm ein zusammengefaltetes A4-Blatt.

Storm las die E-Mail. »Verdammt!«

»Was ist?«, fragte Katrine.

»Alarmiert sofort das SEK und die Sprengstoffexperten aus Farum. Wir führen noch heute die Durchsuchung bei Valhal durch.« Er stand auf. »Komm«, sagte er zu Katrine.

»Was steht denn da?«

»Der russische Grenzschutz hat ein lettisches Boot mit Schmugglerware an Bord aufgebracht. Nach seinen In-

478

formationen ist heute Nacht auch eine kleinere Ladung nach Dänemark gelangt.«

»Und worum handelt es sich dabei?«

Strom drehte sich halb zu ihr herum. »Um Plastiksprengstoff.«

58

Die Scharfschützen des SEK lagen auf dem Hausdach und hatten freie Sicht auf das Firmengelände von Valhal Securities. Das gesamte Gelände lag einsam und verlassen da. Offenbar war niemand der achtzig Mitarbeiter an diesem Morgen zur Arbeit erschienen. Doch die vier Range Rover standen vor der Halle B, und einer der Scharfschützen hatte den Blick auf eine Person in der Tür erhaschen können, bevor diese zugeschlagen worden war. Wie viele Personen sich dort insgesamt aufhielten, wusste niemand zu sagen. Der Fenec-Helikopter, der sich über dem Gebäude befand, wartete auf Anweisungen. Ein Beamter saß in der offenen Tür, hatte seine Füße auf die Kufen des Hubschraubers gestellt und war bereit, sich jederzeit abseilen zu lassen.

Ein paar Hundert Meter die Straße hinunter standen Storm, Katrine und die Einsatzleiter neben einem der gepanzerten Einsatzwagen. An dieser Stelle hatte Storm die Kommandozentrale errichtet. In den letzten Stunden hatten sie unter Hochdruck daran gearbeitet, die Gegend zu evakuieren und die eigenen Leute in Stellung zu bringen. Sie betrachteten den großen gelben Schaufelbagger, den die Sprengstoffexperten bis zum Eingang fuhren. Immer wieder hatte Storm versucht, Løvengren sowohl in seinem Büro als auch auf dem Handy zu erreichen, doch hatte sich niemand gemeldet. Warum sich Løvengren auf diese Konfrontation einließ, war ihm schleierhaft. Aber er wusste nur allzu gut, dass sie sich nur wenige Fehler erlauben durften, wenn sie ein Blutbad verhindern wollten.

Der Schaufelbagger näherte sich dem Einfahrtstor. Da sie nicht wussten, ob der Eingang vermint war, hatten sie diese Vorsichtsmaßnahme ergriffen. Der Schaufelbagger sollte das Tor eindrücken, ehe das SEK und die gepanzerten Einsatzwagen auf das Firmengelände vordrangen.

Der Schaufelbagger blieb wenige Zentimeter vor dem Tor stehen. Der Fahrer hob die große Schaufel, deren Zähne sich mit kreischendem Geräusch im Tor verkrallten. Zwei Einheiten zu je sechs Mann gingen hinter dem Bagger in Deckung und entsicherten ihre Maschinenpistolen.

Der Einsatzleiter bekam eine Meldung über sein Headset und wandte sich an Storm.

»Wir sind bereit.«

Strom schaute auf seinen Monitor, auf dem das Bild zu sehen war, das die Drohnen ihnen übermittelten.

»Was ist mit den Autos bei der vordersten Halle. Wie groß ist die Möglichkeit, dass sie mit Sprengstoff präpariert wurden?«

»Groß«, antwortete der Einsatzleiter. »Es ist ein kalkulierbares Risiko. Allerdings würden dann die eigenen Leute in der Nähe auch sterben, und das kann nicht Bestandteil Ihres Plans sein.«

Storm biss sich in die Fingerknöchel. »Dann los. Aber sorgen Sie dafür, dass Ihre Leute so lange wie möglich hinter dem Räumfahrzeug bleiben.«

»Sie wissen, was sie tun«, entgegnete der Einsatzleiter.

481

Der Schaufelbagger drückte das Tor ein und schleifte es mit sich. Die Einsatzkräfte blieben hinter dem Fahrzeug, das am Hauptgebäude vorbeifuhr und direkt auf die vier Range Rover vor der Halle B zuhielt.

Vom Hubschrauber aus seilten sich vier Männer auf das Hallendach ab. Die Dachfenster hoben sich wie gläserne Blasen von dem schwarzen Flachdach ab.

Der Schaufelbagger blieb vor den Range Rovern stehen. Die beiden Einheiten gingen um die parkenden Fahrzeuge herum und steuerten den Eingang an. Sie hielten sich dicht an der Wand, während der hinterste Mann vorsichtig die Klinke nach unten drückte. Das Tor war nicht abgeschlossen. Er öffnete sie einen Spaltbreit und schob eine Teleskopkamera behutsam hindurch.

Auf dem kleinen Handmonitor konnte er die Umrisse von etwa zwanzig Personen erkennen, die sich weiter hinten in der Halle befanden.

»Sind Sie bewaffnet?«, hörte er über sein Headset.

»Nicht zu sehen«, flüsterte er. »Wir gehen rein.«

Die Männer auf dem Dach schlugen die Oberlichter ein. Man hörte das dumpfe Krachen der Blendgranaten, die in die Halle geschleudert wurden. Im selben Moment wurde die Tür aufgerissen, und die Beamten stürmten hinein.

»Was passiert da?«, fragte Storm.

»Sie sind drin«, antwortete der Einsatzleiter, während er sich ein Ohr zuhielt, um die Nachrichten auf seinem Headset besser verstehen zu können.

»Haben sie die Leute festgenommen?«

Er zögerte mit einer Antwort. »Sie bitten uns, in die Halle zu kommen … sofort.«

Storm sah ihn verwundert an. »Aber …«

»Komm«, sagte Katrine. Gemeinsam liefen sie mit den Beamten des Bereitschaftsdienstes zur Halle.

Storm, dem die schusssichere Weste in die Seiten stach, hatte Mühe, mit Katrine Schritt zu halten. Im Laufschritt überquerten sie den Hof. An der Türöffnung zu Halle B wurden sie von zwei Mitgliedern des SEK in Empfang genommen.

In der Halle brannte Licht. Das SEK hatte Løvengren und seine Leute umringt. Sie lagen nebeneinander auf dem Bauch und hatten die Hände im Nacken gefaltet. Zwei Beamte legten ihnen nacheinander Handfesseln an.

»Haben sie sich widerstandslos ergeben?«, fragte Storm.

»Sie schienen fast auf uns gewartet zu haben«, antwortete der Einsatzleiter.

»Irgendwelche Waffen?«

»Nicht am Körper. Aber wir müssen noch die *Stadt* untersuchen.« Er zeigte auf die Trennwände am hinteren Ende der Halle.

»Warten Sie«, sagte Storm. Er nahm sein Funkgerät und rief nach den Sprengstoffhunden.

Fünf Minuten später begannen die Hunde, die Halle zu untersuchen.

»Mit welcher Begründung nehmen Sie uns fest?«, fragte Løvengren und versuchte, zu Storm aufzublicken, als dieser an ihm vorbeischritt. Seine Stimme klang ruhig, fast heiter. »Mit welcher Begründung dringen Sie auf privates Gelände vor?«

»Sie sind festgenommen nach Paragraf 114.«

»Das Antiterrorgesetz? Da haben Sie definitiv den Falschen erwischt, Nikolaj.«

»Storm?«, rief der Hundeführer vom Ende der Halle.

483

Storm drehte sich um und ging zusammen mit Katrine zum Labyrinth, das sich zwischen den Stellwänden befand. Weiter vorn hörten sie das Winseln der Hunde. Auf einer freien Fläche in der Mitte lagen eine Vielzahl leerer Rucksäcke auf einem Haufen.

»Die Hunde haben auf sie angeschlagen«, teilte der Hundeführer mit, ein kleiner, stämmig gebauter Mann. »Jetzt sind sie leer, doch es war unter Garantie Sprengstoff darin.«

»Was ist mit dem übrigen Gelände?«

»Negativ. Die Hunde sind direkt zu den Rucksäcken gegangen.«

Storm warf Katrine einen fragenden Blick zu. »Was zum Teufel führt Løvengren hier im Schilde?«

»Keine Ahnung, aber hier scheint nichts dem Zufall überlassen worden zu sein.«

Sie gingen zu Løvengren zurück. Storm bat zwei Beamte, ihn auf die Beine zu stellen.

»Warum vergeuden Sie meine Zeit?«, fragte Storm.

»Ich bin es doch nicht gewesen, der so eine aufwendige und kostspielige Operation in Gang gesetzt hat. Ich hoffe, Sie können dies gegenüber Ihren Vorgesetzten rechtfertigen.«

»Wo ist der Sprengstoff, der in diesen Rucksäcken transportiert wurde, die Sie uns hier präsentieren?«

Løvengren schaute ihn mit gespielter Verwunderung an. »Ich weiß wirklich nicht, wovon Sie reden.«

»Ist das hier alles ein Teil des Protokolls?«

»Protokoll?«, fragte Løvengren und beugte sich vor. Dann schüttelte er den Kopf. »Jetzt weiß ich nicht, was Sie meinen.«

»Machen Sie uns nichts vor, Løvengren«, schaltete sich

Katrine ein und stieß ihn vor die Brust, sodass Løvengren unwillkürlich einen Schritt zurücktrat. »Sie stehen zwischen sechzehn Jahren Knast und lebenslänglich. Wir wissen, dass Sie mitschuldig am Bombenattentat am Kongens Nytorv sind. Und wir wissen, dass Sie einen Anschlag planen.«

»Das würde mich doch sehr wundern, wenn Sie das wüssten. Schon allein, weil es nicht wahr ist.« Løvengren lächelte kühl. »Und die Nächste, die in den Knast wandert, dürften Sie sein.«

»Bringt ihn aufs Präsidium«, wies Storm die Beamten an. Dann zog er Katrine zu sich und ließ den Blick durch die Halle schweifen. »Wir müssen herausfinden, was sie vorhaben. Ich will, dass alle Abteilungen unter Hochdruck arbeiten. Die Techniker sollen hier jeden Millimeter unter die Lupe nehmen und wenn es sein muss das ganze Gelände umgraben. Claus und seine Leute sollen sofort ins Hauptgebäude und sämtliche Festplatten auswerten.«

»Dann hoffen wir mal, dass sie auch was finden.« Katrine klang nicht sonderlich überzeugt. »Bis jetzt scheint mir hier alles nach Løvengrens Plan zu laufen.«

Sie sahen Løvengren und seinen Männern hinterher, die zu dem wartenden Bus geführt wurden. Keiner von ihnen machte eine niedergeschlagenen Eindruck.

»Vielleicht hast du recht«, sagte Storm. »Deshalb müssen wir das schwächste Glied von ihnen finden, wie du das bei Farouks Leuten getan hast.«

Katrine warf ihm einen skeptischen Blick zu. »Hier gibt es keine Schwachstellen, Nikolaj. Das sind Vollprofis. Und jetzt schweißt sie ihr Schweigen noch mehr zusammen.«

»Dann müssen wir oben anfangen.«

59

Katrine schob die Messingscheibe vor dem Guckloch zur Seite und blickte in die spartanische Zelle. Løvengren lag auf der schmalen Pritsche, hatte die Hände hinter dem Nacken gefaltet und die Beine überkreuz, als läge er im Sonnenschein auf einer Wiese. Sie hatten Løvengren und die anderen Festgenommenen von Valhal Securities im altertümlichen, aber erstklassig gesicherten Zellentrakt des Polizeipräsidiums untergebracht. Er umfasste insgesamt vierundzwanzig Zellen und war den gefährlichsten Insassen des Landes vorbehalten. Ein paar Rocker und Drogendealer hatte man in aller Eile ins Vestre-Gefängnis überführt. Niemand außer den Agenten des PET durfte mit Løvengren und seinen Männern Kontakt haben. Darum waren es auch Storms Leute und nicht die üblichen Gefängniswärter, die den Trakt überwachten. Rund um das Präsidium hatte Storm die Straßen sperren lassen, der Luftraum darüber wurden von zwei Fenec-Hubschraubern kontrolliert.

»Das dürfte genau nach seinem Geschmack sein«, sagte Katrine und drehte sich zu ihm um.

Storm zuckte die Schultern. »Zumindest werden sie für eine Weile in Untersuchungshaft bleiben, das gibt uns mehr Zeit für unsere Ermittlungen.«

Sie gingen die steile Stahltreppe hinunter, die die Etagen miteinander verband.

Katrine und Storm hatten bis jetzt eine Vernehmung

nach der anderen durchgeführt, sich dabei zunächst auf Løvengren konzentriert, um sich danach der Nummer zwei, Lars Toft, zuzuwenden. Bald waren auch die Anwälte aufgetaucht, und es war rasch deutlich geworden, dass weder Løvengren noch Toft zur Zusammenarbeit bereit waren. Katrine hatte Løvengren während der gesamten Vernehmung nicht aus den Augen gelassen. Er hatte selbstgewiss gelächelt, hin und wieder auf seine Armbanduhr geschaut und herzhaft gegähnt, als ginge ihn das Ganze einen feuchten Kehricht an. Jedes Mal, wenn Storm eine Frage stellte, antwortete Løvengrens Anwalt für ihn.

Sie mussten darauf hoffen, dass die technischen Beweise ihnen weiterhelfen würden. Doch bis jetzt hatten die Techniker in den Räumlichkeiten und dem Gelände von Valhal Securities keine verdächtigen Spuren entdecken können. Nur in einem der Range Rover hatten die Hunde noch Reste von Sprengstoff identifiziert.

Als Katrine sich am späten Nachmittag mit Claus unterhielt, war dieser auch nicht allzu optimistisch. Die Festplatten, die sie beschlagnahmt hatten, waren alle frisch formatiert worden. Nicht einmal ein Patience-Spiel hatten sie darauf gefunden.

Sie wandte sich Storm zu, als sie die untere Etage erreichten.

»Das Problem ist, dass wir zu wenig Zeit haben«, sagte sie.

»Wie meinst du das?«

»Hast du Løvengren während des Verhörs beobachtet? Der hatte diese extrem arrogante Attitüde, die ich schon so oft zuvor erlebt habe, aber immer bei den richtigen Psychopathen. Denjenigen, die sich über den Rest der Menschheit erhaben fühlen und sich selbst auf die Zunge beißen müssen, um uns nicht zu verraten, wie genial sie ihre unaufgeklärten Verbrechen geplant und ausgeführt haben. Løvengren wartet auf die Vollendung seines Werks. Ich wette, dass der Sprengstoff schon irgendwo platziert wurde und es nur noch eine Frage von Stunden, wenn nicht Minuten ist, bis das Ganze irgendwo in die Luft fliegt.« Sie biss sich nervös in die Wangen und schaute weg.

»Eine Zeitschaltung?«

»Ich weiß es nicht.«

»Aber wo?«

Als sie um Fuß der Treppe angekommen waren, blieb Storm stehen. »Was schlägst du vor? Willst du raufgehen und ein Geständnis aus ihm herausprügeln?«

Sie kniff die Augen zusammen. »Wenn ich daran glauben würde, dann hätte ich dir längst irgendeine Lüge aufgetischt, damit du mit gutem Gewissen von hier verschwunden wärst. Und danach hätte ich ihm jeden einzelnen Knochen gebrochen, um ein Geständnis zu erzwingen, aber bei jemandem wie Løvengren funktioniert das nicht. Und so verplempern wir weiter unsere Zeit, genau wie er sich das vorgestellt hat.«

Schweigend gingen sie zur Personenschleuse, unterschrieben ein Formular und bekamen daraufhin ihre Pistolen, ihre Dienstausweise und ihre Wertgegenstände wieder. Dann marschierten sie den langen Weg zum Morddezernat zurück, wo sie ein paar Zimmer übernommen hatten.

»Tut mir leid«, murmelte Katrine. »Ich habe nur das schreckliche Gefühl, dass wir nichts finden werden, ehe es zu spät ist.«

»Du hast ja recht«, entgegnete Storm. »Seit dem Anschlag am Kongens Nytorv hecheln wir den Ereignissen
hinterher.«

»Vielleicht liegt da die Antwort begraben«, sagte sie.
»Nach der Beschaffenheit und dem Ziel der Bombe zu
urteilen, wollte Løvengren es so aussehen lassen, als wären die Islamisten dafür verantwortlich.«

»Ja«, entgegnete Storm. »Ob Jonas Vestergaard nun
vorsätzlich oder versehentlich ums Leben kam, so sind
sie dieses Risiko bewusst eingegangen. Løvengren hat
darauf gehofft, dass die Ermittlungen möglichst viel Zeit
in Anspruch nehmen. Teils um den Anschlag politisch
optimal ausschlachten zu können, teils um den nächsten
Anschlag vorzubereiten.«

»Nur dass sie diesmal C4 statt Kunstdünger verwen-
den. Sie versuchen sich also gar nicht mehr den An-
schein zu geben, als wären sie islamistische Terroristen.
Dieser Anschlag soll einfach so effektiv wie möglich sein.
Kannst du dich an Laybournes Worte erinnern? Wäre C4
in dem Wagen gewesen, dann wäre der ganze Kongens
Nytorv in Schutt und Asche gelegt worden.«

Storm öffnete die Tür zu dem ovalen Treppenhaus,
und sie stiegen die Wendeltreppe hinauf.

»Aber wozu all die Rucksäcke? Wozu brauchten sie
die, wenn sie den Sprengstoff mit dem Auto transportieren?«

»Vermutlich haben sie ihn unter sich aufgeteilt, *nachdem* sie ihn abgeholt haben. Es könnte natürlich auch
sein, dass sie mehrere Sprengsätze an verschiedenen Orten zünden wollen, so wie es die Terroristen in der Londoner U-Bahn oder in Mumbai gemacht haben.«

»Das erklärt aber nicht, warum die Rucksäcke leer waren. Und Løvengren scheint mir nicht der Typ zu sein, der irgendwas bereut.«

»Nein, dafür ist er umso besser darin, andere zu manipulieren. Ich meine, der hat ja schon uns in die verschiedensten Richtungen gelenkt. Ich möchte zu gern wissen, wie er Jonas dazu gebraucht hat, das Bombenauto zu fahren.«

Katrine blickte Storm aufmerksam an. »Und was, wenn er Benjamin genau dasselbe gesagt hat? Wenn er diesmal die perfekte Person für sein Vorhaben gefunden hat?«

Storm nickte nachdenklich. »Ich weiß, worauf du hinauswillst. Man sucht sich einfach einen psychisch kaputten Kriegsheimkehrer, der in der eigenen Gesellschaft zum Außenseiter geworden ist und keine Hoffnungen mehr für die eigene Zukunft hat. Dann bietet man ihm eine Stelle und eine neue Gemeinschaft, bildet ihn aus, redet ihm ein, zu einer neuen Elite zu gehören, isoliert ihn vom normalen Leben und indoktriniert ihn. Aber kann das so weit führen, dass dieser Mensch ein Selbstmordattentat verübt?«

Sie gingen den langen geschwungenen Korridor hinunter.

»Ich glaube nicht, dass er sie so unter Kontrolle hält, wie die Islamisten das mit den Jüngern in ihren Ausbildungslagern machen. Das hier ist etwas anderes. Die Mission auf dem Kongens Nytorv ist irgendwie schiefgelaufen, und auch die Sache mit Bjarne wird Løvengren ja nicht so geplant haben.«

»Also haben sie ihn aus dem Weg geräumt.«

Sie nickte. »Und wenn sie Benjamin eingeredet haben, dass er Teil einer größeren Mission ist? Dass er Seite an Seite mit seinen neuen Helden kämpft? Er hat ja schon gezeigt, dass er skrupellos genug ist, um unschuldige Menschen anzugreifen.«

Storm zog den Schlüssel zu ihrem Büro aus der Tasche und schloss auf.

»Und du meinst, die Rucksäcke sollten uns nur in die Irre führen?«

Katrine ließ sich schwer auf den Stuhl sinken und zündete sich eine Zigarette an. Storm öffnete rasch das Fenster.

»Und wenn eine Bombe gezündet wird, während Løvengren und seine Leute in Untersuchungshaft sitzen? Dann haben wir nicht die geringsten technischen Beweise gegen sie. Die einzige Verbindung zu ihnen ist Benjamin, aber wir haben ja keine Ahnung, wo der jetzt steckt.«

»Benjamin und Jonas waren immerhin beide bei Valhal Securities angestellt.«

»Was heißt das schon? Sie waren auch beide in Afghanistan, sogar bei derselben Einheit, und sind beide zusammen mit Rechtsextremisten gesehen worden. Die Anstellung bei Valhal beweist gar nichts. Am Ende werden alle begreifen, dass wir ein massives Problem mit psychisch kranken Kriegsheimkehrern haben, und Løvengren wird ungestraft davonkommen.«

»Wenn Benjamin nicht gegen ihn aussagt.«

»Man sollte wohl nicht so naiv sein zu glauben, dass Løvengren hier keine Vorkehrungen getroffen hat. Man braucht sich ja nur anzuschauen, wie Bjarne getötet wurde.«

Storm setzte sich ihr gegenüber und rieb sich erschöpft die Schläfen. »Wir haben Leute an allen Verkehrsknotenpunkten postiert. Flughafen, Bahnhof, U-Bahn. Wenn

Benjamin irgendwo auftaucht, entgeht er uns nicht. Im Moment können wir nicht mehr tun.«

»Hoffentlich kriegen wir ihn, ehe er auf den Knopf drückt.« Katrine starrte in die Luft.

»Woran denkst du?«

»An Løvengrens Ziel. Was will er eigentlich erreichen? Was würde ihn zufriedenstellen? Würde es ihm genügen, wenn es mehr Todesopfer gibt als am Kongens Nytorv? Oder geht es ihm diesmal eher um den Symbolgehalt seiner Tat?«

»Denkst du an das Parlament? Oder das Verteidigungs-ministerium?«

»Nein«, antwortete sie ohne ihn anzusehen. »Løven-gren geht es darum, Feindbilder in die Welt zu setzen. Eine Moschee oder eine islamische Vereinigung könnten das Ziel sein. Er will seinen Feind direkt treffen.«

»Aber ist ihm das groß genug? Will er nicht mehr Op-fer?«

Katrine zuckte die Schultern. »Schwer zu sagen.« Sie drückte die Zigarette auf der Untertasse aus, die vor ihr stand. »Scheiße!«, rief sie plötzlich.

»Was ist?«

»Welcher Tag ist heute?«

Sie wartete nicht auf seine Antwort, sondern griff zum Telefon und wählte die Nummer von Saajid.

Es dauerte eine Weile, bis er am Apparat war. Seine Stimme war im Stimmengewirr, das ihn umgab, kaum zu hören. »Katrine, schön, von dir zu hören! Kommst du noch vorbei?«

»Wo bist du?«

»Auf dem Rathausplatz. Hier wird groß gefeiert«, ant-wortete er lachend.

492

Sie schluckte. »Sie zu, dass du da wegkommst, Saajid! Frag nicht, warum. Hau einfach ab!«

Sie sprang auf.

Storm schaute sie verblüfft an. »Was ist, Katrine?«

»Ich Idiot!«, rief sie. »Heute hört doch der Ramadan auf. Überall im Land wird das Fest des Fastenbrechens gefeiert. Tausende von Leuten sind auf den Straßen und feiern. Und die größte Feier findet auf dem Rathausplatz statt. Das muss Løvengrens Ziel sein.«

60

Benjamin ging über den Zebrastreifen am H.C.
Andersens Boulevard in Richtung Rathausplatz. Er
richtete den einen Gurt seines Rucksacks, der an seiner
Schulter scheuerte. Auf dem Kopf trug er eine Baseball-
kappe, die er sich tief in die Stirn gezogen hatte. Den
Kragen seiner Jacke hatte er so weit hochgeschlagen,
dass sie den unteren Teil seines Gesichts verdeckte. Er
hätte auch gern eine Sonnenbrille getragen, doch jetzt
am Abend wäre er damit aufgefallen. Er war sich ziemlich sicher, dass er auf dem Platz niemandem begegnen
würde, den er kannte, und die Polizei hatte sicher Bes-
seres zu tun, als nach ihm zu suchen.

Der Rathausplatz war voller Menschen. Die Luft war
von Musik und Stimmengewirr erfüllt. Es mussten sich
zwischen zehn- und fünfzehntausend Menschen versammelt haben, die meisten von ihnen Muslime, doch
waren auch viele Dänen darunter. Von den zahlreichen
Essensständen ging ein verlockender Duft aus. Eine
Schar acht-, neunjähriger Mädchen zog bunte Luftballons hinter sich her. Er tippte einen der Luftballons an
und lächelte ihnen zu. Die Mädchen lächelten zurück,
ehe sie in der Menge verschwanden. Er schaute sich um.
All die fremdartigen Gerüche und Geräusche und all
die dunklen Gesichter erinnerten weniger an Dänemark
als an einen orientalischen Basar. Er war überrascht gewesen, als Løvengren ihm von dem Fest auf dem Rat-

hausplatz erzählt hatte. Er dachte, der Platz dürfte nur für große Veranstaltungen benutzt werden, wenn eine Fußball- oder zur Not auch eine Handballmannschaft gefeiert wurde. Doch Løvengren hatte für den Angriff natürlich das perfekte Ziel ausgesucht. Benjamin dachte an die Rede, die Løvengren gehalten hatte. Er hatte gesagt, sobald der Ramadan vorbei sei, würde der Terror der Muslime wieder beginnen. Dann sei die Fastenzeit vorbei, und die Muslime seien dem Koran zufolge verpflichtet, zu den Waffen zu greifen und die Ungläubigen zu bekämpfen. Deshalb müsse man ihnen zuvorkommen und sofort zuschlagen. Den Feind mit diesem Angriff lähmen. Sie hatten jeder ihren Rucksack mit Sprengstoff ausgeliefert bekommen, fast zehn Kilo, die eine ungeheure Sprengkraft haben würden. Alle Ziele im Umkreis von mindestens dreißig Metern würden unweigerlich vernichtet werden. Zusammen mit den übrigen Bomben, die auf dem Platz explodierten, würden sie den gesamten Platz dem Erdboden gleichmachen. Es war ein Leichtes für ihn gewesen, die Zündsätze im Sprengstoff zu platzieren und den Detonator richtig einzustellen. Er hatte auch L. T. mit seinem »Päckchen« geholfen. Danach waren sie die Orte durchgegangen, an denen die Sprengladungen deponiert werden sollten. Seine eigene sollte mitten auf dem Platz vor der großen Bühne explodieren. Dort standen die Leute bereits dicht gedrängt und warteten darauf, dass *Outlandish*, die bekannteste Band dieses Abends, mit ihrem Konzert beginnen würde. Er konnte sich an einige ihrer Lieder erinnern und fand sie richtig gut. Die verdienten sicher viel Geld und bekamen jede Menge Mädels gratis.

Benjamin gähnte. Er hatte keine Minute geschlafen.

Weil die Polizei das Firmengelände überwachte, hatten sie es zu Fuß durch den Hinterausgang verlassen müssen. Zunächst war er L.T. gefolgt. Zahlreiche Stacheldrahtzäune der umliegenden Industriegrundstücke hatten sie aufgeschnitten und sich auf diese Weise bis zur Umgehungsstraße vorgearbeitet. Benjamin war auf die Toilette der nächsten S-Bahn-Station gegangen und hatte dort auf den Frühzug gewartet. L.T. war weiter in Richtung Stadt gegangen und hatte später einen Bus nehmen wollen.

Als sie sich voneinander verabschiedeten, hatte L.T. ihm die letzten Anweisungen gegeben. Es sei wichtig, einen Ort für den Rucksack zu finden, an dem er nicht zufällig von einem Passanten entdeckt werden konnte. Was auf einem Platz mit so vielen Menschen natürlich schwierig werden würde. Es sei jedoch ebenso wichtig, dass er so entspannt wie möglich auftrat. Er solle sich so wenig wie möglich umsehen und schon gar nicht nach den anderen Mitgliedern ihrer Operation Ausschau halten. Das könne sowohl ihn als auch die anderen gefährden. Letzteres fiel Benjamin besonders schwer. Er hätte sich gewünscht, zumindest einen der anderen irgendwo auf dem Platz zu entdecken, damit er wusste, dass alles nach Plan lief. Doch bis jetzt hatte er niemanden gesehen.

Benjamin ging in Richtung Rathaus. Je weiter er kam, desto dichter wurde die Menschenmenge. Zu beiden Seiten von ihm waren kleine Buden aufgebaut, die sich in langen Reihen über den Platz zogen. Er betrat einen Gang, der zwischen ihnen hindurchführte. Ungefähr hier sollte er den Rucksack platzieren. Er trat an die nächste Bude, ein kleines rotes Holzhaus, in dem T-Shirts verkauft wurden. Er ging um den kleinen Stand herum und inspizierte die Rückseite, doch wäre es zu auffällig gewesen, wenn er den Rucksack einfach hier abgestellt hätte. Für einen kurzen Moment überlegte er, ob er den Verkäufer fragen sollte, ob er auf ihn aufpassen könnte, aber ihm fiel keine gute Begründung ein. Außerdem war die Gefahr zu groß, dass der Mann irgendwann in den Rucksack schauen würde.

Er begann zu schwitzen. Die Sache war verdammt anstrengend. Doch schon bald würde sie vorüber sein. Er schaute sich rasch um. Dann entdeckte er ein Stück weiter einen Shawarma-Verkäufer, der mit seinem Wagen auf den Platz gefahren war. Vielleicht konnte er den Rucksack unter dem Anhänger verstecken. Er bahnte sich einen Weg durch die Menge, bis er die Rückseite des Anhängers erreicht hatte. Vorsichtig ging er in die Hocke und streifte sich den Rucksack von den Schultern. Dort, wo sein Rücken schweißnass war, spürte er die kühle Abendluft. Er zog rasch den Reißverschluss auf und vergewisserte sich, dass alles so war, wie es sein sollte. Dann schloss er ihn wieder und schob ihn direkt hinter das Rad. Selbst wenn sich jemand bückte, würde er den Rucksack nicht sehen können. Er richtete sich auf, entsicherte rasch den Detonator und steckte ihn in die Tasche zurück. In sechs Minuten würde hier alles vorbei sein. Dann würde es keine lachenden Stimmen, sondern nur noch Schreien und Weinen geben. Die Leichenteile würden sich über den gesamten Platz verteilen. Und die wenigen Überlebenden würden unter Schock umherwanken und unter den verstümmelten Toten nach ihren Angehörigen suchen. Es war merkwürdig, doch er empfand keinen Hass mehr auf sie. Nicht wie damals in

497

ihrem Getto oder im Snoopy, als er sie am liebsten umgebracht hätte. Jetzt hasste er sie nicht einmal, wenn er daran dachte, wie sie Jannick in Helmand getötet hatten. Was seine Kameraden von der Einheit 8 hatten erleiden müssen. Jetzt taten ihm diejenigen fast leid, die gleich sterben würden. Die Familie dort drüben zum Beispiel, die ihre Cola trank; die Mädchen mit den Luftballons; das kleine Baby, das da vorn in seinem Kinderwagen saß. Er hoffte, dass es schnell gehen würde. Dass sie nicht lange leiden mussten. Doch wie hatte Løvengren so treffend formuliert? *In einem Befreiungskampf gibt es keine unschuldigen Opfer. Da sind alle Mittel erlaubt.* Es war tragisch, aber notwendig. Das Einzige, was ihn wirklich bedrückte, war die Angst zu versagen. Er hatte eine Mission zu erfüllen, und dabei sollte ihm nicht der geringste Fehler unterlaufen. Hoffentlich würden sie alle mit heiler Haut davonkommen, damit sie später gemeinsam ihren Sieg feiern konnten. Neue Missionen planen. Neue Angriffe starten. Er und L. T. Verstohlen schaute er sich nach ihm um. Wenn es zu einem Feuergefecht kommen sollte, dann würde er nicht abhauen. Dann würde er seine Browning aus der Tasche ziehen und L. T. zu Hilfe eilen. Sein Herz pochte. Noch vier Minuten. Höchste Zeit, den Kontrollpunkt aufzusuchen und in Deckung zu gehen.

*

Storm und Katrine stellten ihren Wagen auf der anderen Seite des Rathausplatzes, am Haus der Industrie, ab. Hinter ihnen parkten die Beamten der Bereitschaftspolizei, die ihnen vom Präsidium aus gefolgt waren. Außerdem hatte Storm telefonisch mehrere PET-Einheiten angefordert. Niels verfolgte bereits die Bilder der Überwachungskameras, um Benjamin irgendwo unter den vielen Tausend Menschen aufzuspüren.

Storm griff unter den Sitz und zog den Holster mit seiner Glock hervor. Er steckte die Pistole in seinen Gürtel und stieg aus. »Mach den Riemen besser gleich ab«, sagte Katrine. »Wenn's drauf ankommt, hast du keine Zeit, lange herumzufummeln.«

Storm löste den Halteriemen, der die Pistole zusätzlich sicherte, und gemeinsam liefen sie den H. C. Andersens Boulevard entlang, dem Rathausplatz entgegen. Er blickte zur Rathausuhr hinauf. Drei Minuten vor neun. Am liebsten hätte er den ganzen Platz evakuiert, aber dazu blieb ihnen keine Zeit. Außerdem wollte er keine Panik riskieren, durch die sich Benjamin gedrängt fühlen konnte, die Bombe vorzeitig hochgehen zu lassen. Es war eine grauenhafte Situation, in der er sich befand.

Storm dirigierte die Bereitschaftspolizisten, die sich unter die Leute mischten. Auf dem H. C. Andersens Boulevard tauchte die nächste Patrouille von Bereitschaftspolizisten auf, doch waren es immer noch zu wenige, um sämtliche Leute auf dem Platz in den Griff zu bekommen. »Sucht nach einem schwarzen Rucksack!«, rief er ihnen zu. »In Mülleimern, unter Bänken!«

»Was ist mit den großen Werbeständern?«, fragte Katrine und zeigte auf eine meterhohe leuchtende Säule. »Sind die nicht hohl?«

Storm nickte. Drei solche Säulen standen auf dem Platz. »Überprüft, ob die irgendwo aufgebrochen sind«, wies er einen Beamten an.

Storm und Katrine kämpften sich durch die Menge. Als sie sich der großen Bühne näherten, kamen sie kaum noch durch. »Ich hoffe, er hat den Rucksack nicht irgendwo da vorne deponiert«, sagte Katrine.

Sie bückte sich rasch und schaute unter die nächste Bank. Das Publikum klatschte im Takt, um die Band auf die Bühne zu locken. Es war jetzt so laut, dass Storm und Katrine sich regelrecht anschreien mussten. Storm schlug vor, sich zu den Verkaufsständen zurückzuziehen und die Mitte des Platzes zu untersuchen. Katrine nickte. Ihr Handy brummte in der Tasche. Das war bestimmt Saajid, der versuchte, sie zu erreichen. Sie hoffte, dass er ihren Rat befolgt hatte, obwohl sie wusste, wie eigensinnig er war.

»Haben Sie diesen Mann gesehen?« Storm zeigte dem T-Shirt-Verkäufer ein Foto von Benjamin.

»Ich habe viele Leute gesehen«, antwortete er mit breitem Grinsen. »Viele fröhliche Menschen.«

Storm eilte zum Shawarma-Stand und drängelte sich bis zum Verkäufer vor. »Haben Sie ihn hier gesehen?«

Der Shawarma-Verkäufer war in Schweiß gebadet, warf einen flüchtigen Blick auf das Foto und schüttelte den Kopf. Dann wandte er sich dem nächsten Kunden zu.

Über ihnen schlug die Rathausuhr. Es war neun Uhr.

»Komm«, sagte Katrine. »Lass uns zur Vestre Voldgade und zum Strøget gehen.«

Storm nickte, und erneut bahnten sie sich ihren Weg quer über den Platz. Katrine überprüfte alle Mülleimer in ihrer Nähe, während Storm auf seinem Funkgerät die Nachricht erhielt, die ersten PET-Agenten seien eingetroffen. Storm wies sie sofort an, am vorderen Bühnenrand nach Benjamin zu suchen und sich dann nach hinten zu arbeiten, bis sie die Bushaltestellen am anderen

Ende des Platzes erreicht haben würden. Vielleicht wollte Benjamin es auch ausnutzen, dass das Publikum geschlossen in eine bestimmte Richtung schaute.

Die Leute begannen zu kreischen, als die Band die Bühne betrat, und drängten sich noch dichter zusammen. Katrine blickte zur Vestre Voldgade hinüber, wo die Leute mitten auf der Straße feierten und wenig Rücksicht auf die ungeduldigen Autofahrer nahmen.

»Gehen wir zur Bushaltestelle«, sagte Storm.

Sie nickte. Dann sah sie ihn aus dem Augenwinkel heraus. Es war nur der Schnappschuss eines Mannes, der sich durch die Zuschauerreihen kämpfte. Eine weiße Kappe unter all den Tüchern. Eine Windjacke, die bis oben zugezogen war. Dieser kurze Eindruck hatte sie veranlasst, den Kopf zu drehen.

Er hastete über den Fahrradweg, ohne nach rechts und links zu schauen, und eilte über die Fahrbahn.

Ihre Hand griff zu ihrem Pistolenholster. »Benjamin!«, schrie sie aus vollem Hals, während sie ihre Glock entsicherte und mit ausgestrecktem Arm auf ihn zielte.

Benjamin fuhr herum. In der Hand hielt er den kleinen funkgesteuerten Detonator. Er trat ein paar Schritte zurück und wäre fast über die Bordsteinkante gestolpert. Dann drehte er sich um und begann zu laufen. Vor ihm betraten zwei PET-Agenten mit gezogener Waffe den Platz. Benjamin blieb abrupt stehen und schaute sich panisch um. Ein Bereitschaftspolizist kam vom Strøget her gelaufen und stand plötzlich zwischen Katrine und den PET-Agenten. Er entsicherte die Pistole. »LEGEN SIE SICH AUF DEN BODEN!«, schrie er.

Die Fußgänger, die ihnen am nächsten standen, liefen in Panik davon.

Benjamin blickte verzweifelt in alle Richtungen. Storm stand jetzt neben Katrine. Er hatte ebenfalls die Glock gezückt.

Sie hatten Benjamin eingekreist.

»Es ist vorbei, Benjamin«, sagte Storm. »Sieh mich an.«

»Geht weg!«, schrie Benjamin mit wildem Blick. »Oder … ich drücke hier drauf!« Er hielt den Detonator vor sich hin.

»Lass es sein«, sagte Storm. »Du willst doch nicht all die unschuldigen Leute umbringen.«

»In einem Besatzungskrieg gibt es keine Unschuldigen. Alle Ziele sind legitim!«

»Aber wir sind doch nicht besetzt.«

Benjamin schnaubte und machte eine weit ausholende Bewegung. »Sehen Sie sich doch um!«

Storm ließ seinen Blick wandern. »Ich sehe nur sehr viele fröhliche Menschen. Wollen wir ihnen diese Freude nehmen?«

Er streckte bittend die Hand nach dem Detonator aus.

»Ich hab ihn«, flüsterte Katrine. »Gib mir deinen Befehl.« Sie zielte direkt auf Benjamins Stirn.

Benjamin schüttelte hektisch den Kopf. »Ihr könnt uns nicht aufhalten.«

»Wir haben euch schon aufgehalten«, entgegnete Storm mit ruhiger Stimme. »Løvengren und die zehn anderen sind festgenommen. Valhal ist geschlossen worden.«

»Das ist eine Lüge!«

»Was glaubst du, wie wir dich sonst gefunden hätten? Du bist ganz allein.«

Benjamin schielte zur Rathausuhr empor und blickte anschließend über den Platz. Fast schien es so, als hätte

Storm ihn überzeugt. »Haben … sie … mich verraten?«
Er sah aus wie ein Schuljunge.

Storm zögerte mit einer Antwort. »Nein«, sagte er schließlich. »Aber sie haben dich vom ersten Tag an belogen. Wie sie auch Jonas belogen haben, damit er die Bombe am Kongens Nytorv zündet. Sie wollten von Anfang an, dass nur du hier bist. Die anderen Rucksäcke haben wir in der Firma gefunden. Ich bin sicher, dass sie dich töten wollen, wenn sie dich nicht mehr brauchen.«

»Das würde L.T. niemals zulassen. Niemals!«

Storm schaute ihn betrübt an. »L.T. hat seinen besten Freund Bjarne ermordet. Warum sollte er also bei dir zögern?«

»Sie lügen!«, schrie Benjamin. Seine Hände krampften sich um den Detonator.

»Nein, dazu habe ich keinen Grund. Sie haben dich missbraucht, Benjamin. Das ist die Wahrheit. Ich weiß, dass du zu ihnen aufblickst, aber der einzig richtige Soldat von ihnen bist du. Die anderen sind nichts als gemeine Mörder. Du kannst stolz auf dich sein. Du hast deine Pflicht erfüllt und mehr als das. Du bist jetzt schon ein Held. Du musst niemandem mehr etwas beweisen.«

Benjamin wischte sich über den Mund. »Ich … ich …«

»Lass mich dir helfen.«

»In dem Sie mich erschießen?« Benjamin starrte Katrine an.

»Natürlich nicht«, antwortete Storm. Er legte seine Hand auf Katrines Unterarm und brachte sie dazu, die Pistole zu senken. Er nickte den anderen Beamten zu, die ihrem Beispiel folgten.

»Ich möchte gern, dass wir alle den heutigen Tag überleben.«

»Ich weiß nicht … wir … wollten doch nur Gutes tun … das Volk verteidigen … und Dänemark … dafür steht Valhal … für Sicherheit.« Seine Hände zitterten unkontrolliert.

»Gib mir jetzt den Detonator.« Storm ging langsam auf ihn zu.

»Dafür … haben wir … ich … immer gekämpft.«

»Das weiß ich«, entgegnete Storm und kam ihm immer näher.

»Haben Sie *wirklich* meine Papiere gesehen?« Benjamin starrte ihn mit wildem Blick an.

Storm nickte. »Natürlich habe ich das.«

»Dann haben Sie vielleicht auch die hier gesehen?« Er riss seine Jacke auf und griff in die Innentasche.

Storm hob seine Pistole. Benjamin zog seine Hand wieder heraus. Zwei Schüsse trafen ihn in die Brust. Das Geräusch war ohrenbetäubend laut.

Benjamin schaute ihn mit verschleiertem Blick an. Dann knickten seine Beine ein, und er stürzte zu Boden.

Katrine war rasch bei ihm und sicherte den Detonator.

Storm kniete sich hin und hob Benjamins Kopf an. Das Blut lief ihm aus dem Mundwinkel.

»Wo ist der Rucksack, Benjamin?«

Benjamin hustete Blut auf Storms weißes Hemd.

»Sag es mir jetzt. Damit wir die Sache beenden können.«

Benjamin versuchte, auf den Rathausplatz zu gucken. »Unter dem Wagen … mitten auf dem Platz.«

Storm nickte den beiden PET-Agenten zu, die sich sofort in Bewegung setzten.

»Wir waren dort Helden«, flüsterte Benjamin. »Wir haben den Unterschied … Jannick …«

504

Benjamin schloss die Augen. Sein Körper erschlaffte. Storm blickte auf Benjamins Hand, die sich langsam öffnete. Er erkannte die Tapferkeitsmedaille. Das Letzte, was Benjamin ihm hatte zeigen wollen, ehe er ihn getötet hatte.

61

Katrine legte ihre Glock und ihren Dienstausweis auf Storms Schreibtisch.

»Regnet es nicht schon seit Monaten?«, fragte Storm von seinem Fensterplatz aus.

Katrine schüttelte den Kopf. »Hab ich nicht bemerkt.«

Seit sie vor einer knappen Woche das Attentat verhindert hatten, quollen die Zeitungen nur so über von Geschichten über sie und Storm. Der Einsatz des PET wurde umfassend gewürdigt, und Kampmann war begeistert.

»Outstanding!«, rief er immer wieder, wenn sie ihm auf dem Gang begegneten.

Løvengren und seine Leute schwiegen beharrlich weiter. Doch Løvengrens Arroganz hatte seit dem misslungenen Attentat ein wenig nachgelassen. Katrine versuchte, ihn unter Druck zu setzen. Hatte ihn sogar gedemütigt, indem sie ihm seine mangelnden taktischen Fähigkeiten vorgehalten hatte, doch Løvengren hatte sich nicht aus der Reserve locken lassen. Dafür hatten die Techniker einen Durchbruch erzielt. Der Sprengstoff in Benjamins Rucksack war mit den Spuren identisch, die sie im Firmengebäude von Valhal und in den Range Rovern sichergestellt hatten. Die lettischen Waffenhändler hatten dem russischem Nachrichtendienst ihre Tat gestanden und Løvengren sowie mehrere seiner Komplizen bereits als die Männer identifiziert, die ihnen den Sprengstoff abgenommen hatten. Allmählich hatten sie genügend Indizien gegen Løvengren in der Hand, wenngleich weiterhin nach dem übrigen Sprengstoff gesucht wurde.

»Hast du mehr über das ›Protokoll‹ herausgefunden?«, fragte Katrine.

Storm schüttelte den Kopf. »Nein, damit wollte er uns wahrscheinlich nur in die Irre führen. Ein letzter verzweifelter Ablenkungsversuch. Ich weiß, dass er mich beschattet hat. Warum also nicht auch meinen Vater. Vielleicht gibt es eine Verbindung zu dieser alten Architektenloge.« Er zuckte gleichgültig die Schultern, ohne den Blick vom strömenden Regen abzuwenden.

»Ja, vielleicht.«

»Ich habe Claus gebeten, die neuen Gruppierungen im Auge zu behalten. Sicherheitshalber.« Storm drehte sich um und warf einen Blick auf ihre Pistole und ihren Dienstausweis. »Ich habe versucht, mit der Leitung über deinen Fall zu sprechen. Kampmann steht völlig auf deiner Seite und ist sich sicher, dass sie die Anklage gegen dich fallen lassen – nach allem, was du getan hast. Bei dem hast du einen dicken Stein im Brett.«

»Das liegt bestimmt an meinem gewinnenden Wesen«, entgegnete sie sarkastisch.

Storm lächelte in sich hinein. »Palsby will aber nicht nachgeben. Der will nicht mal über ein niedrigeres Strafmaß mit sich reden lassen. Das scheint für ihn eine Sache der Ehre zu sein.«

»Wir waren seiner Karriere ja auch nicht gerade dienlich. Aber das ist sehr nett von dir. Im Moment freue ich mich einfach darauf, die Sache irgendwie aus der Welt zu schaffen.«

»Sehr verständlich«, entgegnete er. »Es war schön, mit dir zusammenzuarbeiten.«

»Gleichfalls, Nikolaj.« Sie sah ihn an. Er lächelte gequält. »Du weißt schon, dass du das Richtige getan hast, oder? Wenn du Benjamin nicht erschossen hättest, dann hätte ich es getan.«

»Ja, natürlich«, antwortete er. »Es gab keine andere Möglichkeit. Wir haben die Katastrophe verhindert, das ist das Wichtigste.« Seine Oberlippe zitterte ein wenig. »Übrigens hat Ebrahim sich gemeldet und vorgeschlagen, die Gesprächsrunden mit den Imamen wiederaufzunehmen. Er nannte uns beide Allahs kleine Helfer.«

Katrine lächelte. »Wir sehen uns, Nikolaj«, sagte sie und ging zur Tür.

Er nickte.

Auf der Schwelle drehte sie sich noch einmal zu ihm um. »Mit der Zeit wird es besser, glaub mir.«

»Ja, das hoffe ich.«

Die Dunkelheit hatte sich über den Bregnehøjpark gesenkt. Katrine hatte sich die Kapuze ihres Sweatshirts über den Kopf gezogen und ließ den Basketball auf den Boden prallen. Die Zigarette in ihrem Mundwinkel glühte. Der Halal-Schlachter hob die Hand zum Gruß, als sie an seinem Laden vorbeiging. Sie nickte kurz, ehe sie der erleuchteten Sportanlage entgegenlief.

Saajid, Ali und die Jungs hatten schon mit ihrem Spiel begonnen. Sie waren zahlreich erschienen heute. So war ihre Mannschaft in diesem Viertel doch zu etwas gut. Sie legte den Ball auf den Boden und zog den Kapuzenpullover aus. Dann schnippte sie die Zigarette durch den Maschendrahtzaun und lief auf das Spielfeld. »Hey, Ali,

spiel ab!«, rief sie ihm zu, während sie Saajid zur Begrüßung ihren Ellbogen in die Brust rammte. Sie hörte, wie
er nach Luft schnappte. Es war gut, zurück zu sein.

*

Palsby ging den Frederiksholms Kanal entlang. Er drückte die Aktentasche an sich und bibberte in seinem viel
zu dünnen Trenchcoat. Es war ein beschissener Tag in
einer langen Reihe beschissener Tage gewesen. Der Fall
war ihm aus der Hand geglitten. Sie hatten ihm die Ter-
rorsache weggenommen. Jetzt, da es nicht mehr um Abschiebungen ging, brauchten sie ihn nicht mehr. Stattdessen hatte Holk, der kleine Bürokrat, die Valhal-Sache
an sich gerissen und stand völlig unverdient im Zentrum der Aufmerksamkeit. Palsby verfluchte sich einmal
mehr dafür, auf die *Stimme* gehört zu haben. Hätte er
einfach abgewartet, würde alles jetzt ganz anders aussehen. Dass Løvengren schuldig war, lag auf der Hand,
doch nachdem er sich so für die Ausweisungen der verdammten Muslime stark gemacht hatte, konnte er jetzt
nicht plötzlich die Seite wechseln. Aber das war noch
nicht einmal das Schlimmste. Denn am späten Nachmittag hatte sich erneut die *Stimme* bei ihm gemeldet.
Zunächst hatte Palsby seinen Zorn nur mühsam zurück-
halten können in der Hoffnung, eine neue Anweisung zu
bekommen, die ihn wieder auf die Erfolgsspur zurück-
bringen würde. Vielleicht sogar einen Tipp, wie er Holk
doch noch aus dem Feld schlagen konnte. Doch war er,
gelinde gesagt, sehr enttäuscht worden. Die Stimme hatte nicht einmal im Ansatz ein schlechtes Gewissen wegen der Niederlage gehabt, die er erlitten hatte. Er war
vielmehr gebeten worden, seinen nächsten Fall abzuge-

ben. Den einzigen Fall, der ihn bis jetzt ein wenig getröstet hatte – der Prozess gegen Katrine Bergman. Er hatte sich kategorisch geweigert, worauf die Stimme ihn ausdrücklich darum *gebeten* hatte. Es war das erste Mal, dass er nicht einfach einen »Vorschlag« hatte entgegennehmen müssen, was ihm sogar ein Gefühl der Macht gegeben hatte. Eine Macht, die er sofort ausgenutzt hatte.

»Viele werden von Ihrem Entschluss sehr enttäuscht sein«, hatte die Stimme gesagt. »Sie werden Ihre starre Haltung nicht nachvollziehen können.«

Dann wäre das eben so, hatte er entgegnet und wütend den Hörer aufgeknallt.

Jetzt spazierte er durch den strömenden Regen zu seinem Auto. Klatschnass. Hungrig. Mutlos. *Einsam*. Was für ein gottverdammter Scheißtag. Fehlte nur noch ein Strafzettel, um ihn perfekt zu machen. »Au! Was soll denn …?«

Ein stechender Schmerz fuhr ihm in die Pobacke, als wäre er von einem Insekt gestochen worden. Er fasste sich mit der Hand an die Stelle und drehte sich um. In diesem Moment ging ein junger Glatzkopf mit Hasenscharte an ihm vorbei. Er lächelte ihm freundlich zu. Palsby kam das Gesicht irgendwie bekannt vor, aber er wusste nicht, woher.

Sein linker Arm begann zu prickeln. Es begann am Handgelenk und ging in den Unterarm über. Palsby schnappte nach Luft und löste seine Krawatte. Er spürte einen gewaltigen Druck auf der Brust. Plötzlich hatte er Herzstiche und ließ seine Aktentasche fallen. Die Schmerzen nahmen zu. Er fiel vornüber und schlug mit dem Kopf auf den Pflastersteinen auf. Er bekam keine Luft mehr. Versuchte verzweifelt, ein bisschen Sauerstoff in seine Lunge zu saugen. Seine Beine zuckten, die Schnürsenkel seiner schwarzen Schuhe klatschten rhythmisch gegen die Kaimauer, bis er schließlich tot auf dem Bürgersteig lag.

*

Ein Schlüssel drehte sich im Schloss von Løvengrens Zellentür. Er stand von der Pritsche auf. Die Tür öffnete sich, und ein PET-Agent bat ihn, ihm zu folgen. Sie schritten den Gang hinunter bis zum Besuchsraum, der an seinem Ende lag. In dem schmalen Raum mit den erbsengrünen Wänden saß sein Anwalt an dem kleinen Stahltisch. Løvengren ging zu ihm, und der Agent schloss die Tür hinter sich. Der Anwalt zog schweigend ein Handy aus der Tasche und warf einen unsicheren Blick zur Tür. Als das Handy vibrierte, reichte er es Løvengren.

»Ja?«

»Wir haben Ihre Anstrengungen zur Kenntnis genommen«, sagte eine metallische Stimme am anderen Ende.

»Es tut mir leid, dass die Operation nicht von Erfolg gekrönt war.«

»Erfolg ist ein relativer Begriff. Wir sind mit unseren langfristigen Bemühungen schon sehr weit gekommen.«

»Das freut mich«, entgegnete Løvengren. »Ich wünschte mir nur, ich könnte etwas für Sie tun.«

»Haben Sie Geduld, und seien Sie fest in Ihrem Glauben. Ihr gegenwärtiger Aufenthaltsort wird nicht von Dauer sein. Bald wird der Rat zusammentreten. Neue Initiativen werden beschlossen und neue Wege beschritten werden, bis wir zum endgültigen Schlag ausholen.«

»Ich bin bereit, ganz gleich, welche Rolle man mir zuerkennt.«

511

»Das freut uns, Karl. Sie werden sehr geschätzt.«

»Danke«, entgegnete Løvengren. Auf seinem Gesicht zeichnete sich ein dankbares Lächeln ab. »Fürs Protokoll.«

»Fürs Protokoll.«

DER HERRSCHER

Unser Herrscher wird unangreifbar sein. Doch nur der Herrscher selbst und die drei, die ihn eingesetzt haben, werden wissen, was kommen wird. Denn niemand kann eine Macht angreifen, deren Wege unbekannt sind.

Kapitel XXIII: Die Befähigung des Herrschers